哈莱姆文艺复兴时期
非裔女性小说研究

谢 梅 著

双重认同与融合

中国社会科学出版社

图书在版编目（CIP）数据

双重认同与融合：哈莱姆文艺复兴时期非裔女性小说研究／谢梅著．
—北京：中国社会科学出版社，2021.5
　ISBN 978 – 7 – 5203 – 8351 – 6

　Ⅰ.①双⋯　Ⅱ.①谢⋯　Ⅲ.①美国黑人—妇女文学—小说研究—美国—现代　Ⅳ.①I712.074

中国版本图书馆 CIP 数据核字（2021）第 076156 号

出 版 人	赵剑英	
策划编辑	王丽媛	
责任编辑	孙砚文	
责任校对	李　剑	
责任印制	王　超	

出　　版	中国社会科学出版社	
社　　址	北京鼓楼西大街甲 158 号	
邮　　编	100720	
网　　址	http://www.csspw.cn	
发 行 部	010 – 84083685	
门 市 部	010 – 84029450	
经　　销	新华书店及其他书店	
印　　刷	北京明恒达印务有限公司	
装　　订	廊坊市广阳区广增装订厂	
版　　次	2021 年 5 月第 1 版	
印　　次	2021 年 5 月第 1 次印刷	
开　　本	650×960　1/16	
印　　张	21	
插　　页	2	
字　　数	283 千字	
定　　价	108.00 元	

凡购买中国社会科学出版社图书，如有质量问题请与本社营销中心联系调换
电话：010 – 84083683
版权所有　侵权必究

序

杨 建

谢梅博士的学位论文《双重认同与融合：哈莱姆文艺复兴时期非裔女性小说研究》就要正式出版了，可喜可贺！非常欣慰，也生出一些感慨来。

谢梅是我的开门弟子，有幸，有缘，也投缘。博士在读期间，她时间抓得紧，总是泡在图书馆里，专心，认真，踏实，勤奋，为人热情、朴实、善良，是师弟师妹们的榜样，也是导师放心的学生。读博不易，四年多时间不长，但她忍受了长达半年多不能吃喝的妊娠反应，体验了迎接新生命的美好，经历了无数黑夜无眠的煎熬，克服了在职读书工作生活的压力，终于以优秀成绩顺利通过博士学位论文答辩，圆了华师梦。学业之外，她还拿到云南省省级科研项目和国家留学基金委西部计划项目公派出国访学名额，评上副教授。有道是，功夫不负有心人，努力就有收获，一路艰辛，一路芬芳。

谢梅不放过每一次与导师见面的机会，每次下课，她都要背着重重的双肩包（里面有书和电脑）陪着导师回家，边走边聊，走到住宅楼楼下还得站着聊一会儿，这个时间沟通了师生感情，加深了彼此了解，延伸了课堂知识，也解决了一些读书思考中的问题。一入师门，她的博士学位论文研究方向——美国非裔女性文学就确定了，如此选择与她之前的研究兴趣和积累有关，她的硕士学位论文就是研究托妮·莫里森的小说《宠儿》，还发表了几篇研究托妮·莫里森小说、格温多琳·布鲁克斯诗歌的文章。

双重认同与融合：哈莱姆文艺复兴时期非裔女性小说研究

她做事主动，动手早，不延宕，这就保证了博士学位论文质量，也使得整个写作进程从容有序、考虑周全。

谢梅的博士学位论文选择《双重认同与融合：哈莱姆文艺复兴时期非裔女性小说研究》这个题目，是基于对国内外研究现状的详细考察。她发现近三十年来学界对哈莱姆文艺复兴时期非裔女性小说，特别是女性作家群体研究不够，为数不多的研究成果多集中于单个作家或单部作品研究，主要涉及赫斯顿经典作品《他们眼望上苍》主题、女性形象塑造、叙事策略及拉森小说有关越界现象等零散研究。把这一时期女性作家作为群体加以整体观照、系统研究的极为少见，尤其缺乏对这一特定历史语境下非裔女性作家群体小说书写的共同主题、创作倾向、文化取向的研究，尚未涉及福塞特、拉森、赫斯顿三位代表女作家创作的共性与差异性研究，女性作家与男性作家的对话和博弈研究。与同时代的非裔男性作家创作相比，这一时期的非裔女性小说构建了非裔女性文学谱系，非裔女性作家反对文化同化主义和拒绝文化民族主义，形成了双重认同与融合的文化观和创作立场，她们的小说实现了"黑人性"与"美国性"的结合，展示了对文化认同与融合问题的多角度思考。

谢梅打破单一作家或单一作品研究模式，选择哈莱姆文艺复兴时期三位女作家为主要研究对象，从女性视角出发，以"双重认同与融合"为切入点，分析这一时期新黑人女性在城市化、现代化美国的生活体验，以及她们在黑白种族文化互动、融合过程中丰富流动的内心感受和认同困惑，注意到哈莱姆文艺复兴时期非裔女性创作中被忽视的"美国性"和"文明共性"书写。该研究以点带面，加强了美国哈莱姆文艺复兴时期非裔女性作家群体研究和非裔女性小说传统研究，推动了哈莱姆文艺复兴时期非裔女性小说走向经典，是研究百年黑人女性心灵与女性文学的最佳突破口之一，对构建美国多元文化和反对种族歧视有一定的现实意义。

序

美国是一个移民大国，种族聚集，文化混杂，种族冲突和文化内战始终是美国社会无法回避的敏感问题。非裔美国人作为人口最多的美国少数族裔群体，始终与美国存在的种族歧视作斗争。哈莱姆文艺复兴时期非裔女性小说就是女性作家对种族歧视、种族文化关系等问题的思考与书写，既描写了少数族裔在当时美国社会生存的真实状态，也提出了双重文化认同与融合、消除种族歧视、实现种族平等、多元文化和合共存的一些可行性方案，如坚守种族文化传统、树立种族文化自信、加强多元文化交流、倡导多元文化平等、构建民族文化认同等。本书第四章着力探讨了福塞特、拉森对于种族混合产物的非裔混血女性的特别关注，可以看到游离于黑白种族之间的这些混血女性所面临的身份困惑与伦理困境，极具性别特征的非裔美妆文化很好地展示了非裔女性对黑白两种文化进行融合的实践，融合之路何其艰难！

在本书写作过程中，谢梅能自觉运用后殖民批评、女性主义批评、社会—历史批评等批评方法，对美国非裔文化与主流文化有较多了解，深化了对哈莱姆文艺复兴运动、"黑人性"、"黑人文化热"、非洲民间习俗、非洲民间艺术、非洲原始宗教、基督教、圣经、种族歧视、性别歧视、身份认同、文化冲突与融合、文化霸权、"美国梦"、种族主义、消费主义、世界主义、现代主义、家园建构、异域想象、旅行叙事、世界公民、"第三空间"、"共同性原则"、"文明的共性"、"越界小说"、文学谱系、身体美学、美妆文化、自我、他者、焦虑、创伤等问题的认识。写作有一个循序渐进、自成体系的过程，学问也在于日积月累、不断突破，这本书是谢梅在学术之路上迈出的一大步，相信它在美国文学研究领域是一部有分量的研究著作。但愿谢梅未来继续自己的研究，人生再上一个新台阶，多出新成果。

2021 年 3 月 29 日　于武昌桂子山

目　录

绪　论 …………………………………………………（1）

第一章　哈莱姆文艺复兴与非裔女性代表作家 …………（43）
第一节　哈莱姆文艺复兴 ………………………………（43）
　　一　历史背景 ………………………………………（44）
　　二　运动宗旨 ………………………………………（48）
　　三　主要议题 ………………………………………（51）
第二节　非裔女性代表作家及创作 ……………………（56）
　　一　福塞特：哈莱姆文艺复兴的助产士 …………（57）
　　二　拉森：哈莱姆文艺复兴巅峰期的流星 ………（60）
　　三　赫斯顿：哈莱姆文艺复兴后期的骨干力量 …（62）
第三节　非裔女性代表作家与同时期男性作家的
　　　　　对话与博弈 ……………………………………（65）
　　一　福塞特与杜波依斯：追随与叛逆 ……………（65）
　　二　拉森与怀特：交流与超越 ……………………（68）
　　三　赫斯顿与休斯：合作与反目 …………………（72）
第四节　非裔女性作家文化观：双重认同与融合 ………（77）
　　一　反对文化同化主义与拒绝文化民族主义 ……（77）
　　二　现代主义文学思潮与黑人文化热 ……………（81）
　　三　妇女运动与女性作家的文化观 ………………（84）
小　结 ……………………………………………………（87）

第二章 书写"黑人性"：对非裔文化传统与族裔身份的认同 ……（91）

第一节 弘扬非裔民间习俗 ……（94）
　一　饮食习俗：非裔日常生活状态的记录 ……（95）
　二　"门廊"习俗：非裔口语传统的展示空间 ……（100）
　三　节庆习俗：非裔文化记忆的强化 ……（105）

第二节 展演非裔语言艺术 ……（110）
　一　方言土语：言说者的意指 ……（111）
　二　布道艺术："呼唤—应答"模式的演绎 ……（117）
　三　幽默艺术：泪中含笑的生存智慧 ……（123）

第三节 守望非洲原始宗教信仰 ……（129）
　一　自然崇拜：人物交感 ……（131）
　二　祖先崇拜：灵魂寻根 ……（135）
　三　伏都崇拜：愿景表达 ……（139）

第四节 维护族裔身份认同 ……（143）
　一　反对歧视：维护种族尊严 ……（144）
　二　反对自卑：提升种族自豪感 ……（150）
　三　反对异化：捍卫族裔身份 ……（154）

小　结 ……（157）

第三章 书写"美国性"：对美国主流文化与美国身份的认同 ……（161）

第一节 非裔女性与"美国梦" ……（165）
　一　非裔女性的平权梦 ……（166）
　二　非裔女性的城市梦 ……（169）
　三　非裔女性的职业梦 ……（171）
　四　非裔女性的财富梦 ……（176）

第二节 吸纳主流语言艺术 ……（179）

目 录

    一　使用现代叙事艺术 …………………………………（181）
    二　注重心理描写 ………………………………………（188）
    三　运用象征手法 ………………………………………（193）
  第三节　接受基督教文化元典 ……………………………（197）
    一　对圣经文学形象的借用 ……………………………（199）
    二　对圣经典故的引用 …………………………………（203）
    三　对圣经意象原型的化用 ……………………………（206）
    四　对圣经母题的再现 …………………………………（208）
  第四节　肯定美国身份认同 ………………………………（211）
    一　拒绝移民非洲：想做美国人 ………………………（212）
    二　强调相似性：难道我不是美国人吗？ ……………（215）
    三　伸张女性权利：怎样成为美国人？ ………………（218）
  小　结 ………………………………………………………（225）

第四章　书写"文明共性"：黑白种族文化的冲突与
        融合 ……………………………………………（229）
  第一节　种族混合的"产物"：对混血女性的
        特别关注 …………………………………………（233）
    一　混血儿文学传统与越界现象新书写 ………………（234）
    二　混血女性的身份困惑与身份选择 …………………（240）
    三　混血儿后遗症：焦虑与创伤 ………………………（246）
  第二节　融合的成与败：主流社会视觉审美与
        非裔美妆文化 ……………………………………（253）
    一　消费主义与非裔美妆文化生产 ……………………（255）
    二　美妆时尚与非裔女性的都市生存机遇 ……………（259）
    三　非裔美妆文化与"黑人性"认同危机 ……………（264）
  第三节　融合出路：超越国族 ……………………………（270）
    一　跨域旅行与自我定义 ………………………………（271）
    二　寻"家"之旅与融合之难 …………………………（276）

· 3 ·

三　异域想象与世界主义情怀 …………………………（282）
　小　结 ………………………………………………………（286）

结　语 …………………………………………………………（290）

参考文献 ………………………………………………………（295）

后　记 …………………………………………………………（321）

绪　论

作为哈莱姆文艺复兴的重要成果，非裔女性作家杰西·雷德蒙·福塞特（Jessie Redmon Fauset）、内拉·拉森（Nella Larson）和佐拉·尼尔·赫斯顿（Zora Neale Hurston）的10部小说书写了新黑人女性在20世纪20年代美国特殊历史语境下对种族、性别、阶级、文化等的独特体验。非裔女性既想融入美国主流文化又想坚守非裔文化传统的双重追求，体现了这一时期黑白种族文化之间的碰撞、交流与融合，展示了女性作家双重认同与融合的文化取向和创作倾向。哈莱姆文艺复兴时期的非裔女性小说在塑造新黑人女性形象、展现黑白种族文化冲突与融合、利用黑白种族的文化艺术资源等方面极具特色，女性作家采用差异化书写策略展示了对文化认同问题的多角度思考。一方面，小说聚焦于弘扬非裔民间传统文化，以维护族裔身份认同和提升种族自豪感；另一方面，小说采取主动书写美国的姿态，关注非裔女性在城市化、现代化、工业化进程中对美国社会生活的参与、感受和反思，展示了非裔女性对美国身份的认同与肯定。

一　问题的提出

兴起于20世纪20年代的哈莱姆文艺复兴对非裔美国文学创作、文学批评具有重要影响，第一次在非裔美国文学史上涌现出众多得到美国主流社会公认的文学作品，其中包括福塞特、

双重认同与融合：哈莱姆文艺复兴时期非裔女性小说研究

拉森和赫斯顿等非裔女性作家的小说。她们打破了非裔女性长期处于沉默、失语的状态，发出了来自边缘化的现代女性群体渴望自我定义的声音。小说从塑造新黑人女性形象，关注种族、性别和阶级问题，到构建非裔女性写作传统都摸索出了一条全新的道路。这一时期的非裔女性小说是非裔女性文学史的里程碑，标志着非裔女性文学向现代性的转折，构建了现代非裔女性小说的写作传统。

通过考察国内外研究现状，可以发现女性小说作为哈莱姆文艺复兴的重要成果在近三十年来未受到充分的关注，学界对这一时期女性作家群体的关注度和研究力度都相当不够。为数不多的研究成果多集中于单个作家或单部作品研究，主要涉及赫斯顿的经典作品《他们眼望上苍》的主题、女性形象塑造、叙事策略以及拉森小说有关越界现象的零散研究。把这一时期女性作家作为一个群体进行整体观照的系统、深入研究极为少见，尤其是缺乏对这群同处特定历史语境的非裔女性作家的共同书写主题、创作倾向、文化取向的研究，尚未涉及三位女性作家创作的共性与差异性的研究。诚然，非裔女性作家不论是在小说人物形象塑造、主题呈现、情节设置还是艺术形式等方面都与哈莱姆文艺复兴运动宗旨有着千丝万缕的联系。然而，一系列值得考虑的相关问题尚未有比较明确的答案，例如：（1）非裔女性作家的创作主题与哈莱姆文艺复兴运动的核心目标是否一致？（2）她们的作品主题是什么？（3）她们笔下的新黑人女性形象与传统黑人女性形象有何不同？（4）她们塑造的人物形象是否与运动所提倡的文学形象相符合？（5）她们的文学创作对运动有什么作用？（6）她们与同时代男性作家的创作主张有何异同？（7）她们如何看待黑白种族文化关系？（8）她们的文化取向是什么？这些问题的答案只能从这场运动不同时期的女性文学作品中去寻找，因为女性作家总是通过文学创作、文论、访谈、日记等方式表达对哈莱姆文艺复兴的主要议题和

绪　论

运动宗旨的认同与反对、追随或抗拒。厘清上述问题有助于加深我们对这一时期非裔女性作家创作动机、文化取向、作品内容、作品主题、作品形式的认识。

　　本书拟从性别的视角来解读哈莱姆文艺复兴时期非裔女性小说，关注这些作品对20世纪初期非裔女性生活体验的书写，探析双重认同与融合主题如何成为女性作家的文化取向和创作倾向的缘起、发展和表现意义。双重认同与融合是这一时期女性作家们书写的共同主题。三位作家的小说从不同的视角书写了非裔女性对族裔身份与美国身份的双重认同，以及对黑白种族文化进行融合的实践摸索。双重认同与融合也是这一时期非裔女性作家的共同创作倾向。创作倾向是在人生阅历和时代语境的影响下，作家们在作品题材、主题、人物、叙事策略等方面呈现出的某种偏好，从而发展为一种具有倾向性的创作风格。同处于20世纪初期美国社会历史语境，非裔女性作家福塞特、拉森和赫斯顿有着相似的社会经历、人生经验、审美情感和文学创作目的，呈现出相似的创作倾向。在人物塑造方面，她们都塑造新黑人女性形象，通过历时与共时的交叉、过去和当今的呼应，推翻非裔女性是无知劣等种族的论调，反映出新黑人女性既渴望坚守"黑人性"，又试图融入主流社会文化以满足现代城市生活之需的努力；在叙事策略上，她们在保留自传性小说风格的同时，都超越了传统的奴隶叙事，大量借鉴、吸收了现代叙事策略、心理描写和象征等主流文学语言艺术创造方法。双重认同与融合还是这一时期女性作家的共同文化取向。作为文化价值导向，文化取向是作家在文化的表现形式和书写内容上呈现出的一种鲜明态度和人为解释。一方面，她们的作品总是带有强烈的种族意识，小说以黑肤色为象征歌颂了黑人种族的魅力，有了"以黑为美"的自觉意识，积极肯定对非裔传统文化的认同；另一方面，非裔女性作家吸纳美国主流文学语言艺术，书写了非裔女性与主流文化的积极互动，展示了她们对美国身份与美国主流文化的认同。

认同的目的在于回答我是谁以明确自我的归属感,而非裔美国人的双重认同所寻求的就是在现实生活中实现非裔种族身份与美国国族身份的和谐并存。融合有助于消解两种异质文化的冲突,对非裔民间文化传统与美国主流文化的双重认同是实现有效融合的前提,而通过跨种族自由恋爱婚姻、商业合作和艺术交流等方式达成的融合现象则是对黑白种族双重认同的结果。20世纪20年代,黑人和白人之间的交流互动达到了新高度,双重认同基础上的文化冲突与文化融合是黑白种族文化互动的常态。黑白种族文化之间的关系不再只是冲突与抵抗,而是文化共存、对话与融合。这一时期的非裔女性作家记录了非裔女性对两种文化的融合实践,也关注了非裔女性作为边缘性"他者"面对黑白异质文化互动时"割不断"与"融不下"的窘境,还展示了对"文明共性"[1]的思索以应对文化融合的复杂性问题。

二 国内外研究现状

(一)国外研究现状

美国学者对以福塞特、拉森和赫斯顿为代表的哈莱姆文艺复兴时期非裔女性小说研究已有近百年历史,大致可以分为五个阶段:20世纪20—30年代是开始阶段,以作家作品推介为主,但评论褒贬不一;40—60年代是冷遇阶段,哈莱姆文艺复兴运动的衰落、第二次世界大战引发的美国社会关注点转变等因素造成了这种现象的发生;70—80年代是重新受到关注阶段,以赫斯顿为首的被忽视、被淹没、被低估的非裔女性作家作品得到重新挖掘、清理和再解读,以单个作家单部作品的主

---

[1] [美]塞缪尔·亨廷顿:《文明的冲突与世界秩序的重建》,周琪、刘绯等译,新华出版社1998年版,第370页。

绪　论

题研究为重点，出现了作家传记研究和女性作家群体研究两大亮点；90年代是繁荣阶段，社会—历史批评、心理分析、女性主义批评仍是主要批评方法，关注作品中的种族、心理和性别问题，同时非裔女性文学的现代性、叙事形式以及对构建黑人文学批评理论和写作传统得到重视；21世纪是进一步深化阶段，多视域、跨学科成为突出特征，出现了一批对作家作品整体进行比较研究和文化诗学批评、后殖民批评的学术成果。

1. 20世纪20—30年代是研究的开始阶段

伴随着哈莱姆文艺复兴运动的蓬勃发展，大量的黑人文学竞赛活动得以举办，最具影响力的黑人文学杂志《危机》和《机遇》力荐、主推并积极评论黑人青年文学爱好者的作品，各种类型的黑人文学聚会也频繁组织，以杰西·雷德蒙·福塞特、内拉·拉森和佐拉·尼尔·赫斯顿为代表的女性作家作品一经发表总能快速得到关注。一方面黑人文艺同行会在报纸杂志发文进行介绍和评论；另一方面与黑人文艺圈接触密切的白人也会发表相关的评论文章。

最早受到关注的人物当数福塞特。1924年，《危机》时任编辑福塞特的第一部小说《存在混乱》出版，《危机》杂志专门组织了多达110位黑人和白人共同出席的"公民俱乐部"聚会作为庆祝。杜波依斯认为《存在混乱》标志着真正属于黑人知识分子的小说终于出现了。《机遇》杂志上刊登的一则文章甚至将福塞特赞誉为"黑人文学的简·奥斯丁"，可见福塞特受到了当时黑人文艺圈的高度认可。哈莱姆文艺复兴女性作家的另一位代表人物拉森的创作时期很短暂，作品赢得了良好的声誉，只是销量不高。1928年出版的《流沙》获得哈蒙基金会年度文学二等奖，杜波依斯称赞其为继切斯内特之后最优秀的黑人作品。次年出版的《越界》使她成为首位获得古根海姆基金会创作基金的黑人女性。《纽约时报》的评论文章称"《流沙》与斯托夫人中传统的汤姆叔叔不一样，她与范·维克藤

双重认同与融合：哈莱姆文艺复兴时期非裔女性小说研究

（Van Vechten）描写的哈莱姆中产阶级更为贴近，拉森女士意识到黑人问题是个真实问题"。① 1931年，拉森因短篇故事《避难所》涉嫌抄袭声誉受损，她在公开辩护后选择了终止文学创作，评论界对她的关注趋冷。当今最知名的哈莱姆文艺复兴女性作家赫斯顿在当时属于哈莱姆文艺圈的冉冉之星，在1924年《机遇》杂志举办的第一届文学竞赛中分别获得短篇小说类作品二等奖和戏剧类作品二等奖，获得诸多支持和关注。20世纪30年代，赫斯顿陆续出版了3部长篇小说，但作品面世初期就饱受争议，评论也是褒贬不一。布雷克尔（Herschel Brickell）认为《约拿的葫芦蔓》是"一部非常好的黑人小说，幽默和民俗的记录胜于故事框架"。② 布朗（Sterling Brown）评价小说《他们眼望上苍》"充满了令人动容的诗意"。③ 赖特（Richard Wright）却对赫斯顿提出严厉批评，认为她描写离奇古怪的黑人生活只为博得"优越"种族带有怜悯的微笑。

2. 20世纪40—60年代是研究受到冷遇阶段

受美国经济危机和哈莱姆文艺复兴运动内部成员之间争论不止、矛盾重重等因素的影响，哈莱姆文艺复兴运动在20世纪30年代后期迅速衰落，福塞特和拉森相继结束了文学创作，赫斯顿也仅有《苏旺尼的六翼天使》一部小说出版。紧随其后的是社会历史环境的巨变，尤其是第二次世界大战爆发，全社会的眼光都转向了世界的巨变和对人类命运的关注之中，女性作家作品很快被淹没于历史洪流之中，三位作家都不约而同遭到了冷落和漠视，研究活动也逐步陷入低潮。40—50年代，第二次世界大战及战后的秩序重建、人类的精神信仰崩塌等问题成

---

① Braydon Jackson, "A Mullato Girl", *New York Times Book Review*, Vol. 8, No. 4, 1928, p. 17.

② Herschell Brickell, "Review of *Jonah's Gourd Vine*", *North American Review*, Vol. 35, No. 1, 1934, p. 8.

③ Sterling Brown, "Luck Is a Fortune", *Nation*, Vol. 145, No. 16, 1937, p. 409.

绪　论

为文学关注的焦点。60年代，随着美国黑人民权运动浪潮的迭起，新一代女性作家们积极进行文学创作，崛起的黑人女性作家逐渐成为美国文坛的耀眼之星，黑人女性文学研究对象也自然地转向艾丽斯·沃克、保拉·马歇尔等新一代作家，哈莱姆文艺复兴时期女性小说的价值暂未得到足够重视。

从20世纪40年代开始，福塞特、拉森和赫斯顿小说研究出现"断崖式"衰减，研究成果极少。50年代，为数不多的黑人小说研究表达了对福塞特和赫斯顿小说的严苛批判。福塞特作品被指责为盲目模仿美国白人中产阶级的错误价值观，导致为黑人中产阶级的辩护产生了适得其反的效果。1958年由博恩（Robert Bone）编撰的《美国黑人小说》是黑人文学研究的重要著作，该书不仅全面梳理了黑人小说的创作史，也是一部黑人小说研究专著。该书对三位女性作家都作了评论，"福塞特小说'呆板、优雅、非常幼稚、琐碎和无聊'，赫斯顿的《约拿的葫芦蔓》没有戏剧形式的风格和真实人物塑造的氛围，拉森的《流沙》是哈莱姆文艺复兴时期最好的作品，除了图默的《甘蔗》"。[①] 60年代，零星的黑人文学研究中出现了"赫斯顿复兴"的苗头。查博兰（John Chamberlain）和罗斯（Ernestine Rose）等人先后对赫斯顿的《道路尘埃》和《苏旺尼的六翼天使》发表了简短的评论，文章《赫斯顿：性格素描》注意到赫斯顿作品不仅关注本民族记忆，而且具有普世性。普拉特（Theodore Pratt）相继发表两篇赫斯顿研究论文，不仅赞誉了赫斯顿的性格和写作，还呼吁学界对赫斯顿进行重新认识和评价，可惜其论文当时并未得到重视。

3. 20世纪70—80年代是研究重新受到关注阶段

伴随着席卷全世界的女性主义运动热潮，黑人女性主义文

[①] Robert Bone, *The Negro Novels in America*, New Haven: Yale University Press, 1958, p. 97.

双重认同与融合：哈莱姆文艺复兴时期非裔女性小说研究

学理论和批评实践在 20 世纪 70 年代得到迅速发展。黑人女性在文学创作和文学批评活动中勇敢、活跃地发出自己的声音，在美国文学史中被忽视、被淹没、被低估的非裔女性作家作品得到重新挖掘、整理和再解读，哈莱姆文艺复兴时期的三位女性代表作家也受到学者的重视。其中，最具影响的事件莫过于沃克发起的"寻找佐拉"（寻找作家佐拉·尼尔·赫斯顿之墓）事件，并由此开启了声势浩大的赫斯顿研究浪潮。在开展黑人女性文学研究的过程中，也逐步形成一种黑人女性文学批评话语的自觉意识。这一时期的研究仍以单个作家单部作品进行主题研究为重点，但出现了两个亮点，其一是出现了作家传记研究著作；其二是出现了女性作家群体研究成果。胡尔等黑人女性主义批评家更偏向于探讨有着共同的政治、经济和社会经历的黑人女性作家们写作的政治、社会意义，也有学者尝试将处于不同历史语境下的女性作家进行对比研究，探究她们在主题、文体风格等方面表现出的共同性和差异性。

（1）作家传记研究。该阶段首次出现了哈莱姆文艺复兴时期非裔女性作家传记研究，为世人更全面了解作家的人生经历、文学创作活动、作品写作背景、作家与同时期作家的交流情况等提供了珍贵的材料。赫明威（Robert Hemenway）的《佐拉·尼尔·赫斯顿：文学传记》、霍华德（Lillie P. Howard）的《佐拉·尼尔·赫斯顿》，提供了翔实的赫斯顿档案材料和相对完整的创作经历，成为后期研究赫斯顿文化观不可多得的材料。斯万德（Carolyn W. Sylvander）的《美国黑人女性作家：杰西·福塞特》一书将重点置于1910—1935年作家文学作品盛出的人生阶段，全面梳理了这一时期福塞特的生活经历、文学创作活动、作品主题、与同时期黑人和白人作家的交流，尤其是对福塞特作品中具有的黑人女性文学传统进行了详尽分析。在研究内容方面，主题研究、人物形象研究进一步得到发展，文本的写作技巧、写作形式和写作价值对黑人女性写作传统的构建意义也开始被纳入探讨

绪　论

范围。福塞特小说大量使用希腊悲剧的元素，如家庭诅咒、宿命观、死亡的必然性等增加了作品的普世性维度，同时福塞特第一部小说出版的历史意义被概括为"标志着一个时代"。[1]拉森的写作技巧如心理描写和反讽艺术强化了作品的审美价值，她对混血的深度书写则形成了黑人悲剧混血儿的写作传统；在研究对象方面，赫斯顿成为黑人女性文学研究的热点人物，沃克凭借自身在文学界的巨大影响力极力推荐赫斯顿的作品，"寻找佐拉"活动对赫斯顿研究的"复兴"起到了至关重要的作用。沃克高度评价赫斯顿的作品价值并撰文评价佐拉是"南方的一个天才""黑人文学之母"。[2] 20世纪80年代，赫斯顿研究开始大量涉及她的自传和民俗作品《骡子与马》，研究成果与日俱增。普兰特（Deborah G. Plant）针对赫斯顿自传作品《道路尘埃》提出"赫斯顿自传中含有文学的虚构元素，形成了黑人自传中独特的文学特点"。[3] 1987年出版的《佐拉·尼尔·赫斯顿：参考指南》一书以时间顺序将赫斯顿评论文章进行了收集和整理，并相应地附上了简短的介绍或总结，这对国内外研究者快速了解赫斯顿研究概况起到了极大的帮助作用。

（2）作家群体研究。1972年，塞特（Hirako Sato）的论文《在哈莱姆的阴影下：杰西·福塞特和内拉·拉森研究》开启了作家群研究。此后，罗斯特（Beatrice Horn Royster）、麦凯多维尔（Deborah E. Mcdowell）、迈凯伦登（Jacquelyn Y. Mclendon）、黑泽尔·卡比（Hazel Carby）、胡尔（Gloria T. Hull）等知名学者都以这一时期女性作家群为对象开展了研究。利用女性主义和心理分析批评来研究人物形象和作品主题是主流。构建新黑人女性

---

[1] Abby A. Johnson, "Literary Midwife: Jessie Fauset and the Harlem Renaissance", *Phylon*, Vol. 39, No. 1, 1978, p. 143.

[2] Alice Walker, *In Search of Our Mother's Gardens*, San Diego: Harcourt Brace & Company, 1984, p. 93.

[3] Deborah G. Plant, *Zora Neale Hurston's Dust Tracks on a Road: Black Autobiography in a Different Voice*, Lincoln: University of Nebraska, 1988, p. 8.

双重认同与融合：哈莱姆文艺复兴时期非裔女性小说研究

形象是哈莱姆文艺复兴时期女性小说创作的共同使命，但作家们试图塑造的新女性形象却并不一致，新黑人女性在家庭角色、社会角色和艺术标准的追求等方面也都具有差异性。黑人女性形象的嬗变也得到关注，从主体缺失到女性意识觉醒的黑人女性形象嬗变过程表明了黑人女性文学之间具有明显的继承与发展关系。黑人女性的种族观是作家群体研究的重点之一，这一时期的女性小说彻底驳斥了血缘决定论观点，强调混血女性人物童年记忆对种族观的形成具有重要意义，女性作家因成长、教育环境的差异也表现出复杂的种族心态。新黑人女性的心理也得到了分析，逃离南方种植园进入城市化、工业化的都市对黑人女性的心理冲击，20世纪初期得到高等教育机会的城市中产阶级混血儿游离于黑白两个世界的矛盾心理在福塞特和拉森的作品中都有体现。这一时期黑人女性小说的价值也得到了再重视，"福塞特和拉森的贡献受到了低估和忽视，其作品也长期被误读"的观点被严肃地提出，评论普遍认为她们虽然存在保守主义思想，但作品"展现了现代被异化个体的复杂性"。[1] 此外，有些研究的视角颇为新颖。罗斯特以反讽为切入点，强调三位女性创作中反讽的差异性，"福塞特的反讽仍有'维多利亚文学的遗风'，拉森以反讽的方式'挑战了福塞特的人物形象并质疑了性别和种族偏见'，赫斯顿将反讽对象锁定为男性，'控诉男性对女性的束缚和压制'"。[2] 凯伦（Kaite G. Cannon）从伦理的视角，分别对大迁移时期、两次世界大战之间和当代的黑人女性道德状况进行了总结，提出黑人女性文学传统与黑人历史共同构建了黑人女性的伦理认知，着重对赫斯顿作品中

---

[1] Hazel Carby, *Reconstructing Womanhood: The Emergence of Afro-American Novelist*, London: Oxford University Press, 1989, pp. 167–170.

[2] Beatrice Horn Royster, *The Ironic Vision of Four Black Women Novelists: A Study of the Novels of Jessie Fauset, Nella Larson, Zora Neale Hurston, and Ann Petry*, Michigan: UMI, 1976, p. 23.

折射出的伦理问题进行了探究。①

4. 20世纪90年代是研究繁荣阶段

20世纪90年代，非裔女性文学批评呈现出生机勃勃的局面。一方面，当代非裔女性作家们的创作越来越受到认可，玛雅·安吉洛、托妮·莫里森等一批优秀作家的创作进一步激发了学界对黑人女性文学的研究热情。1993年莫里森获得诺贝尔文学奖将黑人女性文学研究推向了高潮，此后黑人女性文学研究成为美国文学研究的重要领域。另一方面，由温茨主编、以研究论文集和原始材料汇编两种类型组合的7卷"哈莱姆文艺复兴系列"书籍陆续出版，极大地丰富了哈莱姆文艺复兴研究的第一手资料，推动了哈莱姆文艺复兴研究的深度和广度，这一时期的黑人女性文学研究呈现出欣欣向荣的繁荣景象。就研究特点来看，其逐渐摆脱主题研究和人物形象研究的藩篱，强调多元的研究视角，注重前沿性文学理论在黑人女性文学中的运用，重视文学思潮与文学创作的关系研究。

首先，哈莱姆文艺复兴时期非裔女性文学的现代性问题得到了重视。福塞特作品中存在着大量混血儿异化现象和大众文化书写，《存在混乱》以哈莱姆文艺复兴的社会语境为背景反映了女性、劳动者与大众文化的阶级分层问题，她塑造的黑人女性形象具有强烈的黑人意识、现代女性意识和现代审美意识，顺应20世纪20年代美国黑人的中产阶级价值取向。拉森作品对人物进行深度心理描写属于典型的美国黑人现代主义写作，文本中黑人女性一方面采用了近乎白人女性的现代生存策略，黑人女性主动接纳、融入美国主流文化，另一方面她们又极力守护和张扬黑人文化，体现出了黑人中产阶级流行文化中蕴含的现代文化"杂糅性"。杜西勒（Ann Ducille）反对将福塞特和

---

① Kaite G. Cannon, *Black Womanist Ethics*, Atlant Georgia: Scholar Press, 1988, p. 5.

拉森定义为"塑造女性形象的保守派",并在剖析黑人艺术中的蓝调音乐与小说作品之间诸多联系的基础之上提出"蓝调"和"性"是福塞特和拉森用于喻指"真实的黑人性"的工具,对何为"天才的、真实的黑人艺术"也发表了新见解。[1] 赫斯顿的作品中,对传统黑人女性形象的反叛、对女性主体缺失的否定、黑人女性"原始性"面纱的揭开、黑人女性对自由爱情和教育权利的争取、黑人女性意识的觉醒等内容都具备现代主义特征。

其次,作品的叙事形式得到更多研究,而且研究视角的转变导致出现了对此前部分研究结论或观点进行驳斥、补充的现象。在叙事研究方面,阿卡沃德(Michael Awkward)编辑的《〈他们眼望上苍〉新论》收录 5 篇《他们眼望上苍》研究论文均涉及作品的叙事形式,包括成长型叙事结构、"呼唤与应答"叙事策略、写实又诗意的叙事风格、第三人称叙述与直接引语表现人物对话的叙事模式等。[2] 沃尔(Cheryl A. Wall)分别谈及三位作家现实生活中的旅行和想象中的旅行与文学创作活动的紧密关系,认为旅行是三位女性作家的重要叙事形式,旅行叙事是现代黑人文学叙事形式之一,旅行成为推动故事情节发展的策略和文本的重要组成部分,与美国文学的旅行叙事传统形成同构关系。[3] 研究也得出了一些新观点或新结论,麦凯伦登援引罗兰·巴特的结构主义理论,对福塞特和拉森作品的多视角叙事进行了详细分析,试图纠正此前研究中对福塞特和拉森的批判,认为"此前饱受争议的混血女性人物正是福塞特用来抨击肤色、血缘理论、性和种族等方面歧视的有力武

---

[1] Ann Ducille, "Blues Notes on Black Sexuality: Sex and the Texts of Jessie Fauset and Nella Larsen", *Journal of the History of Sexuality*, Vol. 37, No. 3, 1993, p. 82.

[2] Michael Awkward ed., *New Essays on Their Eyes Were Watching God*, Cambridge: Cambridge University Press, 1991, pp. 21 – 107.

[3] Cheryl A. Wall, *Women of the Harlem Renaissance*, Bloomington and Indianapolis: Indiana University Press, 1995, pp. 1 – 10.

绪　　论

器",拉森也绝不是一位将个人经历和态度在小说中进行直接记录和表达的自传性作家,而是一个真正的"创作文学的艺术家"。[①] 肯普贝尔（Kaye D. Campbell）认为将福塞特贴上"维多利亚"文风是不公平的,她作品中爱的获取和女性代际之间爱的传承问题的书写具有哈莱姆文艺复兴时期的先锋写作特征。[②] 利特（John Little）认为拉森小说《越界》中的反讽性是如此强烈,以至于部分研究者并未能完全理解她的策略,并反驳了"拉森的叙事结束很鲁莽,她的叙事没有最终渗透于主题的意义"的观点。[③] 苏利万（Nell Sullivan）提出《越界》中还存在一个隐藏着的主题,即消失（死亡）,这是此前的主题研究所忽视的。梅森赫尔德（Susan Edwards Meisenhelder）认为赫斯顿的独特性说明了她作品的复杂性,将她的作品简单地进行分类是荒谬的,局外人身份对她的艺术表现策略产生了巨大影响。

此外,作品对构建非裔美国文学批评理论和写作传统的价值得到深入探究,高度重视赫斯顿对非裔女性文学写作传统的构建。作为长期受到主流社会统治和压迫的少数族裔群体,黑人文学创作具有强烈的族裔性,黑人批评家也试图构建属于黑人独立、完整的文学批评理论。研究常对沃克和赫斯顿的作品进行比较,一方面强烈的黑人文化书写意识是她们的共同纽带,另一方面她们共同形成了黑人女性写作、黑人女性主义的范式。《他们眼望上苍》中表现出黑人女性对言说权利的渴望、寻求,《紫色》则是黑人女性言说的实现,她们构成了黑人女性文学的"母女"关系。赫斯顿作品中的黑人宗教仪式、方言土语、

[①] Jacquelyn Y. Mclendon, *The Politics of Color in the Fiction of Jessie Fauset and Nella Larson*, Charlottesville: University Press of Virginia, 1995, pp. 8 – 96.

[②] Kaye D. Campbell, "The Chinaberry Tree & Selected Writings by Jessie Fauset", *MELUS*, Vol. 57, No. 1, 1998, p. 30.

[③] John Little, "Nella Larson's *Passing*: Irony and the Critics", *African American Literature Review*, Vol. 26, No. 5, 1992, p. 71.

黑人民间的走廊文化、歌舞游戏也得到了探析，赫斯顿对黑人民间文化的挖掘和书写是黑人文学的重要特色。霍莫斯（Gloria Graves Holmes）从赫斯顿作品中黑人独特的宗教信仰和音乐形式入手，探究了赫斯顿的宗教观和文化观，提出赫斯顿具有"分离视野"。[1] 卡伦甲（Ayana L. Karanja）则颇具新意地探讨了赫斯顿将文学的写作模式带入人类学著作的撰写中，并将人类学的知识融入了小说作品的写作中，因而人类学作品具有文学色彩，文学作品中有大量的人类学内容，实现了人类学和文学的双向互动。戴维斯（Thadious M. Davis）出版了第一本拉森传记，最后一部分专门分析了拉森对黑人文学及美国文学的价值，提出拉森作品是非裔女性文学走向成熟的标志之一。

5. 21世纪是研究深化阶段

21世纪非裔美国女性作家作品研究的势头依然强劲，哈莱姆文艺复兴时期的女性作家不仅得到了更多的关注，而且其研究内容和视角进一步多元化。但研究对象单一现象依然存在，福塞特和拉森的独立研究专著较少，她们主要是作为作家群体类研究对象出现在各类研究专著中，赫斯顿研究不论是专著数量还是研究内容或视角都是她人无法抗衡的。21世纪研究中的比较视野也进一步丰富，群体研究不再局限于女性作家群体内部进行对比的模式研究，亦开拓了女性作家与男性作家的比较研究、跨种族的作家作品比较研究。此外，文化研究和后殖民研究得到迅猛发展，出现了一批对作家作品整体进行文化诗学、身份政治研究的学术成果。总之，21世纪是研究进一步深化的阶段，多视域、跨学科成为突出特征。

21世纪非裔女性文学研究向着纵深方向发展，研究呈现出更为丰富的比较视野。以"越界（冒充白人）小说"为研究对

---

[1] Gloria Graves Holmes, *Zora Neale Hurston's Divided Vision: The Influence of Afro-Christianity and the Blues*, Stony Brook: State University of New York, 1994, p. 152.

绪 论

象,对哈莱姆文艺复兴时期男女作家使用的不同文本策略进行比较,男性作家更强调种族政治身份,女性作家则更突出性别政治身份。选取第一次世界大战到第二次世界大战之间具有不同种族背景的女性作家作品作比较,黑人女性作品和这一时期的其他女性作品普遍表现出了进步主义和中产阶级价值取向。将詹姆士·威尔登·约翰逊、福塞特和拉森作品中"黑人性"的建构进行比较,这些作品共同构建了"旧世界的新黑人"。① 通过对赫斯顿和拉尔夫·艾利森作品中的视觉艺术作比较,表明了黑人写作中具有视觉审美的传统。对赫斯顿作品和加勒比文学经典中的幽默进行比较,可以发现赫斯顿作品中黑人的幽默语言、幽默人物形象符合加勒比文学中的幽默传统。

  文学研究向文化研究的重要转向在 21 世纪继续发展,非裔美国女性文学的研究也体现出这一特点。文化研究同时融合宗教、历史、经济等交叉学科,具有明显的跨学科特征。哈莱姆文艺复兴时期黑人女性小说不再局限于表现种族偏见,而是通过书写黑人在 20 世纪美国的生活来张扬黑人独特的民俗文化,渴望获得积极、正面的种族形象。怀斯特(Elizabeth J. West)论述了美国黑人宗教信仰的流变过程,认为记忆、社区、自然是黑人女性文学中"非洲灵魂"的表征,指出福塞特小说展示了基督教理想主义的形成,而赫斯顿小说则反射出现代主义觉醒中对宗教的再思考。② 著名文学评论家布鲁姆编撰的《佐拉·尼尔·赫斯顿》(新版)共收录了 12 篇赫斯顿研究论文,选题涉及民俗文化、女性话语声音、重新审视《他们眼望上苍》中的故事讲述策略、赫斯顿对待性别和种族属性的矛盾心

---

① Lena Ahlin, *The New Negro in the Old World: Culture and Performance in James Weldon Johnson, Jessie Fauset, and Nella Larson*, Stockholm: Press of Lund University, 2006, pp. 85–124.

② Elizabeth J. West, *African Spirituality in Black Women's Fiction: Threaded Visions of Memory, Community, Nature and Being*, Lanham, Md.: Lexington Books, 2011, pp. 1–139.

理、伏都教和非洲传统文化、短篇小说中的社会经济学等,很好地展示了从多维度进行赫斯顿研究的可能性。普兰特(Deborah G. Plant)主编的《内部的光:佐拉·尼尔·赫斯顿研究批评论文集》在对赫斯顿作品进行文化研究的同时,结合最新的生态批评理论、图像学理论等对赫斯顿作品进行了新解读。杰宁斯(La Vinia Delois Jennings)编辑的《佐拉·尼尔·赫斯顿、海地和他们眼望上苍》共收录10篇论文,强调赫斯顿将海地田野采风经历与文学创作进行了自然的融合,海地民间故事、伏都教、蛇神神话、葬礼仪式等独特种族文化元素在小说中得到了书写。

后殖民批评在21世纪的研究中占据重要位置。后殖民批评以"文化霸权"和"民族文化"为理论基础,强调"知识"和"权力"的同盟关系。在对哈莱姆文艺复兴时期女性小说的研究中,后殖民和女性主义合谋。当代学者们都将关注的对象锁定为被边缘化的女性"他者",并意识到黑人女性主体的构建是占统治地位的白人通过一系列知识、描述、国家机器和方案等对黑人躯体和灵魂进行形塑的过程。女性作家试图颠覆、解构性别、文化、种族的等级秩序下的不平等话语和权力,身份政治成为研究核心。《流沙》是关于性政治的典型作品,黑尔加渴望吸引男性和满足性欲,但她的性欲望却始终处于被压抑状态,这源自美国白人公众和黑人男性关于黑人女性"轻佻放浪、妓女、性开放"的舆论,对采取顺从或反抗策略的不确立将黑尔加拽入人生悲剧。赫斯顿作品体现在印刷、视觉文化中的身份政治受到关注,《约拿的葫芦蔓》《他们眼望上苍》等作品中黑人女性在种族、阶级、性别的多重压迫下的女性意识觉醒和主体性建构也是研究热点。

21世纪还出现了更多的作家传记研究专著。《寻找内拉·拉森:肤色线的自传》将拉森的人生经历细分为23个阶段,丰富的内容和翔实的材料对读者更全面地了解拉森具有参考价值。

以字母顺序排序的《佐拉·尼尔·赫斯顿手册》,将与赫斯顿相关的人物、时间、重大事件、作品进行简要介绍,对后期研究者有一定的检索帮助。《佐拉·尼尔·赫斯顿:书信集》收集了赫斯顿人生不同时期所有的书信往来,长达 900 多页的书信内容对更好地理解赫斯顿本人的人生观、文学观、种族观、创作动机等有极大帮助。《彩虹之围:佐拉·尼尔·赫斯顿的一生》对赫斯顿人生进行了全面的回顾,进一步丰富了赫斯顿研究的史料。《佐拉·尼尔·赫斯顿和南方生活历史》从赫斯顿个人的南方生活经历和作品中对南方的书写两个方面阐释赫斯顿的南方情结。《佐拉·尼尔·赫斯顿:生平和著作参考书》全面地介绍了赫斯顿的人生经历和文学创作活动,全书由生平、主要文学创作、相关人物、地点和主题及附录几部分组成,为读者进一步深入研究赫斯顿提供了线索和指导。《佐拉·尼尔·赫斯顿最后十二年的岁月》对赫斯顿 1948—1960 年的落寞、浪迹生活进行了介绍和分析,为世人揭开了晚年赫斯顿的艰难人生。

总之,哈莱姆文艺复兴时期以福塞特、拉森和赫斯顿为代表的女性作家都在 20 世纪 40—60 年代被严重忽视,70 年代之后相继得到重新关注,并逐步成为黑人文学研究的热点对象。80 年代后,不论是单个作家研究还是作家群体研究都比较丰富,研究成果也较多。但是,福塞特和拉森研究主要出现在各类有关女性作家群体或黑人族裔作家群体的研究中,有关她们的研究专著相对较少。赫斯顿则是被研究的主要对象,受到最广泛关注的作品是她的代表作《他们眼望上苍》。90 年代开始,研究视角多元化,研究中尤其注重前沿性文学理论在黑人女性文学中的运用。21 世纪,跨学科成为开展研究的新策略,文化研究和后殖民研究都得到进一步发展和深入。但遗憾的是,在如此众多的作家群体研究成果中,缺乏对这一时期黑人女性小说创作倾向的系统研究,尤其是缺乏对黑人女性作家相同的创作倾向及差异化的写作策略的研究。

（二）国内研究现状

中国的黑人文学研究是从对黑人作家作品的译介开始的。20世纪80年代之前黑人女性作家及作品研究在中国几乎处于信息空白状态，仅有杨昌溪在《黑人文学》集子中提及赫斯顿的名字。80年代以来，以王家湘、施咸荣等为主的学者们向国内推介美国黑人文学作品、批评理论，加深了对早期受到译介的休斯、赖特作品的学术分析，推出了赫斯顿、艾利森、沃克、安吉洛、莫里森等优秀作家的作品。早在1981年，董鼎山在《读书》杂志发表的文章《美国黑人作家的出版近况》介绍了拉森和赫斯顿小说的出版情况。1986年在人民文学出版社出版的《美国文学简史》中包含了对赫斯顿生平及其小说《他们眼望上苍》的介绍。1986年高云翔在《吉林大学社会科学学报》发表的《美国"黑人文艺复兴"大事记》为中国学界介绍了20世纪20年代活跃于哈莱姆文艺复兴运动的黑人女作家及其小说作品，其中罗列了杰西·福塞特的小说《混乱》和内拉·拉森的小说《流沙》。同年，董鼎山在《读书》杂志发表了第二篇黑人文学研究文章《美国黑人女作家的双重桎梏》，关注了黑人女作家受到的种族及性别双重歧视现象，难得的是其敏锐地提及赫斯顿对黑人传统保留的意识，赫斯顿小说中黑人社区的系统性，以及提出"黑人妇女作品描写黑人妇女的生活经历起源于赫斯顿"的观点。[①] 1987年吴家鑫的《肤色在美国黑人内部的影响日趋减弱》中提及内拉·拉森和杰西·福塞特热衷于描绘浅肤色中产阶级妇女，并认为这种选择与大多数哈莱姆作家的态度是截然不同的。同年，吴家鑫还在《中央民族学院学报》发表了《美国著名黑人女作家娜拉·霍斯顿》的长文，文

---

① 董鼎山：《美国黑人女作家的双重桎梏》，《读书》1986年第3期。

绪　论

章不仅对赫斯顿的生平与创作进行了介绍，还详尽探讨了赫斯顿作品的主要内容、艺术特色及赫斯顿作品的地位与影响，提出赫斯顿作品反映了黑人的苦难史，表达了黑人对理想的追求。此文当数国内学界在赫斯顿研究方面专述论文的开山之作。1988年施咸荣在《美国研究》发表了《美国黑人的三次文艺复兴》的学术文章，突出了哈莱姆文艺复兴运动在黑人文学发展史中的重要地位，简要概括了此时期的文学表现主题和特色。王家湘在1989年发文专门介绍了赫斯顿作品特色，分析了赫斯顿作品被同时代文坛忽略的历史语境，以及20世纪70年代的"寻找佐拉"事件概况。1992年单子坚的《哈莱姆文艺复兴文学概述》一文发表，文中先是将赫斯顿、拉森和福塞特定义为"关心支持哈莱姆文艺复兴作家的人"，接着谈到福塞特曾经担任《危机》杂志副主编，称赞其为"新黑人文化"的助产士。最后部分谈及福塞特的四部长篇小说时，评价其作品的总体效果具有促进公平对待黑人种族的价值。总体而言，此阶段的研究偏向于对哈莱姆文艺复兴运动的整体研究，学术论文中意识到了此时期的黑人女性文学是运动不可或缺的组成部分，并从总体上对三位女作家的作品进行了评述。但针对三位重要黑人女作家的独立研究文章较少，吴家鑫和王家湘成为国内赫斯顿研究的旗手人物，开启了哈莱姆文艺复兴时期黑人女性作家作品的研究之路。

　　1993—2000年是女性作家作品研究的快速增长阶段。1993年是美国黑人文学的辉煌年，黑人女作家托妮·莫里森在这一年获得了诺贝尔文学奖，标志着黑人文学的艺术成就受到全世界的公认。伴随着世界范围内轰轰烈烈的女权主义运动浪潮，中国掀起了对美国黑人文学研究，尤其是对黑人女性文学的研究热潮。学者们对美国黑人文学的研究对象由男性作家作品拓展到女性作家作品，研究内容逐步丰富，研究视角与方法与时俱进。当代的西方文艺理论不断被用于美国黑人作品的阐释中，出现了可喜的学术成果。学者们不仅承袭了此前学者们关注的黑人文学中的种族问题，更是将性别和文化因素引入对黑人文学的分析中，凸显了黑人文学中女性个人身份、黑人群体文化身份建构的重要主题。就黑人女性文学而言，大多数学者将研究对象集中于艾丽斯·沃克和托妮·莫里森的同时，也开始关注哈莱姆文艺复兴时期的女性文学。

1993年《国外文学》刊登了由郝澎翻译的美国学者芭芭拉·约翰逊的论文《〈他们的目光注视着上帝〉中的隐喻、唤喻及声音》，此文利用结构主义修辞学的理论对赫斯顿代表作《他们眼望上苍》进行了解读，这是国内首次对国外赫斯顿研究论文的全文完整译介。无独有偶，同年的《国外文学》第4期还登载了由凡提和张晓全翻译的小亨利·路易·盖茨的论文《黑色世系——关于符号与巧言示意猴的批评》，赫斯顿的《骡子与人》和《他们眼望上苍》在文章中被当作巧言示意的示范文本，并提出赫斯顿小说解决了巧言示意一词在规范英语用法中字面义与比喻义之间的内在张力。1993年王晓路在《外国文学评论》上发表的《理论意识的崛起——读〈黑人文学与理论〉》一文中，也向国内学者介绍了国外赫斯顿作品的研究情况。1994年刘明阁发表的《美国黑人男作家对黑人女作家的评论》文章中，认为赫斯顿突破了同时代男作家抗议种族歧视的主题，她转向对黑人种族社区、家庭内部男女关系冲突的探讨，向男权主义观念和性别压迫提出了质疑，并表示这种写作已经超越同时代人的思想。1994年张芳翻译了芭芭拉·约翰逊另一篇对赫斯顿的研究论文《差异的门槛：论佐拉·N. 赫斯顿作品中的人称结构》并发表于《电影文学》，此文借用叙事学理论对赫斯顿的《骡子与人》和另外两篇短文进行了解读。

20世纪90年代中后期为国内赫斯顿研究发挥了巨大推介作用的一位学者是陈光明。1997年《外国文学》第6期登载了

绪　论

由陈光明全文翻译的赫斯顿三篇短篇小说，分别为《6枚镀金的硬币》《斯蓬克》和《比尔街上的公鸡罗宾》，此举为国内对赫斯顿短篇小说的首次译介。此外，陈光明还撰写了两篇赫斯顿研究论文，篇名为《佐拉·尼尔·赫斯顿生平与创作书评》的文章比较详细地介绍了赫斯顿短篇小说作品的主要内容及创作背景。另一篇文章《〈他们的眼睛望着上帝〉：一部反映性别歧视的黑人小说》注意到赫斯顿作品中的女性"声音"并将赫斯顿代表作的主题确定为性别歧视。次年，陈光明又在《安庆师范大学学报》（社会科学版）发表了《赫斯顿：在生不顺死后复兴的美国黑人女作家》一文，文中详尽分析了赫斯顿在世期间作品受到排挤的社会历史语境，20世纪70年代其在美国被文坛重新挖掘的契机，当代学者对其作品的评价和重新定位。此外，1997年沈建青在《外国文学》第1期发表了《寻找母亲花园的女作家——几位美国少数民族女作家与"母—女"话题》，探讨了赫斯顿作为黑人女性文学之母在其作品中关注"母—女"关系描写，并强调赫斯顿成为后期著名女作家的艾丽斯·沃克和托妮·莫里森文学创作的学习对象。1997年翁德修在《外国文学动态》杂志上发表《美国黑人女性文学回顾》一文，文中不仅回顾了赫斯顿的小说作品，更难得的是高度评价了另一位作家杰西·福塞特的小说创作，认为《楝树》中创作了一系列有色人种的中产阶级形象，突破了混血女的可怜形象，改变了白人对黑人一成不变的刻板印象。1999年王家湘撰文《对哈莱姆文艺复兴的认识与反思》发表在《外国文学动态》上，文中再次强调了赫斯顿、拉森和福塞特的作品将注意力集中于黑人女性情感等精神生活，反映女性的性觉醒和自我意识的发展。1999年曾艳钰的《美国黑人文学中女性形象的嬗变》发表在《福建外语》第1期，文中总结了赫斯顿和拉森作品中的女性形象特点，提出拉森作品刻画了典型的被异化的混血女形象，而赫斯顿作品则偏向于塑造/刻画具有多重需求的

"圆形"复杂女性形象。

　　新旧世纪的交替年，对于国内哈莱姆文艺复兴运动研究者来说，最大的幸事之一莫过于王家湘将赫斯顿的代表作《他们眼望上苍》全书翻译成中文，并由北京十月文艺出版社出版。此书是目前国内对哈莱姆文艺复兴时期众多女性长篇小说的唯一中文译本，此书的翻译成功推动了国内学者对赫斯顿此部代表作铺天盖地的研究论文的出现。2000年，曾梅的《黑人文学的民族性和黑人民族文学的世界性》一文中，作者认为赫斯顿等作家开创了美国黑人民间文学传统，并对莫里森的文学创作造成极大的影响。同年，美国文学研究专家杨仁敬出版了专著《20世纪美国文学史》，赫斯顿被收录并得到简要介绍，标志着国内对哈莱姆文艺复兴时期女作家在美国文学史中不可忽视的地位给予承认。此外，由刘婕等人翻译的伯纳德·贝尔的《非洲裔美国黑人小说及其传统》（2000）一书在四川人民出版社出版，书中将杰西·福塞特和内拉·拉森的作品总结为"附庸风雅的现实主义"流派，提出其作品带有民族同化主义、民族主义或二元文化色彩。将佐拉·赫斯顿的作品归纳为"民间传奇"，认为赫斯顿作品中包含田园体、原始主义和原种主义的元素，并列举大量的文本证据进行解读。此书的翻译为国内对哈莱姆文艺复兴时期女性小说带来了全新的认知。2000年由翁德修和都岚岚编写的《美国黑人女性文学》出版，该书从社会、历史、文学、民族等多个层面考察了美国黑人女性文学的发展脉络，第四章以"寻找自我的历程——哈莱姆文艺复兴时期的三位黑人女作家"为题详尽剖析了赫斯顿、拉森和福塞特的作品。此书成为我国第一部黑人女性文学的研究专著，美中不足的是过于偏向资料堆砌，缺少著者明确的独创观点。总之，20世纪90年代的中国学界意识到美国黑人文学在整个美国文学中的重要地位，学者突破对莫里森、沃克、艾利森、休斯和鲍德温等热门黑人作家作品的研究，注意到哈莱姆文艺复兴运动时

绪　　论

期黑人女作家的小说作品，尤其表现出对赫斯顿作品的关注，察觉到赫斯顿小说中具有的黑人民间故事传统文本特征和表现黑人女性寻找自我独立意识的内容。这是将眼光挪移到美国黑人文学的第一次成熟时期。

国内美国文学研究者队伍在 21 世纪进一步壮大。美国黑人文学，特别是美国黑人女性文学成为文学研究的选题热门，众多文学相关专业的学生将黑人女性文学作为硕士或博士学位论文的研究对象，并呈现出重视原文著作的精读、同步学习最新的前沿性文学理论、积极搜索第一手的外文研究资料、充分利用跨学科的研究视角等特点，出现了一批研究硕果。借着学术界整合女性主义文学批评和少数族裔文化理论的大潮，越来越多的黑人作家作品进入国内黑人文学研究者的视野，被誉为"黑人女性文学之母"的赫斯顿及哈莱姆文艺复兴时期另外两位黑人女作家内拉·拉森和杰西·福塞特的研究呈现出增长态势，国内出现了一系列的相关学术成果。如果说 2000 年之前的译介和研究成果屈指可数，能够做到悉数罗列，21 世纪的研究情况则必须采取归纳的方式进行概述。

1. 学术著作

国内陆续出版了众多美国文学史、美国文学批评、黑人文学史、黑人女性文学研究等学术著作，作为黑人文学乃至整个美国文学不可或缺组成部分的哈莱姆文艺复兴运动时期的女性文学作品都在此类著作中得到重视。

（1）文学史教材或专著。2002 年由刘海平和王守仁担任主编、杨金才主撰的《新编美国文学史》出版，其中用一个专节对赫斯顿的生平和小说做了长达 14 页的评介，并较准确地把握住了赫斯顿作品与众不同的主题及叙事特点，指出赫斯顿在文学中表现出的文化意识和艺术独创性都超越时代，当属整个美国文学传统的一部分。2003 年董衡巽主编的《美国文学简史》（修订本）由新华出版社出版，在其专节"黑人文艺复兴及其影响"中也对赫斯顿的文学影响进行了归纳。由吴元迈主编的《20世纪外国文学史·第三卷·1930年至1945年的外国文学》选择了赫斯顿作为两位黑人作家代表之一进行了介绍。2006年王家湘撰写的《20世纪美国黑人文学史》由译林出版社出版面世,此书成为国内黑人小说研究的基础入门必备书,书中第三章概述了哈莱姆文艺复兴时期的黑人小说,杰西·福塞特、内拉·拉森和佐拉·赫斯顿作为活跃在哈莱姆文坛上的女性作家得到了全面的介绍。2010年由王卓和李权文主编的英文版《美国文学史》也将赫斯顿当作非裔美国文学的典型女性作家收录其中并进行了概述性的介绍。2013年庞好农的专著《非裔美国文学史(1619—2010)》由中央编译出版社出版,书中不仅专节介绍了赫斯顿和内拉·拉森的创作情况和小说主要情节,更将她们归纳为非裔美国文学成熟期的典型代表作家。2014年杨仁敬所著的《简明美国文学史》面世,在"哈莱姆文艺复兴与黑人作家"专节中仅挑选了二位作家进行介绍,其中一位便是赫斯顿。众多中国主流的美国文学史教材收录了赫斯顿及其文学作品,说明其作为黑人文学的重要代表人物得到中国学界的一致认可。

(2)黑人女性文学研究专著。2010年由金莉编著的《20世纪美国女性小说研究》出版,第二章"两次世界大战之间的女性小说"共挑选了五位女性作家进行研究,其中包括佐拉·赫斯顿和内拉·拉森两位黑人女作家。金莉认为赫斯顿的贡献在于"首次比较完满地为黑人女性文学解决了家庭叙事和个体叙事的冲突,为和谐两性关系提供了模本"[①],内拉·拉森则被描述为"游离于黑白两个世界之间的女性",这也意味着身份焦虑是拉森的人生困惑,对身份认同的探讨自然也成为拉森小说的主题。2011年稽敏的专著《美国黑人女权主义视域下

---

① 金莉:《20世纪美国女性小说研究》,北京大学出版社2010年版,第94页。

绪 论

的女性书写》面世，此书首次在国内聚焦于赫斯顿作为剧作家的身份，谈论赫斯顿的《被压制的颜色（1925）》和《第一个（1927）》等戏剧剧本，分析其创作内容及主题。2012 年闫小青的专著《20 世纪美国女性文学发展历程透视》出版，书中开辟专节介绍了赫斯顿和内拉·拉森的创作，重申了两位黑人女性作家在哈莱姆文艺复兴运动中的声誉和文学成就。2014 年王淑芹出版了专著《美国黑人女性主义文学批评研究》，将由杰西·福塞特、内拉·拉森和赫斯顿组成的女性作家评价为"20 世纪前半叶黑人妇女文学创作的里程碑"[①]，充分肯定了她们作为黑人女性的先驱，超越同时代的男性作家注意到了种族、性别和阶级合谋编织的压迫之网，最终成为后期黑人女性作家的文学"母亲"。

（3）黑人文学理论专著。2007 年周春的专著《美国黑人女性主义批评研究》出版，该书不仅填补了国内黑人女性主义批评的空白，而且书中多次引用赫斯顿作品内容及剖析其文本特色，并将其作为黑人女性主义批评理论构建的示范性文本。2011 年王元陆翻译了小亨利·路易斯·盖茨的专著《意指的猴子：一个非裔美国文学批评理论》，熟悉盖茨的学者都清楚该理论很大程度上建构于对赫斯顿小说作品的解读。此书不仅为国内学者介绍了非裔美国文学批评理论的最重要学术专著，同时也提供了赫斯顿研究的权威材料。2016 年周春的第二本专著《美国黑人文学批评研究》付梓，该书深刻地分析了哈莱姆文艺复兴时期的黑人文学批评思想，赫斯顿、拉森和福塞特的作品在哈莱姆文艺复兴的"文化语境""黑人自我定义的开端""文艺论争""方言诗学"和"城市美学"等章节被加以讨论。

（4）美国文学研究集刊或研讨会论文集。2006 年由郭继德

[①] 王淑芹：《美国黑人女性主义文学批评研究》，山东大学出版社 2016 年版，第 168 页。

主编的《美国文学研究》(第三辑)出版,收录了程锡麟撰写的文章《赫斯顿的黑人美学思想——赫斯顿散文述评》,该文以赫斯顿的散文全集为研究对象,突破"重赫斯顿小说、轻其他文学类型"的研究传统,提出"她的许多散文文章对黑人文化的各个方面分别加以归纳和总结,提高到理论上进行阐述,对当时白人主流文化对黑人文化的偏见和误解作了判断和澄清,表达了她的艺术主张和美学观念"。① 同年,《福建省外国语文学会2006年年会暨学术研讨会论文集》收录了陈研的研究论文《黑人女性寻求第三空间:〈他们眼望上苍〉后殖民分析》,文章采用后殖民女性主义中"他者""种族""第三空间"等关键术语探讨珍妮姑娘所有的歧视和自我身份的探求。2009年此论文集又收录了韩晓燕的文章《〈他们眼望上苍〉中的种族意识》。2011年郑建青和罗良功主编的《在全球语境下美国非裔文学国家研讨会论文集》出版,收录了由蔡萍撰写的《寻找自我——〈他们仰望上苍〉与〈苏旺尼的六翼天使〉对比研究》一文,文中对比了二位女主人公不同的寻找自我之旅,探究了不同结局的原因,揭示了女性话语权对女性寻找自我的重要性。2014年何江胜和姜礼福主编的《多元视角下的外国文学研究》收录了孟庆粉的《发出自己的声音——赫斯顿的民俗文化书写与黑人文化身份重构》一文,该文再次强调了赫斯顿中后期作品的民俗文化元素及其在推动黑人文化复兴中的重要作用。

(5) 赫斯顿研究著作。近十年来,令人欣喜的是国内发表了一些哈莱姆文艺复兴运动及女性小说的研究专著。2005年著名学者程锡麟出版了《赫斯顿研究》,该书在大量参阅国外赫斯顿研究文献的基础上,以精练的语言对赫斯顿的全部文学作品进行了整体研究。著作在对赫斯顿作品进行研究时采用了兼

---

① 程锡麟:《赫斯顿的黑人美学思想——赫斯顿散文述评》,载郭继德编《美国文学研究》(第三辑),山东大学出版社2006年版,第291—230页。

绪　论

顾内部研究（文本的结构、形式和叙事等）和外部研究（作家写作背景、社会历史语境等）的研究范式，同时也留下了很多值得深入挖掘的研究线索，此书成为国内赫斯顿研究的必备参考书目。2007年北京大学出版社出版了由奥克沃德（Michael Awkward）主编的《〈他们眼望上苍〉新论》一书，该书收录了美国五位赫斯顿研究权威专家采用不同视角对《他们眼望上苍》研究的论文，新颖的切入角度和翔实的文本分析对国内学者研究赫斯顿起到了示范作用。2010年王元陆专著《赫斯顿在种族及性属问题上的矛盾性研究》由外语教学与研究出版社出版。书中提出在种族问题上，赫斯顿将"黑人的世界描述为独立自主的田园式乌托邦"；在性属问题上，赫斯顿虽然塑造大量的黑人女性正面形象，却同时秉持世界属于强者的世界观，而其作品中的强者往往是男性，其"对待男/女关系的态度也充满了矛盾和悖论"。[①] 2010年张玉红的专著《佐拉·尼尔·赫斯顿小说中的民俗文化研究》出版，该书以赫斯顿的《约拿的葫芦蔓》《他们眼望上苍》和《摩西，山之人》三部小说为研究对象，采用跨学科的研究方法，运用民俗学和解构主义等理论，分析了赫斯顿作品中强烈的民俗文化元素。可惜的是，该书以英语书写，且内容上集中于挖掘赫斯顿文本中的民俗文化，导致其以白人为书写对象、黑人民俗文化不太明显的第四部小说《苏旺尼的六翼天使》未被纳入研究对象。时隔五年，张玉红又推出了新作《赫斯顿民俗小说研究》，该书不仅总结了赫斯顿小说中的四种民俗文化类型，即文学型民俗、语言型民俗、宗教型民俗和动作型民俗，而且提出民俗文化是赫斯顿作为黑白文化夹缝中的文本生存策略的观点，为国内学者赏析赫斯顿作品提供了一把新钥匙。2014年，胡晓军、傅琴芳和张黎合著

---

① 王元陆：《赫斯顿在种族及性属问题上的矛盾性研究》，外语教学与研究出版社2010年版，第2页。

的《灵魂之声：女性与心理视域融合下的赫斯顿研究》由四川大学出版社出版，该书将研究对象锁定为《他们眼望上苍》，以作家本人的创作心理动机为切入点，分析了赫斯顿描写黑人日常生活背后暗藏的拒绝"抗议文学"态度，以珍妮姑娘的成长经历传达出黑人女性的精神追求和心路历程。2015年，江春兰出版《赫斯顿、安吉洛和凯莉自传的新突破》专著，该书作者秉持"自传写作为黑人女性提供了一个进行自由讲述的途径"[①]观点，分析赫斯顿的自传作品《道路尘埃》，表达出赫斯顿自传在继承黑人自传传统时，又寻求突破以独特方式对黑人自传传统进行修正的创作观念。

（6）拉森和福塞特的研究著作。目前仅有2014年由吉林大学出版社出版的张德文著作《哈莱姆文艺复兴的越界小说研究》，该书以内拉·拉森和杰西·福塞特的小说为主要研究对象，提出"冒充白人"现象的越界小说占据哈莱姆文艺复兴时期文学创作的突出位置，分析越界行为反映出的种族意识、身份困惑和认同危机，总结出"抗议性和反越界性"[②]是此类越界小说的本质。该书是国内拉森和福塞特研究中的佳作，通过细读文本解读越界主题，深挖越界中的本质问题，堪称越界小说研究的范本。

（7）其他相关研究专著。2007年学者黄卫峰出版专著《哈莱姆文艺复兴研究》，该书由上篇、中篇和下篇三部分组成，详尽地对哈莱姆文艺复兴的背景、内容、特征、性质和历史意义进行研究，并指出20世纪20年代的美国黑人文化与美国文化存在着一致性，即美国文化努力摆脱欧洲文化的影响形成独立文化意识，同时美国黑人则竭力摆脱美国白人文化的支配，构

[①] 江春兰：《赫斯顿、安吉洛和凯莉自传的新突破》，厦门大学出版社2015年版，"前言"第Ⅳ页。

[②] 张德文：《哈莱姆文艺复兴的越界小说研究》，吉林大学出版社2014年版，第103页。

绪　论

建黑人的种族文化特色。此书对于研究美国黑人历史、文学、文化和宗教都具有非常好的指导作用。2013年罗虹出版了著作《从边缘走向中心——非洲裔美国黑人文化》，该书将黑人文化置于美国多元文化及人类诗学的背景之中，以黑人宗教信仰、语言文化和文学艺术为研究对象，阐释了美国主流文化与黑人亚文化之间的互动关系和历史进程。书中"哈莱姆文坛上有影响的女小说家"专节探讨了赫斯顿、拉森和福塞特的文学创作问题。2014年黄卫峰出版了第二本黑人文化专著《美国黑白混血现象研究》，该书第五章专门探究美国黑人混血题材文学，其中重点讨论了拉森的《流沙》和《逾越种族线》，还有福塞特的《存在混乱》，提出混血儿是哈莱姆文艺复兴时期最广为流行的写作对象，对探究黑人的身份认同问题具有典型意义。

2. 期刊论文

21世纪以来，国内期刊陆续刊登了令人瞩目的哈莱姆文艺复兴运动及主要黑人女性作家作品研究的论文，论文运用各种文学批评理论，取得了可喜的科研成果。以2001—2017年中国知网收录的论文为数据来源，输入"赫斯顿"为关键词，共有512篇期刊论文和112篇硕士学位论文（检索时间为2017年3月20日）。如果以"赫斯顿"和"他们眼望上苍"为关键词，则有230篇期刊论文和71篇硕士学位论文。这充分说明国内的赫斯顿研究目前仍然集中于对代表作《他们眼望上苍》的探讨，赫斯顿的其他三部小说、戏剧作品、短篇小说、自传以及民俗专著都未受到国内学者的充分关注。以"内拉·拉森"为关键词，搜索结果仅出现13篇学术论文，令人意外的是竟然有15篇硕士学位论文。以"杰西·福塞特"为关键词，共有3篇学术论文和1篇硕士学位论文。从统计数据看，国内对内拉·拉森和杰西·福塞特的研究相当匮乏，仍停留于美国文学史、美国黑人文学史和美国黑人女性文学批评等著作中的简要总体性介绍，严肃完整的学术研究亟待开拓。

双重认同与融合：哈莱姆文艺复兴时期非裔女性小说研究

　　首先，经过对所有赫斯顿研究论文的阅读和整合，不难看出主要包含以下几种研究方法：

　　（1）女性主义批评。女性主义文学理论随着20世纪60年代女权运动的发展日趋多元化，众多的学者援引国外女性主义或黑人女性主义批评的相关理论，对赫斯顿以女性为书写对象的小说作品进行解读，主要探讨《他们眼望上苍》中的珍妮姑娘，少量涉及《苏旺尼的六翼天使》中的女性阿维、《约拿的葫芦蔓》中在约翰生命不同时期出现的女性人物如露西、海蒂等女性形象，分析女性的自我身份构建、女性自我意识的觉醒、女性找寻自我的历程等。2002年《外国文学研究》刊载了杨金才的论文《书写美国黑人女性的赫斯顿》，赫斯顿研究专家程锡麟2003年在《四川大学学报》（哲学社会科学版）发表了《读〈他们的眼睛望着上帝〉的女性主义意识》，2006年稽敏在《四川师范大学学报》（社会科学版）发表《佐拉·尼尔·赫斯顿之谜——兼论〈他们眼望上苍〉中黑人女性形象的重构》，2012年杨道云在《河南社会科学》发表《赫斯顿长篇小说中的女性形象研究》，2013年郭雪霞的《言说权的缺失与获得——解读〈他们眼望上苍〉中珍妮在婚姻中自我意识的成长》发表在《外国语文》，2014年《外国语文》登载焦小婷撰写的《赫斯顿的困顿——也评〈他们眼望上苍〉中的女性形象》，2015年高楷娟等人在《西安外国语大学学报》刊发《从生态女性主义角度看〈他们眼望上苍〉中珍妮的婚姻观》，以及2016年张德文在《社会科学战线》发表的《哈莱姆文艺复兴时期新黑人女性形象的身份诉求与建构》都属于女性主义视角研究论文。此类论文凸显在性别、种族和阶级的多重压迫制度下，美国南方传统父权制的男性对黑人女性话语权的控制，张扬黑人女性对压迫的消解与反抗。女性主义视角对赫斯顿作品的解读占据了赫斯顿研究论文的主要组成部分，学者们一致提出《他们眼望上苍》是一部具有世界影响力的女性主义经典作品的结论。

（2）叙事学批评。作为20世纪最重要和最流行的文学研究方法之一，叙事学也被频繁地用于赫斯顿小说作品的研究。2001年程锡麟在《外国文学评论》发表论文《〈他们的眼睛望着上帝〉的叙事策略》，该文在展示小说的叙事框架、叙事模式和叙事手段的基础上，论述黑人方言土语和口述传统被赫斯顿当作独特的叙事策略对当代黑人小说叙事形成了影响。2001年张珊珊在《东北师大学报》发表《多视角写作手法与赫斯顿小说主题》，2008年赵娟和冯玉娟合作在《西南民族大学学报》（人文社科版）刊发《论〈他们仰望上苍〉的语言风格》，2011年杜业艳在《当代外国文学》发表《呼唤与应答——〈他们眼望上苍〉与〈紫颜色〉的叙事策略》，2012年李权文在《求索》杂志发表《论〈他们眼望上苍〉的叙事话语建构》，2015年方小莉在《四川师范大学学报》（社会科学版）发表《面具下的叙述：美国黑人女性小说作者型叙述声音的权威》。此类论文主要接受20世纪文学研究向语言学转向的影响，聚焦于赫斯顿作品的叙事形式与叙事策略的选择，指出赫斯顿通过大量使用自由间接引语，叙述视角的转化，探讨这种文本深层形式结构对巧妙展示珍妮思想意识以及缩短读者与文本距离方面的优越性。比较遗憾的是，很少有文章对赫斯顿采用各种叙事技巧的深层动机进行深入剖析。

（3）文化批评。对赫斯顿小说进行文化研究也是近年的又一特点。2005年陈广兴发表在《外国文学研究》的《〈他们眼望上苍〉的民间狂欢节因素探讨》，2009年王元陆的《赫斯顿与门廊口语传统——兼论赫斯顿的文化立场》在《外国文学》上发表，2010年张玉红在《河南大学学报》（社会科学版）发表《生存策略——赫斯顿小说中的黑人民俗文学表征解读》，2012年陈莹莹在《苏州大学学报》（哲学社会科学版）刊发《佐拉·尼尔·赫斯顿的〈摩西，山之人〉中的"混杂"现象》，2015年李娜在《山东社会科学》发表《黑人文学民俗中的黑人文化身份回顾与重构》。此类研究通常结合赫斯顿师从人类学大师厄博斯、专攻黑人民俗文化的专业背景,结合小说《摩西,山之人》《约拿的葫芦蔓》和《他们眼望上苍》,少量涉及其人类学著作《骡子与人》和《告诉我的马》等作品,剖析作家对黑人民俗文化的珍视,以及黑人民俗文化在文本中的具体运作,深挖赫斯顿在哈莱姆文艺复兴这一特殊的社会历史语境下的文化观。

(4)社会—历史批评。赫斯顿经历了由哈莱姆文艺复兴运动早期的积极分子,到后期受到赖特等男性作家的严厉批评,直至远离哈莱姆文艺圈的奇特创作之路。一直以来,赫斯顿的创作观及其对哈莱姆文艺复兴运动的态度也得到学界的研究。2001年袁霁在《吉林大学社会科学学报》发表《佐拉·尼尔·赫斯顿被遗忘的背后——兼谈赫斯顿的创作观》,该文侧重于从赫斯顿的创作观和艺术审美追求的角度去分析赫斯顿在哈莱姆文艺复兴运动中被遗弃的原因,并很好地阐释了正是这种与当时黑人主要男性作家相左的创作观备受20世纪70年代后期的黑人文艺运动的推崇,直接导致其作品"再生"。2004年文培红在《西南民族大学学报》(人文社会科学版)刊发《"作为有色人种的我有什么感觉"——评佐拉·尼尔·赫斯顿的种族哲学及其命运》,2009年张玉红在《河南师范大学学报》(哲学社会科学版)发表《赫斯顿小说中的文化相对主义思想探析》,2011年刘珍兰在《求索》发表《赫斯顿的生态女性主义哲学观》,次年刘珍兰在《作家》发表《赫斯顿创作观和爱情观探究》,2012年朱青菊在《河南师范大学学报》(哲学社会科学版)登载论文《论赫斯顿〈他们仰望上苍〉的审美追求》,2016年苏虹蕾在《长江丛刊》刊发《赫斯顿小说〈他们眼望上苍〉的艺术特色》。以上论文都通过结合赫斯顿的各类作品,探析其与众不同的创作观、种族观、哲学观以及在文本中的具体体现。

(5)神话—原型批评。赫斯顿作品中随处都渗透着黑人独特的宗教观,黑人的教堂活动、祈祷和布道情节在作品中得到

绪　　论

较多描写，近年也有学者从神话—原型的视角对赫斯顿作品进行分析。2011年陈莹莹在《扬州大学学报》（人文社会科学版）发表《〈镀金硬币〉的〈圣经〉角度解读》，文章指出赫斯顿的短篇小说《镀金硬币》中的人物乔·班克斯和米西·梅来自圣经人物亚当和夏娃的原型，丝利蒙斯则取自"蛇—魔鬼"原型，赫斯顿通过对圣经原型的借用赋予作品新的内涵。2012年陈莹莹发表了另一篇论文《佐拉·尼尔·赫斯顿作品的追寻原型》，2012年胡笑瑛在《宁夏师范学院学报》发表《〈他们眼望上苍〉中的珍妮和伏都教女神俄苏里》，2014年胡笑瑛又在该学报发表《〈他们眼望上苍〉中的埃及神话原型》，三篇文章都采用了神话—原型批评的研究视角，对赫斯顿的代表作《他们眼望上苍》进行了分析。此外，还有一些学者也采用了其他研究视角，如2011年张玉红在《荆楚理工学院学报》发表的《规训与反规训——赫斯顿〈他们眼望上苍〉的福柯式阅读》，杨东霞在《重庆第二师范学院学报》发表的《〈他们眼望上苍〉：后殖民主义视角下的身份问题》和王欣彦的《解析〈他们眼望上苍〉中的象征》等。

其次，通过对为数不多的内拉·拉森和杰西·福塞特相关研究论文的阅读，发现目前国内对两位作家的研究显得较为零散。比较有参考价值的论文有：2011年张醇和王瑞雪合作发表了《从〈存在混乱〉看黑人女性的觉醒》，此文从女性主义批评视角主要探讨了福塞特作品中黑人女性的自我意识觉醒历程。2012年焦小婷在《西安外国语大学学报》发表了《越界的困惑——内拉·拉森〈越界〉中的反讽意蕴阐释》一文，认为反讽艺术贯穿于拉森的小说并构建出了"情节叙述上的情景反讽、人物塑造上的命运反讽以及主题凸显上的制度反讽"[①]，传递出

[①] 焦小婷：《越界的困惑——内拉·拉森〈越界〉中的反讽意蕴阐释》，《西安外国语大学学报》2012年第4期。

作家对于荒谬现实的体悟。2016年吴琳在《外国文学研究》刊发《论〈流沙〉中海尔嘉·克兰的身份迷失与伦理选择》，文章讨论在种族歧视的伦理语境下，黑人混血女性陷入身份迷失和归属感缺失的伦理困境中，探究混血女性伦理悲剧的道德警示和伦理教诲。值得一提的是，最近五年出现了8篇对内拉·拉森研究的硕士学位论文，主要运用后殖民主义理论或女性主义和新历史主义批评理论探究混血女性在身份焦虑下的身份认同和女性主体性建构问题，其中李惜丽的《奏响自由之乐——〈流沙〉与〈越界〉中的音乐性解读》显得颇有新意。对福塞特小说研究的唯一一篇论文来自欧华恩撰写的《论哈莱姆文艺复兴时期福塞特的小说主题、历史成因及其价值》。可以说，目前学界关于福塞特和拉森两位已经被国内权威美国文学教材收录的黑人女作家的研究仍然处于严重匮乏状态，进一步研究的空间巨大。

总之，关于美国黑人文学史上具有显赫影响力的哈莱姆文艺复兴运动的研究逐渐成为21世纪国内学界黑人文学研究的关注领域。就总体研究态势而言，显示出研究对象不断扩大，研究内容日益增加，研究视角多元化，研究主题深入等特点。就研究内容而言，种族政治、女性文学中性别政治、女性文学的叙事艺术、女性对黑人民俗文学的珍视等成为研究的核心内容。但国内研究的不足之处在于：第一，缺乏全面系统研究。研究对象集中于单个作家的单部作品。研究最多的莫过于赫斯顿的《他们眼望上苍》，忽略了其他经典作家和作品。第二，缺乏作家群体研究。目前国内专著或博士学位论文中尚未发现对哈莱姆文艺复兴时期黑人女性作家群体进行研究的先例，比较视野和群像研究的缺乏不利于对同一历史语境下的作家创作的共性和差异性进行梳理和总结。第三，研究存在盲点。赫斯顿的研究总是围绕作品的主题、黑人女性自我意识的觉醒和作品中强烈的黑人民俗文化，而女性作家的创作倾向，女性作家与同时期男性作家在文学审美、文学表现对象、文学素材选择和文学功能等问题的态度比较，女性作家与美国主流文化之间的关系等问题，都尚未纳入我国学者研究范围。

三 选题意义与研究方法

（一）选题意义

第一，加强哈莱姆文艺复兴时期非裔女性作家群体研究。本书试图打破对单一作家或单一作品进行研究的模式，通过研究哈莱姆文艺复兴时期三位有代表性的女作家的"双重认同与融合"主题、创作倾向以及文化取向，加强哈莱姆文艺复兴时期非裔女性作家群体研究。这种共同的小说主题、文化取向和创作倾向是作家们通过差异化的书写对象、书写内容和写作技巧呈现出来的。福塞特集中表现了中产阶级非裔女性对身份、婚姻和事业的困惑和选择，强调女性的双重意识，主张女性坚持种族融合的态度。拉森运用现代主义的心理描写技巧洞察游离于黑白两个世界之间的混血女性的内心世界，探讨生活在种族和性别歧视的社会环境下非裔女性对于自由、个性、文化身份和性的艰难追求历程。赫斯顿则将目光转向南方乡村的非裔女性生活和民间文化，非裔民间的幽默传统、黑人方言土语、歌舞、原始宗教信仰、女性的自我意识觉醒等都得到了详尽的书写。在目前国内外对哈莱姆文艺复兴时期非裔女性小说研究主要聚焦于女性人物形象和作品主题的现状下，非裔女性作家群体研究不仅可以深化对女性作家整体创作的认识，还可以进一步加强对小说主题、"新黑人"女性形象、叙事特征、非裔民间文化和独特宗教信仰的解读，有利于肯定女性小说整体创作的文学审美价值，推动哈莱姆文艺复兴非裔女性小说走向经典。

第二，加强非裔美国女性小说传统研究。哈莱姆文艺复兴时期非裔女性小说对非裔美国文学做出了突出贡献。作为现当代非裔女性文学研究中不可缺少的一环，它是研究百年黑人女性心灵与女性文学的最佳突破口之一。20世纪之前的非裔女性通常以奴隶身份通过讲故事的形式来撰写自己的奴隶经历、抒发她们的情感和对自由的渴求。哈莱姆文艺复兴时期的女性小说创作在保留了自传性小说风格的同时，超越了传统的奴隶叙事，不再停留在控诉她们作为奴隶遭受的种族歧视，也不再满足于表达非裔女性具备创作才能以推翻黑人是劣等种族的论调，而是从独特的角度描写现代非裔女性在城市化进程中如何继承非裔民间文化、宗教信仰，同时又认可美国主流文化以应对美国现代生活。在此过程中女性对待性别、种族、阶级、性、婚姻、教育、艺术等方面的态度得到了充分的表达，非裔女性的形象也不再是传统文学中的"保姆"，而是具有要求自我发展、自我追求和张扬个性等特点的现代女性形象，这为后期的黑人民权运动、女权运动和女性文学的发展奠定了基础。当前对现代非裔女性文学进行研究的论文将观照视野置于莫里森、沃克等新文学作家身上，对哈莱姆文艺复兴时期的女性创作鲜有关注。然而，追根溯源，当代女性文学作家的创作主题，如"母女关系""姐妹情谊""黑人社群""女性意识""双重认同与融合"等主题都在哈莱姆文艺复兴时期的女性小说中得到书写。这一时期的小说还开始以现实生活为蓝本，深入刻画人物的心理活动，尤其是混血女性游离于黑白两个世界之间的纠结心态。这群特殊身份的女性的爱与恨，对种族身份的选择，对婚姻与性的幻想与失望，在逆境中顽强地斗争和寻求自我实现的勇气，对非裔民间文化的挖掘和肯定都在现当代非裔女性文学中得到继承和进一步的书写。哈莱姆文艺复兴时期的女性小说是美国非裔女性小说史不可或缺的组成部分，是现代黑人女性小说史的"开山"，构建了非裔美国女性小说传统。

　　第三，构建美国多元文化和反对种族歧视的现实意义。当今美国是一个典型的多元文化社会，来自世界各民族、种族的人在此工作生活，但种族冲突始终是美国社会无法回避的敏感问题。非裔美国人作为人口最多的美国少数族裔群体，始终与美国存在的种族歧视进行斗争。哈莱姆文艺复兴时期非裔女性小说就是女性作家对种族歧视、种族文化关系等问题进行思考的书写，既描写了少数族裔在当时美国社会生存的真实状态，也提出了消除种族歧视的一些可能性方案。小说从女性的视角揭露白人对非裔的本质主义偏见，提出少数族裔想要消除歧视和平等地参与美国社会离不开自身的努力。这一时期非裔女性扭转刻板印象的主要途径有提升受教育程度、实现就业获得经济独立和提升种族文化自信。此外，女性作家的创作中还强调了在与美国主流文化进行交流、互动和融合中维护少数族裔文化个性的重要性，这都有助于少数族裔化解文化同化危机。而维护种族文化个性则需要少数族裔群体树立种族文化自信、坚守种族文化传统、构建种族文化认同。总之，非裔女性小说中暗含的多元文化平等并存精神对解决文化冲突具有现实借鉴意义。

（二）研究方法

1. 后殖民批评

"他者""身份认同"和"混杂性"通常是后殖民批评中的关键词，本书借助这些关键词再现非裔女性这一边缘化群体在20世纪20年代美国寻找身份认同的挣扎历程。通过对三位女性作家的十部小说进行文本细读，考察阶级、种族、性别对于非裔女性群体造成的身心创伤及认同困惑。首先，"他者"（the other）是相对"自我"（self）而言的，不论是在白人占统治地位的种族关系中，还是父权制男性权威占主导地位的性别关系中，非裔女性都是被边缘化的"他者"。"他者"理论的运用有助于探讨挖掘小说中非裔女性遭遇歧视和形象被扭曲的社会背景和文化机制。其次，非裔女性对自我身份认同的寻找无时不在，身份认同包含非裔女性的种族身份、文化身份等，认同的寻找过程帮助非裔女性深化对个人成长、种族和性别的认知。最后，混杂性是基于文化的多元性和差异性提出的。非裔女性感受到了黑白种族文化的差异与冲突，她们需要对占统治地位的白人文化符号、文化实践进行整合、适应以满足自己的生存之需，同时她们也渴望坚守黑人种族文化以肯定自己的身份认同。两种文化的互动、融合中呈现出文化的混杂性，双重认同与融合成为非裔女性的文化取向。

2. 女性主义批评

女性主义文学批评致力于重新发现和重新阅读处于被淹没状态的女性文学，关注女性生活体验，提升女性地位，重视女性自我定义。本文运用女性主义批评分析哈莱姆文艺复兴时期非裔女性小说对女性生活体验的书写和新黑人女性形象的塑造，揭示非裔女性在美国社会受到种族、性别和阶级的三重压迫的事实，探讨非裔女性对于自我身份、追求平等和个性发展等方面的艰难追寻。哈莱姆文艺复兴之前，女性作家主要采取奴隶叙事的方式揭露奴隶制度对非裔女性身心造成的巨大创伤，表达了女性渴望获得种族平等的心声。正如黑泽尔·卡比所言，"通过描写反抗故事，把遭受的苦难、残酷的压迫倾诉出来"[1]。从哈莱姆文艺复兴开始，新黑人女性的女性意识开始觉醒，女性尝试自我定义并迈出了自我实现的步伐。对女性自我的性别身份和国族身份重新定位与寻求过程中，新黑人女性的内心感受、焦虑、困惑和认同选择是一种丰富、复杂的流动现象，需要借由女性主义批评方法进行深入挖掘。

从女性视角来阅读哈莱姆文艺复兴时期非裔女性小说不仅

---

[1] Hazel V. Carby, *Reconstructing Womanhood: The Emergence of the Afro-American Woman Novelist*, Oxford: Oxford University Press, 1989, p. 22.

能将注意力集中到长期被忽略的女性作家身上，还能更真实、全面地认知这一时期女性作家与男性作家及运动领袖人物的思想交锋与互动，展示女性作家独特的创作策略以及对黑白种族文化的思考与选择。在父权制社会中非裔女性承受着来自白人男性和黑人男性的双重压迫。从女性自身的经历出发进行思考和写作是哈莱姆文艺复兴时期女性作家的必然选择，造成了她们与白人男性、非裔男性作家在写作内容和方式上的差异。与此前的非裔女性前辈作家们相比，福塞特、拉森和赫斯顿都有在美国著名大学接受高等教育的背景，她们亲身经历了城市化、工业化和现代化美国对非裔美国人生活带来的巨大冲击，对非裔女性的城市生活经历、黑白种族文化有着更为独特的体悟。女性作家对黑人种族文化与美国主流文化的思考必然反映在文学创作中。她们在文学作品中有意识地选取20世纪初期女性为书写对象，借此来反映处于社会重大变革时期女性的处境，表现女性的生活状态和精神世界。在揭露种族歧视和压迫的同时，女性小说格外重视从女性独特的角度去描写女性经验，抨击性别歧视，扭转男性文学对女性歪曲或排斥的"他者"形象，恢复非裔女性完整、复杂并具有力量与尊严的"人"的形象。

3. 社会—历史批评

社会—历史批评作为文学外部研究活动，主要探究社会历史对作家创作内容、主题的影响。本书结合20世纪初期美国的社会历史背景，紧紧围绕哈莱姆文艺复兴这一特殊的历史语境，联系福塞特、拉森和赫斯顿三位女性作家的人生经历、小说创作时间、创作内容和创作主题，探究特定的社会历史语境对女性作家创作倾向和文化取向造成的影响。首先，这一时期非裔女性小说中蕴含的双重认同与融合取向与20世纪初期美国的社会历史环境、文学理论、文学流派有着密切关系。伴随着美国工业化、城市化的进一步发展，美国经济迅速发展，文化上出现了多元文化的主张，种族问题也成为主流文学中探讨的一个重要问题。其次，它与黑人种族在美国特殊的生活经历和历史不无关系，尤其是与20世纪初非裔美国人在美国的现实处境有关。由非裔中产阶级知识分子发起的哈莱姆文艺复兴运动引发了对种族身份与美国身份之间关系的讨论、对本民族的民间文化传统与美国主流文化关系的再审视，如何在挖掘、整理和张扬非裔民间文化的同时融入美国主流社会中成为黑人必须思考的问题。非裔女性作家双重认同与融合的文化取向与运动宗旨相合，表明女性作家创作对哈莱姆文艺复兴做出了独特的贡献。最后，女性作家自身的家庭背景、教育历程和旅行经历也对作家的创作倾向造成了影响。福塞特在从事《危机》杂志编辑工作期间的欧洲旅行、赫斯顿在海地的民俗田野调查经历等，对作家们的种族观和文化观都形成了影响。总之，哈莱姆文艺复兴时期的女性创作研究必然要涉及20世纪初美国非裔女性生活的状况和历史，女性作家通过文学创作对20世纪初期非裔女性的处境和出路进行了分析，为全面认识哈莱姆文艺复兴和20年代美国社会提供了新视角。

四 创新之处

第一，本书在研究对象方面，打破单一作家或单一作品研究模式，试图将哈莱姆文艺复兴时期的非裔女性作家作为一个整体进行观照。尽管当前从事非裔美国女性文学研究的队伍越来越壮大，但是研究主要集中于莫里森、沃克等热门作家的经典作品，非裔女性作家群体研究成果较少，尚未对哈莱姆文艺复兴时期女性小说开展整体性系统分析。本书尝试将研究对象聚焦于哈莱姆文艺复兴时期的非裔女性小说，把运动早期的福塞特、巅峰期的拉森和后期骨干赫斯顿作为代表组成一个非裔女性作家群体，从整体上把握这一时期女性作家的创作面貌，剖析这群作家在特殊历史语境下小说中存在的共同内容、关注

绪 论

对象、小说主题、创作倾向、文化取向等，以及她们作为一个整体对构建非裔女性文学谱系、现代非裔女性小说写作传统的重大贡献。

第二，本书在研究内容方面，致力于重新解读长期受冷遇的哈莱姆文艺复兴时期非裔女性小说，关注其中被忽视的"美国性"与文化之间和合共存的"文明共性"书写。借助"后殖民批评""女性主义批评"和"社会—历史批评"等文学批评方法，重新审视这一时期几乎处于被遗忘、被淹没状态的非裔女性小说，如福塞特的小说《葡萄干面包》《存在混乱》《楝树》和《喜剧：美国风格》，拉森的小说《越界》和《流沙》，赫斯顿的小说《摩西，山之人》《约拿的葫芦蔓》和《苏旺尼的六翼天使》等，深入分析书写"黑人性""美国性""文明共性"的具体表现，突破现有研究仅剖析非裔美国文学书写"黑人性"的单一维度，丰富非裔女性小说的研究维度与研究内容。这一时期女性作家不仅展示了20世纪20年代黑白文化融合的现象，而且强调了融合的复杂性。融合过程中的诸多矛盾、冲突对非裔女性造成了身心创伤和身份认同困惑，表明解决融合过程中的文化冲突关键在于构建"共同性原则"[①]，即非裔美国人应该寻求和扩大与美国主流文化之间共有的价值观、制度和实践。

第三，本书在研究视角方面，从女性视角出发，以"双重认同与融合"为切入点，分析这一时期新黑人女性在城市化、现代化美国的生活体验，以及她们在黑白种族文化的互动、融合过程中丰富的、流动的内心感受和认同困惑。一方面，本书凸显了20世纪初期非裔女性作家与同时代男性作家最大的不同之处在于，女性作家不仅揭露了种族歧视，还控诉了性别、阶

---

① ［美］塞缪尔·亨廷顿：《文明的冲突与世界秩序的重建》，周琪、刘绯等译，新华出版社1998年版，第370页。

级压迫。她们试图重塑被男性文学所歪曲的女性"他者"形象,恢复非裔女性的完整性、真实性和复杂性。另一方面,本书强调了双重认同与融合之间的内在逻辑。对于非裔美国人而言,双重认同是融合的基础,融合是双重认同的必然结果。双重认同基础上的文化交流、互动过程中,黑白种族文化冲突与文化融合是常态现象。一批非裔女性甚至跨越国界寻"家",走向世界主义成为应对融合中出现的各种问题的可能性出路。

第一章　哈莱姆文艺复兴与非裔女性代表作家

　　哈莱姆文艺复兴是 20 世纪 20 年代以纽约非裔美国人聚集区哈莱姆为中心发起的一场非裔美国文化和思想运动，旨在促进非裔美国人种族意识的觉醒和提升种族认同感，也被称为"新黑人运动""黑人文艺复兴""哈莱姆文艺复兴运动"等。文学界普遍认为，哈莱姆文艺复兴是非裔美国文学从原始走向现代的重要分水岭，是大量作品得到美国主流社会公认的生产期，同时它对整个美国文学摆脱欧洲文学传统、走向文学独立和本土化有很大的助推作用。非裔女性作家作为哈莱姆文艺复兴运动的重要组成力量，她们是这一时期黑白文化碰撞、交流和融合的推动者和记录人。以福塞特、拉森和赫斯顿为代表的非裔女性作家从女性的视角书写了 20 世纪初期非裔女性的生活状态，塑造了新黑人女性形象。三位女性作家分别与同时期的杜波依斯、怀特、休斯等男性作家有过交流或合作，与男作家的互动深化了她们对哈莱姆文艺复兴主要议题和差异化写作策略的思考。哈莱姆文艺复兴时期运动领袖们的思想交锋、主流社会出现的"黑人文化热"现象、现代主义文学思潮和妇女运动等因素都促成了女性作家双重认同与融合的文化取向和创作倾向。

第一节　哈莱姆文艺复兴

　　20 世纪 20 年代的哈莱姆文艺复兴并非历史的偶然，而是历史的必然。一方面，哈莱姆文艺复兴是黑人文学艺术发展到一定阶段的集中体现，有来自黑人内部的动因。黑人生活环境的巨大改变、黑人文学创作的向前发展、黑人紧随美国社会发展步伐、黑人种族意识的提升都为哈莱姆文艺复兴奠定了基础。另一方面，美国主流社会对黑人文化的好奇，部分开明的白人作家对非裔作家的认可和支持，黑人文化资源成为美国文学走向独立的活力源泉等因素也在客观上促进了哈莱姆文艺复兴的发展。20世纪初期的文化多元主义和文化相对主义等人类学文学思想的盛行为此提供了一定的合理性。

一 历史背景

就非裔美国人所处的社会背景而言，哈莱姆文艺复兴是复杂的社会、文化、经济、意识形态等诸种力量交错作用的产物。随着第一次世界大战的结束，美国的工业化和城市化进程继续推进，大众消费成为美国社会的典型特征，20世纪20年代整个国家逐步实现了城市化。在这样的背景下，非裔美国人也加快了向北方城市的大迁移步伐，大量非裔美国人涌入北方城市争取教育、就业机会和经济状况的改善。有数据显示，1915—1929年期间南部农村的非裔人口减少了150万。进入北方城市生活的非裔美国人，一方面实现了地理生存空间的变化，另一方面具备新的自由观和机会观的非裔美国人获得了接受高等教育的机会，城市新兴的非裔知识分子开始自觉地更改南方农村的生活方式并思考种族文化和种族意识等问题。可以说，非裔美国人的城市化使得非裔文化出现了转向的契机，他们从南方种植园文化被移植到北方工业文化之中，一种全新的具有现代文化特征的非裔文化亟待形成。大迁移过程中他们的希望、奋斗、失望、成功等事实造成了他们在物质生活和心理上的巨变，这都成为非裔美国文学必然书写的内容。

第一章 哈莱姆文艺复兴与非裔女性代表作家

然而，北方城市白人对黑人根深蒂固的种族歧视始终没有消除，尽管黑人在美国内战后获得了解放并在南方重建时期在法律上确立了自由的公民地位，再加之第一次世界大战时期大量黑人参军为美国国家利益战斗又在战后迅速填补了城市工厂的劳动力缺口。但是，20世纪初期城市白人面对黑人"蜂拥而至"的现实，还是采取了躲避和隔离策略，大量的城市开始形成黑人聚居区。当然，除了来自白人的压力外，聚居区的形成也满足了黑人的内部需要。突然从南方农村"拔根"来到城市的黑人并不能完全适应城市的生活方式和全新的文化氛围，聚居区的教会、俱乐部和杂货铺为黑人生活提供了便利，黑人之间共通的种族情感也有效地帮助他们躲避了种族主义的歧视。除此之外，聚居区还有着相互保护、信息流通、共享生活习惯和文化习俗的功能。更重要的是，聚居区强化了黑人的种族意识。来自不同区域和不同社会职业的黑人在聚居区逐步发展起来一种新的种族认同感，而聚居区的黑人生活现实与城市其他区域的白人生活的巨大反差又激起了黑人对现状的不满，共同的苦难历史和当前的困难处境使得黑人群体认识到形成共同意识的必要性，并加深了黑人的种族认同感。

城市黑人聚居区的独特生活体验、参战的经历、黑人接受的高等教育、黑人经济状况的改善等一系列因素都催生了黑人强烈的种族意识，极大地拓宽了黑人的视野以及对种族问题的认识。种族意识觉醒的城市黑人极度渴望以崭新的面貌出现在美国主流社会中以展示黑人种族的自尊和自信，塑造全新的黑人形象。新黑人决意扭转黑人在种族冲突时普遍存在的自卑、顺从、依附、被动等精神状态。同时，城市黑人意识到自身处于两种文化的撞击和冲突之中，如何保留和维系黑人自身的文化传统以实现身份认同，如何吸收和借鉴主流社会文化以适应城市生活环境成为新黑人亟待解决的问题。

双重认同与融合:哈莱姆文艺复兴时期非裔女性小说研究

19世纪末20世纪初,受教育的黑人开始力争成为"言说的主体",而不再是"失语"的被言说人。从布克·T.华盛顿、费雷德利克·道格拉斯、马库斯·加维到W. E. B.杜波依斯等黑人运动领袖人物的政治主张、思想的转变,新黑人的崛起促进了哈莱姆文艺复兴的发展。就文学根源来看,可以追溯到19世纪末的两位黑人作家——保罗·劳伦斯·顿巴和查尔斯·W.切斯纳特,他们的作品开始有意识地挖掘黑人民间文化,重新审视种族传统文化的价值,并反映黑人在现实生活中所面临的种种歧视与障碍。顿巴坚持用黑人的方言土语进行诗歌创作,探索了黑人作为书写对象和黑人英语作为创作语言的可能性。切斯纳特则更多关注黑白种族在交往互动中因肤色问题导致的摩擦冲突,想要纠正被白人主流文学歪曲的黑人形象,试图扭转白人对黑人的刻板印象。杜波依斯出版了《黑人的灵魂》,这是一部由14篇论文、随笔、短篇小说和杂文组成的文集。书中影响最大的观点就是双重意识:美国黑人既是一个美国人,也是一个黑人。无论对黑人的社会文化心理,还是对黑人文学批评的发展都影响深远。布劳利(Benjamin Griffith Brawley)对美国黑人历史和美国黑人文学的系统进行了整理和分析,出版了《美国文学与艺术中的黑人》《早期的美国黑人作家》等著作,重新阐释了很多人们不熟悉的、被白人主流知识话语所"遮蔽"的历史和文学成就。这使得他们能够进入人们的关注视野并被新的知识体系所接受,发掘和阐释黑人在美国历史和文化中所做出的贡献。

哈莱姆文艺复兴与20世纪初期美国白人对"他者文化"的兴趣也有着非常重要的关联。当时美国刚刚经历了第一次世界大战,这场战争对人类造成了前所未有的毁灭性打击和挥之不去的精神创伤。主流知识分子普遍感受到工业社会和现代社会给"人"这一主题带来的虚无感和幻灭感,开始质疑、否定和反思西方文明,而他们对于未来则充满了迷茫和困惑,企图从

第一章　哈莱姆文艺复兴与非裔女性代表作家

异国他乡寻求救世良方。此时期的美国文学也极力渴望摆脱欧洲文学传统，大批白人作家致力挖掘美国本土的文学资源，包括黑人文化在内的本土文化成为新的关注对象。爵士乐作为美国黑人文化的典型代表，因其具有强烈的原始音乐节奏和富于变化、随意真实、即兴自我表现等特征得以在美国大受欢迎，并且20世纪20年代也被称为"爵士乐"时代。开明和意识敏锐的白人作家开始关注黑人文学反映黑人民俗、歌舞和宗教信仰等特征。以范·维克藤和尤金·奥尼尔为代表的白人作家不仅大力支持、鼓励黑人作家的创作，而且在创作中大量引用黑人材料，推动了美国主流社会对黑人文学的好奇和兴趣。奥尼尔创作的《琼斯皇》《上帝的孩子长着翅膀》等作品都着重表现黑人问题，戏剧经过舞台演出受到热烈欢迎，戏剧展示出的黑人"原始性""异国情调"等特点吸引了困惑中的白人作家，崇尚"原始主义"成为主流文学的重要兴趣。白人开始关注黑人，出现了"黑人文化热"现象，一个重要的体现是主流出版商开始关注并大量发表黑人作家作品。这样，一方面20年代以现代主义为代表的新文学层出不穷，主流文学呈现出欣欣向荣的态势；另一方面哈莱姆文艺复兴与之相呼应，共同促进了美国文学的独立，只是它起到的作用当时没有受到主流社会的充分重视。

20世纪20年代盛行的文化相对主义、文化人类学和哲学实用主义对新兴黑人知识分子产生了巨大的影响并帮助黑人文化取得了合法性地位。随着人类学的发展，人类学家提倡多元文化，多元文化主义理论家哈里斯·卡伦就曾大力宣扬"民主不是消灭差异，而是保留差异"[①]，每一个民族群体都应该保留他们自己的语言、宗教、公共制度和祖先文化。文化相对主义

---

① "The American Tradition of multiculturalism", https://www.washingtonpost.com/news/volokh-conspiracy/wp/2015/01/27/the-american-tradition-of-multiculturalism/, 2019-08-08.

大师博厄斯极力驳斥文化低劣论,他认为世界各地不同的文化形态跟文化生产环境密切相关,并从人类学的视角提出世界上没有任何一个标准可以去判定文化的优劣,是历史推动了不同种族迈向文明之路。只有通过交流,异质文化才能更好地相互理解和包容,文化的交流是消除种族歧视和实现种族平等的基础。文化相对主义坚持的种族平等观点为哈莱姆文艺复兴的发展提供了理论上的有利依据。

二 运动宗旨

哈莱姆文艺复兴作为一个松散、缺少统一组织的文化和思想运动,具有很大的自发性。因而,有评论家认为哈莱姆文艺复兴并不存在明确的运动宗旨,也没有核心的美学价值观,更谈不上对美国黑人美学构建有何贡献。就连哈莱姆文艺复兴的精神领袖阿兰·洛克在《新黑人》中也坦承,"美国黑人之间的纽带并不是共同的意识,而是共同的处境和相同的问题"①。但是从老一辈运动领袖的政治思想和新一代文学创作骨干力量所秉持的创作观中,还是可以梳理和总结出一些共识或根本宗旨。

第一,反对种族歧视。这一时期的文艺作品都肩负着揭露种族歧视现象、证明黑人的智力潜能、提升黑人种族意识、争取种族平等的使命。黑人从被迫踏入美国之始就遭受着白人种族的歧视,被看成可以随意买卖的私人财产和劳作工具。早在1903年,杜波依斯在《黑人的灵魂》一书中就明确提出"20世纪的问题是肤色问题"②。解决这一问题的方案就是黑

---

① Alain Locke, "The New Negro", in Venetria Patton and Maureen Honey, eds., *Double-Take: A Revisionist Harlem Renaissance Anthology*, New Brunswick, NJ: Rutgers University Press, 2001, p. 6.

② [美]威·艾·伯·杜波依斯:《黑人的灵魂》,维群译,人民文学出版社1959年版,第4页。

第一章 哈莱姆文艺复兴与非裔女性代表作家

人自身要对这种种族歧视提出抗议,抗议是黑人获取社会平等权利的保障。文学和艺术作品是表达抗议、证明黑人智力潜能的重要途径,图默的《蔗》、赖特的《土生子》、赫斯顿的《他们眼望上苍》、费舍的《避难城》和休斯的《大海》等作品中都可以看到作家们对种族歧视现象的强烈抗议。休斯更是宣称自己的作品具有"种族性",接受属于自己的"美",鼓励黑人作家在反对和抗议种族歧视时表现出黑人的战斗精神。此外,对黑人民间文化的整理和开发是提升黑人种族意识的策略之一。1925 年,詹姆斯·威尔登·约翰逊出版了《美国黑人灵歌集》,首次全面系统地对黑人传统文化的象征——灵歌进行了考察,详细追溯了灵歌的起源、沿革、特点和社会意义等。女作家赫斯顿则利用自己人类学专业知识,整理和挖掘了被忽视的黑人民俗文化,并先后出版了《告诉我的马》《骡子与人》等著作,其中对黑人的宗教信仰、饮食习惯等都做了田野调查和总结。

第二,文艺作品都强调新黑人的自我定义,包括自我理解、自我尊重、自我表达、自我发展、自我指导、自我独立方向等。在黑人作品获得公开出版机会之前,白人创作的文学作品中也出现过很多黑人题材,但是他们对黑人形象的书写因受到种族刻板印象的影响而均具有片面性、不完整性。因此,在 20 世纪这样一个黑人有机会获得高等教育和参与社会事务的新时期,真实书写、展现黑人生活和塑造新黑人形象的任务就必须由黑人自己来完成。只是,黑人作家们对于自我定义的理解差异很大。杜波依斯就建议黑人作家应该"停止或抵制塑造滑稽可笑的黑人,书中应该把自身较好的一面,优雅、善良、整洁、有教养、和蔼可亲的黑人奉献给读者"[①]。这种理念受到了福塞

[①] W. E. B. Du Bois, "Criteria of Negro Art", in David Levering Lewis ed., *W. E. B. Du Bois A Reader*, New York: Henry Holt, 1995, pp. 509 – 515.

特、拉森等一大批作家的拥护，她们的作品主要将中上层城市黑人作为写作对象，力证黑人和白人之间的相同审美情趣和价值观。但是休斯、赫斯顿等作家却认为塑造新黑人形象并不等于塑造完美的中产阶级黑人形象，新黑人形象应该是真实普通的黑人群众，他们身上的人性和个性才是需要塑造的。

第三，文艺作品都坚持书写美国，但角度是基于黑人种族在美国的生活经历，立场是表现黑人对美国社会发展的贡献。洛克认为，"新黑人意味着把美国精神建立在种族价值观上，这是一种独特的社会现象，黑人要想成功必须通过充分分享美国文化和制度"①。在文学创作中，黑人在美国生活所遭遇的压迫历史、现实的处境和对理想种族关系的构想都成为重要的书写内容。黑人从北美殖民地时期开始就参与和见证了北美大陆的建设和发展，在美国独立战争、南北内战和第一次世界大战等导致美国社会重大转型的历史大事件中，黑人都做出了重要的贡献。但是他们的牺牲与贡献在美国历史中长期遭到"遮蔽"，黑人作家有责任让真相浮出水面。20世纪20年代的新黑人，不论是来自底层社会还是中上层阶级，强调黑人种族身份的同时也认可美国身份。他们视非洲为文化之根和精神家园，坚持黑人文化传统和文化个性。美国是黑人现在和将来生活的国家，他们希望带着种族尊严、自豪感、自信心融入美国主流社会。作家们一致认为新黑人形象的塑造不是为了加剧黑白种族矛盾，而是应该试图去缓和或消除紧张的种族关系，让黑人在美国社会中得到更多的认可和更广泛的欢迎。正如杜波依斯所言："我们想要成为美国人，完完整整的美国人，拥有美国公民应该拥

---

① Alain Locke, "The New Negro", in Venetria Patton and Maureen Honey, eds., *Double-Take: A Revisionist Harlem Renaissance Anthology*, New Brunswick, NJ: Rutgers University Press, 2001, p.79.

有的全部权利。"① 洛克也指出,"我们的目标正是美国制度和美国民主的理想"②。

三 主要议题

20世纪20年代,一大批接受了良好教育的黑人知识分子积极参与到黑人文学创作和黑人文学批评活动中,对黑人文学的发展与性质讨论极为活跃。新黑人知识分子坚信文艺作品能架起黑白种族沟通的桥梁,通过文艺作品会加深两个种族间的相互了解,展示充满活力的黑人文化和真实的黑人生活。这些新黑人围绕黑人文学的功能、黑人文学的读者、黑人文学中的黑人形象塑造、黑人文学与美国主流文学的关系等一系列问题开展了激烈讨论。

其一,关于黑人文学的功能。出现了"艺术或宣传"的激烈争论,黑人内部对此问题自始至终都没达成统一认识。以杜波依斯为代表的运动领袖坚持黑人文学的首要功能是政治宣传。杜波依斯虽然未曾否定文学需要具有艺术性,但是他坚持20世纪20年代的文学应该主要表现种族问题,任何没有政治目的的黑人文学都是颓废的。1926年,杜波依斯发表论文《黑人艺术的标准》("Criteria of Negro Art")明确提出,"所有的艺术都是宣传,将来也如此,黑人文学就得用来宣传黑人的群体,并获得广大黑人群体的爱"③。另外一种观点则是以洛克和约翰逊为代表,他们坚持认为当前纯艺术作品过少,黑人作家应该更多去关注艺术本身,作品应该是自由的、纯艺术的表达,只有实

---

① [美] 威·艾·伯·杜波依斯:《黑人的灵魂》,维群译,人民文学出版社1959年版,第4页。
② Alain Locke, "The New Negro", in Venetria Patton and Maureen Honey, eds., *Double-Take: A Revisionist Harlem Renaissance Anthology*, New Brunswick, NJ: Rutgers University Press, 2001, p. 5.
③ W. E. B. Du Bois, "Criteria of Negro Art", in David Levering Lewis ed., *W. E. B. Du Bois: A Reader*, New York: Henry Holt, 1995, pp. 509 – 515.

现了艺术的基本目的才能使作品充满活力并维持健康的生命力。约翰逊为此也发表文章来强调"没有宣传和抗议"[①]的艺术。当然,两派观点都未走向绝对化的极端,他们都承认艺术作品既有政治宣传功能,又有艺术审美功能,只是在当时的社会环境中对要将哪一种功能摆在首要地位而产生了不同意见。

  其二,关于黑人文学的读者问题。越来越多的黑人在接受了识字教育和经济改善之后,也能像白人一样接触、购买和阅读黑人文学作品,逐渐壮大的黑人读者和已有的白人读者构成了黑人文学作品的双重读者群,这成为20世纪黑人作家必须面临的新问题。识字、阅读和写作一直是黑人族群努力争取的基本权利之一。黑人到美国之初就被奴隶主强制剥夺了接受教育的权利,18世纪中叶开始,南方各州盛行"识字即违法"的法律条文,不仅黑人接受教育是触犯法律的行为,就连宗教人士教黑人识字也是被禁止的。早期的黑人文学作品主要采取奴隶叙事,黑人作家心目中的理想读者是黑人群体,但由于大部分黑人无法阅读也没有途径阅读,所以早期黑人作品几乎没有机会被阅读和出版,黑人女性更是成为被遗忘的沉默客体。随着黑人获得人身自由和教育机会,20世纪城市化的黑人开始有了书写的激情,而由黑人读者和白人读者构成的"双重读者群"问题成为黑人作家需要考虑的重要问题。有些文艺创造者认为压根不存在什么黑人文学,自己是美国人,作品的读者理所当然是白人。而有些人认为黑人文学创作目的就是提升黑人种族内部的种族认同感,他们的文学主要是面向黑人。此外,哈莱姆文艺复兴时期许多黑人作家都受到了白人的经济资助,在某种程度上黑人作家的创作主题、创作内容都会直接或间接受到白人资助人的影响、束缚、限制,这导致很多黑人文学的首位

---

① Charles W. Johnson, "The Dilemma of the Negro Author", in Anna Pochmara, *The Making of the New Negro: Black Authorship, Masculinity, and Sexuality in the Harlem Renaissance*, Amsterdam: Amsterdam University Press, 2011, p. 68.

第一章　哈莱姆文艺复兴与非裔女性代表作家

读者变成了白人，只有在白人资助人的同意下才有可能得以出版面世，所以这一时期的黑人文学还需要考虑白人读者的接受品位。

其三，关于黑人文学中的黑人形象塑造问题。批评《汤姆叔叔的小屋》中逆来顺受的黑人形象是新黑人作家们的共同体认，但他们对究竟该塑造什么样的新黑人形象却各持己见。争执的焦点在于是应该利用文学的虚构性来塑造想象中被适度美化的中产阶级黑人形象，还是采用现实主义塑造下层阶级真实却并不完美的黑人形象。以杜波依斯、福塞特、拉森为代表的作家致力于塑造城市化的中产阶级新黑人形象，努力表现黑人的正面形象，通过塑造有教养、受教育的少数黑人精英来力证黑人和白人的相似性，这样才能扭转白人对黑人低能、原始、野蛮的偏见，提升黑人的种族形象。而赫斯顿、休斯等年轻一代的文艺家则坚持将下层黑人作为书写对象，展示黑人生活最真实、哪怕是不那么光彩的"黑暗"面，在此基础上表达对种族歧视的抗议、对美国国家制度的抗议，展现黑人民间文化的丰富性和强大生命力。休斯曾说，无论是大城市还是小城镇，黑人都不是那么理想化，他们生活的场景也不是那么奇异，故事的情节也不那么甜甜蜜蜜，作品追求的是一个特定环境的真相和普通民众的生活方式。

其四，关于黑人文学与美国主流文学的关系问题。哈莱姆文艺复兴的黑人文学与美国现代文学文化思潮有着千丝万缕的联系，如何定位与美国主流文学的关系也成为讨论的重要问题。部分黑人作家认为黑人文学创作观深受白人主流文学思潮的影响，黑人文学创作在写作技巧、叙事策略和主题选择上也都在追随着主流文学，黑人文学就是一味对白人主流文学的借鉴与模仿，根本不存在独立的黑人文学。哪怕有所谓的黑人文学，也没法和主流文学的审美价值相提并论。比如，20世纪20年代美国现代主义文学思潮中最重要的主题之一是原始主义与异域情调，对于白人来说原始主义在当时被视为一种先锋艺术的表现形式，这对决心追求现代化黑人艺术图景的年轻艺术家来说是鼓舞人心的。原始主义风尚马上对黑人也造成了吸引力，对于黑人而言原始主义滋生了一种市场环境，能够帮助黑人作品赢得观众，并鼓励了资助者。部分黑人作家倡导黑人文学与美国主流文学具有同样的审美价值和文化价值。20世纪的多元文化思潮使得黑人知识分子开始质疑文化同化观念，他们意识到保持种族文化个性是美国文化多元性的体现。很多黑人艺术家也意识到自己作为种族"有才华的十分之一"精英分子所肩负的使命，即通过艺术创作提升种族自豪感和树立种族文化自信心。

其五，关于黑人的民俗问题。哈莱姆文艺复兴缺乏组织性，没有共同的核心美学价值观，因此黑人内部对黑人文学的发展充满着多重甚至异质的声音，如何在作品中表现黑人民俗也是当时的争论话题。以阿兰·洛克为首的运动领袖十分重视黑人的民俗文化，并将其视为美国黑人最重要的文化遗产之一，并先后发表了《祖先的艺术遗产》和《黑人灵歌》两篇重要的文章。在洛克看来，美国黑人是拥有丰富文化遗产的民族，黑人传承了"非洲人高度风格化的艺术"[①] 传统，同时洛克还强调美国黑人的民俗并不等同于非洲原始文化。它是在20世纪美国国家制度下美国黑人既追寻遥远的非洲文化之根又吸收了白人文化成分后形成的一种独特的文化"杂糅"，是美国黑人在美国现实中独特经历的产物，是美国黑人强大创作力的体现，也是美国生活的精神财富。然而，在当时很多黑人并不认可洛克的观点，他们认为在致力塑造新黑人的时代，谈论黑人的民俗文化是一种羞耻。原因是黑人民俗起源于奴隶制，是黑人低贱

---

① Alan Locke, "Legacy of the Ancestral Arts", http://029c28c.netsolhost.com/blkren/bios/lockea.html, 2018 - 10 - 21.

第一章　哈莱姆文艺复兴与非裔女性代表作家

地位和卑微历史的表征。更加重要的是，在 20 世纪现代语境中，民俗文化与现代化差异巨大，民俗文化中包含的大量方言土语、歌谣、谚语和传奇故事都与现代语境格格不入，被视为"落后的""与时代脱节的"，需要被淘汰以适应新的文化语境。黑人民俗文化已经不能适应对现代化、城市化、工业化的城市黑人的生活、性格和心理的书写。查尔斯·约翰逊却敏锐地察觉到黑人民俗文化对于美国文学的重要性，他声称"这里的生活充满浓厚色彩，不能忽视它为美国文学提供的巨大源泉"[1]。杜波依斯虽然格外强调文学的政治宣传作用，但是他也意识到了民俗文化是文学创作的重要素材，"世界上没有哪个民族积累了黑人今天所拥有的丰富素材，我们现在就是要培养有技巧地利用这些素材的艺术家"[2]。

其六，关于黑人文学的城市美学问题。城市化是哈莱姆文艺复兴的重要历史语境，大迁徙的浪潮和城市化黑人生活是这一时期黑人作品的重要表现内容。如何在文学中表现城市黑人生活和城市化历程呢？是反映居住在贫民聚居区的城市底层黑人生存困境还是表现在城市化中成功改善经济条件跻身中产阶级的黑人生活？哈莱姆社区究竟是黑人文化艺术中心、黑人知识分子的天堂还是纽约城市的一个黑人贫民窟？这些关乎黑人文学的城市美学问题也成为重要的讨论议题和争论焦点，这一时期文学作品中的哈莱姆意象也出现巨大差异。老一辈的艺术家认为应该描写城市生活的积极面和光明面，这有利于种族自豪感的提升，改变白人对黑人的刻板印象。而休斯、麦凯等年轻一代的作家们则坚持要书写真实的城市下层黑人的生活，揭露城市的黑暗和真实。比如詹姆斯

---

[1] See Cary D. Wintz, *The Critics and Harlem Renaissance*, Bosa Roca: Taylor & Francis, Inc., 1997, p. 142.

[2] ［美］威·艾·伯·杜波依斯：《黑人的灵魂》，维群译，人民文学出版社 1959 年版，第 5 页。

・威尔登・约翰逊就将哈莱姆视为文化之都,"哈莱姆不仅仅是黑人在纽约的一个聚居区,它有新建的公寓、平坦开阔的道路,是纽约城最美丽、最健康的部分"①。可以说,约翰逊对哈莱姆的描写代表了很多年轻黑人对哈莱姆的想象,哈莱姆是城市的象征,是美国黑人的经济、文化和艺术之都,是黑人实现"美国梦"的希望之地。然而,许多作家也看到了哈莱姆黑暗的一面,休斯、麦凯等作家都注意到了黑人在以哈莱姆为代表的城市生活中的挣扎和艰辛,年轻的妓女、梦想破碎的青年、被异化的冒充白人的混血儿等都成为城市书写的对象,他们不能充分参与到城市生活当中,哈莱姆成为黑人的虚假天堂和地狱。

第二节　非裔女性代表作家及创作

哈莱姆文艺复兴时期涌现出了以福塞特、拉森和赫斯顿为代表的一批非裔女性作家,她们积极参与文学创作活动,在戏剧、诗歌和小说等领域都取得了较高成就。作为哈莱姆文艺复兴早期的重要人物,福塞特发表了《存在混乱》《葡萄干面包》《楝树》和《喜剧:美国风格》4 部小说。她还担任过《危机》杂志的文学编辑,其间大量发表了青年黑人的作品,大力提携拉森、休斯、图默等青年作家,为哈莱姆文坛发现和培养了一大批人才。拉森是哈莱姆文艺复兴的另一位优秀女性小说家,她的小说《流沙》和《越界》一经面世就得到很高的评价。与同时期黑人作家的最大不同在于,拉森作品主要反映的是黑人混血女性所受到的身心压制,要揭露的是一个不允许非裔混血儿表现自我的畸形社会。赫斯顿是哈莱姆文艺复兴最多产的作

---

① See Cary D. Wintz, *The Critics and Harlem Renaissance*, Bosa Roca: Taylor & Francis, Inc., 1997, p. 142.

第一章　哈莱姆文艺复兴与非裔女性代表作家

家之一，先后发表了《约拿的葫芦蔓》《他们眼望上苍》《摩西，山之人》和《苏旺尼的六翼天使》4部小说，将人类学专业知识很好地融入小说创作中是赫斯顿小说的显著特色。

一　福塞特：哈莱姆文艺复兴的助产士

杰西·雷德蒙·福塞特（1882—1961）出生于新泽西最早一批成为自由民的牧师家庭。尽管家庭子女众多，生活并不富裕，但她的牧师父亲主张提高种族素质，非常重视子女们的教育问题。在父亲的鼓励、支持下，聪慧的福塞特最终成为康奈尔大学的第一位黑人女学生。但福塞特在求学、就业经历中屡次因肤色而遭到歧视，中学就读的白人学校同学对她歧视、疏远，申请大学时也先后两次因肤色问题被拒。毕业后，她申请去费城白人学校任教，再次因肤色问题被认定为不符合申请资格。成长中受到的歧视和种族隔离环境一方面对她造成了难以愈合的心理创伤，另一方面也加强了她对种族问题的思考和争取种族平等的斗争意识，促使她成年后积极参加全国有色人种协会并开展反种族歧视斗争。

1919年是福塞特人生的重大转折点。那一年，她不仅从宾夕法尼亚大学获得了文学硕士学位，还受杜波依斯的邀约成为《危机》杂志的编辑，开启了与杜波依斯长达7年的合作。在此期间，她主要负责杂志的文学栏目，她的开明、包容使得持不同文艺观的黑人作品得以发表，促成了良好的文学氛围。她对黑人文学的发展和哈莱姆文艺复兴做出了巨大贡献，被称为"新黑人文学的助产士"[①]。首先，她大量发表青年黑人的作品，大力提携拉森、休斯、图默等青年作家，为黑人文艺界发现和培养了一大批人才。她的力荐使兰斯顿·休斯的第一部作品

---

① See Cary D. Wintz, *Balck Culture and the Harlem Renaissance*, Houston: Rice University Press, 1988, p. 85.

双重认同与融合：哈莱姆文艺复兴时期非裔女性小说研究

《黑人谈河流》得以顺利发表；内拉·拉森的第一篇文章《斯堪的纳维亚游戏》也由她推荐发表；她还帮助收集、提供了道格拉斯·约翰逊第一本书《唱颂歌的黄昏》的素材。其次，她对真实地或充满艺术性地表现黑人生活的作品特别关注，并为这些作品亲自写过很多文学评论。她评价克劳德·麦凯的《哈莱姆身影》："他用激昂、热烈的语言详细叙述了他的种族遭受的苦难，但没有丝毫的宣传，这是真正天才的标志。"[1] 除此之外，她还及时关注、报道黑人社会发生的重要事件，曾亲自参加1921年在巴黎召开的第二届泛非大会。她敏锐地意识到历史材料的整理对黑人学术研究的重要性，并在此基础上鼓励、支持和赞赏《黑人教会史》《美国黑人社会史》和《来自非洲大陆的歌曲和故事》等著作的发表。作为哈莱姆黑人作家文学竞赛的早期核心组织成员之一，她积极参加、组织哈莱姆文艺活动，她居住的公寓成为哈莱姆非正式文学讨论会的重要场所。另外，她还注重培养黑人儿童的文学兴趣，专门为黑人儿童创办了刊物《布朗尼的书》（*The Brownies' Book*）。可以说，福塞特的才干及努力为哈莱姆文艺复兴唤起黑人种族意识做出了独特的贡献。

福塞特同样也是哈莱姆文艺复兴的重要作家之一，她发表了众多的诗歌、文学评论和小说。据说，福塞特的小说创作动机源于对白人小说扭曲黑人形象的不满和愤怒。她认为黑人自己应该把最真实的黑人生活，尤其是积极向上的新黑人形象呈现给读者，而创作黑人小说则是最佳手段。她先后出版了《存在混乱》（*There is Confusion*，1924）、《葡萄干面包》（*Plum Bun*，1929）、《楝树》（*Chinaberry Tree*，1931）和《喜剧：美国风格》（*Comedy: American Style*，1933）4部长篇小说。凯莉

---

[1] Quoted from Nathan Irvin Huggins, *Harlem Renaissance*, New York: Oxford University Press, 1971, p. 53.

第一章 哈莱姆文艺复兴与非裔女性代表作家

·霍尔（Kelly King Howes）指出："小说《存在混乱》能够被专业性白人出版社出版是极为罕见的现象，对于黑人女性作家更是如此，该小说的出版受到了黑人和白人文艺圈的极大关注，为庆祝小说出版举办的宴会更是吸引了多达百位黑人和白人文艺界人士参加。"[①] 这是哈莱姆文艺圈的重大事件，在庆祝福塞特小说出版的同时，杜波依斯等领袖们借此机会向纽约白人文学界介绍了新近出现的黑人文艺复兴，标志着"黑白种族文艺交流达到了新阶段"[②]，新黑人运动得到白人文艺圈的正式承认。第二部小说《葡萄干面包》被认为是福塞特最为成功和最受好评的小说，其叙事技巧和主题都得到了评论家的认可。可惜后期的两部小说在当时并未获得较多关注。总体来说，她的4部小说主要塑造了黑人中产阶级和知识阶层的人物形象，正如福塞特自己在《楝树》序言中所说，"我描写的是没有遭到惨重歧视、没有遭到经济上的不公正残酷迫害的黑人家庭生活……他们和其他美国人并没有那么大的区别"[③]。可见，她极力想要打破白人对黑人的刻板印象，强调黑人与白人的相似性，指出白人对黑人的种族歧视、性别歧视是错误行为。

福塞特的创作目的十分明确，即通过刻画受过良好教育的中产阶级黑人女性形象，用她们的遭遇来揭露美国的种族偏见和歧视。与简·奥斯丁相似，福塞特的小说故事也主要从家庭成员的矛盾中展开，不同的是福塞特过度聚焦于人物所生存的社会种族环境。她企图探索美国根深蒂固的种族歧视观念对黑人的负面影响，揭露由种族歧视和性别歧视所引发的种种社会

---

① Kelly King Howes, *Harlem Renaissance*, U. X. L.: An Imprint of the Gale Group, 2001, pp. 198 – 201.

② Cary D. Wintz, *Black Culture and the Harlem Renaissance*, Houston, Twx: Rice Univeristy Press, 1988, p. 82.

③ Jessie Redmon Fauset, *The Chinaberry Tree*, G. K. Hall & Co.: An Imprint of Simon & Schuster Macmillan, 1995, p. 2. 由于福塞特作品暂无中文译本，其所有作品的引文均由笔者自译。

不公现象，表现出女主人公在逆境中争取生活权利的奋斗历程，她的小说具有社会批判、抗议的性质。不足的是，作家对人物内心的审视不够深刻。但总的说来，正如斯倩克评价的那样，"福塞特一直都被严重忽视，她值得被更好地了解，她值得拥有同时代赫斯顿和休斯一样的声誉"[1]。

二 拉森：哈莱姆文艺复兴巅峰期的流星

内拉·拉森（1891—1964）是哈莱姆文艺复兴的另一位优秀女性小说家，1891年出生于芝加哥的一个跨种族婚恋家庭，父亲是一位来自加勒比群岛的黑人，母亲是一位丹麦裔美国白人。在一个种族严重对立和隔离的社会里，拉森似乎一直挣扎于她所处的黑人世界和白人世界。父亲在她两岁时去世，母亲则又很快地嫁给了一位丹麦裔白人，因此拉森的童年时期是在白人社区度过的。但随着年龄的增长，她发现在白人社区找不到自由自在的感觉，于是觉得有必要和非裔美国人交往，并于1909年考入了当时最出名的黑人大学费斯克大学（Fisk University）。但是，她很快发现在全是黑人的环境中还是感到不自在、不舒服，于是选择转学至丹麦哥本哈根大学完成大学学业。1912年拉森回到美国，先后从事了护士和儿童图书管理员的工作。在图书馆工作期间，她接触了大量的馆藏优秀黑人文化材料，并参与了长期在那里举办的文学研讨活动，这激发了她的文学兴趣并促使她开始写作。

拉森与哈莱姆文艺圈的频繁接触始于1919年，她的黑人物理学家丈夫埃尔默·爱莫斯（Elmer Imes）带她结识了大量的黑人文学创作骨干。在黑人作家沃特·怀特和白人作家卡尔·范·维克藤的鼓励下，拉森开始创作短篇小说并于1928年成功

---

[1] Mary Jane Schenck, "Jessie Fauset: The Politics of Fulfillment vs. the Lost Generation", *South Atlantic Review*, Vol. 66, No. 1, 2001, p. 108.

第一章　哈莱姆文艺复兴与非裔女性代表作家

出版作品《流沙》。该作一经面世，当即得到了黑人杂志《危机》《机遇》《阿姆斯特丹新闻》和白人刊物《纽约时报》《周六文学评论》等的全面评论，《流沙》对夹在黑白两个种族之间的女性混血儿复杂心理的描写得到了评论家的一致好评。次年，拉森出版了第二部小说《越界》，并成为第一位获得古根海姆基金会创作奖学金的非裔美国女作家。《越界》关注的是浅肤色混血女性越界冒充白人以获得白人接受和物质安全的实践，并探讨了越界的代价。可贵的是，对于冒充白人这样的老话题，拉森提供了不一样的视角来透视混血儿的自我怀疑、困惑和孤独，尤其是对女性混血儿人物内心孤独却极力保持自尊的描写非常到位，得到了评论界的高度表扬。

短短两年时间内，拉森创作了两部成功的小说，被认为是哈莱姆文艺复兴最有前途的作家之一。拉森与同时期黑人作家的最大不同在于，她想反映的是黑人混血女性所受到的身心压制，要揭露的是一个不允许黑人混血儿表现自我的畸形社会。她既不像休斯、赫斯顿等作家描写底层黑人的生活，也不像福塞特从提高种族素质、揭露种族歧视的角度来描写具有典范性的中产阶级黑人。她以非裔混血女性为书写对象，但突破了19世纪小说将混血儿描绘成"悲剧的黑白混血"的定式思维。她关注的是20世纪美国现代化、城市化进程中混血儿寻求自我实现的经历，以及这一过程中混血儿面临身份归属问题时矛盾、复杂的心理。

1930年，在古根海姆基金的资助下，拉森前往西班牙和法国开展新的写作项目。出发之前她的短篇小说《避难所》受到了剽窃指控，尽管拉森成功为自己辩护，但这件事似乎耗尽了她的文学创作自信。海外期间，她试图创作两部小说，但都没有完稿。生活方面，她的婚姻也出现问题，与黑人丈夫离婚导致她逐渐退出、断绝了与哈莱姆文坛的往来。此后，她重拾护士职业，直到1964年在纽约病逝。作为哈莱姆文坛的一颗璀璨流星,评论家马克伦登分析过拉森创作生涯如此短暂的真正原因,"她困惑于、被包裹于黑人文学创作主要议题之一,即'黑人作家如何反映所谓的真实黑人经历'的辩论中"①。

三 赫斯顿:哈莱姆文艺复兴后期的骨干力量

佐拉·尼尔·赫斯顿(1891?—1960)是哈莱姆文艺复兴最多产的作家之一,有着敏锐的洞察力和充满活力的个性。她出生于佛罗里达州的黑人自治小镇伊顿维尔,母亲是一位乡村教师,父亲是曾连任三届的小镇镇长、木匠和浸教会牧师,家庭内充满浓厚的宗教氛围。她的出生日期至今都是一个具有争议的未解之谜,有学者认为她出生于1891年,有学者认为她出生于1901年。在母亲的引导下,她得到了很好的文化、文学教育。赫斯顿在自传《道路尘埃》中回忆道:"母亲总是把我看成一个特殊的孩子,鼓励我'向着太阳跳跃'并努力去实现梦想。"② 受父母影响,她不仅对圣经故事耳熟能详,而且对黑人民间故事也非常感兴趣。童年时期,她在小镇杂货铺听到了大量黑人民间故事和蓝调音乐,这些丰富多彩的故事通常以兔子、狐狸、狮子等动物为主角,有时也与魔鬼、怪物和神相关,故事主角都会走路、说话和思考。这些怪诞、新奇的口头故事极大激发了赫斯顿的想象力,成为她后期书写黑人民间文化的原始素材,使她成为最早一批自觉将黑人民间文化资源融入创作的黑人作家。

十岁那年,母亲的离世意味着赫斯顿童年无忧无虑生活的结束。父亲再婚后,赫斯顿因无法与继母很好相处被寄宿至各

---

① Jacqueline Y. Mclendon, *The Politics of Color in the Fiction of Jessie Fauset and Nella Larson*, Charlottesville: University Press of Virginia, 1995, p. 204.

② Zora Neale Hurston, *Dust on the Road: An Autobiography*, Urbana and Chicago: University of Illinois Press, 1984, p. 8. 除《他们眼望上苍》之外,赫斯顿的其他作品没有中译本,无中译本作品的引文均为笔者自译。

第一章 哈莱姆文艺复兴与非裔女性代表作家

处亲戚家过着动荡生活，后来靠做女仆或给别人做家务来维持生计。离开黑人自治小镇伊顿维尔的赫斯顿马上意识到了自己是一名"黑人女性"，她切实感受到了黑人在美国所处的种族环境，体验到了童年从未有过的种族歧视现实。凭借个人毅力和对知识的渴望，赫斯顿于1918—1924年在霍华德大学文学系求学。在这所全美排名领先的黑人大学，她不仅学到了专业的文学知识，阅读了大量的文学作品，还结识了众多的黑人文艺爱好者，她的拿手好戏就是在朋友聚会时用纯正的方言和口语讲述生动、荒诞的故事。哈莱姆文艺复兴最具影响力的老一辈领导人、霍华德大学哲学教授阿兰·洛克很快发现赫斯顿的文学创作潜能，亲自将她的短篇小说《约翰·雷丁出海》（*John Redding Goes to Sea*）推荐给了时任《机遇》杂志编辑的查尔斯·约翰逊先生，至此赫斯顿开始与哈莱姆文艺圈接触，成为年轻艺术家群体中的一员。

20世纪20年代是哈莱姆文艺圈组织文学活动最为频繁的时期，赫斯顿主要是作为黑人文学竞赛的参加者，以短篇小说和戏剧创作积极参赛，她的作品也多次获得文学竞赛奖项。在1924年由《机遇》杂志举办的第一届文学竞赛中，赫斯顿凭借作品《沐浴在光明中》获得短篇小说二等奖，作品《色击》则获得戏剧类创作二等奖。文学竞赛获奖让赫斯顿备受鼓舞，这些初期创作体验也很好地磨炼了她的写作技巧。1925年，没有工作、没有朋友、唯有创作梦想的赫斯顿只身来到纽约哈莱姆——黑人文艺的中心，寻求作家梦。凭借竞赛中的优异表现，1926年赫斯顿获得巴纳德学院奖学金，并成为该校招收的第一位黑人女学生。她师从人类学大师厄博斯对黑人民间故事进行田野调查，这使得赫斯顿有机会系统地收集、整理美国南方和西印度群岛的黑人民间故事、歌谣和传说，让她对自己种族的过去和遗产有了全新认识。后来，她的人类学专业知识被很好地融入小说创作中，成为赫斯顿小说的显著特色。

双重认同与融合：哈莱姆文艺复兴时期非裔女性小说研究

赫斯顿的小说作品集中出版于 20 世纪 30—40 年代，作品的时代背景主要围绕着哈莱姆文艺复兴和大萧条时期。第一部小说《约拿的葫芦蔓》于 1934 年出版，这部小说以赫斯顿父母的生活为蓝本，讲述了约翰·皮尔逊的故事。赫斯顿在写给詹姆斯·威尔顿·约翰逊的信中对于这部作品这样说："我努力表现一个既不滑稽可笑又不死板的伪清教徒的黑人传教士，一个普通人，一个诗人，一个和别人一样做想做的事的人。"① 这部小说因其丰富的语言和情感力量而受到好评，销量不错，只是当时评论家和读者并未注意到其中展示黑人民间文化生命力的主题。1935 年赫斯顿出版了人类学著作《骡子与人》。1937 年，小说代表作《他们眼望上苍》出版，小说成功塑造了一个追随自己内心寻找幸福的女性，其中对南方黑人生活丰富的描写也受到广泛赞扬。1938 年第二部人类学著作《告诉我的马》出版。1939 年小说《摩西，山之人》出版，这部小说借圣经中摩西的故事影射白人对非裔美国人的压迫，小说还特别强调和突出了非裔美国黑人的演讲才能。最后一部小说《苏旺尼的六翼天使》于 1948 年出版，赫斯顿想借此作品证明黑人作家有足够的能力塑造白人形象并表现白人生活。她在写给朋友的信中明确表达了这样的观点："我希望打破黑人不写白人的愚蠢旧规矩。"② 需要强调的是，赫斯顿对同时期大多数黑人作品致力于表现种族问题是持质疑态度的。她曾写道："黑人写种族问题似乎是必需的，我对此烦透了。我的兴趣不是肤色，而是思考男人或女人有这样那样表现的原因。"③

作为一位事业型女性，赫斯顿的婚姻生活并不顺利。1927

---

① See Valerie Boyd, *Wrapped in Rainbows*: *The Life of Zora Neale Hurston*, New York: Alisa Drew Book Scribner, 2003, p. 105.

② See Nina Baym ed., *The Norton Anthology of American Literature* (Second Edition), Ontario: W. W. Norton & Company, Inc., 1995, p. 998.

③ Zora Neale Hurston, *Dust on the Road*: *An Autobiography*, Urbana and Chicago: University of Illinois Press, 1984, p. 67.

年 5 月赫斯顿与赫伯特·辛结婚，随后的三年她都在佛罗里达州和阿巴拿马州旅行，这导致婚姻出现裂缝，使得这段婚姻关系没能持续。1939 年赫斯顿与小自己 15 岁的阿贝尔·普莱斯三世结婚，这段婚姻也仅仅维系了短短四年便结束了。赫斯顿人生最后 20 年一直饱受疾病和贫困困扰，只能靠借钱、做短期图书管理女佣来维持生计。1960 年这位生活贫穷但精神富有的传奇女性病逝。

第三节 非裔女性代表作家与同时期男性作家的对话与博弈

哈莱姆文艺复兴时期以福塞特、拉森和赫斯顿为代表的女性作家与同时期男性作家互动频繁。在女性作家的创作起步阶段，她们得到了男性作家的直接帮助、指导、推荐或提携，开始发表作品。迅速成长起来的女性作家保持了与男性作家的交流、合作，他们相互交流创作体验也诚恳地提出作品修改建议。随着女性作家创作体验的深入，她们创作的理念与男性作家出现了分歧，女性作家表现出更强调文学的审美功能和小说的性别视角的倾向，创作中主要以黑人女性为书写对象，着重表现女性的心理感受和自我定义。

一 福塞特与杜波依斯：追随与叛逆

当今学界对哈莱姆文艺复兴文学的研究总会提及但并不会重视福塞特，其实这位作家在当时是最具影响力且最受尊敬的黑人之一。她能成为哈莱姆文艺复兴最具影响力的人物之一，除了自身努力和才能外，与杜波依斯的提携和重用有着密切关系。1903 年，福塞特阅读了杜波依斯的《黑人的灵魂》，她十分喜欢并成为杜波依斯思想的忠实跟随者。后来，在康奈尔大学求学的福塞特意识到学校提供的教育是不完整的，她渴望了解自己种族的人民，于是她写信给时任亚特兰大教授的杜波依斯，在表达崇拜之余并询问他能否帮助提供暑期工作。她在信中称赞道："我必须写信告诉你，是你教会我们有色人种种族骄傲、自尊、自我满足、活出自我，而不是总是遵循白人的标准，我是多么高兴地意识到这是你的信仰。"[1] 这封给杜波依斯的信件及随后收到的回信开启了福塞特的人生新篇章。

杜波依斯是福塞特的导师、领导和朋友。1918年，福塞特成为杜波依斯工作上的伙伴，她正式加入《危机》杂志，同意以每个月50美元的薪水为杂志完成汇集国际期刊新条目和文学杂录文摘的专栏。杜波依斯也十分赏识福塞特的工作能力，一年后，她被调任为杂志的文学编辑。当杜波依斯旅行外出不在的时候，他将期刊事务全部授权、委托福塞特负责处理。

福塞特早期对杜波依斯的支持、追随具有一定的偶像崇拜性质。她甚至在早期的短篇小说《艾米》《追寻影子》创作中，刻意模仿杜波依斯的写作风格，即用几小节音乐作为题词，读者直到文章尾部才能认出题词来自一首民谣。她对《黑人的灵魂》的高度称赞也具有一定盲目性，杜波依斯著作中明显含有的乌托邦思想从未遭到福塞特的批判，她还在杜波依斯与布克·华盛顿关于如何提升黑人种族自豪感的论战中，一边倒地支持杜波依斯，迎合他的"为了美国民主的最高理想，捍卫所有人的权利，不分肤色和种族，实现人类兄弟姐妹情谊的世界之梦"[2] 言论。

福塞特是杜波依斯种族解放事业的支持者。福塞特亲自撰写了大量论文并发表于《危机》中来报道泛非大会。她不仅描述非洲各地的情况，还将非洲的殖民主义和美国的种族隔离制

---

[1] Quoted from Cheryl A. Wall, *Women of the Harlem Renaissance*, Indiana: Indiana University Press, 1995, p. 38.

[2] Quoted from Cheryl A. Wall, *Women of the Harlem Renaissance*, Indiana: Indiana University Press, 1995, p. 45.

第一章 哈莱姆文艺复兴与非裔女性代表作家

度作了广泛的比较。在《第二次泛非大会的印象》中,她回顾了在欧洲三个国家首都(伦敦、布鲁塞尔和巴黎)参加会议的经历,提道:"我们已经意识到,非洲殖民主义和美国黑人问题本质上是一样的,只是表面上的表现形式不同而已。"① 显然,这种观点与杜波依斯是不谋而合的。她还指出非洲解放仍面临巨大障碍,并引用杜波依斯常挂在嘴边的那句话号召全世界黑人团结起来,即"所有黑人的一切可能性都需要结合在一起,全世界的黑人团结起来,迎接黑人和白人在战场上相遇的一天"②,以此为后者的黑人解放事业发声。

福塞特高度认可杜波依斯对待黑人女性的态度。杜波依斯在《黑色的水:面纱里的声音》中明确表达了自己的女性观,他颂扬黑人女性的历史,并提出"未来的黑人女性必须进入职场并保持经济独立,她必须有知识,她必须有自己当母亲的权利。如果我们要摆脱自由男子气概的兽性,那么自由男子气概的恐惧就必须过去;我们不是靠保护软弱的人而获得力量,而是靠使软弱的女人们变得自由和强大而彰显力量"。③ 这篇文章对未来女性的定位正符合福塞特的自我追求,她毫不犹豫将这篇文章视为"有色读者的最爱"④。福塞特小说中大量的中产阶级非裔女性形象也大多符合这一理想,她们经济独立,拥有必要的职业技能知识,渴望全面参与社会事务。

但是,福塞特和杜波依斯关于文学功能问题的观点始终是相左的,这是两人之间长期存在的巨大分歧。对于福塞特来说,

---

① Jessie Redmon Fauset, "Impressions of the Second Pan-African Congress", *The Crisis*, Vol. 19, No. 11, 1921, p. 15.

② Jessie Redmon Fauset, "Impressions of the Second Pan-African Congress", *The Crisis*, Vol. 19, No. 11, 1921, p. 15.

③ W. E. B. Du Bois, *Darkwater: Voices from within the Veil*, New York: Schocken Books, 1969, pp. 164 – 165.

④ W. E. B. Du Bois, *Darkwater: Voices from within the Veil*, New York: Schocken Books, 1969, p. 165.

艺术不是狭隘的政治宣传。作为一个文学评论家，她认为"伟大的小说，它是艺术的，它几乎像电影一样锐利地处理图像给人留下深刻的印象。它的力量就在这里。没有宣传，没有说教，只是生活的真实写照"[①]。对于杜波依斯来说，《危机》杂志的创办是有明确政治目标的，即帮助全世界的黑人争取平等权利，所有的文艺创作都是为了政治宣传，艺术即宣传，但凡不利于种族政治利益的黑人文学作品都不是符合时代需求的作品。另外，多年的合作共事体验证明杜波依斯作为上司并不是一个容易共事的人。福塞特虽然对杜波依斯充满敬意，在《世界》人物传记中赞扬杜波依斯为"天生的贵族""与生俱来的领袖才能""诗人""学者"，但并不意味着对他的缺点始终视而不见，她对杜波依斯颇有微词，认为他傲慢，脾气暴躁，甚至迟迟不偿还她和妹妹的借款。最终，福塞特选择离开《危机》杂志，宣告她与杜波依斯的关系已经渐行渐远。

二 拉森与怀特：交流与超越

沃特·怀特可以说是将拉森从哈莱姆名媛社交圈带入文艺圈的领路人和推荐人。怀特是一位健谈、精力充沛的黑人小说家和社会活动家，他的小说以真实社会事件为素材来描写真实的黑白种族关系。作为哈莱姆文艺圈的元老人物，怀特积极通过自身影响力邀请一些知名白人作家到自己公寓聚会，借机向白人作家推荐有潜力的黑人青年作家，拉森就是这样被他介绍给了白人作家范·维克藤，此后三人经常在一起交流文学创作体验。成为怀特聚会的常客标志着拉森不再仅仅依靠丈夫进行社交活动，而是与20世纪20年代新黑人文化运动中最外向、最擅长社交的男性建立了友谊，这极大增强了拉森的自信，弥

---

① Jessie Redmon Fauset, "New Literature of the Negro", *The Crisis*, Vol. 22, No. 6, 1920, p. 79.

第一章 哈莱姆文艺复兴与非裔女性代表作家

合了她此前生活中经常游离于不同种族找不到自我而留下的创伤。怀特对拉森评价很高并有意将她打造为出色的女性作家，拉森也不负众望，选择通过独特的文学创作让自己真正成为她所处时代的优秀女性。短短几年时间，《流沙》和《越界》的出版使她成为哈莱姆这幅社会图景中的一道独特风景。

怀特对拉森的帮助是多方面的。当拉森的丈夫因病停止工作导致家庭面临经济危机时，怀特将她推荐给美国图书联盟主席塞缪尔·克雷格，他在推荐信中写道：

> 除了她的图书管理经验和能力之外，在我看来，拉森的小说是黑人作家写得最好的作品之一，也是近年来美国作家创作的杰作之一，我觉得让一个有能力的有色人种青年加入到美国图书联盟是一个非常大的优势。在美国，读书和买书的黑人人数不断增长，而且数量还在不断增加，我敢肯定她与联盟的关系对联盟和黑人都是有利的。[1]

可惜这次推荐并未成功。到了年底，怀特再次作为推荐人鼓励拉森去申请古根海姆奖学金，再次表达了对拉森文学才能的称赞，"在我看来，她似乎有写作天赋，她似乎有一种神秘的本能去捕捉、掌控人物的言行和情感。她的文笔简洁、凝练，很像另一位女作家——薇拉·凯瑟，我非常欣赏她"[2]。后来，每当拉森完成小说手稿时，怀特还提供熟练的打字员帮她将手稿打印出来。以上帮助不难看出怀特对拉森成为有前途作家的乐观期待。

为了回报怀特的推荐和帮助，拉森对怀特的小说创作行为给予了极大称赞。当怀特小说遭到负面评价时，拉森以公开进

---

[1] Quoted from George Hutchinson, *In Search of Nella Larson: A Biography of the Color Line*, Cambridge: Harvard University Press, 2006, p. 198.

[2] Quoted from George Hutchinson, *In Search of Nella Larson: A Biography of the Color Line*, Cambridge: Harvard University Press, 2006, p. 202.

双重认同与融合:哈莱姆文艺复兴时期非裔女性小说研究

行反驳辩论的方式表达对怀特的支持。怀特在20世纪20年代发表了两部小说,1924年出版的《火石》源于一个真实的案件,讲述了黑人医生在南方遭到白人种族分子私刑的故事。这种极有可能冒犯南方白人读者的写作在当时还是一种挑战。拉森激动地说道:"很高兴看到有人写这样的作品,他属于自己的时代,分享自己的独特视野,捕捉这个时代飞掠而过的社会图景,这种图景可能是后世永远无法恢复或重现的。"[1] 1926年的《飞行》则是一部关于南方黑人向北部城市迁徙的小说,浅肤色的咪咪(Mimi)从新奥尔良来到哈莱姆社区,为了获取物质财富,她曾冒充白人,但在种族意识觉醒之后,她又决心再次回归黑人种族以获得身份认同,最终得到了心灵上的满足。这部小说被一篇发表在《机遇》中的文章贬为"写作缺乏清晰的句子结构,表达中充满滑稽的夸张和奇怪的比喻"[2]。怀特对此非常愤怒,拉森很快站出来对这部小说作出了完全不一样的评价。她将《飞行》归入现代主义文学作品的阵营,直言该文章的作者霍恩对《飞行》的批评没有抓住"主旋律",她认为对于女主人公咪咪来说,精神上的东西对于她的完整存在是不可少的。她还引用现代文学的观点来支持自己:"从当今小说的标准来看,《飞行》的结局是完美的,在美学上是完美的。在我看来,正如欧洲和美国现代人所承认的那样,《飞行》更讲究、更需要敏锐的洞察力,人物内心场景比角色的语言、行动更为重要,它是成熟的艺术。"[3]

　　拉森一面为怀特小说进行辩护,同时也将自己的手稿送给怀特征求他的修改意见并希望获得帮助。创作小说《流沙》

---

[1] Quoted from George Hutchinson, *In Search of Nella Larson: A Biography of the Color Line*, Cambridge: Harvard University Press, 2006, p. 315.

[2] Frank Horne, "Our Book Shelf", *Opportunity*, No. IV, July, 1926, p. 227.

[3] Nella Larson, "Correspondence", *Opportunity*, No. IV, September, 1926, p. 295.

第一章 哈莱姆文艺复兴与非裔女性代表作家

时,她曾透露:"我把已经完成的手稿毁掉了一半,这是可怕的。我不愿意再为这该死的东西多写一个字,但是我又不得不写。"① 如此巨大的改动在她自己看来只是部分地改善了原稿,但是修改还远远不够。怀特不仅认真阅读了手稿,还诚恳地提出了自己的意见:"我喜欢这个故事,但认为有两个小细节可以改进,一是你的女主人公与校长谈话的场景,我隐约担心她会变成一个完全没有同情心的人。另一个是你的女主人公与牧师草率结婚后的生活描述……"② 而且怀特还专门约上维奇藤,三人见面详聊小说修改问题,这些建议很好地启发了拉森进一步完善小说。

由于拉森创作中模糊的种族观使怀特很不满意,这导致了两人友谊的疏离。随着拉森创作实践的进一步丰富和对创作的深入思考,她开始越来越接受、拥护约翰逊和洛克的艺术创作观,她视自己是一个艺术家,而不是种族问题的宣传者。而怀特则恰恰相反,他终生致力于种族进步事业,他认同杜波依斯所提出的"有才华的十分之一"③ 是种族的希望,拥护政治宣传为目的的种族书写情怀,强调艺术家在对抗种族主义方面做出的巨大贡献。从怀特自己的文学创作生涯来看,他主要关心的是南方黑人在20世纪初期受到奴役和压迫的现实,可以说他的每一部小说都以揭露美国种族主义为目标。怀特还希望改变人们对黑人的刻板印象并在非裔美国作家中培养人才,鼓励进行种族文学作品创作。显然,拉森主要关注的黑人混血女性在美国现代社会中复杂的心理感受和寻找自我定义的小说不是怀

---

① Quoted from George Hutchinson, *In Search of Nella Larson: A Biography of the Color Line*, Cambridge: Harvard University Press, 2006, p. 226.

② Quoted from George Hutchinson, *In Search of Nella Larson: A Biography of the Color Line*, Cambridge: Harvard University Press, 2006, p. 226.

③ 杜波依斯将拯救黑人摆脱苦难的重任寄托于"有才华的十分之一",可参见王恩铭《美国黑人领袖及其政治思想研究》,上海外语教育出版社2008年版,第132页。

特所期待培养的种族文学，她的作品中黑人混血女性并未找到怀特致力倡导的黑人种族自豪感和认同感。

1929年的文学名人提名奖标志着拉森超越自己的前辈怀特，文学创作得到更多关注和认可。文学奖提名共有14名候选人，怀特、拉森、华莱士（Wallace Thurman）、道格拉斯（Georgia douglas）、约翰逊（Johnson）等人都被列入入围名单。评委评议阶段，怀特和拉森成为最主要的竞争对手。洛克作为评委之一选择把选票投给了拉森。作为拉森和怀特的共同朋友，维奇藤也推荐了拉森，并这样说道："我认识拉森女士十年之久，我认为她是黑人种族最有前途的年轻作家。她的小说有对人物的细致洞察、紧凑的情节发展、良好的英语写作风格，这是真正的小说家，她的作品是黑人小说家在心理上的进步。"[1] 皮德森（Peterson）当即附和道："她广泛接触很多本土或外国不同种族和阶级背景的人，这加深了她对不同种族的理解和描写能力，我觉得她很有逻辑性地如实反映了现代问题，尤其是她将描写女性心理的天赋与清晰、漂亮的文笔天赋相结合，形成了一股力量去更好理解种族关系和提升黑人作家的艺术标准。"[2] 由此可见，拉森的文学声誉已经超越了对种族问题进行单一描写的怀特。

三 赫斯顿与休斯：合作与反目

作为哈莱姆文艺复兴文学竞赛活动中涌现出来的两颗冉冉之星，休斯和赫斯顿很快结识并建立了亲密友谊关系。两人初识时都因有学业任务在身而无法时常见面，信件往来和假期的结伴旅行成为两人沟通的主要手段。不得不说，在一个没有正

---

[1] Quoted from George Hutchinson, *In Search of Nella Larson: A Biography of the Color Line*, Cambridge: Harvard University Press, 2006, p. 330.

[2] Quoted from George Hutchinson, *In Search of Nella Larson: A Biography of the Color Line*, Cambridge: Harvard University Press, 2006, p. 331.

第一章　哈莱姆文艺复兴与非裔女性代表作家

规学术结构、统一行动纲领、明确种族提升路线且成员都处于松散状态下的哈莱姆文艺圈中，休斯和赫斯顿的密切往来是十分难得的。赫斯顿被休斯的才华深深吸引，她当面称赞休斯"不是奉承，你就是有着阿尔戈西的头脑，所有想法都能从你脑子中蹦出来"①。在南方田野调查小镇，赫斯顿俨然扮演着休斯艺术宣传人的角色，她不仅自己读休斯最新的诗歌《给犹太人的漂亮衣服》，还在每一次"聚会"上给当地黑人读这个作品。她告诉休斯："那些人（南方田野调查中的黑人）把你的诗'吃精光'了，这里的铁路营房、磷矿、松节油制造厂到处都在引用你的诗句。"②

1926—1927 年是两人友谊的"蜜月期"，赫斯顿对休斯有着绝对信任。这对好朋友有共同的赞助人，还有一起创作一部戏剧的合作计划。1927 年夏天两人一起完成了从莫比尔到纽约的长途旅行，他们收集沿途的民间传说，甚至一度着迷于一位来自丛林深处的伏都教巫师，之后两人回到纽约分别完成了学业。作为一名人类学专业学生，赫斯顿时常写信向有创作热情的黑人艺术家休斯倾诉困惑，并交流如何才能在人类学专业与文学创作之间找到平衡点。当田野调查有新发现时，她总是第一时间兴奋地写信与休斯分享，她曾在一封信中这样告诉休斯，"我发现了一个乡村自学成才的黑人木工，在我看来他是一位伟大的黑人艺术家……我在这里得到了一些很棒的材料，诗歌和散文美极了，我要为你和自己多保存一些原汁原味的东西……我总结出黑人民俗的五个特点了，关于这些我暂时不会向梅森太太和洛克提及的"③。

---

① Quoted from Robert E. Hemenway, *Zora Neale Hurston: A Literary Biograpgy*, Urbana and Chicago: University of Illinois Press, 1978, p. 116.

② Quoted from Robert E. Hemenway, *Zora Neale Hurston: A Literary Biograpgy*, Urbana and Chicago: University of Illinois Press, 1978, p. 127.

③ Quoted from Robert E. Hemenway, *Zora Neale Hurston: A Literary Biograpgy*, Urbana and Chicago: University of Illinois Press, 1978, p. 101.

双重认同与融合:哈莱姆文艺复兴时期非裔女性小说研究

两人紧密联系的另一个纽带是他们拥有共同的白人资助人梅森夫人。夏洛特·梅森(Chalotte Mason)是一位富有的白人女性,对非裔美国黑人文化有着浓厚兴趣,她同时赞助着多位出色的黑人艺术家。早在1926年赫斯顿就向梅森夫人提及过她和休斯一起合作一部歌剧剧本的想法。在赫斯顿的想象蓝图中,这部歌剧将是基于自己收集的民歌、舞蹈和故事,是对黑人民俗生活的首次真实再现。她写信告诉休斯:"梅森太太也同意这个想法,她喜欢歌剧,但她说我们必须花大力气尽力去做,这样白人作家就不会再做任何徒劳、虚假的努力了。"[1] 1927年12月,梅森夫人和赫斯顿签署了一份合约,赫斯顿每月能得到200美元,还有一部电影摄影机和一辆福特汽车,条件是她需要去南方旅行收集民间传说,然后把收集到的所有材料带回给梅森。在得到梅森夫人资助后,赫斯顿继续深入进行南方田野调查,并随时和休斯分享自己的心得。

赫斯顿和休斯合作的戏剧《骡子骨:黑人生活的喜剧》成为他们之间争论的焦点,两人因此闹得不愉快,还产生了版权方面的法律纠纷,这对亲密的朋友反目成仇。当赫斯顿试图把这部剧作为自己的剧本出版时,休斯被激怒了。休斯绝不原谅赫斯顿的偷窃和不诚实,他指责赫斯顿把他们共同创作的剧本据为己有,并在没有征得他意见的情况下将剧本推向舞台。1931年之后,休斯和赫斯顿余生都避免见面,决裂后的两人都毫不客气地指责对方。赫斯顿就曾在一封写给友人的信中表达过对休斯的不屑、抱怨和贬低:

> 休斯应该停止把那些世俗的黑人民歌当作诗歌进行发表、出版的行为,他的《疲惫的布鲁斯》就是我和绝大多

---

[1] Quoted from Robert E. Hemenway, *Zora Neale Hurston: A Literary Biograpgy*, Urbana and Chicago: University of Illinois Press, 1978, p. 105.

第一章　哈莱姆文艺复兴与非裔女性代表作家

数南方黑人都知道的民间歌曲，但我什么都没有说，我是不会原谅某些人，但当他再次把《我和我的爱人再需要2天干完活》当成诗歌发表时，我再也没法忍着什么也不说了。①

在休斯看来，赫斯顿有刻意取悦白人而贬损黑人形象的嫌疑。他在著作《大海》(*The Big Sea*)中这样评价赫斯顿，"她知道如何'代表黑人种族'，并成为一个对黑人进行贬损的完美黑人……她天真、浪漫、甜美……她粗俗的机智和个人的热情比任何实际的文学作品都要出名，在那些喜欢黑人神童的白人中，她是最受欢迎的"②。

纷争的焦点《骡子骨》改编自赫斯顿收集的一个民间故事。根据赫斯顿传记作者赫明威的记录，1930年3—6月期间抱着创作一部真正属于黑人喜剧的初衷，赫斯顿和休斯二人商量并决定围绕赫斯顿收集的一个民间故事创作一部三幕喜剧。该剧以伊顿维尔为背景，乔克拉克商店的门廊作为第一幕背景，试图从喜剧的角度传达出乡村生活体验的生命力。在分工方面，休斯负责故事结构、情节、人物塑造和对话，赫斯顿负责从她收集的素材中插入有趣的细节，呈现真实的佛罗里达色彩，即赋予对话真正的美国南方风味。速记工作由露易丝·汤普森女士来承担。起初一个月，三人非常愉快地完成了第一幕和第三幕草稿内容，第二幕的其中一个场景也已经确定。但是接下来，休斯坚持把戏剧中两个猎人为争夺一只火鸡引发的争吵调整为两个教派之间的斗争。据说对于此番大幅修改，赫斯顿以私自离开团队的方式来表达自己的反对，但一个月后她不仅又回

---

① Quoted from Robert E. Hemenway, *Zora Neale Hurston: A Literary Biograpgy*, Urbana and Chicago: University of Illinois Press, 1978, p. 107.

② Quoted from Robert E. Hemenway, *Zora Neale Hurston: A Literary Biograpgy*, Urbana and Chicago: University of Illinois Press, 1978, p. 109.

归了团队,还带着她的笔记和第二幕审判场景手稿。此后,赫斯顿对休斯与速记员日益加深的友谊感到愤怒和嫉妒,她感觉到自己与休斯的亲密关系受到了影响,最终决定中断合作关系,剧本因此被搁置。赫明威认为《骡子骨》是一种超越黑人"问题戏剧"刻板印象的有趣尝试,这出戏的效果很大程度上取决于即兴的口头表达和押韵——这是美国黑人民间传说的核心。

另一个让休斯和赫斯顿关系复杂化的因素是休斯对梅森太太态度的变化。休斯的诗歌《华尔道夫—阿斯托利亚的广告》诸多意象都有影射梅森之嫌,这首诗的发表遭到梅森的阻挠,这导致休斯重新考虑他们的关系,并于1930年底解除了两人的赞助关系。赫斯顿因想继续维系与梅森太太的关系,继续按照她的喜好行事以保证能按时拿到经济资助,赫斯顿的"妥协"也导致了休斯对赫斯顿的不满,两人之间隔阂加深。休斯对此颇有微词,"她年轻时开始就能获得白人的奖学金和白人的资助,原因无非是她满脑子都是黑人民间的趣闻轶事,又有着表演的欲望,让白人认为她是代表了黑人族群,表现得很'黑人'"[1]。1931年1月,休斯偶然从朋友处得知赫斯顿创作的《骡子骨》即将出版时,他感到困惑、愤怒并威胁赫斯顿要提起诉讼。后续两人对此事件都有各种解释,但是不可否认的事实是两人彻底决裂了。

赫斯顿和休斯之间孰是孰非早已成为哈莱姆文艺复兴时期众说纷纭的过往轶事。但就文学创作而言,他们的文化观、种族观和创作观都具有很多相似之处。首先,在提升黑人种族形象和寻找黑人文学之根的时代都表现出了对黑人民间文化的浓厚兴趣和高度认可。正是基于展示黑人民间文化生命力的初衷,

---

[1] Quoted from Robert E. Hemenway, *Zora Neale Hurston: A Literary Biograpgy*, Urbana and Chicago: University of Illinois Press, 1978, p. 109.

两人才有了结伴旅行收集民间文化的愉快回忆，才有了一起创作一部黑人戏剧的计划。其次，他们的创作中都以描写下层黑人生活为主要内容，他们认为黑人种族自豪感的获取并不是依靠塑造有修养的、成功的城市中产阶级黑人形象，而是需要展示真实的黑人生活，并展示黑人民间文化的丰富性与强大生命力。总之，他们对黑人艺术审美的探讨、对黑人民间文化的呈现和对黑人文化的自豪感都有效地构建了现代黑人文学传统，两人都成为非裔美国文学中的著名作家。

第四节　非裔女性作家文化观：双重认同与融合

　　美国黑人的政治思想和文化观具有强烈的时代特征。它总是针对白人主流政治制定的种族政策进行回应，使得各个历史时期黑人的政治思想和表现在文学中的主题、政治主张和文化观呈现出不同的特点。黑人在获得自由后就对黑白文化、种族关系开始了新的摸索，先后出现了华盛顿、道格拉斯、加维、怀特、杜波依斯和洛克等一批伟大的黑人领袖人物，他们对于如何构建新型的黑白种族关系和交流模式提出了构想。第一次世界大战结束后，美国社会迎来了爵士时代，主流社会中出现了黑人文化热的现象，美国现代主义文学正在寻找本国有特色的文化资源，所有的因素都促进了哈莱姆文艺复兴在20世纪20年代应运而生。在这一过程中，新黑人更为明确地认可了自己的双重身份和双重意识，开始形成双重认同与融合的文化观。

一　反对文化同化主义与拒绝文化民族主义

　　美国黑人的双重意识和文化融合认知不是一朝一夕就形成的。20世纪初期是黑人运动领袖人物辈出的时代，围绕着黑人种族自豪感和种族提升等命题先后出现了费雷德瑞克·道格拉斯、布克·T. 华盛顿、W. E. B. 杜波依斯、马库斯·加维和阿兰·洛克等一批接受了高等教育、口才出众、思想敏锐、富有洞察力和远大志向的领袖，他们对新黑人运动时期作家的创作观和文化观有着深远影响。从运动领袖的思想争鸣中，新黑人作家对种族身份、种族文化和黑白文化关系等问题进行了新的思考，开始迈向双重认同的文化意识阶段。

　　黑人双重认同文化观形成的基础之一是拒绝美国大熔炉理论下的文化同化主义。文化同化主义是指不同族群文化在美国互动交流时，少数族裔文化逐步被更强势的主流文化所吸收同化的过程。文化同化主义者认为，美国是一个文化"大熔炉"，黑人不得不否认她们的肤色和文化，如果身体外表无法改变，那已必须在思想观念上变成白人，以便成为美国的头等公民。对休斯而言，"种族内部的这种急于变白，盼望把种族的个性融入标准的美国模式之中，尽可能少地作为黑人，尽可能多地作为美国人"①　是挡在真正的非裔美国人艺术道路上的一座大山。

　　面对白人对黑人的种族歧视和南方猖狂的种族主义，布克·T. 华盛顿提出的方案是"全面妥协"，包括主张文化同化，他的主张曾经一度受到了很多黑人的认可。作为19世纪末20世纪初期的黑人政治领袖，他对黑人争取政治权利的斗争始终是没有信心的。他的核心思想就是倡导美国黑人在生活方式上勤俭节约，在工作态度上要勤奋努力，在宗教信仰上皈依基督教，在日常生活中严格自律，在此基础上塑造出新的黑人形象以获得美国宪法中人人平等的权利。在这样的思路下，他反对黑人即刻去争取种族权利，而主张妥协，即暂时搁置黑人政治权利问题，顺应白人的要求、文化和品位，自身加强工业和农业技术训练，用自己的实际本领为种族提升做出贡献。但是到

---

① Langston Hughs, *The Negro Artist and the Racial Mountain*, *Black Expression*, New York: Weybright Talley, 1970, p. 30.

第一章　哈莱姆文艺复兴与非裔女性代表作家

了20世纪初期，尤其是经历了第一次世界大战后的美国，华盛顿帮助黑人提高、发展自己的蓝图在付诸实践中收效甚微，遭到了杜波依斯、怀特等一批政治领袖的坚决反对，他的这种文化同化主义主张很快被遗弃，甚至成为被批判的对象。对于渴望塑造新黑人女性形象的女作家们而言，这种放弃黑人种族权利，尤其是放弃女性权利的主张受到她们的反对。

同时，加维运动的失败也让新黑人意识到了文化民族主义的狭隘性[1]。作为一个并非在美国出生的黑人领袖，加维从自己的生活经历中清楚地意识到黑人对民族文化的认识存在着较大误区。由于黑人长期受欺压，缺少文化知识教育，使得他们普遍存在着民族自卑感、民族落后感和民族无能感。此外，在白人种族主义思想的长期灌输下，黑人对自己的生理特征和肤色感到羞愧，甚至自我怨恨。加维为了帮助黑人消除自卑感，强化种族身份认同，他说道："我们黑人已经到了新的历史转折点，不再是原先卑躬屈膝的弱智者，而是已经变成健全完善的成人。在这个历史机遇时期，我们黑人要求像其他种族的人一样，做堂堂正正的人。"[2] 加维还极力提倡"黑即美"，黑色是最亮丽的珍珠和大自然最纯洁的象征。如何才能使黑人民族重新伟大再现辉煌？他认为解决的路径必须是黑人有一个自己的国家，一个完全独立、富足强大的国家。非洲作为黑人乃至世界的文明摇篮自然成为了黑人民族复兴的理想之地，而散居于世界各地或像美国黑人一样寄居在种族主义国家是不可能实现民族复兴之梦的。

杜波依斯在世纪之交提出的"双重意识"适时地迎合了新黑人身份认知需求。杜波依斯在《黑人的灵魂》中提出：

---

[1] 关于加维提出的文化民族主义思想及返回非洲运动等内容，可参见王恩铭《美国黑人领袖及其政治思想研究》，上海外语教育出版社2007年版，第146—193页。

[2] Marcus Garvey, "Negro Nationalism", in Robert A. Hill and Barbara Bair, eds., *Marcus Garvey: Life and Lessons, A Centennial Companion to The Marcus Garvey and Universal Negro ImprovementAssociation Papers*, Berkeley: University of Califonia Press, 1987, p. 16.

双重认同与融合：哈莱姆文艺复兴时期非裔女性小说研究

美国黑人的历史就是这种斗争的历史：为了获得人的自我，为了把他的双重自我融合成一个更好更真实的自我，这种斗争是如此漫长，在这种融合中，他不希望旧的自我迷失。他不会是非洲化的美国人，因为美国有太多东西要教给世界和非洲。他不会让自己的黑人灵魂在美国白人主义的洪流中褪色，因为他知道黑人的血液向全世界传递着一种信息。他只是想让一个人既能成为黑人，又能成为美国人，而不会受到同伴的咒骂和唾弃，而机会之门在他面前粗暴地关上。①

杜波依斯在该书中多处表达了自己的"双重意识"或者说是种族融合观点，"我坚决认为未来的问题是如何诱导这几百万人，使他们不想到过去所受的委屈和当前的困难，使他们发挥全部的精力，与白种兄弟高高兴兴地携手合作，为伟大、公平而美好的未来而奋斗。"② 洛克认为新黑人是"与20世纪文明相联系的非洲人的先锋"③，新黑人作家的使命是在世界人民心中重建黑人的自豪感和威望。艺术家和知识阶层的主要锋芒就是指向文化的双重认同，而不是同化主义。

福塞特和拉森显然是杜波依斯的支持者，她们的小说就是"双重意识"理念在文学创作中的具体表现。福塞特小说中的都市非裔女性尽其可能地融合黑白种族文化，以发展出一个更好更真实的自我。拉森小说展示了混血女性的双重意识以及她们在黑白种族中都找不到身份归属感的困惑。赫斯顿除了接受"双重意识"的观念外，还深受导师博厄斯的多元文化理论影

---

① ［美］威·艾·伯·杜波依斯：《黑人的灵魂》，维群译，人民文学出版社1959年版，第4页。
② ［美］威·艾·伯·杜波依斯：《黑人的灵魂》，维群译，人民文学出版社1959年版，第92页。
③ Alain Locke, ed., *The New Negro: An Interpretation*, New York: Atheneum, 1970, p. 255.

响，南方黑人民俗田野调查经历也深化了她对黑人文化的认知，她坚信黑人作家必须站在黑人的立场来书写美国生活，并展示出黑人文化的强大生命力。

二 现代主义文学思潮与黑人文化热

除了黑人种族内部的思想争鸣外，20世纪初期的美国文学也处于寻求文学独立的关键时期，这种文学发展趋势客观上帮助了主流文化对黑人种族文化的关注和重视。美国文学一方面力图摆脱欧洲文学的影响以寻求平等的关系，另一方面美国文学需要体现自己的特色。很多人都说惠特曼、马克·吐温、麦尔维尔等人的创作标志着美国文学的独立，但是他们更多代表的是白人。事实上，19世纪的美国已经是一个多民族的国家，华裔、墨西哥裔等来自不同区域各种族的人在美国工作生活，美国文学的独立必须要代表所有的美国人，只有白人显然是不够的。在这一方面，非裔美国文学成为美国文学走向独立的重要组成部分，对美国文学的独立做出了巨大贡献。黑人是北美大陆历史最悠久的外来民族之一，黑人和白人一起在北美大陆打拼，共同创造了北美的物质和精神财富。黑人不仅在独立战争、南北战争等社会重大事件中贡献巨大，而且他们独具特色的文学样式也丰富了美国文化的多样性。

美国现代主义文学思潮也推动着新黑人作家文学双重意识的形成。现代主义是19世纪末期20世纪初期美国政治、经济和社会文化发生重要转型的背景下在文学领域发生的一些变化。这种思潮在承接、批判浪漫主义和现实主义的基础上，不再主张用作品去再现真实生活和社会图景，而是深挖人的内心，从人的内心感受出发，表现20世纪初期尤其是第一次世界大战之后，美国人精神文化状态的不稳定与精神世界的极度空虚，表现人在现代社会中感到的压抑、异化和扭曲。第一次世界大战期间，美国作为远离战场的国家并未直接卷入正面战场，反而

双重认同与融合:哈莱姆文艺复兴时期非裔女性小说研究

是通过军火、武器等贸易活动获取了大量的经济利益。战争结束之后,美国作为战胜国再次瓜分到了巨大的政治、经济利益。战争从一定程度上推动了美国社会经济的发展和繁荣。同时,作为一次对人类造成重大伤害的战争,这对美国人尤其是知识分子造成了不可抚平的精神创伤,他们开始对资本主义文明的虚伪性与欧洲文明产生厌恶感和幻灭感,对未来充满了困惑和迷茫。美国主流作家在寻找精神、文化家园的过程中,开始在本国寻找文化资源,探索新的形式和价值观。

很快美国黑人文化成为美国主流知识分子的关注对象,出现了"黑人文化热"现象。20世纪初期就陆续有白人以猎奇的心态进入哈莱姆来观察黑人生活。同时,黑人的音乐和舞蹈等艺术登上百老汇的舞台并取得成功,逐步形成的"爵士时代"造就了一批有国际影响力的黑人艺术家。比如20年代中期的约瑟芬·贝克(Josephine Baker)堪称黑人舞蹈大明星,她的形象与90年代的迈克尔·杰克逊和麦当娜的形象一样风靡整个美国甚至欧洲,当时市面上还发行了贝克玩偶、服装、香水和润发油,形成了以贝克形象为基础的产业。这种现象进一步推动了美国白人中产阶级对黑人和黑人文化的好奇和迷恋,哈莱姆社区的黑人生活成为一种时尚。大批的白人知识分子范·维克藤、尤金·奥尼尔、艾伯特·C.巴恩斯等开始与黑人文艺圈结识并建立友谊,对他们的文学创作进行积极的评价和指导。著名的戏剧家尤金·奥尼尔对黑人创作曾给予这样的指导:"如果要谈对黑人创作意见的话,那就是坚持做真实的自己。所有的艺术都是了不起的,要利用、挖掘你们自己的材料创作出真正属于你们自己特色的作品。"[①] 巴恩斯积极评价了黑人艺术,"黑人天生就是诗人,他们的灵魂是具有诗意的。黑人情感丰富、想

[①] George Hutchinson, *The Harlem Renaissance in Black and White*, Cambridge, Massachusetts: The Belknap Press of Harvard University Press, 1997, p. 17.

第一章　哈莱姆文艺复兴与非裔女性代表作家

象力丰富、极具表现力"①。博厄斯、卡伦和布兰代斯等多元文化理论倡导者对黑人文化也给予了公正评价，"真正的美国性是各个种族或民族都享有平等发展权利，而不是强迫同化，就像每个美国人都拥有的权利一样"②。白人作家对黑人文化的兴趣和对黑人创作力的肯定加强了黑人作家从事文学创作的信心，与白人作家的交流也让他们对现代主义文学思潮有了更深刻的理解。这一时期，大量黑人作家开始借鉴现代主义文学创作技巧来书写美国黑人的生活，反映黑人在美国社会中的孤独感和异化感，推进了黑人文学的成熟化。

非裔女性作家们几乎同步察觉到了主流社会出现的"黑人文化热"现象。拉森才搬到哈莱姆社区就在给友人的一封信中这样写道："我遇到了一个出版商，他让我去寻找任何关于黑人的东西，然后寄给她。"③ 她明白出版商在寻找"黑人材料"，以满足白人对异国情调和原始文化的兴趣。拉森认为黑人应该充分利用这种情况来创作一些诗歌或其他东西，利用白人出版商带来的认可给自己带来声望和赚钱机会。正如戴维斯所说，"哈莱姆文艺复兴时期的作家就像婴儿出生一样是被创造出来的。很可能，早十年或者晚十年，拉森都不会动笔写小说成为作家"④。20世纪20年代中期，拉森也试图从黑人文学的狂热中名利双收，她做这样的决定无疑在很大程度上是对时代精神的回应。拉森在一次采访中表达了类似的观点，"如果黑人文学是一种时尚，那是一种非常好的时尚，编辑们似乎都急于给我们一个机会，让我们向世界展示自己，就像我们在彼此面前展

---

① Albert C. Barnes, "Negro Art and America", in Cary D. Wintz ed., *The Emergence of the Harlem Renaissance*, Routledge Press, 1996, pp. 140–141.

② George Hutchinson, *The Harlem Renaissance in Black and White*, Cambridge, Massachusetts: The Belknap Press of Harvard University Press, 1997, p. 131.

③ "Nella Larson to Dorothy Peterson", 21st July, 1927, in JWJ.

④ Thadious Davis, *Nella Larson's Harlem Aesthetic*, Baton Rouge: Louisiana State University Press, 1994, p. 247.

示自己一样,而不是像我们以前在杂志文学中作为一个奇怪的黑人种族出现一样"①。可见,黑人文艺圈渴望书写真实黑人形象的需求和白人对黑人文化的兴趣合力催生了黑人文学作品的大量发表,也引发了女性作家对黑白文化关系的思索。

三 妇女运动与女性作家的文化观

1848年美国全国妇女选举权协会成立,标志着美国妇女运动浪潮正式揭幕,这个协会起草的《权利和决议宣言》中明确提出女人和男人一样有权利和义务用正当手段去追求正义的事业。1920年美国宪法第19次修正案通过,美国妇女运动的实质性成果产生,即妇女正式从法律上确保了选举权。在妇女运动的理论发展方面,"当代女权主义之母"弗吉尼亚·伍尔夫1929年出版了《一间自己的房间》,她指出女性应该通过写作来探索女性独特的经历。美国妇女运动对黑人女性形成了巨大影响。在主流社会妇女运动的浪潮下,黑人女性很快意识到自己处于双重危险中,"种族"和"性别"的双重压迫使她们成为被遮蔽的客体。虽然成千上万的美国黑人仍然过着平淡简单的生活,很多黑人女性还在贫困中挣扎。但20世纪还是出现了一批接受过高等教育的黑人女性,报纸上关于独立女记者和女医生的报道鼓舞她们去追求自己的梦想。她们对主流社会出现的新舞步、服装款式和化妆等时尚有着极大兴趣,她们也开始挑战传统,尝试过不一样的生活。

经过主流文化和哈莱姆文艺复兴的双重洗礼,在妇女运动的助推下,女性作家们开始形成双重认同与融合的文化观。由于个人生活经历和教育背景的原因,以福塞特、拉森为代表的新黑人女性作家主要是黑人中产阶级知识分子,比起她们的前

---

① "Negro Writers Come into Their Own", unpublished interview, Alfred A. Knopf Papers, Harry Ransom Humanities Center, University of Texas, Austin.

第一章 哈莱姆文艺复兴与非裔女性代表作家

辈哈珀等第一代来自中下层阶级的作家来说,她们关于肤色和阶级的矛盾心理更强烈、更复杂。女性作家们既没有追随华盛顿的文化同化主义,也不认同加维提出的文化民族主义,而是坚持从女性视角去观察20世纪初期黑白种族文化对黑人女性生活的影响。总体上看,福塞特、拉森小说中的女性人物以受过教育的混血女性为主,她们普遍接受了白人中产阶级的生活方式,游离于黑白种族之间寻求身份认同和女性自我定义,小说提供了20世纪初期黑人女性体验白人主流文化与黑人种族文化的重要视角。她们的小说继续探讨过去和现在的女性生活经历,但她们对阶级、性别的强调超过了种族。

福塞特对于黑白文化冲突和文化偏见有着强烈的表达兴趣,《伯特·威廉姆斯的象征主义》(*The Symbolic Bert Williams*)就是她展现文化冲突的最好作品之一。黑人威廉姆斯出生于西印度,聪慧、雄心勃勃的他渴望在舞台上大展拳脚。白人总是在说没有真正的黑人艺术家,威廉姆斯想通过自己的舞台表演来证明黑人的艺术才能。为了迎合白人观众的口味,他刻意学习南方黑人的方言土语,模仿他们的说话腔调,并不断练习一种典型的黑人步态直到熟练掌握。威廉姆斯从未以自己真实的黑人形象登台演出,他金色的头发、光滑的皮肤和那美丽而敏感的双手被迫永远隐藏在黑色妆容下,他通过扮演一个被扭曲的黑人形象来赢得白人观众的掌声。文化偏见之下,原本单纯、乐观的威廉姆斯慢慢变得深沉、忧郁,最后自杀死亡。福塞特认为,威廉姆斯身上那股难以捉摸的忧郁气质是所有在黑白文化夹缝中生活的黑人都具有的,文化冲突与文化偏见对黑人造成了身心创伤。

拉森将自己定位为一个"艺术家,一个例外或者说才华横溢的少数人"[①],而不是种族提升运动的宣传者。她认为20世

[①] Thadious M. Davis, *Nella Larson: Novelsit of the Harlem Renaissance: A Woman's Life Unveiled*, Louisiana: Louisiana State University Press, 1994, p. 7.

双重认同与融合：哈莱姆文艺复兴时期非裔女性小说研究

纪20年代末的问题已经不再是黑人是否能写小说，而是他们在小说中都会说些什么。杜波依斯作为双重意识的创造者，十分欣赏拉森小说中女性人物在黑白世界中对可能性的探索，评价拉森的《流沙》为"一件细致、周到、勇敢的作品。它微妙地处理了美国黑人面临的奇怪的逆流"①。的确，拉森呈现了混血女性在黑白两个世界的生活体验，两种文化之间的无法调和造成了黑尔加心理、身体的双重流亡。拉森还是一个相对有警惕意识的作家，她曾考虑参加白人出版社赞助的黑人创作比赛，但在递交手稿之前她向维奇藤透露："其实我知道，他们对我们提交的手稿有些反感，人们私下都在说只要是识字的黑人文化人都可以得到这个荣誉。这是让人沮丧的。当然能得到1000美元就太好了。然而，如果仅仅是在差中选优，那也没什么意思。"② 最后她没有参加比赛，她坚信这一时期的非裔作家对美国文化做出了永恒贡献，他们的作品展示了非裔种族的艺术天赋。

赫斯顿不是一个种族分离主义者，而是一个具有文化平等意识的人类学家，她的专业训练使她能在一种文化中解释另一种异质文化。在博厄斯的指导下，赫斯顿开展过大量的南方黑人民俗文化田野调查工作，这一经历让她亲身体验到了黑人文化的审美传统。人类学提供了一种文化平等的概念，使她对黑人民俗的认识处于不断更新中，她有着强烈的冲动要将这些材料和文化带给更加广泛的群体。在她看来，黑人民俗作为一种文化代表着一种完整的生活方式，是一种有价值的表达。她意识到黑人民俗文化在白人眼里不过是"作为理解世界的原始模式"或"不过是一种迷信"③，但是在黑人眼里却并没有任何原

---

① W. E. B. Du Bois, "Two Novels", *The Crisis*, Vol. 35, 1928, p. 202.
② "Letters to Carl Van Vechten", 1 July, 1926, Carl Van Vechten Papers, Yale University, NYPL.
③ Quoted from Robert E. Hemenway, *Zora Neale Hurston: A Literary Biograpgy*, Urbana and Chicago: University of Illinois Press, 1978, p. 103.

第一章　哈莱姆文艺复兴与非裔女性代表作家

始之处，它是黑人得以坚强而有尊严地生存下去的重要精神支柱。接受高等教育和田野调查的双重经历帮助赫斯顿形成了双重认同与融合视野，她参与和学习了"高雅"和"低俗"文化。她承认聆听贝多芬的时候，她也想起了家乡伊顿维尔的盒子演奏；她喜欢济慈，但也承认父亲布道中的诗歌一样很美；她读过柏拉图，但也讲过乔克拉克的故事。在黑人文化热的时代，她读过了那些善意的白人剧作家，如尤金·奥尼尔、保罗·格林、杜博斯·海沃德所创作的剧本，她也去百老汇观看了上演的《梦想的骑士》和《巧克力宝贝》等戏剧，她认为这些离她了解的黑人文化相去甚远，她以提问的方式跟休斯探究真正的黑人戏剧是什么样的："我此前告诉过你关于真正的黑人戏剧的计划吗？我能不能，或者是我们能不能用黑人民间故事，尽管短而生硬，去展示原始、天真的阿拉巴马黑人？"[①] 早期的赫斯顿就有了利用主流的表演舞台去表现真正黑人戏剧的抱负，以达到两种文化交流和理解的目的。后期，赫斯顿选择了用小说的形式来展示黑人民间传统文化的生命力。

小　结

兴起于 20 世纪 20 年代的哈莱姆文艺复兴是复杂的社会、文化、经济、意识形态等诸种力量交错的产物，是一场旨在促进美国黑人种族意识觉醒和提升种族认同感的文化思想运动。它的发生与 20 世纪初期美国社会一系列重大变革有着巨大关系。工业化和城市化进程的快速推进对黑人生活造成了巨大改变，黑人加快了大迁移的步伐，实现了地理生存空间的变化。城市新兴的黑人知识分子开始自觉地思考黑人的文化和种族意

---

① Quoted from Robert E. Hemenway, *Zora Neale Hurston: A Literary Biograpgy*, Urbana and Chicago: University of Illinois Press, 1978, p. 105.

双重认同与融合：哈莱姆文艺复兴时期非裔女性小说研究

识问题。具备新的自由观和机会观的黑人获得了接受高等教育的机会，他们力争成为"言说的主体"，主动书写大迁移过程中黑人物质生活和精神生活的巨变，20 世纪美国黑人的希望、奋斗、失望或成功体验成为重要的言说内容。从南方城市迁移到北方城市的黑人亲身体验了黑白两种文化的碰撞和冲突，而城市白人并未彻底消除对黑人根深蒂固的种族歧视。如何以崭新的面貌融入美国主流社会实现种族的真正平等，如何吸收和借鉴主流社会文化以适应城市生活环境成为这一时期黑人要解决的问题。此外，20 世纪 20 年代是美国文学走向独立的关键时期，大批白人作家致力于挖掘美国本土的文学资源，黑人文化成为新的文学关注对象，白人作家以黑人生活为题材的作品推动了美国主流社会对黑人文学、文化的兴趣，出现了"黑人文化热"。在美国社会转型变革、黑人生活发生巨变、美国文学转型等一系列背景之下，一种全新的具有现代文化特征的黑人文化亟待形成，催生了哈莱姆文艺复兴。

  哈莱姆文艺复兴最重要的成果是涌现出了众多得到美国主流社会公认的文学作品，女性作家的创作是其中重要的组成部分。第一，争取种族平等是这一时期文学作品的主题之一，这些文学作品都包含着反对种族歧视、证明黑人智力潜能和提升黑人种族意识的使命。第二，塑造新黑人形象是这一时期文学作品的另一主题。文学作品都强调新黑人的"自我定义"，包含自我理解、自我尊重、自我表达、自我发展和自我独立等，有效地帮助黑人提升种族自豪感和自信心。第三，这一时期作品都坚持基于黑人种族在美国的生活经历来书写美国，表现黑人对美国社会发展的贡献，促进黑人的种族认同感。文学作品表明黑人从北美殖民地时期就开始参与和见证了美国的建设，而且黑人要想成功必须通过充分分享美国文化和制度，新黑人渴望构建理想的种族关系。在文学创作的过程中，一大批接受了良好教育的黑人知识分子和文学创作人才对黑人文学的发展

第一章 哈莱姆文艺复兴与非裔女性代表作家

与性质也展开了激烈讨论。讨论的议题主要围绕黑人文学的功能、黑人文学的读者、黑人文学中的黑人形象塑造、黑人文学与主流文学的关系、黑人的民俗文化和黑人文学的城市美学等问题。

就三位女性作家的具体创作而言,她们在小说创作中的主题呈现、人物塑造、创作手法和叙事风格都各具特色。福塞特小说最精彩之处就是阐明了种族、性别和阶级是如何建构和束缚中产阶级黑人女性身份的,小说提供了很多由文化差异镌刻而成的中间地带(in-between spaces)。她的独特之处是强调共性,在她看来即便是受挫、被鄙视的非裔美国人中也能找到高贵的一面,这正是非裔女性实现种族文化融合以提升种族形象最有希望的表达。拉森小说的特别之处是深入洞察游离于黑白两个世界之间的混血女性的心理,书写旅居城市的混血女性新形象,表现她们对身份的困惑、认同及自我定义,试图修正非裔美国文学中的悲剧混血儿传统。赫斯顿的小说将南方乡村的非裔女性作为书写对象,利用黑人方言土语对乡村非裔女性生活进行了描摹,诠释了女性对非裔民间文化的坚守、传承,小说中还融入大量的人类学元素,探究了非裔民间文化的强大生命力。同时,她采用镶嵌结构和多重叙事视角等现代叙事技巧,展现了新黑人女性对话语权的争取及具有现代女权意识的非裔女性的成长历程。

哈莱姆文艺复兴时期以福塞特、拉森和赫斯顿为代表的女性作家与同时期男性作家互动频繁,既对话也博弈。总的来说,她们与同时期男性作家的互动分为三个阶段。第一阶段为学习、受益阶段。她们在接受高等教育时期就学习、了解了哈莱姆文艺复兴老一辈运动领袖的思想主张,对黑人文学创作产生了兴趣。在文学创作的起步阶段,她们通过不同的途径结识这些重要的男性作家,在男性作家的直接帮助、指导、推荐或提携下,她们迅速成长起来并开始发表作品。第二阶段为合作阶段。福塞特成为杜波依斯创办的《危机》杂志的文学编辑，并大力支持杜波依斯的种族解放事业。拉森作为怀特的好朋友，经常见面交流文学创作体验，互相修改创作手稿。赫斯顿与休斯结伴旅行去收集黑人民间文化资料，并一起合作创作黑人戏剧《骡子骨：黑人生活的喜剧》。第三阶段为疏离阶段。随着女性作家创作体验的深入，她们创作实践中反映出的文艺观与同时期男性作家出现了分歧。杜波依斯和怀特都极为重视黑人文学的政治宣传作用，坚称政治宣传是黑人文学的目标，但是福塞特、拉森和赫斯顿对此却不以为然，她们认为文学是艺术的、服务于精神的。与男性作家相比，她们的文学创作更强调性别视角，主要以黑人女性为书写对象，着重表现女性的心理感受和自我定义。

这一时期的女性作家积极与哈莱姆文艺圈和美国主流社会进行互动，形成了双重认同与融合的文化观。她们先后参与过哈莱姆文艺复兴运动领袖的思想争鸣，感受到美国主流社会的"黑人文化热"，参加过白人和黑人联合组织的文艺交流活动，也见证了妇女运动对女性争取权利的巨大推动作用。一系列的社会经济文化变革使女性作家开始更为明确地认可自己的双重身份，她们开始思考如何构建新型的黑白种族关系和种族文化交流模式，并在小说创作中提出了构想。

总之，20世纪20年代美国主流文学呈现出欣欣向荣的态势，以现代主义为代表的新文学层出不穷，哈莱姆文艺复兴与之呼应，只是它对美国文学的独特贡献在当时未受到足够的重视。女性作家作为哈莱姆文艺复兴的重要参与者，她们积极投入文学创作之中，参加对文学创作议题的激烈讨论，保持与同时代男性作家的交流，同时也表现出了与男性作家不一样的写作对象、创作策略、关注视角和写作主题。

第二章　书写"黑人性":对非裔文化传统与族裔身份的认同

何谓"黑人性"?学界一致认为"黑人性"是黑人文学的一个重要主题,但是鲜有人对其给出明确定义,哈莱姆文艺复兴运动的领袖和代表作家们并没有明确提出"黑人性"一词。直到1939年,桑戈尔在法语诗作《还乡笔记》中首次使用"黑人性"(négritude)一词。作为20世纪三四十年代法国"黑人性运动"(Negritude Movement)的主要发起人,桑戈尔将"黑人性"总结为"黑人世界文化价值的总和,正如这些价值在黑人的作品、制度、生活中表现的那样"[①]。他强调"黑人性"书写应该从批判西方主流价值与审美开始,它们是实行文化殖民、同化和统治的工具,反抗文化同化,揭露种族歧视应是黑人文学作品的关注中心。哈莱姆文艺复兴的运动领袖和艺术家们也都反复提及黑人文学需要具有"种族性",坚决主张通过挖掘黑人民间文化来强化种族意识,提升种族自豪感,鼓励黑人作家接受属于自己的"美",要表现出黑人的反种族歧视战斗精神。可以说,哈莱姆文艺复兴的主张与法国"黑人性运动"对"黑人性"的阐述是高度吻合的,只是"黑人性"与

---

① Leopold Sedar Senghor, *La Negritude est un Humanisme*, Paris: Jean-Michel Place, 1978, p. 69.

"种族性"说法不同。

"黑人性"产生于20世纪初期黑人种族反对殖民化的时代语境中,提出"黑人性"的根本目的是认同族裔身份和文化传统,文学创作则是最为重要的途径之一。正如勒内·德佩斯所言,"黑人性是为争取黑人文化,为了在精神上、美学上和政治上发扬非洲丰富的遗产而做出的努力"[①]。具有黑人性的文学作品往往以展示黑人种族的悠久历史和黑人文化的巨大精神力量为使命,为黑人文化在世界文学中的绝对价值寻找合法性。在这些作品中,黑人种族不再是西方世界本质主义偏见中的低劣、原始种族,作家通过求本溯源的方式挖掘黑人种族文化精神,张扬民族自尊心。他们书写古老的种族文化传统,展现非洲的风俗习惯,歌颂非洲文化遗产的特殊价值和伟大,为非洲和离散世界各地正遭受种族歧视的黑人争取平等权利。作为黑人民族解放运动的产物,"黑人性"在提高黑人的自尊心、弘扬黑人文化传统、反对种族歧视方面贡献巨大。从文化学的角度看,"黑人性"是"非洲传统的黑人文化和西方现代文化大碰撞、大冲突的产物"[②]。非裔美国作家莫里森曾这样说,"黑人民族要生存下去,就必须保留住黑人文化"[③]。言下之意,如果非裔美国人盲目崇拜或追求主流社会的白人文化,割断与黑人家庭、社区及文化传统的联系,那么他们将会在白人文化占主导地位的美国社会中迷失自我,书写"黑人性"是非裔美国人抵制主流文化同化黑人文化的一种策略。

在美国英语中,"黑人性"(blackness)一词源于黑人艺术运动,是构建黑人美学的核心,用于表达黑人文学艺术的独特

---

① 转引自丁礼明《爱丽丝·沃克〈紫色〉中的"黑人性"文化现象解读》,《井冈山学院学报》2007年第1期。
② 陈融:《论黑人性》,《江西师范大学学报》1986年第4期。
③ Emily Miller Budick, *Blacks and Jews in Literary Conversation*, Cambridge: Cambridge University Press, 1998, p. 56.

第二章 书写"黑人性":对非裔文化传统与族裔身份的认同

性,以寻求非裔文化的自主性①。盖茨认为,"黑人性"是体现在黑人文学文本中的一种隐喻,只有借助文本细读才能发现和识别,它是"经过共享、重复、评论和修正的文学语言的具体运用"②。他在《意指的猴子》中,进一步阐释了对"黑人性"的理解:"在文学中,黑人性只能通过一个复杂的表意过程在文本之中产生出来。超验的黑人性是不可能存在的,因为在它的种种具体的象征的表现形式之外,它不可能存在,而且也的确不存在。"③ 由此可见,"黑人性"存在于非裔美国文学的文本关系网络中,是在文本间特定关系网络中形成的整体美学特征。

在非裔美国文学实践中,"黑人性"指通过书写黑人种族的文化特质以构建对黑人种族文化的认同。非裔美国文学作品从多角度阐释黑人种族的文化传统,歌颂黑人历史文化的独特价值,强调黑人艺术审美的独特性,目的都是要提高黑人民族的自尊心,反对种族歧视,唤醒黑人的文化自豪感,实现黑人民族复兴。在休斯、赫斯顿等一批文学家看来,黑人文学和白人主流文学之间有着本质区别,"黑人性"在很大程度上由非裔美国人的民间文化传统、民间艺术和来自非洲的原始宗教信仰等体现出来,是维系黑人群体交往的文化纽带,象征着"一种自我阐释的过程,在这个动态过程中,黑人建构身份认同"④。作为黑人种族的根本文化价值认同,

---

① 随着黑人种族意识的进一步觉醒,黑人种族认为 negro、nigger 等词汇中含有严重的种族歧视色彩,是对黑人种族的严重冒犯和侮辱,由法语单词"négritude"演变过来的英语单词 negritude 也因其含有词根"negro"被认为是不宜使用的敏感词汇,从黑人艺术运动时期开始"黑人性"用英语单词 balckness 来表示。

② Henry Louis Gates Jr., *Figures in Black*, New York: Oxford University Press, 1987, p. 40.

③ Henry Loius Gates Jr., *The Signifying Monkey: A Theory of African-American Literary Criticism*, New York: Oxford University Press, 1989, p. 137.

④ Carl Degler, *Slavery and Genesis of American Race Prejudice*, Cambridge: Cambridge University Press, 1959, p. 4.

双重认同与融合：哈莱姆文艺复兴时期非裔女性小说研究

"黑人性"在哈莱姆文艺复兴时期女性小说中具体表现为：弘扬非裔民间习俗、展演非裔语言艺术和守望非洲原始宗教信仰。

第一节 弘扬非裔民间习俗

"由于赫斯顿的出生、个性、刻苦工作和学术训练，她注定了会在富于想象力地使用黑人民间传说方面取得殊荣"①。的确，赫斯顿就是从美国社会典型的边缘人视角出发，在黑人的民间口头文学和西方的文学传统中以特殊的结构和语言、运用双重文化传统（口头的和书面的、以欧洲为中心的和以美国黑人为中心的）创造对现实的个人看法，构建新黑人对种族文化的思考。赫斯顿将她的文学创作深植于黑人民间文化之中，她的作品中包含非裔民间饮食习俗、黑人的"门廊"文化、黑人的节庆活动等民间传统文化因子，这些无不彰显着赫斯顿认同"黑人性"的文化取向和创作倾向。

民俗是指"一个国家或民族广大民众所创作、享用和传承的生活文化"②，这一概念揭示出集体性、模式性和代际传承性是民间习俗的主要特点。黑人民间习俗作为黑人文化的重要组成部分，是世代黑人在美国生活经历中保留下来的适合黑人自身文化的日常文化传统、风俗习惯。黑人社区中广为流传的民间风俗习惯包括黑人的生产方式、饮食习惯、节日庆祝和休闲娱乐等生活文化，它是"黑人文化身份的重要标志"③。哈莱姆文艺复兴运动的领袖们一致认为黑人民俗对于黑人树立种族文

---

① [美]伯纳德·W. 贝尔:《非洲裔美国黑人小说及其传统》，刘捷译，四川人民出版社2000年版，第149页。
② 钟敬文:《民俗学概论》，上海文艺出版社2009年版，第1页。
③ Bernard W. Bell, *The Contemporary African American Novel: Its Folk Roots and Modern Literary Branches*, Amherst & Boston: University of Massachusettes Press, 2004, p.77.

第二章 书写"黑人性":对非裔文化传统与族裔身份的认同

化自信心作用巨大,"黑人民俗为黑人文艺创作提供了重要吸收养料,它能帮助艺术家创作出真正的黑人作品来"[1]。赫斯顿也认为黑人民俗对黑人提升种族文化自豪感具有巨大作用,她倡导黑人艺术家要重新评估真正的黑人日常生活文化,以此修正长期以来白人认为黑人民俗是低等的、落后的评价,帮助黑人确立自己的种族身份和维系黑人社区传统的延续性。可以说,哈莱姆文艺复兴时期女性小说对非裔民间习俗的书写具有张扬黑人种族文化特色的目的。

一 饮食习俗:非裔日常生活状态的记录

赫斯顿的每一部小说都有大量关于食物的描写,对黑人饮食习俗的记录丰富了赫斯顿小说的民俗色彩。黑人的美国生活历史包含着对食物的追求,食品和饮食仪式是黑人生活的组成部分,它呈现的不仅是黑人个体的生存状况,而且还是整个黑人群体的饮食习俗和生活状态。对于普通黑人来说,食物的主要功能是满足口腹之欲,他们的日常生活饮食非常简单,食物品种也没有过多的选择。一般来说,黑人会耕种生产一些生存必需的主食,只有咸肉、糖和罐头等食物会按需在小镇商店购买,偶尔依靠打猎来补充肉类食物以满足身体所需。作为一种生存必需品,黑人群体对一日三餐食品的选择并非完全取决于个人喜好,它受限于黑人的经济状况和社会地位。费奥比想用丰盛的食物迎接好友的回归,但只能无奈地端来一盘米饭。黑人社区的罗宾斯太太为了从乔迪商店讨要一小块腌猪肉,不得不刻意奉承乔迪,"你真高尚!你是我见过的最了不起的绅士。你是个皇帝"[2]!当乔迪拿起刀给她切肉时,她"就差没围着他

---

[1] Langston Hughs, *The New Negro Artist and the Racial Mountain*, *Black Expression*, New York: Weybright Talley, 1970, p. 262.

[2] [美]佐拉·尼尔·赫斯顿:《他们眼望上苍》,王家湘译,北京十月文艺出版社2000年版,第78页。

跳舞了"①。珍妮的商店出售着黑人所需的食品,"只要顾客要的是一个番茄罐头或一磅大米,问题就不大。可是如果他们还要一磅半咸肉和半磅猪油怎么办?这就从走几步,伸手够变成了数学难题。或者,干酪是三角七分一磅,可有人来买一角钱的"②。黑人经济普遍拮据的状况从他们的食品消费中得到了淋漓尽致的表现,珍妮明白这些数学难题不是黑人故意制造出来为难她的,它是黑人有限的经济消费能力造成的。食物是对黑人生活状况的真实写照,它作为意象出现在黑人文学中具有特殊的含义,从中可以解读出黑人生活中的沉重负担。

对食物的饥饿感是黑人长期处于饥饿生存状态的结果,黑人只有在参加聚会或庆祝活动时才能大饱口福。一旦黑人有值得庆祝的活动时,他们总是少不了准备丰盛的食物。当珍妮和洛根结婚时,珍妮的祖母准备了"丰盛"的食物来庆贺,"三个蛋糕、大盘大盘的炸兔肉和鸡。吃的东西丰富得很"③。尽管珍妮对此颇感失望,因为这与她在满树梨花下对于浪漫爱情的想象相去甚远,但这已是祖母尽最大努力的结果,这可以想象黑人总是生活在食物相当匮乏的状态中。珍妮与乔迪搬到黑人小镇之后,为了庆贺乔迪在小镇新装了路灯,黑人们也准备了丰盛的食物来招待即将从城里来做客的人,"咱们得给他们东西吃,人们最爱吃烧烤全牲了,我自己拿出一整只猪来,看来你们大家应该能再凑出两只来,让你们的女人再做些馅饼、蛋糕和白薯糕"④。甜点心为了体验百万富翁的感觉,决定准备盛大

---

① [美]佐拉·尼尔·赫斯顿:《他们眼望上苍》,王家湘译,北京十月文艺出版社2000年版,第79页。
② [美]佐拉·尼尔·赫斯顿:《他们眼望上苍》,王家湘译,北京十月文艺出版社2000年版,第58页。
③ [美]佐拉·尼尔·赫斯顿:《他们眼望上苍》,王家湘译,北京十月文艺出版社2000年版,第23页。
④ [美]佐拉·尼尔·赫斯顿:《他们眼望上苍》,王家湘译,北京十月文艺出版社2000年版,第47页。

第二章 书写"黑人性":对非裔文化传统与族裔身份的认同

的晚餐来招待工友们,"一张大桌子上摆满了炸鸡、肉松饼、一满洗衣盆的通心粉,里面加了大量的干酪"①。从这些对黑人生活的记录中,不难看出黑人对于庆祝活动的重视很大程度体现在对食品的精心准备上,蛋糕、炸鸡、干酪和肉松饼等食物只有在庆祝活动中才能享用,这激发了黑人对美好生活的向往和追求动力。

分享食物是黑人饮食习俗之一,它强调个体之间的联结以强化族群内部的人际交往。"作为一种交往模式,分享食物是一种表达绝对信任的行为"②。当珍妮回到黑人社区时,她的好朋友费奥比第一时间为她送去了能填饱肚子的食物,"手里端着满满一盆褐米饭"③,食物一下就把两位多年不见的朋友之间的距离拉近了。费奥比为没能提供可口像样的食物惭愧不已,"我知道你会饿的。天黑以后不是满处找柴火的时候。这回我的褐米饭不怎么好,咸肉油不够了,不过我想还能充饥"④。珍妮及时化解了她的难为情,"天哪,费奥比,难道你不打算把你带来的那点吃的给我了?今天除了自己的手我什么也没往胃上放过"⑤。珍妮吃完了费奥比送来的一盘褐米饭,大赞她的厨艺还不忘打趣她,"把你的破盘子拿去,空盘子我一点用处也没有。那吃的来得确实是时候"⑥。费奥比计划明天多准备一些好吃的

---

① [美] 佐拉·尼尔·赫斯顿:《他们眼望上苍》,王家湘译,北京十月文艺出版社 2000 年版,第 131 页。
② Sarah Sceats, *Food, Consumption & the Body in Contemporary Women's Fiction*, Cambridge, UK: Cambridge University Press, 2000, p. 1.
③ [美] 佐拉·尼尔·赫斯顿:《他们眼望上苍》,王家湘译,北京十月文艺出版社 2000 年版,第 5 页。
④ [美] 佐拉·尼尔·赫斯顿:《他们眼望上苍》,王家湘译,北京十月文艺出版社 2000 年版,第 5 页。
⑤ [美] 佐拉·尼尔·赫斯顿:《他们眼望上苍》,王家湘译,北京十月文艺出版社 2000 年版,第 5 页。
⑥ [美] 佐拉·尼尔·赫斯顿:《他们眼望上苍》,王家湘译,北京十月文艺出版社 2000 年版,第 6 页。

食物送来,"明天我多半一准会有好吃的东西,因为你回来了"①。食物成功地消除了两位女性之间的生疏感,珍妮在填饱肚子后开始详细讲述自己的故事。

食物与女性有着紧密联系,食物作为一种符号暗含着黑人女性对身份寻求的心路历程。当女人的生活被困于家庭时,她们的很多时间都花在了为男人准备食物上面,黑人家庭内部的性别权力关系透过直观的食物描写得以窥见。借助对烹饪食物场景的细描,珍妮与三任丈夫之间的关系及她的女性意识觉醒过程得到了展现。与第一任丈夫洛根结婚后,16岁的珍妮学会了做饭,但是洛根并不满足于此,他认为女性还得学会劈柴和犁地,珍妮无法接受女性仅仅是劳作工具的现实,她选择与乔迪私奔。第二任丈夫承认珍妮是位勤劳、智慧的黑人妇女,但他太想要突出男性是主宰家庭权力结构的事实。在他的男权意识里,女性不仅应该做饭,还应该做出好吃的饭菜。珍妮就曾因准备饮食不当被乔迪扇了耳光。

> 事情是因一顿饭而起。有的时候这类事情往往对所有女人都是个磨难。她们计划着、安排着、干着,可不定哪个灶魔王会偷偷往她们的锅里盆里放进点没烤透的、没味的、糊巴巴的东西。珍妮做饭很拿手,乔迪也盼着这顿饭好躲开别的杂事。因此,当面包没有发起来,鱼靠骨头的地方没怎么熟、米饭又是焦的时,他就扇了她耳光。②

珍妮想要获得幸福的愿望再次破灭,"乔迪在她心中的形象

---

① [美]佐拉·尼尔·赫斯顿:《他们眼望上苍》,王家湘译,北京十月文艺出版社2000年版,第5页。
② [美]佐拉·尼尔·赫斯顿:《他们眼望上苍》,王家湘译,北京十月文艺出版社2000年版,第76页。

第二章 书写"黑人性":对非裔文化传统与族裔身份的认同

跌落在地摔得粉碎"①。第三任丈夫的名字就叫"甜点心",预示着他会给珍妮带来幸福,让她体验人生的甜蜜。当甜点心向珍妮表达好感时,她十分警惕,"啊,甜点心,你今晚说这些话是因为鱼和玉米松糕味道还不错,明天你就不这样想了"②。珍妮跟随甜点心到沼泽地当自由工人,她们的日常饮食再次得到了描写,"珍妮待在家中,煮一大锅一大锅的豌豆和米饭,有的时候烤上几大盆海军豆,面上放着大量的糖和大块的咸肉。珍妮一星期做了两三顿豆子吃,星期天他们还要吃烤豆"③。珍妮准备的食物并不昂贵,但这些都是甜点心爱吃的,"她也总是备有某种甜食,因为甜点心说甜食让人嘴里有点东西嚼嚼,再慢慢停下嘴来"④。珍妮非常了解甜点心对甜食的执着,因为甜食帮助黑人填补了内心对"甜味"或美好生活的饥饿感,甜食背后暗含着长期萦绕于黑人心中的历史性的恐慌心理,它使黑人因饥饿造成的心理阴影在甜味食物中得到了缓解。为了改善伙食,珍妮有时还会拿着步枪外出打猎,等到甜点心回家时晚餐就可以吃炸兔肉。从珍妮和甜点心的饮食中可以看出,珍妮终于颠覆了男性主宰家庭食物分配的传统,女性不再被动接受男性对食物的控制权,而是主动参与到食物生产中。

"弘扬黑人民间文化是哈莱姆文艺复兴时期黑人作家的主要任务之一"⑤。内容丰富、形式多样的黑人民俗存在于黑人生活

---

① [美] 佐拉·尼尔·赫斯顿:《他们眼望上苍》,王家湘译,北京十月文艺出版社2000年版,第77页。
② [美] 佐拉·尼尔·赫斯顿:《他们眼望上苍》,王家湘译,北京十月文艺出版社2000年版,第113页。
③ [美] 佐拉·尼尔·赫斯顿:《他们眼望上苍》,王家湘译,北京十月文艺出版社2000年版,第142页。
④ [美] 佐拉·尼尔·赫斯顿:《他们眼望上苍》,王家湘译,北京十月文艺出版社2000年版,第142页。
⑤ Sharon L. Jones, *Reading the Harlem Renaissance: Race, Class and Gender in the Fiction of Jessie Fauset, Zora Neale Hurston and Dorothy West*, Westport: Greenwood Press, 2002, p. 5.

的各个层面,反映了黑人的生存状态和思想价值观。作为一位具有高度种族文化自觉的作家,赫斯顿通过描写黑人饮食习惯和食物的具体制作过程,呈现了黑人的饮食习俗,丰富了对黑人民间习俗内容的书写。盖茨曾对赫斯顿小说中丰富的民俗文化感到吃惊,"我总能在她的作品中读到与黑人日常生活紧密联系的民俗"①。

二 "门廊"习俗:非裔口语传统的展示空间

作为美国文化中的一种亚文化,非裔民间文化主要表现为一种口头文化,它与主流的白人文化所代表的价值差异很大。非裔民间文化传统在过去的历史中已经被有效地形成了,仍活跃在现有的文化交流中。因此,黑人文化中的很多经验、意义和价值是在先前的社会文化制度或形成的社会基础上生活和实践的结果。正如欧美民俗学家多森所言:"只有黑人是以英语为母语,还保留了完整的讲故事传统的族群。在美国生活的外壳中形成了一种独立的黑人亚文化,这在很大程度上恰恰是因为受教育权利被剥削之后,利用口头传统保留他们未被文字记录下的历史和文化,成为了他们唯一的选择。"②

在赫斯顿小说中,黑人民间文化的口语传统通过"门廊"得到了充分展示。这种以差异化方式展现黑人文化传统的创作策略,是"黑人性"的一种表现形式,也是黑人种族凝聚力形成的重要力量。赫斯顿回顾自己童年时光,认为引导她走向黑人民间文化田野调查和文学创作的启蒙之处就是小镇商店的门廊。在门廊,她第一次在下层黑人们的闲聊中听说了兔子兄弟的系列故事,这里也成为她能够想象到的最为有趣的地方。在

---

① Henry Louis Gates Jr., "Zora Neale Hurston: A Negro Way of Saying", in Zora Neale Hurston ed., *Seraph on the Suwanee*, New York: Scribner's Sons, 1998, p. 357.

② Richard Dorson, *American Negro Folktales*, Greenwich Conn: Fawcett Premier Books, 1967, p. 12.

第二章 书写"黑人性":对非裔文化传统与族裔身份的认同

她的眼里,小镇商店的门廊是"小镇的中心,它如心脏一般,是活力源泉"①。罗伯特·海明威曾将赫斯顿文本中的门廊意象评价为"表示黑人文化传统的图腾,是赫斯顿小说的母体"②。她的小说中多次出现过门廊的意象,黑人在完成劳作后聚集在门廊的交流具有强烈的种族特征,门廊成为黑人疏解疲劳和交流信息的重要场所。小说《他们眼望上苍》中伊顿维尔的商店门廊是非常重要的,它是社区的中心和黑人文化传统的展演基地,这是黑人群体价值观体现在言语行为上的地方。商店门廊,在黑人社区内部就是"世界的中心","蜡笔放大生活"是门廊活动带给黑人的感受,"当人们围坐在门廊,把他们的想法的图片传递给其他人看的时候,感觉很好"③。

小说《他们眼望上苍》就是一部黑人民间关于门廊习俗的文本,通过门廊可以透视黑人社区普通下层黑人的生活现状、对生活的感受和对社会的理解。小说开篇之处,当珍妮身穿泥污工装回到黑人自治小镇时,门廊是推动小说情节发展的重要叙事场景。"人们全都看到她回来了",因珍妮到达的时候正好是傍晚时分,是黑人"在门廊上闲坐、听消息、海侃神吹的时间"④。黑人白天从事高强度的体力劳动,像一头没有任何感官知觉的牲口。夜幕降临,工头不在场后,他们便恢复了知觉,聚在门廊用嘴巴周游列国、评是断非。珍妮的突然出现立马成为门廊的焦点话题,黑人社区内部对珍妮的回来充满好奇和疑问,珍妮为什么不穿女装而是工装呢?和她一起离开的那个小

---

① Zora Neale Hurston, *Dust on Road: An Antobiography*, Urbana and Chicago: University of Illinois Press 1984, p. 9.

② Robert E. Hemingway, *Zora Neale Hurston: A Literary Biography*, Urbana and Chicago: University of Illinois Press, 1977, p. 277.

③ [美] 佐拉·尼尔·赫斯顿:《他们眼望上苍》,王家湘译,北京十月文艺出版社 2000 年版,第 54 页。

④ [美] 佐拉·尼尔·赫斯顿:《他们眼望上苍》,王家湘译,北京十月文艺出版社 2000 年版,第 1 页。

伙子怎么不见呢？她的钱呢？故事围绕着社区内部的疑问展开了对珍妮个人故事的讲述。在屋外门廊的公共空间，人们开始了对珍妮的观察和议论，却毫无答案。后廊台阶上的私人空间启动了珍妮对自己人生故事的讲述，小说最后也以门廊上的费奥比从珍妮故事中得到启发而结束。

门廊是黑人民间文化创造、传播、消费和再创造的焦点场所，也是传承黑人民间文化口语传统的重要文化空间。乔迪的商店门廊就是一个典型的黑人民俗展演舞台。黑人所熟悉的各种精灵、动物、黑人英雄大约翰的故事是在乔迪商店门口被讲述的重要内容，这些典型的黑人民间故事通过门廊文化空间得到了传承和再创造。典型的门廊故事让黑人从绝望的现实中得到暂时解脱，获得生存的希望和情感寄托。贫困不识字的山姆就曾在商店门廊这样自我评价，"我就爱谈大约翰的事"[①]。大约翰作为黑人种族英雄，在早期的传说中是具有强大功力的黑人巫师，在山姆的讲述版本中大约翰已经变成了一位幽默、智慧非凡、能力超强的黑人。大约翰形象的嬗变充分说明了黑人民间传奇故事在黑人内部被世代传承，具有巨大的生命力的事实。小说《约拿的葫芦蔓》中对门廊也有类似的描写，当约翰少年时期还在皮尔逊那里打工时，晚上年轻人都会坐在门廊讲故事，"兔子、狐狸、头和血的骨头在地球上行走，就像人类一样"[②]。门廊故事中的动物具备人的特征，会思考、说话和交流，这些故事对于乡村年轻人来说是再熟悉不过了，每个人都可以在此基础上进一步进行演绎和改编。在他们的门廊故事中，对于同一个黑人民间故事往往会出现各种不同的版本，但目的都是借故事表达对现有种族歧视、压迫的社会现实和社会秩序

[①] ［美］佐拉·尼尔·赫斯顿：《他们眼望上苍》，王家湘译，北京十月文艺出版社 2000 年版，第 50 页。

[②] ［美］佐拉·尼尔·赫斯顿：《他们眼望上苍》，王家湘译，北京十月文艺出版社 2000 年版，第 25 页。

第二章 书写"黑人性":对非裔文化传统与族裔身份的认同

的态度。

赫斯顿还将商店门廊作为求爱仪式的中心,展示了黑人生活的另一面。小伙子们在门廊处通过口语游戏对小镇姑娘黛西献殷勤表达爱意,"他们知道这不是求爱,这是在表演求爱,每个人都参与其中"①。口语游戏很大程度上是一种夸张比赛,属于黑人纯粹的语言游戏,具有很强的表演性。当布奇、梯蒂等年轻姑娘经过商店时,门廊前的小伙子就开始了扮演求爱中的竞争对手,使用所有的语言手段表演献殷勤。但这些都只是预热阶段,当黛西姑娘出现时,表演进入了高潮阶段。查理·琼斯第一个发起对黛西的夸张称赞,夸她是利用天堂休息时间偷跑出来的天使,已经有三个男人为了她躺在那里快要死了,这儿还有一个傻瓜心甘情愿为她去坐牢。此时,门廊前的吉姆、戴夫和兰姆三人自觉地扮起情敌。旁观的群众看得津津有味,需要的时候都帮上一把。为了考验对黛西的爱意,多个题目还会被问:你甘愿为黛西坐多少年牢?你愿意为黛西做什么?每个人尽力发挥自己的想象力给出答案:"我要恳求法官处我死刑,绝不接受轻于无期徒刑的判决";"只要你说声要,我就为你把大西洋清干净";"如果我坐着飞机在天上,看到你要走十英里回家,我就会下飞机陪你走回去"②。这一系列答案展现出求爱仪式中黑人语言的生动性和黑人天马行空的想象力。

门廊还是黑人内部身份地位的标示物。门廊的拥有者,往往是黑人社区内部的政治、经济领导人物。通过观察人们在门廊中的不同站位,可以区分黑人在社区内部的地位和经济状况。在《他们眼望上苍》中,乔迪建造的市镇中心商店是黑人茶余饭后的聚集地,他将自己视为"坐在屋前门廊上的摇椅中扇着

---

① [美] 佐拉·尼尔·赫斯顿:《他们眼望上苍》,王家湘译,北京十月文艺出版社2000年版,第71页。
② [美] 佐拉·尼尔·赫斯顿:《他们眼望上苍》,王家湘译,北京十月文艺出版社2000年版,第73页。

双重认同与融合:哈莱姆文艺复兴时期非裔女性小说研究

扇子"① 的人,具有"王"的风姿和地位。初到伊顿维尔小镇买下二百亩土地之后,乔迪就在房子门廊前显示自己的领导者地位了,"二条腿大叉开站着,抽着雪茄问人问题"②。商店刚一盖完,乔迪就邀请所有黑人到商店门口的门廊聚集,商店门廊迅速成为小镇的中心。乔迪等着别人的伺候和恭维,以一副居高临下的姿态聆听黑人的闲聊和辩论,他为保持威严,从不轻易参与到交流中。只有出现辩论不休的情况时,他才会以判决者的身份介入并作出评价。通过观察门廊活动的参与者,可以看到男性对女性言说权利的剥夺。珍妮喜欢门廊的对话交流,她被称赞为"天生的演说家,我们从来不知道这事。她用正确的语言表达了我们的想法"③。然而,乔迪评价门廊讲故事者都是"垃圾",他的父权制男权意识不允许珍妮在门廊公共空间自我"放纵",她意识到"乔迪把我开除了"④。小说《苏旺尼的六翼天使》中的门廊也是男性权威的标示物。在吉姆看来,女性的空间应在门廊之内守家看孩子,男性的空间是在门廊之外去经商拼搏,她要求阿维"坐在门廊上等待着丈夫回归"⑤。

通过对赫斯顿小说中的门廊习俗解读,我们可以看出赫斯顿对黑人民间文化的自信立场。门廊是乡村黑人重要的生活场所,为黑人民间文化的展演提供了文化空间,很好地展示了非

---

① [美]佐拉·尼尔·赫斯顿:《他们眼望上苍》,王家湘译,北京十月文艺出版社 2000 年版,第 42 页。
② [美]佐拉·尼尔·赫斯顿:《他们眼望上苍》,王家湘译,北京十月文艺出版社 2000 年版,第 42 页。
③ [美]佐拉·尼尔·赫斯顿:《他们眼望上苍》,王家湘译,北京十月文艺出版社 2000 年版,第 61 页。
④ [美]佐拉·尼尔·赫斯顿:《他们眼望上苍》,王家湘译,北京十月文艺出版社 2000 年版,第 65 页。
⑤ Zora Neale Hurston, "Seraph on the Suwanee", in Cheryl A. Wall ed., *Zora Neale Hurston: Novels and Stories* (The Library of America Series), New York: Literary Classics of the United States, Inc., 1995, p. 670.

裔口语文化传统。黑人门廊文化中的语言游戏从另一个层面体现出黑人民间文化的内聚力和排他性，在这种语言体系中白人很难进入和理解，这种文化完全超出了白人的掌控。在一个呼吁挖掘黑人文化传统、提升黑人种族自豪感的时代背景下，赫斯顿的创作是符合哈莱姆文艺复兴对黑人种族文化和文学的期待的，她以展示独特的"门廊"文化加入这场思想文化运动之中，对文化同化主义和以政治为标准的文艺表达了不同的见解。

三　节庆习俗：非裔文化记忆的强化

"节日习俗是形成民族文化联想的极重要的因素"①。传统节庆活动总是包含着诸多民族文化要素，定期、反复组织的节庆活动是提升民族文化认同的重要手段。作为一种文化行为，非裔美国人在每年固定的时间节点都举办固定的庆祝活动，这对于成长在非裔文化氛围的黑人具有强化民族文化记忆的作用，正如美国黑人重要节日宽扎节②的创始人罗恩·卡伦加对节日的评价："给黑人一个可选择的假日，给黑人一个机会庆祝自己的历史，而不是简单地模仿主流社会。"③

节庆活动与黑人民众的生活、劳动有着紧密联系，是黑人强化种族文化记忆的有效手段。奴隶制时期，黑人既没有自由也没有经济能力举办丰富的庆祝活动。随着黑人获得自由，非裔社区开始举行婚礼、新生儿出生、收获节等庆祝活动。黑人的节庆活动具有纪念性、社交性、娱乐性等特点，在庆祝活动中，个人与个人、个人与社区的物质和情感联系得到不断强化。非裔民间庆祝活动主要集中于种植园棉花收获之后，庆祝活动以歌舞表演、

---

①　何彬：《从海外角度看传统节日与民族文化认同》，《文化遗产》2008年第1期。
②　宽扎节，又名果实收获节，是由非裔美国社会活动家罗恩·卡伦加发起的，从1966年开始，每年的12月26日至1月1日举行的7天庆祝活动，现在已经是一个影响力较大的非裔美国人节日。
③　参见https://mip.d1xz.net/rili/jieri/art158987.aspx，2019-09-08。

双重认同与融合：哈莱姆文艺复兴时期非裔女性小说研究

美食分享和组织游戏活动为主要形式，活动的场地多选择在较为开阔宽敞的户外，节目的内容丰富多彩，多是表达对于丰收的喜悦或呈现黑人在美国生活的喜怒哀乐。一般情况下，在庄稼收获的季节，南方乡村的黑人都会举行热闹的庆祝活动。辛苦劳动了一年的黑人们，不论男女老少，都会前往聚会地点参加庆祝活动，集聚在一起的黑人除了品尝美味的食物，还会尽情地唱歌、跳舞、做游戏，以释放日常苦难生活的压力。

小说《约拿的葫芦蔓》就描写了皮尔逊农场的丰收节庆祝活动，再现了黑人群体生活情态，传达出黑人的生活感受与文化取向。当棉花收获后，附近的佃农们在一天夜里都聚集在一起庆祝这次大丰收，大家在一起吃东西，唱歌跳舞。起初，他们用吉他为歌曲伴奏，后来有一位黑人站起来说："嘿，我们不是白人！放下小提琴，我们不要小提琴，不要吉他，不要班卓琴。用手来打节拍！"[①] 他的提议得到了黑人们的一致赞同，有人拿来了祖先从非洲带来的鼓，和着鼓的节奏，大家一边唱歌，一边跳起了来自非洲的舞蹈。

> 他们开始跳舞，用手敲着非洲的小鼓，据说是用孩子皮做成的鼓，他们用脚跺着它。卡塔——昆巴大鼓声响起，伴随着鼓声他们的灵魂仿佛回到了非洲，但是他们的身体在阿拉巴马的萤火周围歌唱，
> 老牛死于田纳西州
> 把她的额骨还给我
> 下颚骨走路，下颚骨说话
> 下颚骨吃，用刀和叉
> 不是吗？是吧？

[①] Zora Neale Hurston, "Jonah's Gourd Vine", in Cheryl A. Wall ed., *Zora Neale Hurston: Novels and Stories* (The Library of America Series), New York: Literary Classics of the United States, Inc., 1995, p.29.

第二章 书写"黑人性":对非裔文化传统与族裔身份的认同

(大合唱)是啊
我不对吗?是啊!
现在我对吗?对啊!①

作为一种集体性表演活动,黑人在庆祝活动中注重对非裔文化传统独特性的张扬,他们拒绝吉他、小提琴,特意使用来自非洲的鼓,强化了黑人群体对非洲文化因子的记忆。庆祝歌曲的歌词也是相对比较简单,但富有节奏。在这首歌曲中,每一段的最后都以"我不对吗?是啊!现在我对吗?对啊!"结束。这样的歌词方便记忆和重复,而且这首歌的歌词内容基本都与黑人的历史有关,歌词后边部分转向了对黑人失去子女抚养权利的申诉:

我渴望有一根针,
让我缝纫,
我把我的孩子缝在我旁边,
沿着要走的路。
孩子跟在路上,
孩子跟在路上,
这是要杀了母亲,
这是要杀了母亲。②

黑人民间歌曲和舞蹈是黑人节庆活动的重要内容,歌舞起到了交流情感、传递信息和宣泄情绪的功能,是"黑人性"的体现。这段歌舞中,大家踩着鼓点跳舞,"仿佛刚果的神来到了阿

---

① Zora Neale Hurston, "Jonah's Gourd Vine", in Cheryl A. Wall ed., *Zora Neale Hurston: Novels and Stories* (The Library of America Series), New York: Literary Classics of the United States, Inc., 1995, p. 29.

② Zora Neale Hurston, "Jonah's Gourd Vine", in Cheryl A. Wall ed., *Zora Neale Hurston: Novels and Stories* (The Library of America Series), New York: Literary Classics of the United States, Inc., 1995, p. 30.

拉巴马州"①。借助集体进行节拍重复，黑人母亲的愿望和控诉残酷奴隶生活现实的情绪也在歌词中得到淋漓尽致地体现，展示了非裔群体与美国社会的现实关系结构。除了歌舞视觉表演，参加庆祝活动的青年男女还会组织捉迷藏、说大话比赛等游戏，其中"捉迷藏"游戏是黑人在一起常玩的游戏，共同熟悉的游戏活动增强了个人对群体的归属感。这个游戏有一个标准的韵，可能是从跳绳的口号改编而来。米妮·特尔成为第一个找人的对象，他数着："十，十，二十，四十五，十五，都藏好了吗？都藏好了吗？"② 在这个数数过程中，黑人并没有严格按照基数词顺序数数，而是选择了带有"T"和"F"发音的数字，后面两遍"都藏好了吗"是典型的节奏重复。小伙伴们一致回答"没有"，接着米妮再来一段："我大概一点半起床/周围有四十个强盗/我起来让他们进来/用滚针打他们的头/藏好了吗？藏好了吗？"③ 这一段中，第一、第二句的最后一个单词的收尾音节分别是 Fo 和 Do；第三、第四句结尾词分别是"in"和"pin"；第五、第六句结尾部分是重复的两个"all hid"。捉迷藏作为黑人年轻人常玩的游戏，游戏指令语言中明显的韵律不仅增加了游戏的娱乐性，而且拉近了黑人青年之间的距离。这次的丰收庆祝活动一直持续到了半夜，黑人从歌舞中获得了身心放松和精神享受。

　　节庆活动会巩固有着共同生活经历的黑人之间的情感关系。小说《摩西，山之人》描写了米甸部落的庆祝活动，强化了摩西与部落民众之间的了解和交流。当摩西在米甸部落生活一段

---

① Zora Neale Hurston, "Jonah's Gourd Vine", in Cheryl A. Wall ed., *Zora Neale Hurston: Novels and Stories* (The Library of America Series), New York: Literary Classics of the United States, Inc., 1995, p. 31.

② Zora Neale Hurston, "Jonah's Gourd Vine", in Cheryl A. Wall ed., *Zora Neale Hurston: Novels and Stories* (The Library of America Series), New York: Literary Classics of the United States, Inc., 1995, p. 32.

③ Zora Neale Hurston, "Jonah's Gourd Vine", in Cheryl A. Wall ed., *Zora Neale Hurston: Novels and Stories* (The Library of America Series), New York: Literary Classics of the United States, Inc., 1995, p. 32.

第二章 书写"黑人性":对非裔文化传统与族裔身份的认同

时间后,迎来了部落以服装秀为特色的狂欢节庆祝活动(clothes-putting-on)。当天晚上,摩西骑着骆驼,载着叶忒罗的两个女儿去参加庆祝活动。一路上,两位年轻的女孩开始哼一首简短的部落民歌,不一会儿摩西也情不自禁地加入进来,"对于他们来说,黑夜里的月光让这个世界甜蜜起来"①。到达庆祝地点之后,摩西发现参加聚会的人都是身着盛装,晚会直到深夜才开始,所有的姑娘们唱着小调,气氛十分甜蜜。聚会中,有大量的美食、音乐和游戏,每一个人都参与其中。年轻的男性和女性配对跳舞,姑娘们永不停息地歌唱。在这次庆祝活动中,歌舞动作作为米甸部落传统文化的表达模式得到了展示,表现出在米甸部落人与部落、人与自然是高度和谐并存的。在这次庆祝活动中,摩西与部落民众有了更直接的接触,他对米甸部落文化有了更为全面的认识。

20世纪初期,很多黑人成了农场的自由工人,但他们喜爱参加庆祝聚会的习俗始终没变,只是聚会活动形式有所改变。与众多庄重、神圣的白人主流社会节庆仪式相比,黑人的节庆活动显得更为轻松、随意。在小说《他们眼望上苍》中,赌博是黑人社区新发展出来的聚会活动。为了庆祝农闲季节的到来,黑人男男女女都聚在珍妮家,在地板上玩投掷骰子。他们一边赌博,一边发挥黑人爱斗嘴的本性开始叫嚷、争吵,但不管话语多么粗鲁,很少有人会为此真正发火,这里的一切都是为了取乐。艾德、布提尼和湿到底三个人打牌,当湿到底继续增加赌注时,艾德说:"反正人已经死了,我再往灵车上打上一枪,不管它葬礼上会多悲伤。"②湿到底一点不相信艾德的吓唬,回

---

① Zora Neale Hurston, "Moses, Man of the Mountain", in Cheryl A. Wall ed. , *Zora Neale Hurston: Novels and Stories* (The Library of America Series), New York: Literary Classics of the United States, Inc. , 1995, p. 430.

② [美]佐拉·尼尔·赫斯顿:《他们眼望上苍》,王家湘译,北京十月文艺出版社2000年版,第145页。

应道:"这只狗熊除了卷毛吓人,没有什么可怕的,我能透过泥水看见干地方。"① 艾德朝四周一看,突然瞥见盖布站在他椅子后面,喊道:"盖布,走开,你太黑了! 吸热!"② 艾德最终赢得赌博,他得意地说:"洗洗你那泥吧,开水都没法帮你的忙。"③ 全场的人都大笑起来。沼泽地的庆祝活动氛围轻松、随意,反映出自由黑人快乐惬意的生活状态。

　　赫斯顿通过美国黑人的节庆活动再现了黑人群体生活习俗,展示了非裔文化的独特风情,具有传扬黑人民间习俗的写作意图。在她看来,黑人民间文化是一种独立的审美体系,呈现出非裔群体的价值观念。黑人节庆活动中的歌舞、游戏活动是属于黑人自己的东西,有着与白人习俗完全不一样的风味、品质,而文化差异正是黑人文化活力的证明。黑人作家只有肯定黑人生活的人文价值,展示和弘扬黑人民俗文化,并将其与白人崇尚的物质主义和枯燥理性作出对比,才能彰显黑人文化在美国的独特价值。

第二节　展演非裔语言艺术

　　赫斯顿对黑人民间艺术的论点始终是明确的,它强调表演、记忆和即兴技巧,将个人置于群体之下,倾向于关注此时此地,采用某种公式化的表达方式,其创造力是美国黑人文化的显著特征。在非裔美国小说中,非裔民间艺术主要表现为演讲、布道、神话、传说和歌舞等形式。在种族文化交流的时代,当黑人知识分子强调种族之间的相似性时,赫斯顿自豪地肯定了黑

---

①　[美] 佐拉·尼尔·赫斯顿:《他们眼望上苍》,王家湘译,北京十月文艺出版社2000年版,第145页。
②　[美] 佐拉·尼尔·赫斯顿:《他们眼望上苍》,王家湘译,北京十月文艺出版社2000年版,第145页。
③　[美] 佐拉·尼尔·赫斯顿:《他们眼望上苍》,王家湘译,北京十月文艺出版社2000年版,第145页。

第二章 书写"黑人性":对非裔文化传统与族裔身份的认同

人文化与白人文化的差异性。她认为,要想在一个陌生和敌对的反黑人环境中生存下来,非裔美国人就得在种族内部发展出新的交流方式,特别是语言、音乐和舞蹈。种族主义抹杀了黑人充分参与主流文化的可能,因此,他们必须用种族亚文化来满足需求。在这一过程中非洲文化元素得以保留、重新解释和融合,使得美国黑人能够应付新生活的需求并表达自己的意愿。这些被改造后的非洲文化资源主要是奴隶在"休闲"时间以幽默的形式发展起来的,它们创造了新的形式,如黑人的劳动号子、兔子寓言、俏皮话、布道等,这增加了群体内部的凝聚力和文化团结。

一 方言土语:言说者的意指

每一种语言都隐含着独特的文化和语言使用者的世界观,所以,"以黑人的语言为美"是"黑人性"的重要表现。在赫斯顿看来,黑人的语言"具有诗意的璀璨""是一种健康的、活的语言形式"。[1] 盖茨说:"黑人语言是黑人个体和群体文化模式的编码……赫斯顿就是抓住了黑人方言土语的核心特征,黑人以差异化语言表述方式和特有的句法及修辞来体现文化的差异。"[2] 当别人把黑人方言土语看成黑人不能完美掌握标准英语的证据时,赫斯顿却坚称方言土语是诗一般的语言,她不遗余力地在创作中去捕捉黑人语言的美。

学术界对于黑人英语的起源没有统一的说法,但一致认为黑人英语的发展与美国的奴隶制度有关。奴隶制下,黑人所处的社会环境既封闭又艰辛,为了架起一座黑人奴隶和种植园主人的沟通桥梁,黑人在其种族内部发展出了有别于白人标准英

---

[1] [美]小亨利·路易斯·盖茨:《意指的猴子:一个非裔美国文学批评理论》,王元陆译,北京大学出版社2011年版,第212页。
[2] [美]小亨利·路易斯·盖茨:《意指的猴子:一个非裔美国文学批评理论》,王元陆译,北京大学出版社2011年版,第215页。

语的英语语言变体，它在发音、语法方面跟标准英语有较大差异。到 18 世纪和 19 世纪，逐渐发展出了一种独特的黑人英语语言。这是黑人奴隶为了连接许多不同的非洲语言并在与种植园主人交流时"装腔作势"的产物，这种黑人方言土语结合了非洲语言语法的各个方面，以独特的发音、拼写、语义、句法、音调和节奏为特征。随着黑人英语的世代发展，黑人英语得到了进一步完善，逐渐成为一套拥有独立语音、语法系统的语言。

黑人方言土语与美国标准英语不论是语音、语法还是语言思维上都存在着巨大差异，究其原因主要有两方面：一方面是由于黑人在美国学习英语的过程中，缺乏正规的语言教育。很长时间以来黑人奴隶只是种植庄园主的私人财产，只是在与白人交流过程中，黑人才接触到了英语发音，并依靠语境、语调去揣摩主人的意思。黑人对于标准英语在人称与动词的关系、动词的时态变化、动词的语态变化规则方面缺乏系统了解和学习，才会出现 ain't 这种既灵活又无序的随意使用。另一方面，也与黑人的非洲语言模式传统有关系，可以说黑人英语是非洲语言模式与美国语言模式相交流和结合之后形成的特殊产物。黑人英语在美国的地位也经历了一个嬗变过程，起初黑人英语被视为一种"低等"语言，这被认为是黑人缺乏文化素养的表现。但是 1979 年安阿伯法案的出台标志着黑人方言土语得到了法律认可。此后，黑人英语不仅得到了合法的地位，而且在教育实践中也敦促着老师学习黑人英语，并教会黑人学生用黑人英语阅读和理解标准英语。

赫斯顿的第一部小说《约拿的葫芦蔓》很好地展示了黑人方言土语在语音、语法方面的独特性。整部小说都围绕黑人社区日常生活展开，小说开篇讲述了约翰的母亲和养父在农场生活的场景，父母的对话全部以黑人方言土语形式展现。母亲观天象预测会下雨，父亲立马反驳道："'Tain't gwine rain, you al-

第二章 书写"黑人性":对非裔文化传统与族裔身份的认同

ways talkin' more'n yuh know"(不会下雨,你总是胡说八道)①,马上院子里落起雨来,内德(Ned)为挽回颜面补充道,"And eben if hit do rain, ef dey ain't got sense 'nough tuh come in let 'em git wet"(哪怕真下雨了,要是他们自己没察觉到,那就别怪会淋成落汤鸡)②。单看这段对话的语言,这就是典型的南方乡村黑人的真实语言样貌,它与标准英语差异显著。首先,在辅音方面,最突出的特征就是简化甚至省略辅音。Talking 中的最后一个字母本来应该是爆破音/g/,此处却被省略。黑人口头语言中经常可以看到类似的语言现象,即用 in 代替 ing 的发音,binding 变成 bindin',nothing 简化为 nothin',此类现象在黑人口语中比比皆是。黑人英语对于"th"字母的发音不论是/θ/还是/ð/都会进行发音变异,上面例句中的 dey 其实是 they,more'n 应该是 more than;'em 应该是单词 them,在这句中"th"的发音变异为/t/,有时根据语境不同也会变异为/d/或者/f/。另外,黑人口语中很少会出现/r/的发音,所以在美国黑人群体中普遍的现象是省略/r/,上面的例句 more'n 中,r 在口语中实际是不发音的;yuh 对应的是标准英语 your,此处的/r/音也被省略。其次,在元音方面,元音的发音通常会受到与这个单词相关联的辅音的影响,双元音会变成长元音,有时候也会直接简化为单元音。gwine 对应的是标准英语中的 going,原来的双元音 o 消失,取代的是 in 这个单元音。最后,在语法使用方面,黑人英语最大的特点就是 be 的灵活,甚至是杂乱无章地运用。在上面例句中我们可以两次看到'Tain't 和 dey ain't,这里是 be 动词的否定用法,它对应的第一个主语是 it,第二个主语是 they;

---

① Zora Neale Hurston, "Jonah's Gourd Vine", in Cheryl A. Wall ed., *Zora Neale Hurston: Novels and Stories* (The Library of America Series), New York: Literary Classics of the United States, Inc., 1995, p. 3.

② Zora Neale Hurston, "Jonah's Gourd Vine", in Cheryl A. Wall ed., *Zora Neale Hurston: Novels and Stories* (The Library of America Series), New York: Literary Classics of the United States, Inc., 1995, p. 3.

ain't 可用于任何主语，不管这个主语是单数形式还是复数形式，be 的否定形式都变成了 ain't，这充分显示黑人英语的灵活性甚至可塑造性，黑人英语中 ain't 是 am not、isn't、are not、has not、have not、does not、do not、did not 的替代词。所以上面的语言如果用标准英语进行对照，应该是"isn't it going to rain? You always talk more than what you know...and even if it does rain, if they don't get sense enough to come in, let them get wet."从这段对话中，可以看出黑人方言土语是在对标准英语不断改造的基础上形成的，这一过程也是"黑人抵制自我意识毁灭的过程，黑人英语对黑人文化的延续和文学的生成有着特殊意义"[①]。

黑人的方言土语具有很强的"意指性"，它是保持族群文化和抵抗白人压迫的一种语言策略。根据盖茨的喻指理论，黑人文本的"黑人性"很大程度上以"意指性"为特点，即文本通过方言土语使得黑人英语同时含有表面含义和真实含义之间的双重声音，它帮助黑人保持族群文化传统，抵制白人或男性的文化霸权。当约翰向露西求婚时，他问露西是否关注过鸟儿，"他会去地狱，周五去地狱，嘴里衔着谷物，或者嘴里衔着沙子把火扑灭"（to hell ev'ry Friday and totes uh grain uh sand in his mouf tuh put out de fire）[②]。这种求爱语言只有黑人之间才能明白表层意思之外的真实含义，具有明显的"意指性"。在黑人民间文化中还有关于蓝松鸦的传说，约翰在黑人社区学会了蓝松鸦在黑人英语中的意指含义，这成为他的求爱方式。但约翰想要知道的是露西会做出什么选择，于是问她会是什么样的蓝松鸦："which would you ruther be, if you had yo' ruthers-uh lark uh

---

① 王晓路：《差异的表述：黑人美学与贝克的批评理论》，《国外文学》2000 年第 2 期。

② Zora Neale Hurston, "Jonah's Gourd Vine", in Cheryl A. Wall ed., *Zora Neale Hurston: Novels and Stories* (The Library of America Series), New York: Literary Classics of the United States, Inc., 1995, p. 65.

第二章 书写"黑人性":对非裔文化传统与族裔身份的认同

flyin', uh dove uh settin'?(如果是你像蓝松鸦能飞,你会在此处境中选择哪一个呢?)"① 露西故意假装没有听懂。在约翰和露西的求爱互动中,充分利用了黑人方言土语的"意指性"来呈现黑人语言艺术的璀璨诗意,给他们的生活添加了乐趣。

黑人方言土语的"意指性"还表现为强烈的"装饰意愿",经过装饰后的语言更美,更有表现力,具有与人们为美化自己而穿金戴银来装扮的类似作用。被"装饰的"黑人土语作为一种"面具"是黑人生存的策略,赫斯顿曾经用原汁原味的黑人方言土语记录了一段故事。白人马萨找到一个黑人,要求他瞄准枪做好猎鹿的准备,他会亲自去山上把鹿引诱过来,并交代他鹿经过时就开枪。黑人奴隶信誓旦旦地答应了,可是当一头鹿泪流满面地从他面前经过时,他并没有开枪。等白人主人回来问他是否开枪时,他的回答是自己没有见到有鹿经过。白人主人不相信,黑人进一步解释,他只远远地看到了一个头上顶着一副椅子的白人走过来,然后他赶紧把帽子摘下低头恭敬地等着他。这个方言土语记录的故事中,黑人奴隶利用方言土语战胜了他的主人,然后躲在语言面具后面逃避惩罚。面具之所以有效,是因为白人对黑人的刻板印象使他根本不相信黑人会有足够的智商来欺骗他。这个故事显然是黑人通过方言土语策略摧毁了白人的智商优越感,黑人奴隶拒绝开枪是对白人权威的抗议。而头顶一副椅子的白人形象这种滑稽画面也破坏了白人的统治形象,解构了白人的权威性。这种场景下,故事中的黑人通过语言技巧挫败了白人的愿望,他的外表被嘲笑,他自己的劳动和黑人一样是得不到回报的徒劳。

黑人的方言土语透露着黑人的人生价值观,这从黑人土语中的大量习语中得到体现。赫斯顿的小说中有大量的黑人习语,

---

① Zora Neale Hurston, "Jonah's Gourd Vine", in Cheryl A. Wall ed., *Zora Neale Hurston: Novels and Stories* (The Library of America Series), New York: Literary Classics of the United States, Inc., 1995, p. 66.

双重认同与融合:哈莱姆文艺复兴时期非裔女性小说研究

它们具有很高的处事哲学意蕴。学校的短暂扫盲教育结束后,约翰急于向露西表白,顺口就说出了:"萝卜青菜,各有所爱,我就爱穿短裙的这个女孩,你貌美如花,还冰雪聪明(some love collards, some love kale; ye as smart as a whip and as pretty as a speckled pup)。"① 在黑人群体中,谚语并不是只有受过良好教育的黑人才掌握的,它流行于普通黑人的日常生活中。赫斯顿的其他小说中也有诸多黑人常用的谚语,如"身在曹营心在汉"(mah heart beneath mah knees and mah knees in some lonesome valley)、"作茧自缚"(you made yo' bed now lay in it)、"距离产生美"(distance is the only cure for certain disease)等,这些由方言土语表达的谚语不仅展示了黑人语言内容的丰富性,也暗含着他们的价值观。

黑人英语的形成过程是黑人维系自我意识的过程,黑人方言土语的形成语境和运行机制决定了黑人在生活中会对其广泛运用。可以说,"黑人方言土语对其文化的延续和文学的生成有着特殊意义"②。黑人英语与标准英语之间的差异帮助黑人抵制了种族意识的毁灭,因为语言是文化的载体,语言的习得是语言背后文化被学习、内化的基础。作为黑人种族文化的载体,黑人方言土语与黑人民间文化、风俗习惯、宗教信仰和历史发展有着紧密关联。赫斯顿认为黑人通过引入不同寻常的隐喻和明喻创造了英语语言的奇迹。黑人对英语语言具有独特的操控能力,通过黑人方言土语的语言系统,展现了黑人对英语的修饰和改造,展示了"一个不同于标准英语的话语系统或世界"③,体

---

① Zora Neale Hurston, "Jonah's Gourd Vine", in Cheryl A. Wall ed., *Zora Neale Hurston: Novels and Stories* (The Library of America Series), New York: Literary Classics of the United States, Inc., 1995, p. 64.

② 王晓路:《差异的表述:黑人美学与贝克的批评理论》,《国外文学》2000年第2期。

③ [美]小亨利·路易斯·盖茨:《意指的猴子:一个非裔美国文学批评理论》,王元陆译,北京大学出版社2011年版,第213页。

第二章　书写"黑人性"：对非裔文化传统与族裔身份的认同

现出黑人的创造性。

赫斯顿作为一位有高度黑人文化自觉的作家，她的小说大量运用了黑人的方言土语，使得黑人文本的"黑人性"不仅表现在文本具体内容方面，还反映在文学语言上。这种语言策略在致力提升种族认同感的年代，不仅增加了作品的种族特色和独特语言魅力，同时还表现出作家对黑人语言和黑人种族的语言认同和身份认同，是对"黑人性"的具体表述，有利于黑人英语在主流社会的传播。

二　布道艺术："呼唤—应答"模式的演绎

黑人布道是由南方黑人原教旨主义传教士所做的一种吟唱式布道，它结合了雄辩、口头叙述和歌曲，极具演讲艺术性，是黑人文化、黑人价值观传承的渠道。布道是牧师与听众的动态交流，牧师总是通过大量象征、重复等修辞手法来增强布道词的感染力，在"呼唤—应答"中黑人彼此联系了起来，成为黑人群体的集体活动。成百上千的黑人牧师们每周都在布道，他们知道仅仅做一个好人是不够的，这还不足以承担一个黑人牧师重任。他一定也得是一位艺术家、一位诗人、一位高级的演员，必须有自己的声音和形象，他的布道是黑人道德观、种族观的集中表现。正如黑人神学家米歇尔（Henry H. Mitchell）在《黑人布道》中所言，"吟唱布道的主要习俗，即是对上帝话语进行高度戏剧化、富有想象力和即兴的演绎——是呼唤和应答模式"[1]。

黑人牧师是联系宗教世界和世俗世界的纽带。在黑人的生活中，牧师具有重要地位。在文化程度普遍低下的黑人社区内部，黑人的自我表达很大程度上依赖牧师在布道时的即兴

---

[1] Quoted from Bernard W. Bell, *The Contemporary African American Novel: Its Folk Roots and Modern Literary Branches*, Mass: University of Massachusettes Press, 2004, p. 70.

双重认同与融合:哈莱姆文艺复兴时期非裔女性小说研究

演讲,借此来超越残酷现实生活的束缚。牧师通过制造一种幻觉世界,把生活在水深火热里的黑人带到一个美好的天堂憧憬之中,为黑人寻找到一种脱离苦难的精神寄托。作为黑人牧师的约翰·皮尔逊的布道在小说《约拿的葫芦蔓》中多次得到描写。约翰的布道带有很强的音韵节奏,产生一种强烈诗歌效果,极有感染力。他的布道内容成功地连接了圣经的内容和黑人的世俗生活,引起了黑人的共鸣。每次约翰在教堂跪下时,总会用一些新的词汇来赞美上帝。他把非洲鼓带到祭坛前,在圣坛上大声发表他自创的一些"野蛮的、原始的"[1]诗歌,向上帝奇妙地"呼喊"[2]。约翰布道中也会讲黑人熟悉的"枯骨"故事,教民完全沉浸在他制造的紧张情绪中如痴如醉,当他讲到"从来没有过我这样的好马,哈!哈!"[3]时,约翰和信众一起达到了疯狂的状态,两个执事拉着约翰的胳膊才让他坐下,信众们跑到布道台上给他扇扇子,用自己的手绢给他擦去脸上的汗水。也就是说,在黑人的吟诵布道中,牧师和他的会众之间会进行自发的交流,这与白人的布道传统很不一样。

黑人牧师的布道词与主流基督教使用的布道词有着巨大差异,部分布道词是黑人牧师自创的格式化诗歌。它的主题是直接的,段落是用平行句的句法,语言是黑人的方言土语。这些布道词用词有序、韵律齐整,显得充满诗意。有些布道词会重

---

[1] Zora Neale Hurston, "Jonah's Gourd Vine", in Cheryl A. Wall ed., *Zora Neale Hurston: Novels and Stories* (The Library of America Series), New York: Literary Classics of the United States, Inc., 1995, p. 95.

[2] Zora Neale Hurston, "Jonah's Gourd Vine", in Cheryl A. Wall ed., *Zora Neale Hurston: Novels and Stories* (The Library of America Series), New York: Literary Classics of the United States, Inc., 1995, p. 95.

[3] Zora Neale Hurston, "Jonah's Gourd Vine", in Cheryl A. Wall ed., *Zora Neale Hurston: Novels and Stories* (The Library of America Series), New York: Literary Classics of the United States, Inc., 1995, p. 97.

第二章 书写"黑人性":对非裔文化传统与族裔身份的认同

新阐释圣经经文并提出黑人同样也是上帝之子,这样的说法对黑人有着心理调适作用,并帮助黑人适应当下的生活环境。布道词中至少有一半的词被安排在固定的相对应位置,便于连起来进行重复,形成"呼唤—应答"模式的吟诵布道,这样的特征很可能来自非洲的音乐实践。约翰在布道时常采用这种模式,充分利用布道词高度重复的特点来增强布道的感染力,他翻动着书页,清理一下喉咙,抬起头开始布道:

亲爱的,亲爱的,现在我们是上帝的子民
我们尚未看到
但是我们知道,但是我们知道
当他显现现身时,当他显现现身时
我们将会喜爱他
我们将会看到他本来的样子……[1]

会众开始和他一起唱起来。与传统教会的牧师布道不一样,黑人更喜欢发挥他们的音乐天赋,把他们擅长的黑人爵士乐融入布道仪式中,借助爵士乐的音调和节拍规律改造形成牧师和会众的合唱。因为内容有着极高的重复性,他们总是配合得很好。

对约翰个人而言,布道在他人生中起着重要作用。在布道词方面的才华引领着约翰迈入成功的职业生涯。约翰作为一个私生子并没有接受正规教育,但是早在皮尔逊种植园帮工时他就展现出了能言善辩的语言天赋。约翰的布道潜能是被锯木厂工友发掘的,约翰和工友们参加周末礼拜活动的当晚,他就模仿牧师布道为工友提供娱乐,他的模仿令他们开心而敬畏地说,

---

[1] Zora Neale Hurston, "Jonah's Gourd Vine", in Cheryl A. Wall ed., *Zora Neale Hurston: Novels and Stories* (The Library of America Series), New York: Literary Classics of the United States, Inc., 1995, p. 144.

双重认同与融合：哈莱姆文艺复兴时期非裔女性小说研究

"如此逼真"①。在工友们的鼓励和建议下，约翰有了当牧师的念头。后来，约翰殴打妻子的弟弟后，逃至黑人自治小镇伊顿维尔，凭借讲演才能成功地成为牧师。在伊顿维尔的教堂，他会先站起来唱《他是在困境中的战斧》这首歌，唱完后再继续他的布道讲演：

> 兄弟姐妹们，我必须告诉你们，是上帝召唤我来祈祷的，赞美上帝，他很久以前就召唤我了，我就当作没听见这个声音，上帝用鞭子抽打我，就像彼得和保罗一样，我生来就是祷告基督，他让我去，他会和我一起去……②

此时信众集体回应，"他让我去，他会和我一起去"③。在约翰的号召和影响下，教堂信众每月人数都开始显著增加。当约翰的牧师职业初次受到质疑的时候，他精心设计了一次布道来化解信众对他的质疑，以挽救个人声誉和重获信众的信任。露西告诉他：

> 你做一次关于自己的布道，通过布道你让他们回忆你做的那些好事，当你不得不同时面对两件事时，两者看起来都不是那么严重，不要撒谎，要真诚。如果你是有罪的，不用把你的名字写在标牌上夸大，同时也不要否认你曾做过说过什么，就让它成为事实吧。真诚会帮助你抵达

---

① Zora Neale Hurston, "Jonah's Gourd Vine", in Cheryl A. Wall ed., *Zora Neale Hurston: Novels and Stories* (The Library of America Series), New York: Literary Classics of the United States, Inc., 1995, p. 85.

② Zora Neale Hurston, "Jonah's Gourd Vine", in Cheryl A. Wall ed., *Zora Neale Hurston: Novels and Stories* (The Library of America Series), New York: Literary Classics of the United States, Inc., 1995, p. 96.

③ Zora Neale Hurston, "Jonah's Gourd Vine", in Cheryl A. Wall ed., *Zora Neale Hurston: Novels and Stories* (The Library of America Series), New York: Literary Classics of the United States, Inc., 1995, p. 96.

第二章 书写"黑人性":对非裔文化传统与族裔身份的认同

信众心理。[1]

在露西指导下,约翰在布道中真诚忏悔并多次提及自己昔日做过的好事,这重新唤起了大众对他的好感。露西死后,约翰受到彻底的职业打击,他在离开伊顿维尔前做了最后一次布道,这次他巧妙地将圣经故事《受伤的耶稣》和自己的受伤情感进行结合,好像他就是受伤的耶稣。据说这篇布道词是赫斯顿田野调查时的真实记录,她一字未改地加入小说中。在布道讲坛上,约翰是一位有灵感的艺术家,他创造性地运用黑人方言土语,他想象上帝创造世界时可能会说的话:"我是时间的牙齿/理解地球上的尘埃/用天平称山/彩色的彩虹标志着风暴的结束/用我的呼吸声测量大海/它把元素保持在一个完整的控制链中。"[2] 他也会很亲切地说:"啊,你的旧鞋子,当雨淋在我身上,把我吹凉的时候,软绵绵的;当阳光照射在我身上,把我热出汗珠时,坚硬硬的。"[3] 正如这两段所示,约翰具有超强的即兴创作能力,通过想象力和语言来塑造上帝和自我形象的才能总是能弥补约翰的人性弱点,他是一位试图调和世俗与宗教、精神与肉体的诗人牧师。

约翰布道时常用的"呼唤—应答"模式是黑人民间文化矩阵中的一部分,很好地演绎了黑人民间文化的独特性。正如评论家所言,"我所认为的非裔美国文学是这样的一种文学:它再现了民间故事的口头传统特征,依靠黑人社区流行的独特用语,

---

[1] Zora Neale Hurston, "Jonah's Gourd Vine", in Cheryl A. Wall ed., *Zora Neale Hurston*: *Novels and Stories* (The Library of America Series), New York: Literary Classics of the United States, Inc., 1995, p. 121.

[2] Zora Neale Hurston, "Jonah's Gourd Vine", in Cheryl A. Wall ed., *Zora Neale Hurston*: *Novels and Stories* (The Library of America Series), New York: Literary Classics of the United States, Inc., 1995, p. 148.

[3] Zora Neale Hurston, "Jonah's Gourd Vine", in Cheryl A. Wall ed., *Zora Neale Hurston*: *Novels and Stories* (The Library of America Series), New York: Literary Classics of the United States, Inc., 1995, p. 148.

双重认同与融合：哈莱姆文艺复兴时期非裔女性小说研究

从黑人文化的重要层面如布道、黑人等方面倡导了黑人社区与众不同的生活态度"①。约翰布道中最精彩的一次即兴创作是从《撒迦利亚书》13章6节开始，讲的是耶稣在他朋友家里所受的伤。这段经文属于传统布道的内容，但是约翰充分发挥自己的想象力将经文与黑人的现实解放需要进行嫁接，利用"呼唤—应答"模式创造出了新的寓意。"我想要一个寓言/我看到耶稣/离开 heben 将是他的荣耀/他拥有无与伦比的荣誉/交出反抗世界的权杖/给自己穿上人性的外衣/来到世界拯救他的朋友。"② 在解读经文的基础上，约翰还进一步发挥了想象力，将幻想场景现场化，他"看见"了他的救世主，"看见他踏在无骨的边缘，哭着说，我是真理和光明……"③，他还看到救世主"抓住井然有序的慈悲列车"④，信众进入约翰制造的幻觉场景，有信众喊道："我能看见—啊—啊"⑤，约翰甚至还能听到：

　　我听到了诅咒火车的汽笛声
　　从伊甸园里出来，满载着货物下地狱

---

① Darwin T. Turner and Barbara Dodds Stanford, *Theory and Practice in the Teaching of Literature by Afro-Americans*, Urbana: Urbana National Council of Teachers of English, 1971, pp. 11-12.

② Zora Neale Hurston, "Jonah's Gourd Vine", in Cheryl A. Wall ed., *Zora Neale Hurston: Novels and Stories* (The Library of America Series), New York: Literary Classics of the United States, Inc., 1995, p. 145.

③ Zora Neale Hurston, "Jonah's Gourd Vine", in Cheryl A. Wall ed., *Zora Neale Hurston: Novels and Stories* (The Library of America Series), New York: Literary Classics of the United States, Inc., 1995, p. 146.

④ Zora Neale Hurston, "Jonah's Gourd Vine", in Cheryl A. Wall ed., *Zora Neale Hurston: Novels and Stories* (The Library of America Series), New York: Literary Classics of the United States, Inc., 1995, p. 149.

⑤ Zora Neale Hurston, "Jonah's Gourd Vine", in Cheryl A. Wall ed., *Zora Neale Hurston: Novels and Stories* (The Library of America Series), New York: Literary Classics of the United States, Inc., 1995, p. 149.

第二章 书写"黑人性": 对非裔文化传统与族裔身份的认同

  以惊人的速度通过律法
  一直到预言的时代
  在国王和裁决者的统治下
  她（指火车）一路通过约旦
  在她去加略山的路上
  当她吹起的时候
  耶稣站在她的跑道上
  就像一座粗糙的山
  她把她的捕牛人扔在他的旁边
  他的血沾污火车
  他为我们的原罪而死
  在朋友家里受伤。①

  将黑人方言土语和常见意象、主题等内容灵活地注入布道中增加了约翰布道的魅力。这些图像和主题是南方大多数黑人布道集会所熟悉的，火车的主题也是黑人众所周知的，其中许多内容现在在黑人布道中仍听得到。约翰布道中常用的"呼唤—应答"模式与白人牧师模式完全不一样，他以近乎幻觉的形式实现了与信众和上帝的双向交流，他的语言生动形象，表情丰富，具有很强的现场感染力。他代表了现实中"失语"的黑人的声音，帮助黑人获得种族解放的信心和力量，布道成为黑人表达种族平等愿望的工具。

三　幽默艺术：泪中含笑的生存智慧

  美国学者冈姆巴曾这样评价赫斯顿："在哈莱姆文艺复兴时

---

① Zora Neale Hurston, "Jonah's Gourd Vine", in Cheryl A. Wall ed., *Zora Neale Hurston: Novels and Stories* (The Library of America Series), New York: Literary Classics of the United States, Inc., 1995, p. 151.

期，她像一颗璀璨之星……这归功于她毫无顾忌的幽默。"[1] 冈姆巴这里主要指的是赫斯顿具有令人印象深刻的幽默语言表达能力。赫斯顿本人也曾在其撰写的《作为有色人种的我有什么感受》一文中将自己评价为"一个充满喜剧幽默精神的佐拉"[2]。何为幽默？中西方不同历史时期的美学家、心理学家、社会学家和美学理论家都做出过解释。有人认为它起源于古希腊医学的"体液"说[3]，有人认为它起源于游戏[4]。《辞海》中将幽默定义为："（1）发现生活中喜剧性因素和在艺术中创造、表现喜剧性因素的能力。（2）一种艺术手法。"[5] 西方美学家立普斯则将幽默视为喜剧性的最高形式，他将幽默分为三种类型：和解幽默或幽默性幽默、挑衅幽默或讽刺性幽默、再和解幽默或反讽性幽默。[6] 现代学者亨利·柏格森把幽默分为三类，即幽默的语言、幽默的情节以及幽默的人物形象。渺小、卑贱、可笑的事物被当成参照对象，通过幽默化处理后确信自我的存在价值并微笑地感到自己的优越存在。赫斯顿认为，对于20世纪初期处在美国南方地带、身份边缘化、社会地位低下、经济贫困的黑人群体来说，幽默是他们对泪中含笑生存智慧的继承。基于黑人个体或集体生活体验的幽默是一种防御机制，对维护苦难生活中的黑人群体心理健康起着重要作用。

在小说《他们眼望上苍》中，幽默渗透在黑人的日常言语

---

[1] Christina Gombar, *Great Women Writers: 1900 – 1950*, New York: Facts on File, Inc., 1996, p. 81.

[2] Zora Neale Hurston, "How It Feels to Be Colored Me", in Cheryl A. Wall ed., *Zora Neale Hurston: Folklore, Memoirs and Other Writings*, New York: Library of America, 1995, p. 826.

[3] 闫广林、徐侗编著：《幽默理论关键词研究》，学林出版社2010年版，第5页。

[4] 张立新：《视觉、言语幽默的情感认知互动模式——多模态幽默的功能认知研究》，东南大学出版社2012年版，第11页。

[5] 《辞海》，上海辞书出版社1999年版，第2579页。

[6] 转引自闫广林、徐侗编著《幽默理论关键词研究》，学林出版社2010年版，第118页。

第二章 书写"黑人性":对非裔文化传统与族裔身份的认同

之中,暗含着黑人族群泪中含笑的生存智慧。当辛苦劳作一天的黑人终于等到日落时,他们往往汇集到路旁的门廊无拘无束地闲坐聊天以舒缓白日"没有舌头、没有耳朵、没有眼睛地任人差遣"[①]的疲倦,他们用嘴巴环球旅行。将白日劳作的黑人类比为失去感官能力的怪物,这句幽默的语言不仅为读者介绍了黑人社区"门廊文化"传统,而且还形象地再现了黑人生活的艰辛、劳累。黑人如牲口般被剥夺言语,他们仅被看作劳作工具,他们被奴役的封闭生活状态跃然纸上。接着,主人公珍妮姑娘一身工装地出现立刻引起了黑人们的惊讶、疑惑和关注,男人们这样形容珍妮的外形,"臀部像后口袋放着柚子,黑发如绳子般粗,发型如羽毛球被风吹散,乳房则企图把衬衣顶出洞来"[②]。借助比喻,珍妮的成熟女性美有了一种生动的视觉效果。当女人们七嘴八舌对珍妮猜测和抱怨时,费奥比替珍妮解围道:"照你们的说法,人家还以为这个城里的人在床上除了赞美上帝别的什么事也不干呢。"[③]看似平常的一句日常话语将黑人社区中女性偏爱搬弄是非的特性显露无遗。正是这种幽默言语构成了对黑人社区中普通男女形象的勾勒,不论黑人男性或女性都是真实生动的个体存在,解构了白人主流社会对黑人妖魔化形象的刻板印象。

通过语言表达幽默是黑人自我解脱的方式,使生活单调的黑人实现了精神上的超越。当周末晚上众人聚在乔迪商店的门廊时,黛西姑娘的出现也成为黑人解闷的对象,"黛西踩着鼓点走着,看她走路的样子你几乎都能听见鼓声"[④],黛西自求关注的

---

① [美]佐拉·尼尔·赫斯顿:《他们眼望上苍》,王家湘译,北京十月文艺出版社 2000 年版,第 1 页。
② [美]佐拉·尼尔·赫斯顿:《他们眼望上苍》,王家湘译,北京十月文艺出版社 2000 年版,第 2 页。
③ [美]佐拉·尼尔·赫斯顿:《他们眼望上苍》,王家湘译,北京十月文艺出版社 2000 年版,第 4 页。
④ [美]佐拉·尼尔·赫斯顿:《他们眼望上苍》,王家湘译,北京十月文艺出版社 2000 年版,第 72 页。

做派成为单身汉们调侃的基础。为了赢得漂亮姑娘的好感,查理恭维道:"上帝,上帝,上帝,圣彼得让他的天使们这样跑了出来,想必天堂里现在是休息时间。"① 单身小伙子们自觉半真半假地扮成情敌极尽夸张地继续表演对黛西的爱慕和攀比对黛西的爱。在黑人内部,因某件共同理解的事情并默契地发现其可笑性,成为黑人之间形成真正友谊的必要条件,这有助于黑人加强对自身的了解,消除黑人的自我厌恶感,间接提升黑人的种族自豪感。

幽默伴随着黑人社区普通乡村男女日常生活,幽默引发的笑声有助于黑人加深对自身的了解,消除他们的自我厌恶感。"幽默产生于情感的释放",② 它是黑人面对困境的缓冲剂,也是黑人魅力的表现。正如托马斯·塔雷所言:"黑人之所以能长期与白人文化紧密接触而没有被消灭,之所以能以较为强劲的姿态走出奴隶制,是因为他们有一种能量使他们能在任何情形下运用机智与幽默,即使面对逆境也能发出大笑。"③ 斗嘴是黑人展示幽默的另一种绝佳形式,戏剧表演式的斗嘴张扬着黑人的幽默天性、舞台表演的智慧才能和雄辩的思维能力,标志着整个黑人社会的智慧与种族健康。在乔迪和珍妮共同生活期间,周六晚上乔迪的市镇小店前的门廊里,山姆和利奇永无止境的斗嘴往往给黑人社区带来了欢声笑语,而斗嘴的目的是彰显各自的夸张本领,博得众人的欢笑和赞扬。一旦别人向利奇开口提问时,他总是会说:"山姆对此事非常了解。"④ 山姆则认真

---

① [美]佐拉·尼尔·赫斯顿:《他们眼望上苍》,王家湘译,北京十月文艺出版社 2000 年版,第 72 页。
② Sigmund Freud, *Jokes and Their Relation to the Unconscious*, New York: Facets Multimedia Incorporated, 2002, p. 7.
③ 转引自罗良功《论兰斯顿·休斯的幽默》,《外国文学研究》2005 年第 4 期。
④ [美]佐拉·尼尔·赫斯顿:《他们眼望上苍》,王家湘译,北京十月文艺出版社 2000 年版,第 67 页。

第二章 书写"黑人性": 对非裔文化传统与族裔身份的认同

佯装出要避免争斗的姿态来,以便吸引门廊所有人,然后装模作样地回答:"你怎么会要我来告诉你呢?你总称上帝在街角与你相遇过,连他的秘密都和你谈了,你用不着来问我什么事,是我要问你。"① 在完全还没有任何议题的前提下,两人的斗嘴表演已经正式拉开帷幕。一系列的嬉笑逗骂后,山姆无缝对接地过渡到问题,"既然你已经承认自己没那么机灵,弄不明白我说的是什么?那我就告诉你。是什么使人不被火热的炉子烫伤,是谨慎还是天性"②? 为了显摆自己的知识,利奇不会直截了当回答,而是避重就轻地回答以示自己的轻蔑态度,"我还以为你是要问我什么难题呢?这个问题嘛,沃特就可以回答你"③。通过长达近10页对山姆和利奇斗嘴的描写,黑人的幽默天性得到了极致的体现。有时在门廊对表演看得津津有味的人,在必要的时候还会客串角色,添油加醋地帮上一把。笑,作为幽默的一种表现形态,因黑人集体的参与成为黑人默契的表征,它也是黑人与外界隔离的一种方式,对待同样事情发现的相同可笑点,扫除了黑人彼此之间的局外人之感。

借助黑人民族的幽默传统,赫斯顿还探讨了其中隐含的黑人女性对性别歧视的反抗。当乔迪出现在珍妮屋门口时,他开玩笑地说道:"你结婚了?你应该还在吃奶呢。"④ 珍妮机智地回应,"我想吃的时候就自己做糖奶头嘬"⑤。彼此的幽默感和

---

① [美]佐拉·尼尔·赫斯顿:《他们眼望上苍》,王家湘译,北京十月文艺出版社2000年版,第67页。
② [美]佐拉·尼尔·赫斯顿:《他们眼望上苍》,王家湘译,北京十月文艺出版社2000年版,第70页。
③ [美]佐拉·尼尔·赫斯顿:《他们眼望上苍》,王家湘译,北京十月文艺出版社2000年版,第70页。
④ [美]佐拉·尼尔·赫斯顿:《他们眼望上苍》,王家湘译,北京十月文艺出版社2000年版,第30页。
⑤ [美]佐拉·尼尔·赫斯顿:《他们眼望上苍》,王家湘译,北京十月文艺出版社2000年版,第30页。

双重认同与融合：哈莱姆文艺复兴时期非裔女性小说研究

摆脱现状的渴望促成了珍妮最终做出私奔的决定，荒谬的是乔迪并未帮助珍妮实现自我的理想，她被阻止参与黑人社区生活并被强制剥夺了话语权。当乔迪一再讽刺珍妮青春不再时，珍妮"一生中第一次看到一个人没有头盖骨、完全裸露的脑子"①，她终于打破沉默反击道："你腆着大肚子在这里目空一切，自吹自擂，可是除了你的大嗓门外你一文不值。哼！说我显老！你扯下裤子看看就知道到了更年期啦。"②乔迪受到珍妮的反击变得日渐憔悴，珍妮注意到乔迪的身体"像一块熨衣板上挂着许多袋囊"③。乔迪眼袋"垂在颧骨上"，耳朵的浮肿到了"脖颈上"，一身松垮的肉囊下垂，坐时都搁在大腿上。④珍妮这番具有讽刺性的幽默话语，让人不禁想要发出笑声，可是笑声背后却令人深思。幽默作为黑人女性与性别歧视做斗争的武器，往往具有强烈的性别政治意味，体现出女性对自我话语权威构建的尝试。

总之，幽默是长期处于奴隶地位的黑人宣泄情感和消解愁闷的选择，表现出黑人面对生活困境的生存智慧。抗议文学的代表作家赖特批判赫斯顿的作品缺少革命性，指责赫斯顿宣扬黑人幽默滑稽剧传统，以取笑黑人为代价迎合白人读者的阅读期待，"她小说中的人物吃饭、干活、睡觉、时哭时笑……"⑤休斯也曾对赫斯顿做过类似评价，"逗乐是赫斯顿看家本领……她满脑子装着趣闻轶事、幽默故事和悲喜交加的故事……她代

---

① [美]佐拉·尼尔·赫斯顿：《他们眼望上苍》，王家湘译，北京十月文艺出版社 2000 年版，第 83 页。
② [美]佐拉·尼尔·赫斯顿：《他们眼望上苍》，王家湘译，北京十月文艺出版社 2000 年版，第 85 页。
③ [美]佐拉·尼尔·赫斯顿：《他们眼望上苍》，王家湘译，北京十月文艺出版社 2000 年版，第 88 页。
④ [美]佐拉·尼尔·赫斯顿：《他们眼望上苍》，王家湘译，北京十月文艺出版社 2000 年版，第 88 页。
⑤ Richard Wright, "Between Laughter and Tears", *New Masses*, Vol. 5, 1937, p. 67.

表着黑人的幽默风趣"。① 很明显,赖特和休斯都注意到了赫斯顿作品的幽默性,只是他们对文学应该以何种方式来表达对种族歧视的抗议与赫斯顿持有不同态度。赖特认为直接抗议是文学政治性的最佳方式,赫斯顿则认为黑人日常生活中的幽默同样能传达出其政治性。运用夸张、比喻、斗嘴等文学表现手段,赫斯顿在作品中淋漓尽致地展示出黑人言语的幽默性,黑人具有的愚笨和机敏、荒唐和合理等对立属性不动声色地集于一体,幽默成为黑人自我防御和解脱的方式,助推黑人在精神上实现对现实苦难的超越。

第三节 守望非洲原始宗教信仰

"非裔美国人的宗教发端于非洲"②,非洲黑人拥有悠久的宗教传统。"非洲当地的传统宗教主要指非洲土著居民在阿拉伯人和欧洲人入侵之前的原始信仰和崇拜仪式"③。非洲大陆上主要有原始宗教、基督教和伊斯兰教三大信仰,但一个不可忽视的事实是:不论是伊斯兰教还是基督教,在非洲的传播过程中都经历了本土化的历程,非洲人在信仰原始宗教的基础上对它们进行了改造。对非洲人来说,这些都属于外来宗教,不论非洲人选择信奉何种宗教,都印上了非洲原始宗教的烙印。虽然美国黑人奴隶来自非洲的不同部落,但是他们都拥有非洲宗教的核心信仰和共同信念。虽然美国黑人宗教也受到了基督教的巨大影响,美国黑人的宗教信仰和美国黑人文化的其他方面一样是白人主流文化和黑人非洲文化碰撞后的结合体。当黑人奴隶

---

① Langston Hughs, *The Big Sea*, New York: Hill and Wang, 1940, p. 238.
② Gayraud S. Wilmore, *Black Religion and Black radicalism: In Interpretation of the Religious history of African Americans*, Michigan: Orbis Books, 1998, p. 2.
③ 罗虹:《从边缘走向中心——非洲裔美国黑人文化》,中国社会科学出版社2013年版,第54页。

在北美大陆同时面对白人文化和自带的非洲文化、宗教信仰时，黑人奴隶根据当时的生存现实环境和寻找精神寄托的需求发展出了独具特色的黑人宗教信仰，成为非裔美国人的重要文化、宗教标记。

对于美国黑人而言，生活中充满无法用人类自然科学解释的神秘现象，只有宗教信仰中的超自然神秘力量才能解释。正如扬·阿斯曼所言，"宗教的一般作用表现在通过回忆、现时化和重复，在一种文化内部将并不存在于当下的东西引入当下，创造非共时性"①。赫斯顿在自传《道路尘埃》中表述过对宗教的理解，"人们需要宗教，因为广大群众害怕生活和它的后果。它的责任很重，在强大的力量面前感到软弱的人寻求一种与'全能'的联盟，这给他们一种安全感，尽管他们所依赖的'全能'只是他们自己思想的产物"②。当黑人被贩到美国成为奴隶时，他们带着对非洲原始宗教的记忆，并实践原始宗教记忆中的仪式、巫术，实现与自然的沟通，找到精神上的寄托。由于非洲原始宗教缺乏书面文字记录、正规的教会组织、规范的信众管理制度和仪式的固定举办场所，它的传承主要依靠记忆，世代进行口头传承。通常来说，一个民族越是缺乏书面文字记录，文化的记忆越深刻。黑奴在美国生活之初，奴隶主为维系个人财产利益，禁止对黑奴进行文字教育，拒绝黑人学习、了解基督教教义和信仰。这样的残酷环境反倒加深了黑人对非洲原始宗教的记忆，也让黑人在美国有足够的时间去形成自己独特的宗教信仰。可以说，黑人在美国所处的被物化处境孕育了黑人维系非洲宗教信仰的环境，强化了黑人对非洲原始宗教的记忆和认同。

---

① ［德］扬·阿斯曼：《文化记忆：早期高级文化中的文字、回忆和政治身份》，金寿福译，北京大学出版社2016年版，第81页。
② Zora Neale Hurston, *Dust Tracks on a Road: An Autobiography*, Urbana and Chicago: University of Illinois Press, 1984, p. 278.

第二章 书写"黑人性":对非裔文化传统与族裔身份的认同

一 自然崇拜:人物交感

非洲原始宗教的核心之一是"尊天",也就是将自然作为至高体的一种信仰,表达对自然的无限崇拜。对于主要从事农业劳动的黑人来说,他们认同"万物有灵"思想,大自然的山川、河流、树木、日月星辰等,都是神灵存在的地方,具有超自然神秘力量。当人们对万物的神秘力量心存敬畏和崇拜时,这种力量会保佑作物丰收、人畜兴旺和部落平安;当人们失去信仰时,会受到神秘力量的惩罚,神秘力量以自然灾害的形式来显现对人类不敬和破坏自然的不满。

在黑人看来,植物、动物都能通晓人的思想,具备与人沟通、预示人的生活和思想变化的能力。《他们眼望上苍》中在乔迪完成骡子的葬礼后,秃鹰们来了一段合唱:

> 这人是怎么死的
> 脂肪太少,太少
> 这人是怎么死的
> 脂肪太少,太少
> 这人是怎么死的
> 脂肪太少,太少
> 谁来承担它的葬礼?
> 我们!!!!①

从这段合唱中,不仅再次看到黑人歌词的语言重复特征,还体现出黑人集体意识中自然万物都具有人的特征,秃鹰能够编曲合唱,骡子不仅被称为"这人",而且在死后还为它举行

---

① [美]佐拉·尼尔·赫斯顿:《他们眼望上苍》,王家湘译,北京十月文艺出版社2000年版,第65页。

双重认同与融合：哈莱姆文艺复兴时期非裔女性小说研究

了葬礼仪式。

在《摩西，山之人》中，埃及宫廷马夫门图是少年摩西形成自然崇拜观的引路人。摩西对自然有着强烈好奇，他不停地询问关于青蛙、太阳运转、天空颜色之类的问题，大字不识的门图以讲故事的形式解答了摩西的诸多疑问。在门图的教导下，摩西还学会了了解动物的很多方法。门图会解读动物的声音，他还能听见鸟类和兽类对人类行为的评论。在门图看来，万物皆为人的化身。比如猴子就是那个总是试图模仿比其优秀的人，却把事情弄得一团糟的自以为是的人的化身。当然，也有人说猴子就是老人的化身，当人变老的时候都会变成猴子。他告诉摩西，长大可以开始打猎的时候记得不要去射杀那些猴子，你可能在那些猴子中杀掉一两个自己的老朋友。当门图和摩西在一块地方试图用小石头建造一间玩具屋时，遇到了一只蜥蜴从附近的一块岩石后面发出嘟嘟的声音并久久盯着他们，摩西很不解。门图告诉摩西，蜥蜴认为摩西的行为很疯狂。

> 蜥蜴是不会理解你为法老建造宫殿的，他认为所有的结构都是用于筑巢的。他认为你一直在为你的配偶筑巢，他还说你花的时间太长了，所以你的伴侣必须做好准备，不要拿着她的卵子等太长时间。他还问你，为什么男人会为他们的配偶筑那么高的巢呢？难道是担心他们的蛋被偷吗？[①]

此后，摩西深爱上了对鸟类、动物和植物语言的解读。门图的临终遗言除了要求一个葬礼外，还嘱咐摩西，"留心蛇和猴

[①] Zora Neale Hurston, "Moses, Man of the Mountain", in Cheryl A. Wall ed., *Zora Neale Hurston: Novels and Stories* (The Library of America Series), New York: Literary Classics of the United States, Inc., 1995, p. 376.

第二章 书写"黑人性":对非裔文化传统与族裔身份的认同

子,搞明白他们所言的"①。门图坟墓外有一座带栅栏的花园,摩西命令不能杀死任何进入围墙内的生物,尤其是猴子或蛇,因为门图曾经说过人死后会化身猴子。可见,摩西已经践行了自己的自然崇拜信仰,他按照门图的指导,相信万物有灵。对自然与日俱增的兴趣和埃及皇宫的内斗促使摩西最终做出了离开埃及的决定,在流浪的路途中,他密切观察自然的变化,在深夜的月光下,他看见有鸡在谷仓上筑巢,雄鸡的尾巴翘向天空,这让他想起了关于自然的无数问题和困惑。摩西突然意识到:"诠释自然的人总是受到极大的尊重,我要与大自然生活交谈,了解她的秘密。"②

对自然奥秘的好奇心让摩西下定决心用余生来理解和读懂自然。摩西对自然的崇拜还体现在很多细节之中,当他沿着尼罗河疾驰而下时,他留意水里和岸边的东西,他现在明白了,"门图唤醒了他的思想,一旦你从一个人的思想中醒来,你就再也无法让他入睡了"③。当摩西第一次到达神山时,他感觉到"它很近,它很远;它呼唤,它禁止。它关乎他内心意识的全部"④。此时,摩西还并不知道眼前所见就是西奈山。当他第二次在叶忒罗的带引下领略西奈山时,"它是从他儿童时期就一直呼唤着他,未做完的梦的地方,这座山拥抱他,就像母亲拥抱

---

① Zora Neale Hurston, "Moses, Man of the Mountain", in Cheryl A. Wall ed., *Zora Neale Hurston: Novels and Stories* (The Library of America Series), New York: Literary Classics of the United States, Inc., 1995, p. 392.

② Zora Neale Hurston, "Moses, Man of the Mountain", in Cheryl A. Wall ed., *Zora Neale Hurston: Novels and Stories* (The Library of America Series), New York: Literary Classics of the United States, Inc., 1995, p. 400.

③ Zora Neale Hurston, "Moses, Man of the Mountain", in Cheryl A. Wall ed., *Zora Neale Hurston: Novels and Stories* (The Library of America Series), New York: Literary Classics of the United States, Inc., 1995, p. 407.

④ Zora Neale Hurston, "Moses, Man of the Mountain", in Cheryl A. Wall ed., *Zora Neale Hurston: Novels and Stories* (The Library of America Series), New York: Literary Classics of the United States, Inc., 1995, p. 415.

儿子一般"①。在神秘的超力量中,摩西对西奈山有莫名的亲切感和久违的熟悉感。在摩西到来之前,这座山一直被米甸部落视为神圣之地,"我们的人民世世代代都朝拜这座山,关于这座山我自己也还有诸多未解之谜,但是我知道山和上面的神能够等待"②。神山与米甸部落形成一种心灵感应关系,"我已经听到了神山的声音。我感应到神山在等待一个外人来了解它和侍奉它"③。不论是米甸部落首领还是摩西,他们都一致相信山是有神性的或者具有超自然神秘力量的,山能发出声音,能发出一种神秘的呼唤和命令。出于对山的崇拜和敬畏,叶忒罗不断地教导摩西关于山的知识。摩西在未做好充分准备之前,也从不敢贸然接近,只能远观。

  自然崇拜是米甸部落和摩西的共同信仰,也是摩西迅速融入、被部落接纳的根基。摩西的自然崇拜信仰在他定居米甸后得到了展现和践行。米甸部落的人慢慢接受了摩西,并把他看成新一任部落首领和部落牧师。摩西主要居住在自然户外,如山里、沙漠、溪水边,这些自然之物给他精神养分,有时候为了弄清自然布置给他的问题,他数天数月不见踪影。虽然叶忒罗仍旧是摩西的魔法师父,但是两人之间的魔法能力差距正在缩小。在摩西拥有神奇的右手后,他再次想起了自己想要解读的自然奥秘,他决心回到埃及河神所处之地(koptos),因为门图曾说河神所守护的盒子内装着关于自然的全部奥秘,"我会直接去那儿,返回时将带一根有两个叉的树

---

① Zora Neale Hurston, "Moses, Man of the Mountain", in Cheryl A. Wall ed., *Zora Neale Hurston: Novels and Stories* (The Library of America Series), New York: Literary Classics of the United States, Inc., 1995, p. 422.

② Zora Neale Hurston, "Moses, Man of the Mountain", in Cheryl A. Wall ed., *Zora Neale Hurston: Novels and Stories* (The Library of America Series), New York: Literary Classics of the United States, Inc., 1995, p. 436.

③ Zora Neale Hurston, "Moses, Man of the Mountain", in Cheryl A. Wall ed., *Zora Neale Hurston: Novels and Stories* (The Library of America Series), New York: Literary Classics of the United States, Inc., 1995, p. 436.

第二章 书写"黑人性":对非裔文化传统与族裔身份的认同

枝在手上,一个火盆在头上"①。在黑人的自然崇拜信仰中,树枝象征的是"闪电",而火盆则象征着"太阳"。无论黑人到哪里旅行,自然是他们永远都崇拜的对象,他们渴望能随身携带以得到自然的庇佑。

二 祖先崇拜:灵魂寻根

非洲原始宗教的另一个核心是"敬祖",对于祖先的崇拜在非洲是非常普遍的信仰。"祖先崇拜实则是对祖先灵魂的崇拜"②。黑人相信祖先的灵魂具有超力量,他们认为生活中的家庭或个体的健康、家庭和谐和子嗣繁衍都得益于对祖先的崇拜和敬畏。个人的行为如果冒犯或触怒祖先的灵魂,则可能带来疾病、死亡等不幸,这是祖先灵魂对不敬行为的警告。

作家们特别强调祖先神灵对黑人文化传统发扬光大的重要性。黑人认为祖先的神灵在现实生活中无处不在,在冥冥之中保佑着黑人种族,这是他们抵御压迫和苦难生活的精神武器。在黑人的诗作中,对祖先是这样表述的:"死者并未离开我们/他们在忽明忽灭的火中/他们在神圣的慈母的怀抱中/他们在初生婴儿的眼泪中。"③ 因为在非洲文化传统中,"人死后还留在生前的世界里,他们的身体会发生变化,但性格不会变,能影响现在发生的事"④。黑人运动的发起人桑戈尔也认同对祖先神灵的崇拜,他认为,"它是我的祖先/皮肤上交织着风雨雷电/它是我的护身符/它是我的忠诚的血/保护着我的赤裸裸的自尊/免遭我自己和那些幸

---

① Zora Neale Hurston, "Moses, Man of the Mountain", in Cheryl A. Wall ed., *Zora Neale Hurston: Novels and Stories* (The Library of America Series), New York: Literary Classics of the United States, Inc., 1995, p. 444.
② 罗虹:《从边缘走向中心——非洲裔美国黑人文化》,中国社会科学出版社2013年版,第58页。
③ 转引自陈融《论黑人性》,《江西师范大学学报》1986年第4期。
④ 曾梅:《托尼·莫里森作品的文化定位》,山东大学出版社2010年版,第123页。

运种族的傲慢的伤害"。[1] 祖先崇拜,通常含有渴望祖先神灵显威的强烈愿望,因此,我们在哈莱姆文艺复兴时期的女性小说中常看到超乎现实,甚至怪诞的祖先显灵的故事情节。

"祖先崇拜"以不同的表现形式大量出现在非裔美国文学中,祖先的"在场"不仅赋予非裔族群精神力量,还满足了非裔的民族情感归属需求。非裔美国人相信祖先的灵魂始终保持着与族群、亲人的联系,"参与"他们的日常生活与劳动生产,并显灵施以影响。在黑人族群内部,他们相信祖先在死亡之后,他的灵魂不会马上离开家庭,必须由活着的亲人或同胞为其举行葬礼才能通往天堂。如果活人没有为其举办隆重的葬礼仪式,祖先的灵魂将会变作幽灵来作恶、降灾,干扰子孙生活或整个部落的秩序。为了让灵魂顺利进入天堂,黑人十分重视葬礼。当摩西的精神导师门图临终时,他向摩西乞求,"请给我举行一个葬礼和准备一个牧师的坟墓……不要用火把我烧了再埋掉,只要你坚持,你有权利把我当牧师下葬"[2]。图门和摩西都相信不论生或死都是有灵魂存在的,死后灵魂会进入天堂和自己的祖先团聚,而葬礼是通往天堂的路径。因此,摩西精心安葬了门图,把门图生前所想要的一切都放进了坟墓内,甚至还有一张他们在河上的旅行图作陪葬。从奴隶制时代开始,白人担心黑人会借举办葬礼仪式而密谋造反起义,禁止黑人去参加葬礼,但是黑人还是会穷尽办法为自己逝去的同胞举行一个葬礼仪式,同一个社区有条件的黑人会偷偷溜出来参加葬礼。赫斯顿在小说中多次对葬礼仪式进行书写,美国黑人非常重视葬礼,它是黑人的重要文化现象。通常来说,黑人社区全体成员会为死者

---

[1] 曾梅:《托尼·莫里森作品的文化定位》,山东大学出版社2010年版,第32页。

[2] Zora Neale Hurston, "Moses, Man of the Mountain", in Cheryl A. Wall ed., *Zora Neale Hurston: Novels and Stories* (The Library of America Series), New York: Literary Classics of the United States, Inc., 1995, p. 391.

第二章 书写"黑人性":对非裔文化传统与族裔身份的认同

送行,以唱歌、跳舞或祈祷的形式表达对死者的追思,集体送葬是黑人的典型葬礼。《他们眼望上苍》中多次对葬礼进行过叙述,乔迪的葬礼场面甚为壮观。参加的人来自四面八方,奥兰治县的其他黑人开着小汽车来,小镇黑人社区的人倾巢而出,连小孩子也骑在哥哥姐姐的背上到教堂观看为乔迪准备的葬礼。教堂内,装饰着代表秘密教团的各种色彩,埃尔克斯乐队排列整齐吹奏着歌曲《平安地在耶稣怀中》,表演非常卖力,鼓点节奏如此突出,以便进教堂的人能轻快地和着音调走。当珍妮的第三任丈夫甜点心死后,被判无罪的珍妮为甜点心也准备了盛大的葬礼,她还特地打电报取出钱来安排甜点心的后事。甜点心热爱沼泽地的生活,但是沼泽地地势过低,大雨时会漫过墓地。珍妮决定把墓地选在棕榈海滩,给他修了一座坚固的穹形墓室。在珍妮心里,给甜点心再好的葬仪都不过分,她在甜点心遗体四周摆上自己买的鲜花,还买了一把崭新的吉他放在甜点心手上。到了下葬时,珍妮租了十辆汽车,乐队奏着哀乐,黑人都加入了葬礼的行列,甜点心就像古埃及的法老一般来到自己的墓地。

　　向祖先祷告,最简单的形式是心灵祈祷,复杂的形式为祭拜仪式或祈福仪式,黑人对故去亡灵的祭拜是黑人重视友谊亲情的体现。当摩西离开埃及到米甸生活后,他仍旧没有忘记对精神父辈门图和养母埃及公主的养育之恩。在摩西看来,重回埃及最重要的事情就是祭拜亲人亡灵,他请求叶忒罗以岳父和朋友的名义,专程到埃及去给门图和养母扫墓,更新他们墓前的祭祀供品。摩西还进一步解释道:"我真心不想他们的坟墓被遗忘。门图是我的仆人加朋友,我要到他的坟墓前更新供品。"[1] 通过悼念亡者,摩西在回忆中建立了与逝去者的联系。

---

[1] Zora Neale Hurston, "Moses, Man of the Mountain", in Cheryl A. Wall ed., *Zora Neale Hurston: Novels and Stories* (The Library of America Series), New York: Literary Classics of the United States, Inc., 1995, p. 450.

双重认同与融合：哈莱姆文艺复兴时期非裔女性小说研究

当摩西得到机会，离开米甸部落去寻找他毕生所求之书《月神瑟斯之书》的时候，他再次想起门图并向他祈祷。摩西认为只要门图显灵并保佑他顺利取到这本神书，他们就能再次相见，因为"你读完这本书第二页之后，就能悉知自然奥秘……在人间和阴间自由来往……先祖和神灵现身"①。

作为种族文化传统的一种表达方式，祖先崇拜"具有灵魂寻根的宗教伦理意义和深厚的哲学意蕴"②，对非裔种族的文化认同具有重要意义。非洲原始宗教认为死后可以与自己的先祖再次见面和会合，这种观点在非裔美国黑人身上同样得到了传承。沼泽地越来越多的信号预示着飓风即将来临，一群又一群的印第安人离开，兔子、负鼠纷纷向东跑去，响尾蛇成群离开，上千只红头鹫在头顶盘旋后飞走，部分黑人也撤离，有人劝甜点心也离开，但这却遭到他的拒绝。黑人兄弟在分手时留下了一句："要是我在地球上再看不到你们，咱们非洲见。"③ 尽管黑人也接触到了基督教，但是他们并不认为黑人死后会去往基督教所设置的天堂，而是魂归故里，再回非洲与祖先相见才是黑人的死亡归宿。这也表现出了黑人的一种死亡观，人死后还是可以再次相聚的。当甜点心死后，珍妮也是买了新吉他放在甜点心遗体上，她相信，"等她也到那儿去的时候，他将编出新歌来奏给她听"④。显然，黑人相信死后是可以再和亲朋相聚的，这种死亡观在黑人中是普遍存在的。

---

① Zora Neale Hurston, "Moses, Man of the Mountain", in Cheryl A. Wall ed., Zora Neale Hurston: Novels and Stories (The Library of America Series), New York: Literary Classics of the United States, Inc., 1995, p. 387.

② 胡笑瑛：《非裔美国黑人女性文学传统研究》，中国社会科学出版社 2017 年版，第 255 页。

③ [美] 佐拉·尼尔·赫斯顿：《他们眼望上苍》，王家湘译，北京十月文艺出版社 2000 年版，第 168 页。

④ [美] 佐拉·尼尔·赫斯顿：《他们眼望上苍》，王家湘译，北京十月文艺出版社 2000 年版，第 204 页。

第二章 书写"黑人性":对非裔文化传统与族裔身份的认同

三 伏都崇拜:愿景表达

伏都是美国黑人民间魔法的一种形式,也是黑人传统宗教信仰的一部分,在美国黑人生活中起着重要作用。学界一致认为伏都教源于非洲。赫斯顿在《告诉我的马》中有这样的描述,"伏都跟起初被创造的每一样东西一样古老,它是存于世的非洲古老的神秘主义。伏都是创世和关乎生命的宗教,它崇拜太阳、水和其他自然力量"[①]。赫斯顿在田野调查中曾经亲自学习过伏都巫术,她拜师于一名经验丰富的伏都教巫师。在那个时候很少有人能完全参与伏都巫术仪式,但是赫斯顿作为一位富有热心、同情心的黑人妇女做到了。与她收集南方黑人其他民间文化的方式一样,她把自己完全沉浸在当地人的生活之中,用人类学家所谓的"参与者—观察者"方法开展研究。她不仅对伏都崇拜有了全面的认识,而且还经历了一系列令人印象深刻的仪式。所有这些经历都成为素材进入了其小说,成为书写"黑人性"的组成部分。

伏都教在南部黑人社区被普遍信奉,尽管也有部分白人相信伏都教。黑人伏都教信徒相信这种信仰的力量和神秘的仪式可以产生无法解释的事件。因为伏都教信仰并不是被官方认可的一种意识形态,所以信奉者通常会隐瞒自己的信仰。哪怕是家庭内部的兄妹或夫妻之间也鲜少知情。还有,伏都教信仰和基督信仰在南方乡村黑人中并不是相互排斥的,可以同时和谐存在于黑人社区。在《约拿的葫芦蔓》中,当海蒂和教会执事哈里斯讨论圣经和伏都教的关系时,执事哈里斯认为伏都教就存在于圣经里,圣经就是世界上关于伏都教的最好一本书。他认为摩西正是在离开埃及法老宫殿后,在旷野流浪的 40 年期间习得了伏都术使他能感应、召唤上帝。正是因为掌握了伏都术,

---

① Zora Neale Hurston, *Tell My Horse: Voodoo and Life in Haiti and Jamaica*, Reissue: Harper Collins Press, 2009, p. 376.

摩西才拥有了神奇的右手和超人类的魔力，否则他无法在埃及降下瘟疫并成功带领希伯来人走出埃及。

伏都术的很多仪式是相当古老的，信徒相信通过一系列仪式，巫师可以改变一种看似不可理喻的局面，帮助他们实现愿望。伏都术可以产生或制造出一种超自然的效果，比如在被杀者的手上放一个鸡蛋会导致凶手现身死亡现场；把九根针的每根都断成三截可以导致一段恋情分手；一种特殊的热脚粉末撒在门阶下会导致敌人离开附近，等等。人们相信伏都巫师具有驱走妖魔的魔力和治愈各种疾病的本领，他几乎是重病黑人的最后希望。《他们眼望上苍》中的乔迪生病后，他拒绝经过正规医术培训的好大夫来医治自己。过去他从不在意的那些"医生"开始备受他的青睐，乔迪每天都需要这类人上门来治病，他认为只要伏都巫师找出埋藏着的对他的诅咒，他的病就会好了。甚至可以请求伏都巫师把敌人置于死地，《约拿的葫芦蔓》中就有类似的描写。约翰的情妇海蒂想要再次获得约翰的芳心，到沼泽地向伏都巫师请教，女巫师的巫术实施需要海蒂合作完成。她从保险柜罐子内取出一些蚕豆，要求海蒂在约翰睡熟后，站在门口把它全都吃掉，然后把豆皮撒在脚周围。海蒂离开后，她在房间后面蹑手蹑脚地设起了祭坛，用撒过伏都战水的蜡烛装饰它，接着在一副棺材上放上红衣服，点燃祭坛前倒置着的蜡烛，开始念咒语，"现在战斗吧，战斗，直到被分开"①。完成这一系列仪式后，她用战争药粉擦拭自己的手和额头，把猫骨头放进嘴里，然后躺进祭坛对面的红色棺材内，进入"灵的世界"②。巫术起

---

① Zora Neale Hurston, "Jonah's Gourd Vine", in Cheryl A. Wall ed., *Zora Neale Hurston: Novels and Stories* (The Library of America Series), New York: Literary Classics of the United States, Inc., 1995, p. 107.

② Zora Neale Hurston, "Jonah's Gourd Vine", in Cheryl A. Wall ed., *Zora Neale Hurston: Novels and Stories* (The Library of America Series), New York: Literary Classics of the United States, Inc., 1995, p. 107.

第二章 书写"黑人性":对非裔文化传统与族裔身份的认同

到了海蒂想要的效果,露西重病不起,不久就离开人世。海蒂在伏都巫师的帮助下,成功赢回约翰的心,并实现了与他结婚的愿望。婚后的约翰与海蒂并不恩爱,但是老巫师已经去世,海蒂在哈里斯的介绍下又找到了另一位伏都巫师,企图再次修复她和约翰的情感。但是海蒂遭人揭发,约翰从家里搜出了一堆瓶子装的、红色法兰绒的、癞蛤蟆皮做的奇怪东西,它们被藏在床上枕头里、屋前挖的大洞里和衣柜衬衫兜里。海蒂采用伏都巫术控制约翰的计谋失败,两人感情彻底破灭并离婚。

在黑人部落中,部落首领就是伏都巫师。伏都教巫师能代表部落实现认识事物的愿望,与白人依靠理性科学认识世界有巨大差异。小说《摩西,山之人》把圣经中的摩西改写成了一个有人性缺陷却很伟大的伏都教巫师,他带领黑人重获自由。摩西对伏都教的学习来自米甸部落首领叶忒罗的引导。第一次见到叶忒罗时,摩西就意识到后者具有读懂他人思想的超能力,"叶忒罗,这是你第二次读出我的想法了,你必须告诉我怎么做到呢"[1]?作为伏都教巫师,叶忒罗的确具有超强的自然感应能力,他甚至能感应到神山的语言,"我不太确定我是否清楚神山在说什么,也许完全听懂需要比我有更多力量的人,但是我觉得他的命令是要带来一个外族人来认识和侍奉他"[2]。确定摩西就是神山所等待的人之后,叶忒罗告诉他:"这座山等待的人就是你。你可要用眼睛去看,用耳朵去听,你是山之子,是山等待的人。"[3] 在米甸部落生活的几年时间里,摩西的足迹踏遍了

---

[1] Zora Neale Hurston, "Moses, Man of the Mountain", in Cheryl A. Wall ed., *Zora Neale Hurston: Novels and Stories* (The Library of America Series), New York: Literary Classics of the United States, Inc., 1995, p. 419.

[2] Zora Neale Hurston, "Moses, Man of the Mountain", in Cheryl A. Wall ed., *Zora Neale Hurston: Novels and Stories* (The Library of America Series), New York: Literary Classics of the United States, Inc., 1995, p. 422.

[3] Zora Neale Hurston, "Moses, Man of the Mountain", in Cheryl A. Wall ed., *Zora Neale Hurston: Novels and Stories* (The Library of America Series), New York: Literary Classics of the United States, Inc., 1995, p. 436.

米甸的每一块地方，在自然的围绕和拥抱中，摩西的脸上露出前所未有的宁静。

伏都教巫师摩西法力无边的神奇右手具有惩凶救世的功能，为处于社会边缘的黑人带来了一定的心理安慰。在米甸待了20年之后，摩西已经完全学会了叶忒罗所教的伏都巫术，成为被认可的部落领袖和伏都巫术继承人。叶忒罗曾亲自演示如何通过伏都巫术向敌人制造一群苍蝇的魔法，短短一个月的神秘训练后，摩西就能如法炮制出这种场面，苍蝇的数量还能超过叶忒罗。后来，摩西的法力达到了可以随心所欲制造出一群昆虫和爬行动物，他甚至还制造出蛇瘟成功地赶走了一群流浪者。叶忒罗的表兄泽普（Zeppo）带着一家老小来无理取闹，摩西举起右手并伸到泽普的面前，如雨点般的青蛙就掉落下来，连泽普嘴里都塞满了青蛙。青蛙成群地爬在每一个角落，泽普一家人被吓到向四面八方逃窜。叶忒罗向表兄写信说道，"的确，我的儿子摩西是世界上最好的伏都巫师"[①]。摩西的魔法越来越强大，部落人民见证了他的魔法威力。当其他部落来侵犯时，摩西举起右手威严地伸出来，小溪、泉水、井水、溪水都变成了血，他还能用右手的魔法带来或者赶走牲畜的疾病。摩西还能在神坛中显现魔法，只要摩西举起右手，来自神山上的云朵就会出现在神坛。经过多次见证，部落人民相信摩西掌握了超自然的所有力量。

在美国黑人文化中，伏都教为无权无势的黑人提供了表达愿景的途径。在解开自然的奥秘之后，山神命令摩西回埃及解救水深火热中的希伯来人。摩西再次回到埃及，想要带领希伯来人离开时，一次次通过神奇的右手展示了伏都巫术的魔法。每一次显示神迹之前，摩西都会进行一系列的伏都巫术仪式。第一次，摩西让丢在地上的一根木杖发芽复活，木杖把头冲出

[①] Zora Neale Hurston, "Moses, Man of the Mountain", in Cheryl A. Wall ed., *Zora Neale Hurston*: *Novels and Stories* (The Library of America Series), New York: Literary Classics of the United States, Inc., 1995, p. 443.

第二章 书写"黑人性":对非裔文化传统与族裔身份的认同

来,抓住离它最近的那条蛇一口吞了下去。埃及皇宫和当地财主们对此不以为意:"这么说摩西要用伏都巫术把我们的奴隶带走,对吗?"① 第二次,摩西进皇宫时走到房屋中心分别向四方举手,最后他面向法老带着他的木杖举起右手,他说道:"神已经说话了。"② 他喝了一口水之后奇迹就发生了,整个皇宫的水瞬间变成了血。过了一会儿,整个埃及的井水和温泉都涌出血水。第三次,摩西的神迹为变出青蛙。第四次,为虱子瘟疫。后面摩西又降了冰雹、降临黑暗将白天变为黑夜以及埃及头生子死亡的灾害,等等。最终,法老不得不答应让摩西带领希伯来人离开埃及。黑人对摩西的这种改造满足了黑人推翻奴隶统治的想象需求,符合黑人争取解放的诉求。

伏都崇拜是黑人文化传统的重要组成部分,呈现出黑人与众不同的宗教信仰和生活行为模式。赫斯顿作品中对伏都教的描写一方面丰富了相关人物的性格,推动了故事情节的发展;另一方面也反映出黑人渴望找到愈合身心创伤的办法。伏都巫术观点扎根于美国黑人的意识深处,在他们看来伏都教是"世界的总的理论"③。黑人在很多事情上都求助于伏都教,尤其是伏都巫术,折射出黑人想要实现愿景以改变现实生活困境的强烈诉求。

第四节 维护族裔身份认同

今天看来,哈莱姆文艺复兴时期的黑人女作家在文艺创作

---

① Zora Neale Hurston, "Moses, Man of the Mountain", in Cheryl A. Wall ed., *Zora Neale Hurston: Novels and Stories* (The Library of America Series), New York: Literary Classics of the United States, Inc., 1995, p. 470.

② Zora Neale Hurston, "Moses, Man of the Mountain", in Cheryl A. Wall ed., *Zora Neale Hurston: Novels and Stories* (The Library of America Series), New York: Literary Classics of the United States, Inc., 1995, p. 478.

③ Zora Neale Hurston, *Folklore, Memiore, and Other Writings*, New York: Literary Classics of the United States, Inc., 1995, p. 118.

上取得了巨大成就，她们从塑造新黑人女性形象、关注种族、性别和阶级问题到构建黑人女性写作传统都摸索出了一条全新的道路。但在既往的文学研究中，缺乏对"不同时代黑人女性本身经历最根本的内在认识"[①]的重视，导致她们长期被忽视或不被严肃对待，甚至被误解，艾丽斯·沃克将之总结为黑人女性书写在不经意中遭遇了被嘲弄、被遗忘、被讥笑的历史。[②]福塞特的小说就在很长一段时间遭到黑人男性评论家的诟病或误读，她的作品被认为缺乏"黑人性"，在选题、审美、价值观上都是简单追随主流社会白人的标准，小说整体上显得"幼稚、琐碎和无聊"[③]。如果说"黑人性"表现为对黑人身份的自我阐释和揭露种族歧视，那么重新挖掘哈莱姆文艺复兴时期女性小说中对"黑人性"的书写将会扭转福塞特、拉森被曲解的历史评价。她们的小说不仅在揭露20世纪初期黑人女性遭到的种族和性别双重歧视上继承了反种族歧视的主题传统，而且还努力颠覆了白人对黑人女性长期以来形成的刻板印象。小说中的黑人女性采取各种策略来回应白人的严重歧视，塑造了争取种族平等，"恢复黑人女性是真实的、复杂的、完整的人"的新黑人女性形象。这些都是非裔女性作家书写"黑人性"的重要目的，也符合这一时期文学作品旨在维护种族尊严，提升种族自豪感和捍卫族裔身份认同的创作目标。

一 反对歧视：维护种族尊严

在种族、性别和阶级的多重压迫下，黑人女性长期处于沉默、失语状态，没有表达自己"声音"的机会，女性声音的缺

---

① 稽敏：《美国黑人女权主义视域下的女性书写》，科学出版社2011年版，第132页。

② Alice Walker, *In Search of Our Mothers' Garden*, London: Mariner Books, 2003, p. 68.

③ Cherene Sherrard-Johnson, *Portraits of the New Negro Woman: Visual and Literary Culture in the Harlem Renaissance*, New Brunswick: Rutgers University Press, 2007, p. 51.

第二章 书写"黑人性":对非裔文化传统与族裔身份的认同

席造成了黑人女性形象不得不由其他人来书写、定义、塑造或阅读的历史。因此,无论是在白人文学中还是在黑人男性文学中,作家们都有意或无意地塑造了特定类型的黑人女性形象。著名的黑人女性评论家芭芭拉认为传统黑人女性形象主要有4种类型:保姆、情妇、不负责任的母亲和妓女。[1] 哈莱姆文艺复兴的女性作家意识到20世纪非裔女性的历史和形象需要由自己书写,塑造出真实的复杂的黑人形象,以扭转白人和黑人男性对她们的刻板印象,并维护种族尊严。

奴隶制时期,保姆是白人文学中最典型的黑人女性形象。她们是一群任劳任怨的人,自我需要或要求很少,皮肤黑,身材肥胖,健硕勤劳,拥有超强的生育能力。她们在生活中逆来顺受、虔诚善良,缺乏独立思考能力,对主人百依百顺,没有理想,满足现状,为主人服务是她们的重要任务。相比之下,白人女性则被塑造为脆弱的、雪白的、干不了重活的、美丽得晶莹剔透的形象。被白人文学塑造出来的黑人女性保姆形象作为一种刻板印象,对黑人和白人都产生了重要影响。对于黑人女性来说,她们被强加一种价值观,即认为黑人女性生来便是外形丑陋和低劣的。这催生了她们强烈的自卑感、自憎感,内化了黑人女性对白色至上理论的认可。对白人来说,白人女性需要保护的形象与黑人女性健壮的形象形成了鲜明对比,显示出奴隶制时期最理想的主人和仆人关系,也符合蓄奴制拥护者的利益期待。

从重建时期开始,黑人女性总是被贴上"放浪"的标签。黑人获得人身自由之后,大量黑人女性在美国工业化和城市化进程中涌入城市,缺乏专业技能的女性成为城市游手好闲的流浪者。很多黑人女性依靠出卖身体或主动勾搭有钱男性维持生计,她们被描述为游手好闲、虚荣轻浮、含情脉脉的虚伪黑鬼。

---

[1] Barbara Christian, "Images of Black Women in Afro-American Literature: From Stereotype to Character", in *Black Feminist Criticism: Perspectives on Black Women Writers*, New York: Pergamon Press, 1985, p. 2.

双重认同与融合：哈莱姆文艺复兴时期非裔女性小说研究

这时，黑人女性等同于妓女、情妇的刻板印象逐渐形成。拉森小说《流沙》就揭露了白人视黑人女性为妓女的现象。文中写道，黑尔加多次被男性误认为是妓女，这激起了她极大的愤慨。当黑尔加第一次游历芝加哥大街时，"有几位男性，黑人和白人都有，愿意给她钱，但代价太高了"①。在刻板印象的偏见思维下，每一个黑人女性都被看作是妓女，是被凝视、被购买、花钱就可享受的对象，黑人女教师黑尔加也不例外。即便是在熟人之间，这种刻板印象也并未消除，当黑尔加在丹麦遇上白人画家奥尔森时，奥尔森主动邀约她当模特。可是，奥尔森画笔下的黑尔加"张大嘴巴，渴望迷人的眼神，极度性感"②。黑尔加对此自我评价道："这根本不是我自己，而是一个面目可憎的肉欲动物。"③ 奥尔森也直言不讳地表达了对她的刻板印象，"你有所有非洲女性温暖、冲动的本性，但是我恐怕不得不说你有一个妓女的灵魂，只是你遇到了出价最高的买主，我很开心这个买主是我"④。这显然是奥尔森对黑尔加的一种公然侮辱，奥尔森对非洲女性一无所知，但这并没有影响他作为白人男性对非洲女性或者黑人女性的刻板印象。在他看来，黑尔加身上的温暖、冲动特质是来自非洲的基因记忆，妓女的灵魂是所有黑人女性的本性，这种刻板印象在一定程度上代表了白人男性整体的观点。奥尔森赤裸裸地表达了对黑人女性的偏见，还把自己的性欲投射在黑尔加身上。在白人男性眼里，他们和黑人女性之间是买卖关系，黑人女性不过是他们眼中的商品，性价

---

① Nella Larson, "Quicksand", in Charles R. Larson ed., *The Complete Fiction of Nella Larson*, New York: Anchor Books, a Division of Random House, Inc., 2001, p. 34.

② Nella Larson, "Passing", in Charles R. Larson ed., *The Complete Fiction of Nella Larson*, New York: Anchor Books, a Division of Random House, Inc., 2001, p. 85.

③ Nella Larson, "Passing", in Charles R. Larson ed., *The Complete Fiction of Nella Larson*, New York: Anchor Books, a Division of Random House, Inc., 2001, p. 85.

④ Nella Larson, "Passing", in Charles R. Larson ed., *The Complete Fiction of Nella Larson*, New York: Anchor Books, a Division of Random House, Inc., 2001, p. 86.

第二章 书写"黑人性":对非裔文化传统与族裔身份的认同

比是构建男女关系重要的衡量标准。当两人发生争吵时,奥尔森说出了对黑尔加的真实想法:"你是故意地诱惑我,你知道吗?黑尔加,你是一个矛盾体。"[1] 不论是作为画家与模特的合作关系,还是男性与女性的恋爱关系,抑或是白人和黑人的种族关系,奥尔森始终都没有改变视黑尔加为原始女人和妓女的看法,他的目标是将她变为情妇而并没有考虑婚姻。

概括而言,各个时期美国主流文学书写的黑人女性形象都带着刻板印象。从福柯的权力—话语理论来看,对黑人女性的诸多刻板印象就是占文化控制地位的白人对黑人女性歧视的权力运行产物,黑人女性被扭曲、受控制的负面形象则是制度化的种族主义和美国话语权力体系对黑人女性进行压迫和控制的表现。"放浪""原始"等被构建的妖魔化黑人女性形象是统治者出于管理和控制黑人的利益需要,有利于统治者保持和维持自己的统治地位。福柯认为在古代社会对身体的控制和惩罚主要是通过直接、残酷的私行或强奸方式,后来逐步演变出一系列复杂并精心设计的权力系统来训练和管控身体。如果没有强有力的权力系统运行,黑人女性受到的种族、阶级和性别、性的压迫就无法持续到现代社会。在白人控制的权力话语系统下,白人作家们对黑人女性负面形象的反复描述,使她们的心理蒙上了阴影,并以此加强和巩固对黑人女性的统治。压迫者利用刻板印象的工具,很容易战胜被压迫者,使她们无法表达自己的思想,剥夺她们的尊严和信心。当黑人女性无法表达和定义自我的时候,她们将强加给她们的扭曲形象内化成自我定义和自我认同的源头。

作为惩罚,非裔女性从一开始就一直被塑造为各种负面形象。从种植园时期开始,白人男性便将黑人女性物化,女性身体成为白人男性主人的泄欲工具,导致了大量混血儿的出生,

---

[1] Nella Larson, "Passing", in Charles R. Larson ed., *The Complete Fiction of Nella Larson*, New York: Anchor Books, a Division of Random House, Inc., 2001, p. 87.

这进一步加深了人们对黑人女性"性欲强"和"放浪"的印象。这种刻板印象造成了黑人女性对待性问题的两难选择：渴望性则意味着要承担被贴上"放浪"标签的风险，而拒绝性则可能被视为"性冷淡"和"假装正经"。很多黑人女性被这个问题困扰，她们带着羞愧和恐惧的心理来看待自己的正常欲望。重建时期，由于缺乏法律保护和教育支持，黑人女性大多在儿童时期或其他场合遭受过性侮辱，自卑和误解使她们不得不进入妓女行当以维持生计。事实上，黑人妓女这一社会问题就是黑人女性被压迫的表现。美国政府、法律和公众媒体为了维系男性的既得利益，不但没有去面对和解决这种困局，还靠传播强化了黑人妇女的妓女形象来掩藏问题的本质，引导社会公众去谴责受害者，而不是去惩罚施害者。因此，权力话语主体将黑人女性妓女这一社会问题成功转化为黑人女性的道德问题，进一步加深了对黑人女性的负面刻板印象。进入20世纪，部分白人对黑人女性的刻板印象仍未消除，女性的生活仍受此困扰。

哈莱姆文艺复兴时期的非裔女性小说几乎无一例外地揭露了白人种族和黑人男性对黑人女性的压迫，表达了反对种族歧视以恢复种族尊严的创作目的。虽然从20世纪开始，部分黑人女性得到了受教育机会，女性的生存情况也比蓄奴制时期有所好转，但现实生活中多数黑人女性仍然遭受着来自种族和性别的不公平待遇。20世纪20年代，受哈莱姆文艺复兴反对歧视和妇女运动寻求性别平等的影响，非裔美国女性开始发出来自边缘的女性声音，质疑现有的种族、性别关系，反对她们遇到的各种各样的障碍与歧视。福塞特曾通过对小时候生活的回忆控诉过黑人因种族歧视遭遇迫害的现实，表达了反对种族歧视的创作意图。小时候，她的姥姥每晚都会坐在屋外，看着天上的星星自言自语地呻吟。她对此困惑不已，姥姥回答说："只要想到可怜的孩子们，就不得不呻吟；他们不知道我在哪里，我

第二章 书写"黑人性":对非裔文化传统与族裔身份的认同

也不知道他们在哪里。我看着星星,他们也看着星星。"① 为此,她创作了这样的诗行:

> 我想我看见她坐在那里,
> 弯腰驼背,浑身漆黑,伤痕累累,
> 身上带着奴隶制的致命伤痕,
> 她的孩子们,孤独,痛苦,
> 但仍然看着星星。
> 象征性的母亲,我们,你无数的子女,
> 把我们倔强的心敲打在自由的铁栏上,
> 紧紧抓住我们与生俱来的权利,
> 用脸抗争,
> 仍然幻想着星星。②

在福塞特看来,即便是在受挫、被鄙视的非裔美国人身上也能找到高贵的一面,这正是非裔女性维护种族尊严最有希望的表达。福塞特的小说清晰揭示了社会现实与"人人生而平等"文化神话的差异,质疑了视黑人为奴隶的合理性,同时也强调了非裔女性有一颗渴望自由的"倔强的心"。福塞特小说批判了白人对非裔女性严重的种族、性别歧视,具体表现为主流社会对非裔女性形象的刻板印象,对女性就业、教育的歧视,对女性艺术才能的否认。她的小说中的女性尽管孤独、痛苦、伤痕累累,但她们仍坚持在充满种族、性别压迫的社会环境里努力抗争,只为抓住与生俱来的权利。她们正视自己的黑肤色,艰难地与各种歧视进行斗争,非常有利于非裔种族尊严的维护,对推动族裔身份认同和美国社会发展都具有重要意义。"看着星

---

① Jessie Redmon Fauset, "Oriflamme", *The Crisis*, Vol. 42, No. 1, 1922, p. 128.
② Jessie Redmon Fauset, "Oriflamme", *The Crisis*, Vol. 42, No. 1, 1922, p. 128.

星"表明她们不畏惧任何艰难险阻,对生活仍充满热情,尽力保持积极进取心态。

二 反对自卑:提升种族自豪感

提升种族自豪感是哈莱姆文艺复兴非裔女性作家共同的创作目标。一方面,女性作家们通过揭露白人对非裔女性的刻板印象和严重歧视行为,表达出对种族、性别歧视合法性的质疑;另一方面,她们还塑造了安吉拉、特瑞萨、黑尔加、艾琳和劳伦汀等一批克服了族裔身份自卑感的新黑人女性形象。她们不再是传统文学中的"保姆""妓女",而是生活在20世纪初期城市化、现代化的城市非裔女性,普遍拥有中产阶级价值观和生活方式,良好的经济条件极大地消除了她们的自卑感,使她们带着自信去参与美国城市社会生活。

福塞特的小说《葡萄干面包》书写了安吉拉确立种族身份自豪感的过程。安吉拉一心想要成为艺术家,她从小就展现出了对线条的超强表现力和对色彩的敏锐感知力等绘画潜力。当安吉拉思索"自由、白人和21岁"[①]命题时,她将其概括为"拥有世界的感觉,事物都是平等的,一切皆有可能"[②]。15岁那年,安吉拉与学校新转来的玛丽有过一段亲密友谊,但玛丽在发现安吉拉的黑人血统后当面质问、侮辱她并断绝了两人的交往,这让年仅15岁的安吉拉真实体会到了种族歧视的伤害。有过这次教训,安吉拉前往纽约库柏联盟艺术系深造时,不得不利用自己的浅肤色冒充白人,她的艺术潜能很快得到了同班师生的肯定。班级中还有一位名叫蕾切尔·鲍威尔的同学,她才华出众、学习努力,但黑肤色使她与班级其他白人同学关系

[①] Jessie Redmon Fauset, "Plum Bun", in Rafia Zafar ed., *Harlem Renaissance Five Novels of the 1920s* (The Library of America Series), New York: Literary Classics of the United States, Inc., 2011, p. 487.

[②] Jessie Redmon Fauset, "Oriflamme", *The Crisis*, Jan., 1922, p. 487.

第二章 书写"黑人性":对非裔文化传统与族裔身份的认同

疏远,班内的白人同学从不会主动与她发生语言交流,但安吉拉主动表达了对她的欣赏,并保持了与她的友谊。鲍威尔的绘画才华使她成功地申请到出国奖学金项目,但奖学金捐助方得知她是黑人学生时,毅然采用撤销奖项的手段取消她的获助资格,并冠冕堂皇地解释说,"我们不是对人种学感兴趣,而是对艺术感兴趣"①。白人对黑人艺术追求的公然歧视引起了安吉拉的极大愤慨,她选择坦承自己混血儿的身份,并主动从艺术学校退学以示抗议。后来,安吉拉回归哈莱姆社区与姐姐一起生活,并以黑人身份继续追求画家梦想。在经过生活的洗礼后,她正视了自己的种族身份,并对黑人种族有了新的认识与诠释,她说道:

> 我们的情况独特,我们中的一部分人在稳步向前,在金钱和接受培训方面走在前列。到目前为止,他们不会,也不可能离开我们这些不梳洗的粗野百姓。我们必须回头望望,为我们那些不太幸运和弱小的兄弟服务。要这样做的第一步,切实的态度与其说是获得种族之爱,不如说是获得种族的骄傲。一种使我们能够发现我们自己美丽和值得赞许的骄傲,一种对自己的种族代表人物心满意足的强烈种族情感,它发现我们族群的完整,爱自己就如同法国人爱他们的国家一样,因为它是他们自己的。这样一种骄傲可以使不可能的事情变成可能。②

小说结尾部分,安吉拉感悟到离开黑人社区的生活是不完整的,她主动与黑人姐姐相认,重新回归黑人社区,恢复了与黑人种族的往来。尤为重要的是,她还意识到黑人知识分子肩

---

① Jessie Redmon Fauset, "Oriflamme", *The Crisis*, Jan., 1922, p.655.
② Jessie Redmon Fauset, "Oriflamme", *The Crisis*, Jan., 1922, p.576.

负着提倡种族自豪感的使命，它可以"使不可能的事情变成可能"①。福塞特的其他小说也塑造了多位具有种族自豪感的非裔女性形象，比如《存在混乱》中的乔安娜从小就自信满满地渴望成为"大人物"，她还是孩童时就缠着爸爸给她讲关于黑人伟大人物的故事，"当我长大时，我也要成为一个了不起的大人物"②。乔安娜的种族自豪感一直伴随着她，成为她追逐梦想的强大动力。

与老一辈的中产阶级黑人领袖们对待性问题的谨慎态度不一样，拉森颠覆性地强调性行为和性自由的思想，她笔下的黑尔加破坏了白人男性和黑人女性之间的历史关系，解构了白人男性视非裔女性为性工具的刻板印象，展示了族裔身份自豪感。性是拉森作品的重要主题，小说中的黑尔加真实地表达了自己的性欲望，呈现出非裔美国女性性行为的复杂性。正如黑泽尔所言，"在一个种族主义社会内部，黑人女性表达性往往被定义为原始和异国情调，而黑尔加就是黑人小说中第一位真实的有性欲望的黑人女主角"③。当画家奥尔森要求黑尔加成为情妇时，她明确表达了态度："在我的国家，我这个种族的男人，至少，不会对正派的女孩提出这样的建议。"④ 在这一点上，黑尔加自己进行了一个明确的划分，她将自我定义为一个纯粹、正派的女人，但是刻板印象把她"打造"成为一个妓女。她并没有否认自己的性欲望，而是反对种族主义制度下将非裔女性扭曲为妓女形象的行为。此外，她还在与奥尔森的对话中，选择

---

① Jessie Redmon Fauset, "Oriflamme", *The Crisis*, Jan., 1922, p. 576.
② Jessie Redmon Fauset, *There Is Confusion*, Boston: Northeastern University Press, 1989, p. 9.
③ Hazel V. Carby, *Reconstructing Womanhood: The Emergence of the Afro-American Woman Novelist*, Oxford: Oxford University Press, 1989, p. 3.
④ Nella Larson, "Quicksand", in Charles R. Larson ed., *The Complete Fiction of Nella Larson*, New York: Anchor Books, a Division of Random House, Inc., 2001, p. 117.

第二章 书写"黑人性":对非裔文化传统与族裔身份的认同

将性话题转移到种族话题:"我不能嫁给一个白人……不仅仅是你,不是出于个人原因,你明白,比这更深刻、更广泛,它是种族问题。"① 与白人男性奥尔森的交往中,黑尔加从未否定自己的族裔身份,也没有以一种自卑的心态来维系与他的往来,甚至明确地拒绝了他的表白。黑尔加的自信及族裔身份自豪感,彻底颠覆了奥尔森对非裔女性的刻板印象。

返回美国后,与安德森在哈莱姆的重逢勾起了黑尔加的性欲望。黑尔加从一开始就察觉到自己缺少某种不确定的东西,一种她叫不出名字的东西,她把这种无法命名的东西归为"某种缺乏",最终她发现自己担心、害怕的是自己对安德森的性欲。当她看到安德森和另一个女人在一次聚会中共舞时,"当音乐突然停下来,她有意识地努力把自己拉回现实;还有一种不光彩的确信,那就是她不仅在丛林里。但是她很喜欢,她告诉自己,事实并非如此。我不是丛林动物"②。"她很喜欢"的感受清楚表明了黑尔加承认自己是有强烈的性激情欲望的。无法抑制的性欲望促使她最终决定冲破社会的既定标准,主动向安德森表达自己的欲望。当安德森亲吻黑尔加时,她对性欲望的自我克制与恐惧"被顽固的欲望压倒了"③。尽管黑尔加曾对性欲望产生过困惑,但她还是勇敢地承认了自己的性欲望。拉森的这种书写揭示了非裔女性对待性问题的真实性、复杂性态度,表明了20世纪初期非裔女性具有了更开放的性态度与更自信的处理策略,有利于非裔女性提升种族自豪感。

---

① Nella Larson, "Quicksand", in Charles R. Larson ed., *The Complete Fiction of Nella Larson*, New York: Anchor Books, a Division of Random House, Inc., 2001, p. 118.

② Nella Larson, "Quicksand", in Charles R. Larson ed., *The Complete Fiction of Nella Larson*, New York: Anchor Books, a Division of Random House, Inc., 2001, p. 90.

③ Nella Larson, "Quicksand", in Charles R. Larson ed., *The Complete Fiction of Nella Larson*, New York: Anchor Books, a Division of Random House, Inc., 2001, p. 92.

三　反对异化：捍卫族裔身份

20世纪初期，尽管黑人女性仍然面临着严重的性别、种族歧视，刻板印象对她们的生活也有诸多束缚，但是她们从未忘记对自由的向往和争取。在哈莱姆文艺复兴时期的女性小说中，黑人女性不仅控诉了对种族歧视和刻板印象的不满，而且处于不同生活环境和有着不同种族身份认同的女性还采取了不同的策略进行回应。这些策略主要表现为3种：冒充白人逃离黑人社区，极端他者化甚至反种族，挑战或回击歧视。女性作家无一例外地对非裔女性中出现的异化思想进行了批判与反思，并提出捍卫族裔身份才是非裔女性实现身份归属感的基础。

黑人女性极端内化"白人至上"思想是她们为了逃避种族问题而选择的一种极端方式，福塞特通过《喜剧：美国风格》[1]中的反种族女性人物奥利维亚提供了黑人女性应对种族歧视的另类策略，反思了种族主义的无限伤害能力和使受害者成为迫害者的事实。小说刻意塑造了反面女性人物奥利维亚·卡里，她是一个自我憎恨的女人，一个种族主义纵容者。最令人震惊的是，她是一个毫无母爱的母亲。奥利维亚小时候生活在马萨诸塞州的一个小镇，常被她的玩伴称为"黑鬼"，她不得不承认自己与他们的不同，并接受耻辱性的称呼。全家搬家后，新学校的一位新老师误认为她是意大利人，奥利维亚从老师的失误中受到启发，找到了一种逃避种族羞辱的方法，她决定在新社区以意大利人后裔的身份自居。但成年后的奥利维亚仍无法完全摆脱种族问题，第三个孩子奥利弗生来就是深黑肤色，对她来说这个儿子意味着耻辱，肤

---

[1] See Jessie Redmon Fauset, *Comedy: American Style*, New York: Dover Publications, Inc., 2013.

第二章 书写"黑人性":对非裔文化传统与族裔身份的认同

色深黑的儿子将她冒充欧洲人后裔的希望破碎了,黑肤色的出现宣告着她的个人企图破灭。她毫不掩饰地表现出对儿子的仇恨,当有外人来访做客时,她要么把他逐出家门,要么要求他留下来冒充菲律宾佣人。最后,黑肤色儿子奥利弗在她的迫害下自杀了,这对家庭其他成员造成了巨大痛苦。为了阻止女儿跟黑人男性谈恋爱,她诱骗女儿并将她嫁给了一个自私自利的穷法国白人,导致了女儿的精神"死亡"。小说《存在混乱》中的薇拉·曼宁母亲是奥利维亚形象的淡化版,她也是一位种族自卑情结严重到出现反种族倾向的母亲,她不希望自己的女儿嫁给黑人,她疏远和孤立薇拉的黑肤色未婚夫哈利·亚历山大,并直接表达自己的反对态度。因为在她的意识里,如果他们结婚,就会生一个棕色皮肤的孩子,孩子会像其他有色人种一样受到羞辱。在母亲的坚决反对下,薇拉解除了与青梅竹马的哈利的婚约。历经世事后的薇拉试图修复与哈利的关系,但他们的关系已彻底破裂而不可挽回。

赫斯顿也对黑人女性的极端异化进行过批评和反思。《他们眼望上苍》中沼泽地的特纳太太是个混血儿,在她的眼里肤色是衡量一切的最高准则,任何人只要比她看上去更像白人就比她要好,哪怕对她冷漠甚至无情都是合情合理的,"我完全无法忍受黑皮肤的黑鬼,白人恨他们,我一点也不责怪白人……你不应该和他们混在一起,咱们应该属于不同的阶层"[①]。她总表露出对黑人的憎恨和嫌弃,"黑人老在笑,笑得太多,笑得太响。黑人老在唱黑人歌曲,黑人老在白人面前出洋相,要不是因为有这么多黑皮肤的人,就不会有种族问题了,是那些黑人在阻碍我们前进"[②]。在她看来,所有的黑人男性都是丑恶不

---

① [美]佐拉·尼尔·赫斯顿:《他们眼望上苍》,王家湘译,北京十月文艺出版社2000年版,第151页。
② [美]佐拉·尼尔·赫斯顿:《他们眼望上苍》,王家湘译,北京十月文艺出版社2000年版,第150页。

中用的，所有黑人女性都是穿着俗气、毫无理由乱喊大笑的形象。具有反讽意味的是，特纳太太说这些话时几乎是狂热地声嘶力竭地叫喊着。内化的白人价值观导致她完全无视沼泽地黑人的勤劳和乐观的生活态度，她用白人至上的逻辑推演出的结论是黑皮肤被白皮肤压迫、歧视和隔离是完全合理的。她不理解浅棕色皮肤的珍妮怎会嫁给黑人甜点心，她甚至鼓动珍妮去跟自己的浅肤色弟弟结合，她还为自己喊冤，"自己的五官和白人一样，却被和黑人归入一类，这对她不公平。即使不能和白人归在一起，至少也应该把我们单独看成是一个阶级"①。肤色狂特纳太太宣称自己绝不可能去黑人商店买东西，绝不准黑人医生为自己诊断和接生。可是，她的饭店却以黑人为主要的招待对象，特纳一家的收入和生计完全依靠黑人的光顾。她的行为终究招致沼泽地黑人的强烈不满，黑人故意在周末到她的店铺撒酒疯闹事，她被推倒、踩踏，她的店铺也被捣毁，更悲哀的是她一直吹嘘具有白人男子汉气概的弟弟和儿子也拒绝向其伸出援助之手。特纳太太被推倒暗示着将黑人异化的种族主义观是会遭到反对和批判的，她受到的伤害根本上来自心灵对黑人种族的背叛和扭曲的种族观。

《他们眼望上苍》中的珍妮在三次婚姻之后，实现了黑人女性自我意识的觉醒，使她能够成熟地面对歧视，捍卫族裔身份认同。珍妮出于自卫杀死了患疯狗病的甜点心，被关进监狱，要接受法庭审判。审判团由12个穿着法官制服的白人组成，他们将组织庭审并判决珍妮的行为是否有罪。来旁听审判的还有大约10位白人妇女和几英里之内的全部黑人，很多人都认为珍妮涉嫌故意杀死甜点心的罪名。在珍妮看来，由12个完全不了

---

① ［美］佐拉·尼尔·赫斯顿：《他们眼望上苍》，王家湘译，北京十月文艺出版社2000年版，第152页。

第二章 书写"黑人性":对非裔文化传统与族裔身份的认同

解她和甜点心的白人来审判此案是件"可笑的事情"①,种族主义者普列斯科特也在场,她知道"他会让那十二个人判她死刑"②。只有审判席最后一排的那些黑人让她感到了巨大的压力,她在乎她的黑人同胞,"她看出来他们都是和她敌对的"③,因为他们也对她存有"放浪"的偏见,他们坚信"再也没有哪个黑娘们受到过比她更好的对待了"④,她怎么能为了和另一个男人搞上就杀死甜点心呢?面对白人法官和黑人群体的歧视,珍妮毫无畏惧,她想着"如果她能使她们而不是这些男人明白是怎么回事就好了"⑤。她平静、如实地讲述了自己和甜点心的故事,展示了黑人女性对爱情的追求、珍视和忠诚。珍妮的一番自我辩护不仅成功赢得了白人法官的信任,使她被判无罪当庭释放,而且还化解了黑人男性对她的偏见与误解。

小 结

书写"黑人性"是哈莱姆文艺复兴时期文学创作的重要使命。与前辈黑人女性作家相比,这一时期以福塞特、拉森和赫斯顿为代表的女性作家不再一味迎合白人读者的口味而选择道德、爱情等安全话题,而是严肃地思考"黑人性"的表现方式。她们大胆地使用黑人方言土语进行创作,真实地描绘黑人的乡村生活,展示黑人民间习俗、民间艺术、原始宗教信仰的

---

① [美]佐拉·尼尔·赫斯顿:《他们眼望上苍》,王家湘译,北京十月文艺出版社2000年版,第200页。
② [美]佐拉·尼尔·赫斯顿:《他们眼望上苍》,王家湘译,北京十月文艺出版社2000年版,第200页。
③ [美]佐拉·尼尔·赫斯顿:《他们眼望上苍》,王家湘译,北京十月文艺出版社2000年版,第200页。
④ [美]佐拉·尼尔·赫斯顿:《他们眼望上苍》,王家湘译,北京十月文艺出版社2000年版,第201页。
⑤ [美]佐拉·尼尔·赫斯顿:《他们眼望上苍》,王家湘译,北京十月文艺出版社2000年版,第200页。

独特魅力。她们的文学创作进一步丰富了"黑人性"的内容，顺应了哈莱姆文艺复兴的时代要求，有助于唤醒黑人种族的身份认同与文化自信。在赫斯顿看来，非裔民间文化来自黑人对"自然法则的第一次惊奇接触"[1]，这种被称为对世界"不科学的"或者"粗糙的"认知，反而往往被证明是一种对世界既明智又诗意的解释。这一时期非裔女性小说对"黑人性"的书写主要体现在以下3个方面：

第一，书写"黑人性"体现为守望非裔民间习俗。从哈莱姆文艺复兴开始，女性作家开始大力挖掘非裔民间文化资源，强调非裔民间文化的强大生命力，用以反对主流社会长期以来对黑人的文化殖民、文化同化，构建种族文化认同感，这一特征在赫斯顿的小说中表现得尤为明显。内容丰富、形式多样的黑人民俗存在于黑人生活的各个层面，反映了黑人的生存状态和思想价值观。赫斯顿的每一部小说都有大量关于食物的描写，不仅呈现出黑人个体的生存状况，而且还反映了整个黑人群体的饮食习俗和生活状态，丰富了小说的民俗色彩。小说《他们眼望上苍》是一部关于黑人民间门廊文化的文本，门廊是乡村黑人重要的生活场所，为黑人民间文化的展演提供了文化空间，很好地展示了非裔口语文化传统。赫斯顿还注意到了非裔民间庆祝活动的风情习俗，庆祝活动中的歌舞视觉表演、游戏活动极有魅力，参加庆祝活动不仅是黑人的娱乐消遣，还是他们的重要社交方式，具有交流情感和强化种族文化记忆的功能。

第二，书写"黑人性"体现为展演非裔语言艺术。语言是群体文化模式的编码，非裔女性小说以黑人方言土语为创作语言，以特有的语言表述方式、拼写、句法和修辞展示了黑人方

---

[1] Zora Neale Hurston, *Dust on the Road: An Autobiography*, Urbana and Chicago: University of Illinois Press, 1984, p.117.

第二章 书写"黑人性":对非裔文化传统与族裔身份的认同

言土语的强大意指功能。《约拿的葫芦蔓》则通过牧师约翰集中展示了黑人民间布道艺术。布道词是黑人牧师自创的格式化诗歌,用词有序,韵律齐整,主题直接,极有感染力。在文化程度普遍低下的黑人社区内部,黑人的自我表达很大程度上依赖牧师在布道即兴演讲中与信众之间的"呼唤—应答"互动,借此来超越残酷现实生活的束缚。幽默渗透在黑人的日常言语之中,暗含着美国黑人对幽默的敏锐感、对生活的强烈兴趣、对苦难救赎力量的非凡信仰等,幽默对维护苦难生活中的黑人群体心理健康起着重要作用。对于20世纪初期处在美国南方地带、身份边缘化、社会地位低下、经济贫困的黑人群体来说,幽默是他们泪中含笑的生存智慧。

第三,书写"黑人性"体现为坚守来自非洲的原始宗教信仰。黑人的宗教信仰是主流白人宗教文化与黑人非洲原始宗教文化碰撞后的结合体,赫斯顿的小说强调了下层黑人依靠非洲原始宗教来解决生活中无法用人类自然科学解释的神秘现象,彰显出黑人原始宗教文化的独特价值。黑人的原始宗教信仰集中体现为自然崇拜、祖先崇拜和伏都教崇拜。小说《他们眼望上苍》《约拿的葫芦蔓》和《摩西,山之人》中,黑人相信植物、动物能通晓人的思想,具备和人的沟通能力,还能预测人的生活变化。小说中还多次提及死亡场景,黑人相信死亡不是个人能自己控制或决定的,人在死亡前往往得到死神的暗示,死后能再回非洲与祖先相见,这为他们的灵魂找到了归宿。对非洲原始宗教的宣扬最重要的途径是对黑人传统宗教信仰伏都教的书写。伏都教是黑人表达愿景的一种方式,为无权无势的黑人提供了获取权利的途径,黑人在很多事情上都求助于伏都教,尤其是伏都巫术。摩西神奇右手施展的魔力最终迫使法老答应希伯来人离开埃及,约翰的情妇海蒂通过求助伏都巫术成功实现了与约翰结婚的愿望。伏都崇拜作为黑人与众不同的宗教信仰,是黑人文化传统的重要组成部分,反映着黑人渴望摆脱现实生活困境的强烈诉求。

　　书写"黑人性"的目的都是认同黑人的族裔身份。女性作家对族裔身份的维护是从批判白人主流社会对黑人的刻板印象和种族歧视开始的，同时她们反思了种族内部身份认同的他者化现象与行为，最后通过塑造自信且具有种族自豪感的新黑人女性形象来强调族裔身份认同的价值。福塞特的小说《葡萄干面包》、拉森的小说《流沙》集中揭露了 20 世纪美国白人对黑人女性的刻板印象和严重歧视，分析了刻板印象和歧视现象的生产机制，表明了这些刻板印象的荒谬性和歧视行为的非合理性。20 世纪初期黑人女性虽早已获得人身自由，但仍被部分白人贴上妓女或原始丛林生物的标签。黑人女性在教育、就业、婚恋和艺术追求过程中也面临着种种不公与歧视。黑尔加在纽约、芝加哥和丹麦的旅行中便多次被误认为是妓女，这引起了她的强烈不满与愤怒。甚至连作家拉森本人也不得不使用男性化笔名来躲避白人对黑人女性创作能力的质疑。但是，这一时期也出现了以珍妮为代表的新黑人女性勇敢地回击了种族、性别的歧视，她们展示了新黑人女性反对歧视、反对自卑和反对异化的态度，维护了种族自尊，提升了种族自豪感和捍卫了族裔身份认同。

第三章 书写"美国性":对美国主流文化与美国身份的认同

书写"美国性"是20世纪美国文学的重要主题,也是美国文学区别于欧洲文学传统、走向文学独立的重要标志。"美国性"的概念和意义总是随着美国社会的发展处于不断的再构建之中,"美国性是一个建构的概念,是一个想象的共同体"[①]。从19世纪40年代开始,以爱默生为首的美国作家们开始倡导美国文学要"唱出自己的歌"[②]。"唱自己的歌"是指书写美国民族的独特经验和情感,也就是说美国文学必须反映美国生活的方方面面,包括美国人的修养、人格以及美国文化价值,以此显示出与欧洲文学的本质区别。到了20世纪初期,马克·吐温和惠特曼等作家的文学作品进一步强化了对美国形象和美国特性的表现,这一时期文学中的美国特性表现为美国人所具有的一种更强烈的个人主义倾向和平民思想,张扬自我、追求幸福、勇于开拓、渴望成功和进取奋斗精神,哈罗德·布鲁姆认为这一时期文学作品"奠定了我们文学中想象性的美国所独有

---

① 史鹏路:《从普利策小说奖看"美国性"的建构与发展》,《外国文学动态研究》2016年第3期。
② [美]爱默生:《不朽的声音》,张世飞等译,当代世界出版社2002年版,第224页。

的东西"①。第一次世界大战之后,美国出现了关于"美国性"的大讨论②,以应对战后的身份、文化认同困惑。大卫·黑尔认为,"美国性是美国生活方式和美国精神的最独特、最原创部分的代表,是一种理想"③。美国总统富兰克林·罗斯福曾在1920年的一次演讲中也专门指出,"美利坚主义表现为美国的立国美德,如勇气、正义、诚挚和力量,它是争取赢得战争胜利的精神信仰"④。当然,随着多元文化主义的兴起,加上始终存在的种族矛盾,美国信念也遭到了动摇危机。

文学是构建"美国性"的重要途径,它肩负着书写美国民族特性和美国国家形象的使命,对美国民族主体的认同有促进作用。亨廷顿认为,"美国性"即"把所有的美国人想象为一个民族,美国人心目中对美国民族有着某种共有的美国信念(American Creed),这个信念是盎格鲁—新教文化的产物……这个信念包括英语语言,基督教文化,新教伦理价值观如个人主义、工作道德,以及相信人有能力、有义务努力创造尘世美好生活等"⑤。亨廷顿理解的美国特性所强调的是美国民族身份、民族信念、民族文化。它是全体美国人认同的准则,与其他民族性有着显著不同,而少数族裔在保持种族文化特性的同时也要认同这个基本的准则。历史学家哈珀也持类似观点,他认为,"美国特性既是美国本身的产物,也

---

① Harold Bloom, *The Western Cannon*, New York: Riverhead Books, 2004, p. 204.
② 从第一次世界大战开始,随着多元文化的兴起,身份困惑一直是美国人普遍存在的现实难题,不同时期的学者都对此展开过讨论,但是不同学者使用了不同的单词来表述美国人和美国价值观的独特性,被提及的主要有 Americanness(美国性)、Americanism(美利坚主义)和 American national identity(美国特性)。
③ David Jayne Hill, *Americanism*, *What It Is*, Leopold: Leopold Classic Library, 2007, p. 5.
④ Franklin Delano Roosevelt, "Americanism", https://iowaculture.gov/sites/default/files/history-education-pss-war-americanism-transcription.pdf, 2019 – 09 – 03.
⑤ [美]塞缪尔·亨廷顿:《我们是谁?美国国家特性面临的挑战》,程克雄译,新华出版社2005年版,第36—58页。

第三章 书写"美国性":对美国主流文化与美国身份的认同

是其他各民族由期望而产生的一种美国形象,最好将其理解为一种民族主义的表述"①。由此可见,"美国性"作为美利坚民族的身份与文化特性,其核心在于"美国人民可以不分种族差异而共同处于一个文化—地理疆界之中,在保持自我族裔特性的同时又共同维护对美利坚民族身份的认同"②。

既然"美国性"是美国人在美国历史发展中逐步建立起来的民族身份与文化价值观念的认同,那么在多族裔共存的美国,"美国性"必然是多元文化中诸多因素相互协商、调和后美国民族与美国人独特个性所形成的一系列共识。对于非裔美国人来说,这些共识包括非裔美国人对种族身份与美国国民身份的双重认同、对盎格鲁—撒克逊文化传统与黑人的口头文学传统的协调、对黑人原始宗教信仰与美国基督教信仰的结合等,他们对美国的"共同信仰"也一直处于建构状态中。20世纪20年代黑人和白人之间的互动交流已经达到了一种新高度。参与哈莱姆文艺复兴的新黑人作家们也是一批接受了高等教育的文化精英,他们不仅有着强烈的种族提升意识,而且对主流文化有着深刻的了解和思考。对于这一时期的黑人作家来说,他们吸收了主流文化,尤其是认同美国平等、自由和民主的理想,理所当然地视自己为美国人。休斯曾经说过:"我只是一个美国黑人。虽然我有着非洲的外貌,但我是芝加哥人、堪萨斯人、百老汇人和哈莱姆人。"③麦凯也坚定不移地认为黑人种族是美国的一部分,"虽然她让我饱尝痛苦,我却不得不承认,我热爱这人造地狱,磨炼我

---

① Stefan Halper and Jonathan Clarke, *American Alone*: *The Neo-Conservatives and the Global Order*, New York: Cambridge University Press, 2004, p. 241.
② 江宁康:《美国当代文学与美利坚民族认同》,南京大学出版社2008年版,第46页。
③ Langston Hughes, *The Big Sea*: *An Autobiography* (American Century Series), New York: Hill and Wang, 1993, p. 325.

的青春"①。女作家们也持有类似的观点,拉森曾借小说人物明确说过,"我在美国这块土地长大,我不想离开,这意味着被连根拔起"②。

长期以来,国内外学者对哈莱姆文艺复兴时期小说的研究集中于关注"黑人性"认同问题,鲜有人去挖掘其中的"美国性"认同。作为构建新黑人文化身份的重要参与者,这一时期的非裔女作家经历了美国主流文化和黑人种族文化的双重洗礼,具有双重意识的她们从未忽略过对"美国性"的书写与审视,可以说20世纪20年代美国独特的社会文化语境孕育了非裔女性对美国主流文化的全新体认。她们不仅强调非裔女性的族裔身份,也肯定她们的美国身份。在与主流文化的互动中,她们追随以"美国梦"为典型代表的主流文化,吸纳主流文学的语言艺术,接受作为国家宗教的基督教文化元典,呈现出对美国理想的展望。福塞特和拉森小说中的女性大多有着城市中产阶级出身背景,她们认为所有人,不论种族和性别,都有争取生存、自由和幸福的权利。她们作品中的新黑人女性强调黑人女性与白人的相似性,极力伸张女性的权利,积极追寻个人幸福,渴望通过学习和掌握专业技能实现女性的职业梦,成为独立自主的女性,这些女性还展示了商业化、城市化进程中种族成功合作的可能性。当然,她们向往的仍是理想中的人人享有美国自由公民全部权利的未来美国,而不是眼前种族主义和性别歧视严重的美国。就作家自身的文学创作实践而言,福塞特、拉森和赫斯顿都接受、吸纳了美国主流文学的创作技巧,例如大量地采用现代

---

① [美]戴安娜·拉维奇编:《美国读本:感动过一个国家的文字》,林本椿等译,生活·读书·新知三联书店1995年版,第597—598页。

② Nella Larson, "Passing", in Charles R. Larsom ed., *The Complete Fiction of Nella Larson*, New York: Anchor Books, a Division of Random House, Inc., 2001, p. 178.

第三章 书写"美国性":对美国主流文化与美国身份的认同

叙事形式、运用意识流描写和象征手法,探讨非裔女性在试图融入主流社会时的困惑与努力。

第一节 非裔女性与"美国梦"

作为美国社会的独特文化,"美国梦"母题在美国文学中反复出现,其内涵和外延也随着美国文明的诞生和发展而不断得到更新和丰富。"美国梦"作为一种国家追求被写入法律和诸多主要文件,它是美国社会的文化核心,书写"美国梦"是美国小说公认的主题。美国是一个以资本主义的实用主义和社会平等的理想主义为基础的社会,从某种程度上说,占统治地位的白人和被压迫的边缘黑人都被"美国梦"所激励,只是他们的梦想表达形式大不相同。最早的"美国梦"可以追溯到17世纪,在欧洲受到宗教迫害的清教徒乘坐"五月花"号前往美国大陆,他们的"美国梦"主要是寻找宗教信仰的"伊甸园"。地广人稀、土地肥沃的美洲大陆逐渐吸引了大批欧洲人移民到美国来实现个人的梦想。《独立宣言》是对"美国梦"进行官方诠释的最好例证,人人生而平等,其中包括生存权、自由权和追求幸福的权利。亚当斯在《美国史诗》中首次给出了"美国梦"的定义,"一个国度的梦想,即每个人的生命应该更好、更富有和更完满,根据能力或成就每个人都机会均等"[1]。他还强调"美国梦"不仅仅是"汽车和高薪",更是一个社会秩序的梦想,在这个制度之内不分男女,不分出生环境或地位,均可以取得最完满的高度认同和社会认可。可以看出,这个定义强调机会均等、个人奋斗和目标实现。到了20世纪20年代之后,"美国梦"的内涵出现了变形,开始转向享乐、消费和精

---

[1] James Truslow Adams, *The Epic of America*, https://openlibrary.org/books/OL6763688M/The_ epic_ of_ America, 2018–12–02.

神满足。

黑人的"美国梦"指向始终是通过努力奋斗实现人生价值并得到白人主流社会的认可。黑人的"美国梦"在不同时期表现出不同的形态：蓄奴制时期表现为推翻奴隶制实现"人人生而平等"；种族隔离时期发展为追求温饱和消除种族隔离；第一次大迁移时期转变为追求物质财富和理想的种族关系；第一次世界大战后转向提升种族形象和有尊严地参与美国社会事务。以赫斯顿、拉森和福塞特为代表的女性作家小说中书写了 20 世纪初期黑人女性的"美国梦"，具体表现为黑人女性的平权梦、财富梦、城市梦和职业梦。福塞特将黑人女性追寻"美国梦"描述为"一种感觉，一种天赋，能在一个充满白色的世界里，把色彩打印出来"。[①] 赫斯顿在《他们眼望上苍》开头声称男人和女人的梦是不同的。对于男人来说，"船在远处，船上有每个人的愿望"。[②] 然而，女人相信地平线就在眼前，"梦想就是真理，然后她们采取相应的行动"。[③] "美国梦"的书写折射出女性作家们认同并试图融入美国主流文化的文化取向和创作倾向。

一 非裔女性的平权梦

寻求与白人平等的权利是黑人族群最根本的梦想。大多数黑人踏入北美大陆并非个人自愿，而是被残暴的、非人的强制措施押入美国，几百年来黑人一直为争取人身自由和黑白种族平等而不懈努力。早期黑人承受着被南方种植园主物化和殖民的现实，白人主要通过国家机器、宗教教化、禁止黑人读书识字等策略实施和维系着对黑人的统治、剥削和压迫。奴隶身份

---

① Quoted from Bracks Jean'tin L and Jessie Craney Smith, *Black Woman of the Harlem Renaissance Era*, Lanham: Rowman & Littlefield, 2014, p. 139.

② [美] 佐拉·尼尔·赫斯顿：《他们眼望上苍》，王家湘译，北京十月文艺出版社 2000 年版，第 1 页。

③ [美] 佐拉·尼尔·赫斯顿：《他们眼望上苍》，王家湘译，北京十月文艺出版社 2000 年版，第 1 页。

第三章 书写"美国性":对美国主流文化与美国身份的认同

注定了他们无法在美国享有《独立宣言》中提倡的"人人生而平等"的权利,平权成为美国黑人从踏入美国大陆后始终追求的世代梦想。南北战争后,黑人虽然在法律上获得了人身自由,但白人并未消除对黑人的歧视,随后出现的种族隔离制度又成为挡在黑人平权路上的一座大山。20世纪初期开始,大量的黑人离开象征着奴役的美国南方乡村向北部、西部城市大规模迁徙,试图在美国多元文化中实现他们的平权梦。

第一,非裔女性的平权梦体现为争取种族平等。20世纪初期的美国黑人早已获得人身自由,大量的黑人也通过个人奋斗跻身了美国中产阶级,但是书写种族歧视和黑人遭遇的不公平现象仍是黑人文学表现的基本主题之一,其目的是表现非裔女性渴望种族平等的诉求。可以说,平权梦深深根植于每一个黑人心中,从黑人开始文学创作以来就未曾停止过表达对平权梦的渴望,福塞特、拉森和赫斯顿的作品中也不例外。《越界》中的克莱尔在童年时期亲身感受过白人社会对黑人造成的压力,并得出种族歧视导致黑人无法顺利追逐梦想和实现欲望的结论。她逃离家乡、冒充白人并与一位富有的白人男性结了婚,以此获取与白人种族平等的权利,实现物质财富。克莱尔曾对自己的朋友艾琳坦白:"为了得到我极度渴望的'东西',我愿意做任何事,伤害任何人,舍弃任何东西。"[1] 对于克莱尔来说,除了自己的愿望之外,她不需要任何忠诚。她接受自己不快乐的成长经历,但她坚决不让过去来剥夺她得到个人幸福和成功的机会。她追求的是自我满足和做一个积极进取的人,她不容许种族肤色造成的童年伤害来损害她的成年生活,她也不容许未成年女儿来影响她的个人生活。她有胆量、有自知之明,有一种奇特的能力将激情转化为现实,冒充白人逃离黑人社区成为

---

[1] Nella Larson, "Passing", in Charles R. Larson ed., *The Complete Fiction of Nella Larson*, New York: Anchor Books, a Division of Random House, Inc., 2001, p. 210.

了她迈向个人幸福和成功的第一步。冒充白人嫁给白人银行代理商之后,她摆脱了经济贫困和种族歧视。但她并不满足于此,"这个世界上还有别的东西"[①]。除了物质的富足,她还意识到自己的个人幸福仍未实现。追求幸福是人性的本能反应,这促使她与儿时朋友艾琳相遇后,秘密回到哈莱姆黑人社区,这是她实现个人幸福的希望之地。克莱尔展现了女性对种族平等的渴求,某种程度上代表了黑人女性渴望成为一个完整的人的追求,即在情感上和物质上尽可能充实地生活。

第二,非裔女性的平权梦体现为争取性别平等。1920年美国宪法第19条修正案宣布美国妇女拥有参政权,标志着妇女和男性成为平等的公民。女性认为她们身心双重自由和解放的时代已经开启,新女性开始在艺术、时尚、运动、教育和政治等领域全方位活跃于社会舞台。福塞特、拉森和赫斯顿小说有意识地选取女性为书写对象,表现她们对性别平等权利的争取。在抨击性别歧视的同时,她们还试图扭转黑人女性被男性歪曲或排斥的负面形象,恢复黑人女性是完整、复杂并具有力量与尊严的"人"的形象。乔安娜、劳伦汀、玛莎、珍妮、克莱尔和黑尔加等女性生活在20世纪初期美国社会,她们都或多或少接受过正规学校教育,掌握一定的专业技能,具备自我谋生的能力。不论是在她们的家庭生活还是社会中的职业生活中,她们都认同性别平等的理念,并试图破除性别偏见,实现自我成长。

第三,非裔女性的平权梦还体现为她们渴求在教育、投票、参政、商业等领域全方位参与美国社会事务的平等机会。实现平权离不开女性自己的努力和争取,20世纪初期的黑人女性已经不再满足于被困黑人社区,而是渴望全方位地参与到美国社

[①] Nella Larson, "Passing", in Charles R. Larson ed., *The Complete Fiction of Nella Larson*, New York: Anchor Books, a Division of Random House, Inc., 2001, p.211.

第三章 书写"美国性":对美国主流文化与美国身份的认同

会事务之中。在福塞特小说《存在混乱》中,黑人女性玛吉先是经商实现经济独立,后来她又以护士的身份到欧洲战场参加第一次世界大战。战争加深了她对种族歧视的认识,回国后她又跑到南方各地进行对黑人私刑犯罪的调查,她到处向黑人宣传应该团结一致对抗歧视,争取平等。教育、投票和商业曾经是作为奴隶的黑人们不敢奢望的领域或行业,但是随着美国工业化进程和城市化的发展,大量的黑人女性也开始接受高等教育,教育从本质上改变的是她们的思想,让她们认清不平等的来源和改变现状的方向。商业则是黑人女性展示自我能力的最佳途径,经济独立改变了黑人女性的生活方式,证明了黑人具有和白人同等的智商和头脑,加速了美国城市化的进程。

二 非裔女性的城市梦

20世纪初期,大批的南方黑人涌入了北方城市,南方被形象地称为"中世纪",北方则是黑人的"希望之乡"。有数据显示,1910—1930年期间,仅纽约市的黑人人口数就由91709人增长至327706人。[①] 南方黑人女性长期生活在充满种族歧视和性别压迫的艰难环境中,在获得自由后,她们急迫地想要离开意味着奴隶制和贫穷的南方,她们相信在北部城市可以使一无所有的穷光蛋奋斗一跃成为百万富翁。在非裔女性的想象中,北方城市意味着自由、希望、机会、和平。20世纪的非裔女性试图冲破种族、性别的藩篱,她们寻找机会脱离南方乡村迈入北部城市,以得到更为光鲜体面的社会职业、获得更多社会认可和拥有更多物质财富。

城市梦是哈莱姆文艺复兴时期女性小说中的书写主题之一。20世纪初期,大量获得人身自由的黑人女性也迁徙到北方城市

---

① 王恩铭:《美国黑人领袖及其政治思想研究》,上海外语研究出版社2008年版,第150页。

寻求自我发展。福塞特的《葡萄干面包》就是一部关于姐妹俩寻求纽约梦的小说。安吉拉从小就不太满意她家的所在地，费城的蛋白石街道"狭窄，一点也不闪闪发光，不吸引人"①，它是"一条没有压迫感的小街，两旁排列着朴实无华的小房子，大多数居住着朴实无华的小人物"②。居住在这条街道一所小房子的安吉拉觉得这里缺少神秘感或吸引力，她有一颗向往自由和大城市的心，"通向宽阔大道、宽敞明亮的房屋和精致生活细节的道路"③。到达了纽约后，安吉拉才觉得"生活在一股永不衰退、永不破裂、永不耗尽的兴奋和满足浪潮的顶端"④。当她驻足曼哈顿时，她对城市的敬畏和畏惧之情油然而生，像一个基督教朝圣者一样的安吉拉领悟到，"宽广是通往毁灭的道路，而狭窄是通往生命的道路"⑤。她利用变卖老家房产后得到的现金马上在纽约找到了住处，冒充白人参加了纽约艺术学校的培训，渴望能够成为一名画家，一心想要融入纽约的城市生活。不久她的姐姐维吉尼亚也选择到纽约生活，想要进入大城市生活是姐妹俩的共同追求，只是她的姐姐投奔了黑人聚集的哈莱姆社区，而冒充白人的安吉拉选择在白人社区租房居住。

不同都市之间的旅行是城市黑人女性的一种生活方式，也是女性追寻自我梦想的表现形式。拉森小说中的黑尔加、克莱尔和艾琳等人的生活变化都由旅行引发，艾琳在从纽约前往芝加哥的旅行中再次遇到童年的伙伴克莱尔，已经冒充白人的克莱尔利用纽约旅行机会进入黑人社区，这对两位女性的生活产生了巨大影响。两位女性以不同的方式不断逾越种族、性别界限，生活在黑人社区的艾琳极力向白人中产阶级的生活方式靠

---

① Jessie Redmon Fauset, "Oriflamme", *The Crisis*, Jan., 1922, p. 437.
② Jessie Redmon Fauset, "Oriflamme", *The Crisis*, Jan., 1922, p. 437.
③ Jessie Redmon Fauset, "Oriflamme", *The Crisis*, Jan., 1922, p. 438.
④ Jessie Redmon Fauset, "Oriflamme", *The Crisis*, Jan., 1922, p. 487.
⑤ Jessie Redmon Fauset, *Harlem Renaissance: Five Novels of the 1920s* (The Library of America Series), New York: Literary Classics of the United States, Inc., 2011, p. 488.

第三章　书写"美国性"：对美国主流文化与美国身份的认同

拢，生活在白人社区的克莱尔试图重新回到黑人社区寻找个人幸福和认同感。福塞特小说中的众多女性人物菲比、特瑞萨、劳伦汀等也都是通过旅行的方式游离于美国城市甚至远游欧洲，旅行之中的女性对于种族、性别有了全新的认识，在不同城市之间旅行对于女性是一场自我身份觉醒之旅。菲比就是在旅行中发现了女性实现经济独立是社会大趋势，她利用自己的缝剪技能和前期当商店女店员的经验成功经营了一家服装店，实现了经济独立。特瑞萨在大学读书期间也游走多个周边城市，她坚持自己的种族身份，拒绝了富裕白人男同学的表白，大学毕业后毅然前往波士顿和亨利相聚准备结婚。

　　城市空间对于黑人来说既具有地理属性，同时也具有社会属性。城市梦是女性小说中都市旅行叙事的主题之一，城市空间中黑人与白人、女性与男性构成了全新的话语权结构。正如维吉尼亚·史密斯指出的："非裔美国黑人的女性叙事充斥着解放、身份的重新构建、新生和自我依存。"[①] 在不断的城市旅行中，黑人女性达成对城市的新理解和身份认同。在拉森的小说《流沙》中，混血儿黑尔加起先在南方学校工作，后来来到哈莱姆社区仍然找不到归宿感，游走在黑白世界的黑尔加选择到丹麦旅行，黑人的异国情调使得她成为一个异国社交宠儿，但是她逐渐厌倦了在白人社区中被凝视和被曲解的生活，最后选择了回归美国。在多个城市旅行中，黑尔加形成了对城市、性别和种族关系的新认识。

三　非裔女性的职业梦

　　20世纪20年代非裔美国人的共同梦想就是实现就业，她们想要全面参与到美国社会的各行各业，"我不想逃避，我渴望

[①] 转引自田俊武《回归之路：莫里森小说中的旅行叙事》，《当代外国文学》2016年第10期。

工作，我渴求一个富于斗争的生活"①。女性进入职场是黑人种族整体提升的有效途径，从佣人向职业女性的根本转变刷新了20世纪初的黑人女性文学书写面貌。通过各种培训和工作取得的独立进步表明，非裔女性在两次世界大战之间逐步迈出家庭，步入了职场体验人生的另一番风景。康达在论文《论福塞特和拉森小说中的越界问题》中，专门探究了两位作家的小说，强调非裔女性就业价值在当时时代语境下的意义，即非裔女性不是被强制而被迫就业，而是依据爱好去自由选择职业，实现女性在经济和精神上的双重满足。② 对职业的追求体现的是黑人女性对个人价值实现、个人成长的追寻，也是非裔女性对自我价值的肯定与尊重。

福塞特小说中的很多年轻女性人物都表现出了成为伟大艺术家的雄心壮志。以20世纪20年代纽约为背景的小说《葡萄干面包》探索了黑人女性追求艺术职业梦想的处境。安吉拉想要成为艺术家，到纽约库柏联盟的艺术系求学，同班黑白种族艺术生的生活经历强调了黑人艺术工作者面临的障碍。安吉拉在回归黑人种族认同后，得到姐姐的资助前往巴黎继续绘画深造。在小说《存在混乱》中，小说围绕乔安娜·马歇尔和彼得·拜伊不稳定的恋爱过程展开。乔安娜从小就渴望成就伟大的事业，她聪明、自律、雄心勃勃，她的目标是从事戏剧事业。乔安娜坚信"有色人种可以做任何其他人能做的事情"③，她坚信种族不会妨碍她实现目标。从小她的父亲就给她灌输这样的信念，"如果有什么事情会打破偏见的话，黑人艺术完全是平等

---

① [美] 威·艾·伯·杜波依斯：《黑人的灵魂》，维群译，人民出版社1959年版，第180页。
② Mary Conde, "Passing in the Fiction of Jessie Redmon Fauset and Nella Larson", *The Yearbook of English Studies*, Vol. 24, No. 1, 1994, p. 98.
③ Jessie Redmon Fauset, *There Is Confusion*, Boston: Northeastern University Press, 1989, p. 23.

第三章 书写"美国性":对美国主流文化与美国身份的认同

或占据优势的"①。乔安娜努力工作,拒绝被偏见所阻碍,她曾被一位著名的舞蹈老师拒之门外,所幸她的朋友们组织了一个单独的班级,老师这才同意指导她。她的才华是公认的,她坚持自己的决心,"向他们展示,我们能像其他人一样坚持到最后"②。最后,她在黑人民族舞蹈中的表演吸引了制片人的注意,并在一部名为《民族舞蹈》的作品中获得一个角色。随着她的成功,她接触到了白人同行的世界。她结识了一群比自己更年轻却事业有所成的女孩,她们是年轻的编辑、艺术家、教师和社会活动家,在这些人身上她看到了克服传统性别歧视的办法,但她也看到了不同之处,正如她所思考的,"有时候,在这些快乐的、喋喋不休的人们之间,她感觉自己就像一个身经百战的老兵,无论她们多么认真、多么深切地看待自己的成功,但她们对成功的态度却从来没有像她对自己的成功那么充满惊奇和敬畏"③。

里维斯曾在专著中表达了非裔女性追求个人价值的艰难,并肯定了福塞特本人对作家职业梦想的坚持奋斗。他曾说:"福塞特对于哈莱姆文艺复兴的影响是无与伦比的,结合她在任何任务中表现出的一流头脑和令人敬畏的效率,如果她是一个男人,她会做什么是很难说的。"④ 哪怕是《危机》杂志的文学编辑,福塞特的权利也远不及男性。即便是名牌大学毕业的优等生,她的肤色也最终导致她被费城的一所白人私立高中学校拒绝,不得已去了巴尔的摩种族隔离区的道格拉斯中学和华盛顿

---

① Jessie Redmon Fauset, *There Is Confusion*, Boston: Northeastern University Press, 1989, p. 25.

② Jessie Redmon Fauset, *There Is Confusion*, Boston: Northeastern University Press, 1989, p. 157.

③ Jessie Redmon Fauset, *There Is Confusion*, Boston: Northeastern University Press, 1989, p. 235.

④ David Levering Lewis, *When Harlem Was in Vogue*, Alfred A. Knopf, 1981, p. 22.

的邓巴学院等黑人学校教书，直到受杜波依斯提携才实现了文学创作的职业梦。福塞特在一次采访中也谈到新黑人女性的职业梦。

> 我们很多人在那个时候开始写作，成为作家是我们的职业梦想，比如内拉·拉森、沃尔特·怀特和佐拉·赫斯顿就像我一样受到了影响。试着这样做是我们出生的权利，我们的理由是有一群观众在等着听我们的真相，我们比任何一位白人作家都更有资格展示这一种族的真理。①

福塞特的梦想是以写作为生，但现实却是她不得不在纽约一所中学教法语维持生计，"如果有一天我能赚够足够多的钱，以满足我全身心的文学创作，我倒很想看看我究竟能干成什么样……我所有的小说在我写成之前，已经在脑海中存在好多年了，所以一旦我有机会去进行创作执笔时，我通常都是一气呵成，无须修改的"②。对于已经是《危机》杂志编辑的女士来说，要实现文学创作梦想都是如此之艰难，就不用提及其他的普通女性了。拉森的职业梦想也是想要成为真正的作家，而不是一名平庸的图书管理员。她在创作时清醒意识到对付市场剥削和自我贬低的最好办法就是努力工作，几经易稿后的小说《流沙》，终于由著名的克诺夫（Knopf）公司出版，她也最终实现了成为作家的职业梦想。

第一次世界大战后，大量的非裔女性发现自己完全有能力和机会走出家庭，在职场中展示自己的才能。作为一种独特的美国信仰，"美国性"的实质为"在多元文化的结构中，最大

---

① Marion Starkey, "Jessie Fauset", *Southern Workman*, Vol. 63, May, 1932, p. 218.

② Yolanda Williams Page ed. , *Icons of African American Literature*: *The Black World*, Santa Barbara: Greenwood Icon, an Imprint of ABC-Clio, LLC, 2011, p. 117.

第三章 书写"美国性":对美国主流文化与美国身份的认同

限度地实现个人的理想"①。小说《存在混乱》提供了更多实现就业和生活梦想的女性形象。玛吉·埃勒斯里是一个家庭贫困的女孩,马歇尔一家都是她的朋友。她一直被迫帮父亲做簿记工作,但是她一点也不喜欢。乔安娜毁掉了玛吉嫁给她哥哥的梦想,在第一次爱恋失败后玛吉嫁给了一位赌徒,婚姻的不幸使得玛吉将生活的关注点转移到对职业的追求上,她走出家庭,最后成为女士化妆品企业家的代理人。当她的丈夫离开时,她没有哭,相反她从结婚时的衣服口袋搜索拿出一张名片,"哈克尼斯女士,头发护养者"②。第二天,她迈出了向美妆职业进军的第一步,成为美容专家,帮助玛吉成功避免了成为性工作者,美容商业妇女提供了经济独立的新途径。精明的女商人为了推销自己的美容产品,甚至采用了种族形象提升的论调。1905年,美国第一位黑人女性百万富翁沃克夫人(Madam C. J. Walker)的财富就来源于美容行业。她制作了一种护发素,后期她还开办了美容培训学校,建立了生产面霜和发胶的工厂。她利用自己白手起家发展起来的商业帝国实现了个人财富自由并为黑人女性创造了新的就业机会。第二次失恋后,玛吉再次踏上征程前往欧洲战场成为一位战地护士。但是令人遗憾的是,此前评论主要将这些人物形象与婚姻主题进行关联,很少有人去挖掘这些女人对职业的追求是黑人女性对"美国梦"主流文化的肯定与认同。

非裔女性的职业追求和婚姻在某种程度上是相互冲突的。乔安娜选择婚姻就意味着要放弃自己的职业追求。她的恋人彼得对自己的目标不太明确,他希望成为医生,但他的抱负常被自己的愤怒和绝望所压倒,他的人生总是因为种族而受到"该

---

① 高颖娜:《乔伊斯·卡罗尔·欧茨与她的"美国性"建构》,《文学与文化》2013 年第 4 期。

② Jessie Redmon Fauset, *There Is Confusion*, Boston: Northeastern University Press, 1989, p. 127.

死的不公平"待遇①。在婚姻中，乔安娜不得不放弃自己的职业雄心，以无数种方式顺从彼得，乔安娜很快在职业成功中感到了一种幻灭感。职业和婚姻纠缠交织，她认为自己更像一名杂技演员，而不是真正的艺术家。除了乔安娜，福塞特的小说也描述了其他女性人物的职业梦想，她们职业梦想的实现与婚恋失败密不可分。另一个混血女性人物薇拉·曼宁也是在恋情破裂后，"被迫"献身于民权工作。她承认"几乎很高兴"② 能在美国南部旅行，以自己相对白皙的肤色为掩护，调查南方的私刑和其他种族罪行。菲比在迈入职场后也大获成功，她勇敢、果断选择与黑人男性克瑞斯结婚，起初她认为自己有挽救夫家的使命感，"克瑞斯，我知道你一直不开心，我将嫁给你，我将会帮助你"③。曾经一度，家庭琐碎事务对菲比的事业形成了巨大阻碍，使她渴望逃离，与克瑞斯母亲之间矛盾的爆发，迫使她选择离家前往纽约。

四　非裔女性的财富梦

实现财富以获得相对自由是所有非裔女性的共同追求和梦想。伍尔夫曾在《一间自己的房间》中提出过女性要想写作得有钱和一间自己的房间。这种观点尤其适用于非裔美国女性，她们只有实现经济上的独立才能去争取性别和种族的平等，这一时期的小说对于女性的财富梦也给予了充分的肯定。以福塞特本人为例，在她创作第三部小说《楝树》的时候，她是极度渴望打造一本畅销书籍来实现财富梦想的，她承认在写作前认真分析了大众的阅读喜好，为了迎合读者的胃口，她试图去寻

---

① Jessie Redmon Fauset, *There Is Confusion*, Boston: Northeastern University Press, 1989, p. 83.

② Jessie Redmon Fauset, *There Is Confusion*, Boston: Northeastern University Press, 1989, p. 137.

③ Jessie Redmon Fauset, *There Is Confusion*, Boston: Northeastern University Press, 1989, p. 298.

第三章 书写"美国性":对美国主流文化与美国身份的认同

找更诱人、吸引眼球的素材,她在作品中加入了乱伦和通奸情节,大量借用了弗洛伊德、荣格的心理学知识让整部作品呈现为一系列的梦。她还在作品中关注最新的服装时尚、家居用品、睡衣睡裤和厨具摆设等,只为引起都市女性的共鸣。福塞特是这一时期女性作家的缩影,为谋生而写作也是她们的创作目的之一。她不是一个悠闲的女人,这归因于她不是一个自由的女人,因为缺钱。

获取财富能帮助非裔女性缓解生活压力,脱离生活困境。在小说《楝树》中,劳伦汀是一位非婚私生混血女性,父亲死后留给了劳伦汀母女一幢可居住的大房子和维持基本生活的费用,在一个受到黑人社区内部成员歧视的生活环境中,劳伦汀始终处于一种小心、谨慎的状态生活。虽然她被自己的出生问题所困,但是她学习了缝纫技术,将自己的房子变成了工作坊,这既保证了自己与外界非议舆论相隔离,也保证了工作投入和家庭收入。劳伦汀有着清醒的商业头脑,因给白人制作精美的晚礼服而在当地社区享有盛名,她亲自参加服装的设计、裁剪、缝合和试穿。为了更好地完成这些工作流程,她甚至还雇用了几位黑人妇女来帮忙和取送服装。每到周末,劳伦汀房子的缝纫间总是很忙碌,傍晚负责运送礼服的黑人们走出大门,"每个人的胳膊下都有一个大盒子"[1],她的专业水平得到了顾客的认可。但劳伦汀从未在服装制作生意上与黑人打过交道,镇上黑人医生的太太主动登门拜访并请求她帮助做礼服:"我在考虑,您是否可以为我做二件或者三件礼服呢?"[2] 在生意与种族友谊之间,劳伦汀犹豫了,"我希望你不要误解我的意思,我从未有黑人顾客,当然我的一些老顾主是不会介意的,也有一些人会

---

[1] Jessie Redmon Fauset, *The Chinaberry Tree*, New York: G. K. Hall & Co., An Imprint of Simon & Schuster Macmillan, 1995, p. 50.

[2] Jessie Redmon Fauset, *The Chinaberry Tree*, New York: G. K. Hall & Co., An Imprint of Simon & Schuster Macmillan, 1995, p. 56.

双重认同与融合：哈莱姆文艺复兴时期非裔女性小说研究

格外介意，你知道的，新泽西就是这样的，我可不能拿我的生活当玩笑"①。劳伦汀对这个请求相当谨慎，此前她从未接受过黑人订单，一方面她所做的礼服价位很高，超出了社区内绝大多数人的收入，另一方面她也不想引发白人顾客的不满，由此对她的商业带来不利影响。

财富帮助女性拥有独立的人格。混血女孩菲比在伙伴们的眼里很有舞蹈天赋，但是她不认为舞蹈能让她实现财富梦想并成为独立的人。在为特瑞萨举办的告别晚会中，菲比正式决定要去佛罗里达州学习服装设计专业，她梦想将来以此职业技能去创业。多年后，大获成功的菲比作为店主人得到众多白人男性的求爱，但她从未动心，她一心想要维系与青梅竹马尼古拉斯的爱情，在她看来有了经济的保障，根本无须依靠冒充白人或者与白人结婚来实现自我独立。面对白人男性的求婚，菲比真诚地表达了自己的独立思想："我早就面对了（种族）现实。爱情、健康、食物、自由、真诚和勇气才是真正有价值的东西。我认为我一直都有勇气……为什么不嫁给一个白人呢？我想我更喜欢做有色人种的一员……忘记我吧，我也会忘了你。"② 菲比的坦诚增添了她的魅力，白人纳什不死心一再表白自己的爱意，并企图通过金钱来诱惑菲比和他一起去欧洲。但菲比把这种行为看成对她的侮辱，并果断把钱退还给纳什。菲比最终嫁给了年轻优秀的克瑞斯托夫，在男方家庭经历变故时，菲比果断地提出了解决困难的过渡方案。尽管婚后生活一度让菲比身心俱疲，大萧条也对她的商业带来严重危机，但她始终保持对家人和种族的忠诚。不得不说，福塞特小说的巨大价值之一在于："将生活中更好的元素展现给那些只把黑人当作佣人或罪犯

---

① Jessie Redmon Fauset, *The Chinaberry Tree*, New York: G. K. Hall & Co., An Imprint of Simon & Schuster Macmillan, 1995, p. 56.

② Jessie Redmon Fauset, *The Chinaberry Tree*, New York: G. K. Hall & Co., An Imprint of Simon & Schuster Macmillan, 1995, p. 289.

的人。更重要的是，对于那些从未如此大胆地看待自己的真实身份的黑人来说，这部小说代表了对种族生活的真诚书写和客观看待。"①

总之，黑人的"美国梦"与美国其他少数族裔的"美国梦"存在很大的不同，其他少数族裔的"美国梦"很大程度上表现出落叶归根的倾向，而黑人的"美国梦"对返回精神家园非洲持有否定态度，黑人坚持自己的美国人身份认同，追寻的是"落地生根"和"发芽开花"。当然，黑人的"美国梦"与黑人的价值观也有着紧密联系。黑人自进入美国之日起，就开始为争取自身合法、自由的权益而斗争，他们主动学习、了解异质的美国主流文化。在现代化、城市化、全球化的进程中，美国主流文化已经成为黑人审视自己族群文化的参照。三位女作家的小说中众多非裔女性的奋斗故事是对"美国梦"的再次复述，展示了处于不同社会阶层和有着不同成长背景的女性们对"美国梦"的不懈追寻，她们对美国信念的肯定表达了对"美国性"的认同。她们认同的"美国性"是建立在主流文化的"美国梦"基础上，对个人独立、自由平等和追求幸福等美国信仰加以肯定与赞美。

第二节　吸纳主流语言艺术

20世纪20年代是哈莱姆文艺复兴的兴盛时期，也是美国主流文学的迅猛发展时期，现代主义文学和批判现实主义文学两大文学流派齐头并进。② 作为现代主义文学发展的发轫期，

---

① Jacquelyn McLendon, *The Politics of Color in the Fiction of Jessie Fauset and Nella Larson*, Charlottesville: University Press of Virginia, 1995, p. 89.

② 目前国内关于20世纪初期美国主流文学的分类，出现了"两大主潮、两个流派"以及"三大主潮、三大流派"之说，本书采用郑克鲁主编的《外国文学史》和聂珍钊主编的《外国文学史》（第4册）中的分类法，将这一时期的美国主流文学分为批判现实主义和现代主义两大类。

双重认同与融合:哈莱姆文艺复兴时期非裔女性小说研究

这一时期的美国文坛出现了奥尼尔、福克纳、庞德等一批现代主义作家。先锋作家群体在小说创作中转向了对人的主观世界或精神状态的探索,呈现出对战后人类失去心灵家园的迷惘感和彷徨感。他们小说的共同特征是:从美国现代资本主义社会人与社会、人与自然、人与人、人与自我关系的全面异化呈现反异化主题。与此同时,作为对19世纪批判现实主义文学传统的继承和发展,20世纪初期的批判现实主义作家,如德莱塞、刘易斯和海明威等人也佳作频出。他们注重细节描写,突出人物的精神世界和主观感受,艺术上广纳百川,兼收并蓄,借鉴心理描写、象征、电影蒙太奇、新闻、报告文学等手法。作为美国现代小说的重要组成部分,"哈莱姆文艺复兴是非裔美国小说向现代性过渡的重要转折点"[①]。哈莱姆文艺复兴时期的小说作品在创作风格、艺术手法、与现实的关系等问题上吸收、借鉴、结合了美国现代主义和批判现实主义文学主张,具有高度的现代性特征。正如《剑桥美国文学史》对哈莱姆文艺复兴的评价:

> 如果说现代主义指的是把不同形式、主题连接起来,把确信世界不会回到战前的那个"单纯"时代的人的创造成果连接起来,那么哈莱姆文艺复兴的作家们就代表了那一国际性运动的不可或缺的一部分。如果疏离——疏离自己的乡土、国度及在世界上的位置——已被称为是现代主义心态的一个显著特色的话,那么除了非裔美国人之外还有谁能更好地代表这些被疏远的身份呢?他们是那些没有权利的公民和在异地流浪者的很好的典型。[②]

---

① 罗虹:《当代非裔美国新现实主义小说论》,中国社会科学出版社2014年版,第64页。
② [美]萨克文·伯科维奇主编:《剑桥美国文学史》第6卷,张宏杰等译,中央编译出版社2009年版,第297页。

第三章 书写"美国性":对美国主流文化与美国身份的认同

哈莱姆文艺复兴时期的新黑人女性作家表现出了双重认同与融合的创作倾向,她们的创作是黑人文学的口头传统和20世纪美国主流文学创作手法的结合。运动早期的福塞特对反映20世纪初期非裔女性的现实生活体验有极大兴趣,她的小说通过讲述非裔女性人物的坎坷故事,来反映时代面貌,揭示种族歧视与性别歧视对非裔女性造成的创伤与束缚,小说在很大程度上借鉴了批判现实主义文学的艺术创造方法。运动巅峰期的拉森则着力表现黑白混血女性在现代社会中的困惑。在表现手法上,她主张反传统,大量运用象征,尝试意识流、内心独白和跳跃性的自由联想等创作技巧,强调表现非裔女性的内心真实,注重展示处于多重压迫下的非裔女性瞬间的、复杂的、多变的情绪。运动后期的文艺骨干赫斯顿也大量吸收了主流文学的语言艺术。在创作语言上,她的作品中既有黑人的方言土语也有标准英语;在叙事形式上,她借鉴了现代叙事形式中的"自由间接引语"的叙事话语,以及"内聚焦"与"零聚焦"相结合的多种叙事视角;在人物形象的塑造上,强调表现女性人物的内心世界,主张以心理真实取代客观真实。可以说,哈莱姆文艺复兴时期女性作家对"美国性"书写很重要的一个方面表现为对美国主流文学语言艺术的吸纳与借鉴。

一 使用现代叙事艺术

自由直接引语和自由间接引语都是现代主义文学重要的叙事语式。作为叙事文本中人物语言的表达方式,自由间接引语是一种将直接引语和间接引语进行特殊融合的话语模式。它是"一种以第三人称从人物的视角叙述人物的语言、感受、思想的话语模式"[1],借助客观的叙述形式,事实上表现的是叙述者对

---

[1] 胡亚敏:《叙事学》,华中师范大学出版社2004年版,第78页。

人物话语的叙述,并唤起读者对人物言行、心境的感知。按照亨利·盖茨的说法,赫斯顿是最早将自由间接引语引入黑人文学创作中的人。盖茨认为,"在这样的话语中,说话文本的'声音'不是角色和叙述者的声音,相反,它是一种双发音的表达,同时包含了直接和间接的语言成分……这是书面表达中渴望口头表达造成的张力"①。也就是说,叙述者和人物声音的并存与融合是自由间接引语的实质,叙述者承担了人物的话语,或者说人物通过叙述者之口讲话,两种声音既交融又对抗。

大量运用自由间接引语的叙事话语模式是赫斯顿小说的显著特征。小说《他们眼望上苍》中第一次出现自由间接引语的话语模式是全知的第三人称叙事者叙述珍妮第一次性意识觉醒时的场景,珍妮在春日午后的后院满树梨花下看见了一只蜜蜂与花朵的亲密。

> 她看见一只带着花粉的蜜蜂进入了一朵花的圣堂,成千的姐妹花萼躬身迎接这爱的拥抱,梨树从根到最细小的枝丫狂喜地战栗,凝聚在每一个花朵中,处处翻腾着喜悦。原来这就是婚姻……珍妮踮着脚尖走出了前门。啊!能做一棵开花的梨树——或随便什么开花的树多好啊!有亲吻它的蜜蜂歌唱着世界的开始。②

这个场景同时具有直接引语和间接引语的一些特点,"这就是婚姻""能做一棵开花的梨树多好啊"采用的是人物珍妮的视角、语言和语气,但是第三人称叙事者又不受人物珍妮话语的限制,仍可以自由地驾驭人物的语言。这种自由间接引语的

---

① Henry Louis Gates Jr., *The Signifying Monkey*, New York: Oxford University Press, 1988, p. 208.
② [美] 佐拉·尼尔·赫斯顿:《他们眼望上苍》,王家湘译,北京十月文艺出版社2000年版,第13页。

第三章 书写"美国性":对美国主流文化与美国身份的认同

叙事形式有几个明显的优势:第一,它没有句法上的引导词和引号,减少和避免了行文拖沓的嫌疑;第二,它的灵活性使其成为一种理想的模式,它赋予了第三人称叙事者自由地表达珍妮思想的权利,可以使读者清晰地感知人物的意识活动;第三,它呈现的是叙事者的叙述,给读者一种可靠感和客观感,拉近了读者和叙事者之间的距离。同时,这种叙事模式使得第三人称叙事者更贴近人物的话语和意识,它在时间和位置上都接受了人物的视角,在表达人物的语言、印象、联想时具有人物的生动性和主观随意性。此处的叙事使用的是第三人称,但叙事内容显然是随着珍妮的观察视角、观察联想和观察思路进行的,整个话语洋溢着珍妮对爱情、婚姻和性的幻想和愉悦,这样的叙述更具有叙述的生动性和逼真性。若这段话完全从叙事者的角度叙述的话,就会产生某种程度的隔膜,很难身临其境地表现出珍妮想象世界的生气和活力。

自由间接引语的使用是赫斯顿小说具有现代主义色彩的标志之一。自由间接引语的话语模式还多次出现在小说的其他地方,当乔迪和珍妮第一次相遇时,文本采用了叙述者和乔迪的叙述相交织的自由间接引语话语模式来表现黑人乔迪的自信和抱负。

> 他的名字叫乔·斯塔克斯……他一直想成为一个能说了算的人……只有黑人自己正在建设的这个地方不这样。本来就应该这样,建成一切的人就该主宰一切。如果黑人想要得意得意,就让他们也去建设点什么吧。他的愿望一直是成为一个能说了算的人,可是他不得不活上快三十年才找到一个机会。珍妮的爹妈在哪儿?[①]

[①] [美]佐拉·尼尔·赫斯顿:《他们眼望上苍》,王家湘译,北京十月文艺出版社2000年版,第30页。

双重认同与融合：哈莱姆文艺复兴时期非裔女性小说研究

这段话中既没有使用引号也不是直接话语，这种自由间接引语分散在长长的一段叙述句子之中。结合上下文的语境，这段文字属于叙事者和乔迪两个人，这段话语是乔迪对珍妮的一段陈述，"本来就应该这样""珍妮的爹妈在哪儿"显然是顺着乔迪的思路进行叙述的。此段内容非常生动地为读者展示了乔迪身上具有的自信、乐观和奋进精神。珍妮和乔迪关系破裂，珍妮选择在公共空间对他进行反击和嘲笑，乔迪被打击后的内心感受也是由一段自由间接引语进行表现的，"在生活中已经不再有审美可做的了，雄心大志毫无用处。还有珍妮那残酷的欺骗"[1]！乔迪咽气后，珍妮看着他的遗体对他的一生进行了总结："多年来她第一次对他充满了怜悯。乔迪对她、对别人都很不好，但生活也粗暴对待了他。可怜的乔迪！"[2] 显然，"可怜的乔迪"应该是出于珍妮之口，属于珍妮对乔迪的评价。乔迪死后，珍妮白天维持商店的运转，晚上她睁大眼睛躺在床上思考人生，她对生活的自我反思也是通过自由间接引语描述的，"一切都依你如何看待事物而定，有些人眼睛看着烂泥水坑，可看见的是有大船的海洋。但阿妈属于另一类人，他们就爱捣鼓零碎破烂"[3]。这段自由间接引语类似于珍妮内心独白，珍妮将自己与阿妈对待生活的态度进行了对比，显示出黑人女性形象和女性主体意识的代际变化。

在叙事视角上，赫斯顿根据叙事结构的需要，对珍妮故事和黑人社区女性历史的叙事采取了零聚焦和内聚焦相结合的视角。小说虽然围绕珍妮的三次婚姻故事展开，但是赫斯顿并没有通篇选择以第一人称"我"来叙述，而是选用了一个全知全

---

[1] [美]佐拉·尼尔·赫斯顿：《他们眼望上苍》，王家湘译，北京十月文艺出版社2000年版，第87页。
[2] [美]佐拉·尼尔·赫斯顿：《他们眼望上苍》，王家湘译，北京十月文艺出版社2000年版，第94页。
[3] [美]佐拉·尼尔·赫斯顿：《他们眼望上苍》，王家湘译，北京十月文艺出版社2000年版，第97页。

第三章 书写"美国性":对美国主流文化与美国身份的认同

能的第三人称,以零聚焦视角来讲述有关珍妮的故事。根据热奈特将叙事视角划分为零聚焦、内聚焦和外聚焦三种基本类型的相关理论①,零聚焦视角是小说的全知全能视角,叙述者能从所有的角度观察被叙述的故事,并且可以任意从一个位置移向另一个位置。叙事者知道得比任何一个人物都多,对故事的结局、人物的命运了如指掌。小说是从珍妮经历三次婚姻之后重新回归黑人社区开始的,第三人称叙事者以零聚焦视角讲述了商店门廊前的黑人对珍妮毫无征兆地回归的困惑。尽管乡亲们既猜疑又好奇,但是珍妮并未停下脚步来揭开谜团。如果说开篇的第三人称讲述是为了方便以一种上帝视角来客观描写黑人社区,读者还可以理解,毕竟第三人称零聚焦视角通过与人物保持一定的距离,使叙事呈现出权威、客观、冷静和可靠的效果。但是当黑人社区的另一位黑人女性费奥比来看望珍妮时,珍妮正式开始了自己故事的讲述,还打算授权她去讲述给其他黑人们,"我不想烦神对他们说什么,费奥比,不值得这个事。你要是想说,可以把我的话告诉他们,这和我自己去说一样,因为我的舌头在我的朋友的嘴里"②。费奥比回答道:"要是你有这个愿望,我就把你要我告诉他们的告诉他们。"③ 依照这个对话,接下来应该是珍妮以"我"为叙事者从内聚焦视角来讲述自己的故事给朋友听。因为内聚焦最大的特点是充分敞开人物的内心世界,淋漓尽致地表现人物激烈的内心冲突和漫无边际的思绪。在内聚焦叙事视角中,每件事都可以严格按照珍妮自己的感受和意识来呈现。它完全凭借珍妮的感官去看、去听,只专述珍妮这个人物从外部接受的信息和可能产生的内心活动。

---

① 参见[法]热拉尔·热奈特《叙事话语 新叙事话语》,王文融译,中国社会科学出版社1990年版。
② [美]佐拉·尼尔·赫斯顿:《他们眼望上苍》,王家湘译,北京十月文艺出版社2000年版,第7页。
③ [美]佐拉·尼尔·赫斯顿:《他们眼望上苍》,王家湘译,北京十月文艺出版社2000年版,第7页。

双重认同与融合：哈莱姆文艺复兴时期非裔女性小说研究

但是赫斯顿显然没有将故事讲述的权威留给珍妮，文章从第二章到第十八章全部采用了第三人称零聚焦视角来叙述。直到小说的最后结尾处才又恢复了内聚焦视角，费奥比在听完珍妮故事后感慨颇深地说道："天啊！光是听你说说我就长高十英尺，珍妮。我不再对自己感到满足了。"① 珍妮则回复说："好啦，费奥比，别太讨厌那帮人，因为他们由于无知都干瘪了。"② 显然赫斯顿在整部小说中突破了依靠单一视角叙事的传统，她借助现代小说的多视角叙事形式扩大了小说叙事内容的容纳量。究其原因，第三人称零聚焦视角叙事弥补了第一人称"我"所受到的叙事局限，因为第二章到第十八章不仅有珍妮的故事，还插入了珍妮祖母、混血特纳太太和其他黑人女性的故事和心理感受，如果整部小说仅仅用珍妮的第一人称讲述，就无法深入和同时讲述其他人物的故事，整个叙事将会变成珍妮一个女性的自我言说。虽然第一人称内聚焦视角讲述会给读者提供一定的身临其境带入感，但是却从一定程度上损伤了故事的真实性和客观性。通过第三人称视角讲述，让叙事者与珍妮、其他黑人女性人物保持适当的距离，才能更真实地在黑人社区中透视黑人女性对自我主体性的追求。这完全符合珍妮三次婚姻的梦想，即寻求对黑人女性的客观评价并将黑人女性视为完全的、复杂的、真实的人来看待。

在叙事结构方面，三位作家的小说普遍采用了线性结构与环形结构相结合的镶嵌式叙事结构。传统小说的线性叙事结构一般是以故事发生的时间为顺序来展开故事情节的叙述，但是赫斯顿和拉森小说的叙述者在讲述故事时插入了很多身边人的故事，打断了故事的线性时间流，在叙事结构上显示了反传统

---

① [美] 佐拉·尼尔·赫斯顿：《他们眼望上苍》，王家湘译，北京十月文艺出版社2000年版，第208页。
② [美] 佐拉·尼尔·赫斯顿：《他们眼望上苍》，王家湘译，北京十月文艺出版社2000年版，第208页。

第三章 书写"美国性":对美国主流文化与美国身份的认同

的主张。赫斯顿的小说《他们眼望上苍》就是同时运用了线性和环形叙事结构实现了多个故事的巧妙镶嵌。当珍妮向好友费奥比讲述自己的故事时采取了按照时间运行的线性结构,但整个小说讲述珍妮和其他人的故事时却是采用了圆形结构。文章开篇是以全知的第三人称叙事者向读者讲述珍妮回归黑人社区的场景,但是很快就插入了珍妮坐在自家后院门廊上向好朋友费奥比讲述自己离开黑人自治小镇伊顿维尔后的生活故事。小说中间部分回到了全知的第三人称视角讲述珍妮从童年到三次婚姻的人生经历。而小说尾部又变回到珍妮自己完整地讲述她和甜点心的故事,最后以好朋友费奥比听完珍妮的故事后,获得新的启示和女性意识的启蒙作为结束。从使用效果来看,线性结构帮助故事情节保持清晰的发展秩序,环形结构有助于保持多段故事之间的整体和谐。

  拉森也试图创造一个独特的叙事结构,小说《越界》由"相遇""再相遇"和"结局"三个部分组成,像是一本充满代码的小说。小说的叙事从艾琳的当下生活开始,她收到了一封信,"一个薄而狡猾的东西,上面没有回信地址来出卖寄件人"①。这件事有点神秘、隐秘的意味,因为艾琳2年前也收到过类似的信件,小说的叙事马上由艾琳的当下生活转入对两年前事情的追溯中,"薄薄的意大利的信签纸,紫色的墨水,超大的长信封,属于克莱尔的几乎难以辨认的涂鸦签名,字迹像个外星人般怪异……"②。艾琳立即检索记忆,这封神秘的来信为小说突破传统的线性叙事结构奠定了基础。小说开篇处就从根本上否定事件发展的连贯性和线性因果关系,以不连贯与非逻辑时序结构表现出传统故事所达不到的效果。信件透露的信息

---

① Nella Larson, "Passing", in Charles R. Larson ed., *The Complete Fiction of Nella Larson*, New York: Anchor Books, a Division of Random House, Inc., 2001, p.171.

② Nella Larson, "Passing", in Charles R. Larson ed., *The Complete Fiction of Nella Larson*, New York: Anchor Books, a Division of Random House, Inc., 2001, p.171.

勾起了艾琳对两年前某个场景往事的回忆。两年前她和克莱尔在芝加哥的茶餐厅相遇，这位童年伙伴已经消失多年，这次的偶然相遇引起了艾琳对克莱尔童年生活事件的回忆和评价。同时，克莱尔现在的外貌、服饰、穿着打扮、说话的语调、与周围人的相处模式都激发了艾琳对她现今生活的猜想，艾琳对于自己"冒充"白人的身份又有着焦虑和不安，还有对现有生活与克莱尔生活的比较，导致叙事在过去、过去的过去、现在和将来之间不断穿梭。在故事层面，一个又一个的故事，如克莱尔父亲的故事、艾琳自身的成长故事、自己的家庭故事等不断插入进来，中间时常有叙事者的联想或碎片式回忆或意识流打破线性故事时间流。整部小说不是以一个人的故事为主，多个人故事的同时铺开使叙事结构变得多维和立体，这样的叙事起到了丰富文本内容的效果。这种镶嵌故事的叙事结构，是现代主义小说最典型和常见的结构之一。

总之，哈莱姆文艺复兴时期的非裔女性小说通过大量使用自由间接引语的叙事话语模式，内聚焦和零聚焦相结合的叙事视角，线性结构和环形结构相结合的叙事结构，为小说添加了现代文学色彩。借助现代叙事形式，小说既传达了黑人女性的自我言说的欲望，又展示了黑人女性的真实形象。非裔女性群体作为被质疑的对象，这些叙述策略的选择实现了女性的自我辩护和言说，还赋予这些自我辩护和言说的声音更多权威性，显得更加真实、合理并符合人性道义。

二　注重心理描写

哈莱姆文艺复兴时期的非裔女性小说在表现手法上存在着对美国主流文学的吸收。不论是批判现实主义还是现代主义文学，它们都注重心理描写，突出人物的主观感受。拉森、福塞特的小说在书写非裔女性形象时，开始把目光从描写客观物理世界转向剖析她们的主观心理世界，强调对人物的内心生活和

第三章 书写"美国性"：对美国主流文化与美国身份的认同

心理真实的表现。她们打破了传统的思维模式，开始认为文学创作应该表现内心世界的真实。拉森善于挖掘人物的内心世界，使用象征和跳跃性的自由联想等手法，集中表现混血女性在与传统决裂和主流美国社会接触中的自我失落、痛苦、爱和性欲望，对传统悲剧女性混血儿形象提出挑战并加以否定。拉森对克莱尔和艾琳内心世界的描写与对她们所处外部世界的描写紧密联系起来，反映了她们对个体、种族和性别的态度，以及她们分裂的内在在自我外部行为的投射。

小说《越界》在多个碎片化场景中都插入了对两位混血女性人物的心理描写。艾琳作为哈莱姆社区成功医生的妻子，在芝加哥旅行期间偶然越界冒充白人进了一家茶餐厅。当艾琳坐下来后，她的思绪在眼前景象、对儿子买礼物的回忆、对即将参加的晚会选择何种服装之间闪回跳跃。当一位女士坐到她的旁边之后，尽管她的眼睛望着远处的湖面，但她意识到有人在注视着自己，艾琳一次又一次想要忽视这种被凝视感的尝试都失败了，这种感觉触发了艾琳内心的不安和焦虑。

> 那个女人，那个女人，会不会知道在她眼前的德雷顿茶餐厅屋顶正坐着一个黑人？荒谬！不可能！白人们对这些事情是如此愚蠢，因为他们居然声称自己一眼就能识别出黑人。所用的却是最荒唐可笑的手段：指甲、手掌的纹路、耳朵的形状、牙齿之类。他们总是误把她看作意大利人、西班牙人、墨西哥人或者吉卜赛人。当她一个人的时候，还从来没有人怀疑过她是黑人。不！坐在那里盯着她看的那个女人也不可能知道的！[①]

[①] Nella Larson, "Passing", in Charles R. Larson ed., *The Complete Fiction of Nella Larson*, New York: Anchor Books, a Division of Random House, Inc., 2001, p.178.

双重认同与融合：哈莱姆文艺复兴时期非裔女性小说研究

此刻的艾琳虽然外表上强装镇定，但是内心早慌乱不已。她的不安、恐惧、愤怒，甚至对白人自以为是的轻蔑都在这段内心独白中充分体现出来。艾琳的内心自白中再次表达了这样的观点，她并不是为自己是一个黑人而感到羞耻，甚至也不是为被戳穿而感到难堪。而是一想到要被赶出这个地方，哪怕是以一种可能很礼貌而圆滑的方式被赶出去，作为人的尊严被践踏才让她感到不安。

当两人分手时，克莱尔一再邀请艾琳去拜访她，艾琳在矛盾中总是会做出让自己后悔的决定。当她答应周二尽量会空出时间去见克莱尔时，她的内心又是一阵后悔。周二来临，艾琳一遍又一遍在心里寻找拒绝的理由，却再次失败。似乎对于艾琳来说，她的理性一再告知自己需要避免与克莱尔有过多接触，而感性和冲动却一再让她失去理智。最后，因怕克莱尔误会自己编造理由，艾琳邀请克莱尔跟自己一起去参加一个黑人聚会。几乎在艾琳说出这句邀请的瞬间，艾琳就后悔了。艾琳的心里开始对自己愚蠢的冲动进行评价，"这是多么愚笨、多么愚蠢的冲动。她的内心在苦痛呻吟。她想到带着克莱尔参加聚会需要没完没了地解释时，她向自己保证，我不是一个势利小人，我很关心别人，由于所谓的黑人种族，她选择了自我保护。而她却在这儿不顾一切地邀请她"[1]。

拉森小说《流沙》也运用了主流文学中常用的意识流心理描写技巧，展示了美国种族主义和中产阶级主流文化对非裔女性，尤其是混血女性造成的心理和现实的双重压力。拉森对女主人公黑尔加所代表的"他者"文化和美国主流文化之间的冲突，以及黑尔加的心理矛盾和身份困惑进行了细致的剖析。游离于黑白两个世界之间，黑尔加曾经一度似乎陷入了将非裔女

---

[1] Nella Larson, "Passing", in Charles R. Larson ed., *The Complete Fiction of Nella Larson*, New York: Anchor Books, a Division of Random House, Inc., 2001, p. 232.

第三章 书写"美国性"：对美国主流文化与美国身份的认同

性定义为缺乏任何道德原则的种族主义谬论中，导致她对自己的欲望进行自我压抑与否定。黑尔加从一开始就担心自己的"某种缺乏"①，某种不确定的东西，一种她叫不出名字的东西，这种无法命名的东西是她对性的强烈欲望。这种性欲总是在文本中隐约可见，诸如"疼痛的极度兴奋"②或"不确定的渴望"③等模糊表达，起初黑尔加对性欲望的反应是彻底的否认和拒绝，以至于她经常逃避安德森不经意间的出现。她喜欢与安德森一起欣赏爵士乐，但内心却充满不安，"当音乐突然停下来，她有意识地努力把自己拉回现实；还有一种不光彩的确信，那就是她不仅在丛林里。但是她很喜欢，她开始奚落自己，她下定决心要逃走。她告诉自己，事实并非如此。我不是丛林动物"④。丛林象征着与性欲望相关的某种兽性状态，将性行为等同于缺乏道德标准完全符合上流社会的性观念传统。在这种传统中，女性必须是纯洁的，因此自我定义为纯洁的女性被剥削了所有的性感觉。黑尔加发现安德森对她有着性吸引力，性欲望使她对自我产生了羞耻感和恐惧感，她陷入难以忍受的尴尬境地。当她看见安德森淡定地与另外一位女性共舞时，她的心理感受是这样的：

> 虽然她对那个姑娘深怀爱慕之情，但这种感情又因另一种更为原始的感情而增强了。她忘记了那间拥挤不堪的房间，忘记了她的朋友。她只看到两个仅仅抱在一起的人。

---

① Nella Larson, "Quicksand", in Charles R. Larson ed., *The Complete Fiction of Nella Larson*, New York: Anchor Books, a Division of Random House, Inc., 2001, p. 39.
② Nella Larson, "Quicksand", in Charles R. Larson ed., *The Complete Fiction of Nella Larson*, New York: Anchor Books, a Division of Random House, Inc., 2001, p. 53.
③ Nella Larson, "Quicksand", in Charles R. Larson ed., *The Complete Fiction of Nella Larson*, New York: Anchor Books, a Division of Random House, Inc., 2001, p. 82.
④ Nella Larson, "Quicksand", in Charles R. Larson ed., *The Complete Fiction of Nella Larson*, New York: Anchor Books, a Division of Random House, Inc., 2001, p. 89.

双重认同与融合：哈莱姆文艺复兴时期非裔女性小说研究

她感到心跳得厉害。她感到房间在后退。她走出了门。最后，她气喘吁吁，迷惑不解，但庆幸自己逃了出来。一辆出租车向她驶来，停了下来。她走进房间，感到寒冷、不快乐、被误解和孤独。①

这段文字细节提供了黑尔加羡慕和嫉妒交织混合的复杂心理。黑尔加钦佩那个女人，钦佩的原因始于她如此坦然地与安德森一起热舞，她毫不掩饰和隐藏自己的性感诱惑力，从她与安德森的性感舞姿中表明她突破了既定社会准则对黑人女性的性约束。她公开跨越种族线，"她与白人交往"②，尽管她的这种行为受到了黑人社区的谴责。黑尔加也嫉妒她，黑尔加被一种强烈的性欲望所控制，但她仍无法正视自己的欲望，对欲望的恐惧使她逃跑。黑尔加不快乐、缺乏理解并且感到无助，她的复杂心理清楚地表明不断否认自己的性欲望给她造成了痛苦。她既羡慕那个女人坦承性欲望又害怕泄露自己性欲望的矛盾心理，表现了混血女性试图与传统决裂时的自我失落、痛苦、挣扎和不安全感。

这一时期的非裔女性小说通过心理描写，实现了追求艺术上的"最高的真实"，表现出了非裔女性，尤其是混血女性游离于黑白两个世界时的困惑感、孤独感和危机感。正如评论者所言，"《流沙》是一部独一无二的小说，不是因为它是第一部书写混血女性的小说，而是因为拉森娴熟地使用了现代创作技巧，表现了非裔女性与美国主流文化碰撞时的内心真实感受"③。女性作家们不再满足于对非裔女性人物的表面描写，而是转向于关注非裔

---

① Nella Larson, "Quicksand", in Charles R. Larson ed., *The Complete Fiction of Nella Larson*, New York: Anchor Books, a Division of Random House, Inc., 2001, pp. 92-93.

② Nella Larson, "Quicksand", in Charles R. Larson ed., *The Complete Fiction of Nella Larson*, New York: Anchor Books, a Division of Random House, Inc., 2001, p. 91.

③ Ann Joyce, "Nella Larson's *Passing*: A Reflection of the American Dream", *The Western Journal of Black Studies*, Vol. 7, No. 2, 1983, p. 68.

女性在特定的环境中复杂、矛盾的心理状态和激烈、丰富的内心活动，以挖掘非裔女性深层的、潜意识的"黑暗王国"。她们的小说不仅从形式上创造出了一个新奇、独特的艺术世界，而且使读者能洞悉人物的真实心声。

三 运用象征手法

象征作为艺术创作的基本手法之一，主要是借助某一具体事物的外在特征，寄寓艺术家某种深邃的思想来表达某种富有特殊意义的事理。在这一时期的美国主流文学作品中，象征常被用于表现人在迷惘、内心挣扎、纠结和分裂等状态下的病态心理，譬如艾略特的《荒原》就借助象征表现了西方文明的崩塌。现代主义文学更是把象征这种古老的艺术表现手法提升到了空前显著的地位，并对象征形成了独特的理解。哈莱姆文艺复兴时期三位女性作家的小说大量运用了象征的创作手法，为作品添加主流语言艺术色彩的同时，也提供了解读作品多义性的可能，有助于读者对作品主题和作家创作倾向的理解。

拉森使用象征手法有效地加强了人物塑造和主题表达，小说《流沙》这个标题就极具象征意味。混血女性黑尔加的人生经历就如流沙一般，她不断游离于黑白两个种族之间，试图用新黑人女性的姿态去自我定义，却始终没有找到出路。她依靠一次次的迁徙来调整自己的生活轨迹，旅行场景的变化象征着她对成长、身份认同的追求与行动。正如评论家所言，"黑尔加的每一次旅行，伴随着时间的流逝都象征着她发展意识中的一个阶段，带来了新的异化感"[1]。黑尔加工作的南方黑人学校试图规范黑人学生的言谈举止以改善种族形象

---

[1] 金莉：《20世纪美国女性小说研究》，北京大学出版社2010年版，第100页。

双重认同与融合：哈莱姆文艺复兴时期非裔女性小说研究

和提升种族地位，黑尔加无法接受和认同这种处处以白人价值观为典范的做法，导致她在任教的两年时间里无法融入学校的黑人群体中。接着，她离开学校来到了纽约的哈莱姆寻找真正属于黑人的圈子，但是很快发现处于中产阶级的黑人们口口声声要提升种族地位，但在实际生活和处事中处处模仿、遵循白人的生活方式和价值观，这种理想和现实的巨大反差再次使她极度失望。她再次逃离，选择去探望在异国他乡的白人姨妈，起初欧洲人的种族包容态度让她感到轻松和愉快，但是一段时间后她发现自己不过是姨妈用于向周围人展示异国情调的一件商品而已，姨妈甚至把黑尔加作为获取经济利益的道具。黑尔加恍然发现欧洲也不是她想待的地方，她对黑人种族有了一种空前的想念。绝望之下，黑尔加再次回到了哈莱姆，并选择与黑人牧师结婚来满足自己对性、种族的归属感。但是婚姻并没有从物质上或者精神上解放黑尔加，也没有给予黑尔加一直追逐的自由感、幸福感和归属感，相反在婚姻生活中的妻子和母亲角色让黑尔加如流沙一般，越想试图挣脱束缚，越是深陷其中无法自拔。黑尔加不断地怀孕、生育、哺育，接连出生的五个孩子让她完全丧失自我，人生处于虽生犹死的状态。小说结尾呈现出的令人窒息的画面巧妙地勾勒了黑尔加的精神和身体状况，将黑尔加寻找自我定义、发展的心理和社会力量相互联系，让小说主题"流沙"更加突出和完整。

赫斯顿的小说也同样善用象征手法，《他们眼望上苍》频繁使用象征手法来表明女性服饰与女性生存状态的联系。多次出现的"地平线"[①]象征着珍妮对新生活的渴望和向往，表现出她对现实生活中被压迫的不满。珍妮是一位渴望跳向地平线

---

① ［美］佐拉·尼尔·赫斯顿：《他们眼望上苍》，王家湘译，北京十月文艺出版社2000年版，第1页。

第三章 书写"美国性":对美国主流文化与美国身份的认同

的女性,在祖母看来黑人女性是"骡子"①,不仅要受到白人种族的压迫,一辈子服从白人命令,忍辱负重地干活,还要成为黑人男性的压迫对象。家庭中黑人男性也要求女性服从,"我要你做什么,你就得做什么"②,似乎女性始终就没有自由选择生活的权利和机会,骡子象征着黑人女性言说权利的被剥夺、黑人女性沉默的形象、黑人女性作为劳动工具的被压迫地位。作为一个女性意识觉醒的新黑人女性形象的故事,文本多次利用象征手法来表现珍妮女性意识被压制的事实以及她女性意识觉醒的历程。珍妮16岁时步入与鳏夫洛根的婚姻,远离祖母保护之下的相对舒适的生活后,珍妮被迫系上了象征着辛劳与女性被奴役的"围裙"。当珍妮决心与乔迪私奔去寻找地平线时,"珍妮脱下了围裙并将它扔在了路边的矮树丛上"③。脱下围裙成为珍妮女性意识萌芽的象征,她主动逃离了第一段婚姻,步入寻找女性主体性的旅程。乔迪和珍妮来到黑人小镇,事业大获成功的乔迪给予了珍妮相对富裕的物质生活,但他禁止珍妮参与到门廊活动中,珍妮被迫用"头巾包裹自己"④。乔迪葬礼结束后,"那天晚上她上床之前把所有的包头巾全都烧了"⑤。烧掉包头巾象征着珍妮卸下了男性强加给她的精神枷锁,她开始有了独立的自我意识,为她进一步寻找个人幸福奠定了基础。乔迪死后,珍妮不仅再次开始展示黑瀑布般的齐腰长发,也重新回到门廊活动中,再次成为黑人文化的参与者和传承者。当

---

① [美]佐拉·尼尔·赫斯顿:《他们眼望上苍》,王家湘译,北京十月文艺出版社2000年版,第17页。
② [美]佐拉·尼尔·赫斯顿:《他们眼望上苍》,王家湘译,北京十月文艺出版社2000年版,第29页。
③ [美]佐拉·尼尔·赫斯顿:《他们眼望上苍》,王家湘译,北京十月文艺出版社2000年版,第35页。
④ [美]佐拉·尼尔·赫斯顿:《他们眼望上苍》,王家湘译,北京十月文艺出版社2000年版,第58页。
⑤ [美]佐拉·尼尔·赫斯顿:《他们眼望上苍》,王家湘译,北京十月文艺出版社2000年版,第97页。

珍妮与甜点心来到沼泽地时,珍妮的女性主体性得到充分表达,她不仅试图去参与所有男性能做的事情,如下棋、打牌、黑人舞蹈和聊天讲大话等,甚至还换上了"工装"①。珍妮主动穿上工装与早期珍妮被迫系上围裙和戴着头巾形成了鲜明对比,工装象征的不是耻辱而是解放,是女性获得主体性和平等地位的象征。珍妮实现了自由选择的权利,工装属于珍妮真正的自我表达。

福塞特的《葡萄干面包》也是一部极具象征意义的小说。小说分为"家""市场""葡萄干面包""归家"和"市场结束"五大章,这五章的标题来源于19世纪的一首著名童谣《去市场》,讲述的是传统日常生活中在市场内农副产品的交易仪式,歌词如下:

> 去市场,去市场,买头猪,
> 回家,回家,蹦蹦跳跳
> 去市场,去市场,买个热狗,
> 又回家,又回家,蹦蹦跳跳
> 去市场,去市场,买个葡萄干面包
> 又回家,又回家,市场结束了。②

从某种程度来说,主人公安吉拉就是葡萄干面包的象征。作为一种商品,她向白人男性推销自己,因其商品使用价值受到欢迎,又因其"种族属性"暴露而受苦受难,最终惨遭抛弃。被抛弃的商品回归到属于自己的市场,也就是黑人自己的种族社区,找到了身份认同并重新获得真爱,市场之旅结束。在叙事中,福塞特强调了安吉拉作为市场商品的角色,记录了

---

① [美]佐拉·尼尔·赫斯顿:《他们眼望上苍》,王家湘译,北京十月文艺出版社2000年版,第172页。

② https://en.wikipedia.org/wiki/To_market,_to_market. 2018-12-01.

她起初进入白人市场的欢喜错觉和由此造成的负面影响,然后接受了非裔美国黑人社区的身份转变和认同,黑人社区成为团结和力量的源泉。因此,安吉拉的转变不仅象征着从一个外部市场转向一个内部市场,而且象征着她从认同白人中产阶级转向了认同黑人社区。

总之,哈莱姆文艺复兴时期的非裔女性小说与美国主流文学在发展方向上是一致的,甚至可以说是同步的,"哈莱姆文艺复兴是美国现代主义的胜利之一"[①]。三位女性作家都摒弃了以塑造人物性格为核心,以情节为主体框架,以开头、发展、高潮、结局为结构的传统创作套路。在创作手法上,她们的作品以非连续性结构、碎片式描写和高度实验的语言表达为基本特征,重片段情节的象征意义胜于字面意义,注重心理现实。在作品主题上,她们既表现黑人的民间文化传统,也表现新黑人在美国城市中的"局外人"内心感受,尤其是强调黑人的自我失落与迷茫;在创作意图上,她们力图展示出非裔女性在现代社会的真实现状,揭示女性被压迫的残酷现实,表达少数族裔女性普遍存在的危机意识和可能的前途出路。非裔美国现代小说受美国主流文学的影响,在20世纪20年代轰轰烈烈地兴起,在30年代继续发展,而其影响在第二次世界大战期间和第二次世界大战后的美国文坛中越来越广。

第三节 接受基督教文化元典

美国是一个典型的基督教国家,号称"圣经共和国"[②]。事

[①] 罗虹:《当代非裔美国新现实主义小说论》,中国社会科学出版社2014年版,第73页。
[②] 雷雨田:《论美国基督教会的政治功能》,《湘潭大学学报》(社会科学版)1990年第3期。

双重认同与融合：哈莱姆文艺复兴时期非裔女性小说研究

实上，黑人早在非洲大陆就已经接触过基督教。作为奴隶被贩卖到北美地区之后，黑人种族经历了被基督化的历史，主流社会的基督教文化渗透到了黑人生活的方方面面。面对新的生活场所，来自非洲的黑人结合原始宗教信仰传统和基督教发展出了独特的黑人基督教宗教信仰。奴隶制时期，白人种植园主人剥夺了黑人举行非洲宗教仪式的权利，但能否允许黑人皈依基督教在白人中引发了争议。18世纪中期开始，越来越多的白人相信黑人奴隶皈依基督教将更利于他们的管理。于是，南方的部分白人庄园主开始鼓励奴隶们信奉基督教，并提供黑人学习基督教教义和进行礼拜的场所，白人牧师有选择性地为黑人宣讲圣经故事，目的是让黑人变得驯服、有耐心、脾气随和，以便服从主人的管理，黑人开始频繁接触、学习基督教文化元典圣经。从这一时期开始，皈依基督教的黑人人数迅速增长，黑人还从圣经故事中找到了他们受苦受难、身份卑贱的根由，也看到了获得救赎后进入天堂，实现平等的希望。19世纪之后，基督教在黑人族群中进一步传播，其影响力持续扩大，黑人教堂活动也空前繁荣，黑人的基督化对他们的世界观、文化观和宗教观都产生了深远影响。20世纪初期，周末到教堂参加礼拜活动已经是美国城市黑人生活的重要组成部分，哈莱姆文艺复兴时期的非裔女性小说中也时常出现教堂集体活动、向上帝祷告和学习圣经教义的描写，构成了这一时期小说的基本情节，反映了她们所处时代的生活面貌。

赫斯顿的四部长篇小说大胆借鉴了作为美国立国之本的基督教经典圣经以顺应美国主流文化精神，具体表现为对圣经文学形象的借用与改造、对圣经典故的引用、对圣经意象原型的化用、对圣经母题的再现。小说中强烈的圣经元素与美国文学热衷于从圣经中寻找资源的特色是暗合的，正如评论家所言"圣经对文学研究的重要性超越了对圣经本身的文学分析，其对

第三章 书写"美国性":对美国主流文化与美国身份的认同

文学的象征意义发生了重大影响"。① 虽然赫斯顿通过改写、化用等策略巧妙地将圣经元素放置于黑人文化的独特语境中,但仍不难看出她也渴望融入美国主流文化的创作意图和文化认同取向。

一 对圣经文学形象的借用

圣经作为西方文学的重要源泉,滋养了历代几乎所有的名家名著,赫斯顿也不例外。从赫斯顿的人生经历来看,她与基督教渊源颇深,父亲是一位牧师,母亲是担任过乡村教师的虔诚基督教信徒,家庭内宗教气氛浓厚。赫斯顿从小在家庭中听说了大量圣经故事,学校教育又使她有机会系统性地接触圣经文学知识。赫斯顿小说作品中随处渗透的圣经元素是其长期学习西方文学和受到基督教文化滋养的最好例证,小说《摩西,山之人》就是赫斯顿对圣经文学形象进行借用和改造的典型范例。

在圣经中,摩西蒙受上帝之恩,在埃及大显神迹,带领饱受奴役的犹太人走出埃及,前往上帝应许之地迦南生活。在小说《摩西,山之人》中,赫斯顿借用《出埃及记》的故事框架,保留摩西、法老、叶忒罗、亚伦等主要人物和埃及、西奈山、红海、米甸等故事发生地点,再现法老压迫、皇宫成长、摩西蒙召、显神迹、出埃及等主要事件,强调摩西信仰确定过程的曲折性。小说前半部分呈现了成长于埃及王宫、与宫廷马夫门图结交为密友、成人后英勇善战贵为埃及军队将帅的摩西形象。门图秉持"万物有灵"、人与自然和谐观,这与法老对内镇压、对外征战的治国方式是相悖的。摩西命运的转折点肇始于失手打死欺压希伯来奴隶的埃及工头,加上塔尔叔叔四处散播他是希伯来人的谣言,"条约妻子"对他的身世不明大肆吵闹,门图和母亲相继

---

① 梁工:《当代文学理论与圣经批评》,人民出版社2014年版,第129页。

去世，失意的摩西选择逃离埃及。小说后半部分塑造了逃至米甸部落后的摩西形象。摩西偶然中解救了一群被调戏的姑娘，因此结识了米甸智者叶忒罗一家。米甸首领叶忒罗人生阅历丰富、知识渊博、尊重自然、崇拜山神，而且具有解读命运的"读心术"本领，他成为摩西的好友、岳父和导师。摩西利用自身的才智和谋略，征服米甸四邻部落，重耀叶忒罗的威望。叶忒罗则教会摩西读万物之语，鼓励摩西体验和探寻神山的神秘性，强化摩西对自己正是神山所等待之人的信念，督促摩西去完成"天生的使命——带西伯来人出埃及"[①]。最终，摩西受山神感召，重回埃及解救受奴役的犹太人民，再经洗礼的摩西幡然醒悟，达成了对民族、自由、家庭和自然的深刻认识。

除了对摩西形象的借用，小说中摩西的思想变化方式也与圣经保持高度契合。圣经中摩西的思想变化主要是通过上帝一次次与他对话并显神迹的方式强化摩西对上帝的信念。在米甸山上牧养羊群的摩西受到上帝呼唤和指示时，他表示自己能力欠缺、口才笨拙、毫无自信。上帝不仅赐予他神杖并且说："谁造的人口呢？岂不是我耶和华吗？我必赐你口才，指教你所当说的话。"（《旧约·出埃及记》4：12）后来，上帝每一次在埃及全地降灾祸前，都会与摩西有谈话，一次次的谈话逐步让摩西增强自信心，强化对上帝的信念，完全按照上帝的指示行事，并带领以色列人成功跨越红海走出埃及，成为勇于反抗专政和独裁压迫的英雄。可以说圣经中摩西的思想始终处于一种直线变化中，他对上帝的信仰从模糊到清晰，其民族意识由养尊处优状态下的尚未爆发到受上帝启示后的逐步觉醒，最终成就了从普通到伟大的人生历程。当然，赫斯顿也对核心人物摩西的身份、摩西的信仰等进行了大胆的改写，其中最具颠覆性的改

---

① Zora Neale Hurston, "Moses, Man of the Mountain", in Cheryl A. Wall ed., *Zora Neale Hurston: Novels and Stories* (The Library of America Series), New York: Literary Classics of the United States, Inc., 1995, p. 435.

第三章 书写"美国性":对美国主流文化与美国身份的认同

写来自摩西和上帝关系的重置。圣经中摩西对上帝的信仰经历了从模糊、强化、怀疑到再强化,直至完全确认的过程。小说中的摩西则规避上帝信仰,实现了自然崇拜信仰的被动确立到山神崇拜的主动认同。正如程锡麟所言:"在这部小说中,赫斯顿以异常大胆的方式将黑人民间故事及其他民俗文化因素、基督教文化传统与小说结合在一起,赋予《圣经》中摩西带领希伯来人离开埃及故事以全新的意义。"[1] 小说对摩西心理活动的描写与圣经有巨大差异,他感叹道,"能解读自然的人是最伟大的人,我要和自然一起生活和交谈,知道他的秘密,这样不论我身处何方都是有力的"[2]。经历变故后离开埃及的人生转折是摩西实现主动认同山神信仰的契机。在叶忒罗的鼓励下,摩西一次次探寻着神山的奥秘,感知和体验神山对他的神秘召唤。最终,摩西带着山神的神意重回埃及解救受奴役的犹太人民。当然,对此改写,评论界褒贬不一。[3]

圣经中的文学形象类型繁多,既有摩西为代表的人物形象,还包括天使、动物和植物等非人形象。小说《苏旺尼的六翼天使》中的六翼天使同样是出于圣经。《旧约》中记录道:"我见主坐在高高的宝座上。他的衣裳垂下,遮满圣殿。其上有撒拉弗侍立。各有六个翅膀。"[4] 《新约》中多处对基路伯的描写也

---

[1] 程锡麟:《一部大胆创新的作品——评赫斯顿的〈摩西,山之人〉》,《国外文学》2004 年第 3 期。

[2] Zora Neale Hurston, "Moses, Man of the Mountain", in Cheryl A. Wall ed., *Zora Neale Hurston: Novels and Stories* (The Library of America Series), New York: Literary Classics of the United States, Inc., 1995, p. 407.

[3] 有评论家对《摩西,山之人》提出了批评,如"不幸的是,赫斯顿从未解决好对巫师摩西与《圣经》中的摩西,那位法律的颁布者与解放者之间的张力关系"。同时,也有评论家为赫斯顿辩护,如布莱登·杰克逊就认为:"在《摩西》中,赫斯顿从未失去与她的材料保持超脱的能力,这使她作为一位必须采用喜剧形式的艺术家有了那种美学距离……她的幽默感从未失败过。"具体参见程锡麟《赫斯顿研究》,上海外语教育出版社 2007 年版,第 141 页。

[4] 《圣经》(《以赛亚书》6: 1 - 3)(中英对照),中文和合本新国际版,中国基督教三自爱国运动委员会、中国基督教协会 2007 年版。

有六翼天使的影子,"宝座中和宝座周围有四个活物,四活物各有六个翅膀,遍体内外都满了眼睛"①。六翼天使是神的使者中最高位者,直接与神沟通,在天使群体中甚有威严和名誉。首先,赫斯顿通过对完全顺从上帝意愿、接受上帝指派、无私为上帝服务的"六翼天使"形象的借用及改造,塑造了白人女性阿维的"天使"形象。阿维一直暗恋姐夫,内心罪恶感导致她患上间发性精神癫狂症,21岁终于嫁给"陌生人"吉姆。吉姆接纳阿维仅仅是为了满足建造家庭的需要,吉姆在结婚之初就说:"我需要你做的全部事情就是爱我、嫁给我和同我睡,你的大脑对我的工作是毫无作用的,你无法与我一起思考。"② 阿维对丈夫完全顺从,婚后几乎断绝与外界社会的任何接触,她的"事业"就是生育孩子和料理丈夫的起居。在父权制的家庭中,女性形象通常被划分为"天使"和"魔鬼"两种类型。对丈夫顺从、服侍、崇拜和忠诚,对孩子全心照养、关怀备至,对家庭无私奉献、默默付出等品德使阿维成为女性"天使"。其次,作为天使中的最高位者,六翼天使表面"风光"的形象在阿维身上也有所体现。随着吉姆事业的成功,阿维的物质生活得到了巨大改善。女儿的商业头脑、交际能力和儿子的艺术才能都为阿维增添了"风光"。更重要的是,赫斯顿觉察到了上帝对天使的绝对控制,并借用"受控制""主体自我缺席"的六翼天使形象,刻画了缺乏"反抗性"和丧失女性自我意识的阿维形象。阿维对丈夫的事业成功和孩子的成长离家极度恐惧,日常生活中她也毫无自我意识。吉姆对怀上第三胎的阿维说:"你可以生下这个小孩,只要你向我发誓

---

① 《圣经》(《启示录》4:6-7)(中英对照),中文和合本新国际版,中国基督教三自爱国运动委员会、中国基督教协会 2007 年版。
② Zora Neale Hurston, "Seraph on the Suwanee", in Cheryl A. Wall ed., *Zora Neale Hurston: Novels and Stories* (The Library of America Series), New York: Literary Classics of the United States, Inc., 1995, p.630.

第三章 书写"美国性":对美国主流文化与美国身份的认同

带来的是一个儿子。"① 明知自己无法掌控孩子性别,阿维深陷焦虑之中。为了完成丈夫的"指令",阿维每天摸着肚子反复对神祈祷,直到生下儿子才如释重负。借用六翼天使形象,赫斯顿并没有颂扬天使的顺从和奉献品格,而是表达了对圣经中天使形象的反讽。通过"天使"阿维,赫斯顿揭示了父权制下男性对女性的压迫现实,反思了女性主体性丧失的悲剧性,强调了女性争取话语权、参与社会事务、追寻个体生命价值的意义。

二 对圣经典故的引用

从圣经中采集素材、改编情节、引用典故、汲取灵感一直是非裔美国作家创作的重要构成部分。当最早的一批非洲黑人先辈于16世纪被欧洲殖民者从非洲劫运到美国成为奴隶时,他们的记忆中已镶嵌着基督教文化痕迹。早在14—15世纪,以葡萄牙为首的殖民征服者们将基督教传入黑非洲,基督教第一次在非洲的本土化早在黑人进入美国之前就已发生。17—18世纪时海上霸主荷兰也加入竭力在非洲南部地区传播基督教的队伍,以便教化原始的非洲黑人部落民众。到了19世纪,随着殖民者掀起的瓜分非洲的狂潮,整个非洲地区受到了基督教文化的影响。当非洲黑人在17—19世纪大量进入美国时,黑人再次将早期非洲化的基督教及非洲传统宗教成分与美国基督教的教义、礼仪、神学进行融合,使得美国的基督教文化内核具有非洲传统精神和文化内涵,最终发展成为黑人民族内部所认同的基督教。

小说《约拿的葫芦蔓》的标题就是对圣经典故的引用。"约拿的葫芦蔓"来自《约拿书》,其隐喻意义为朝生暮死,生

---

① Zora Neale Hurston, "Seraph on the Suwanee", in Cheryl A. Wall ed., *Zora Neale Hurston: Novels and Stories* (The Library of America Series), New York: Literary Classics of the United States, Inc., 1995, p. 686.

双重认同与融合：哈莱姆文艺复兴时期非裔女性小说研究

死由外力控制，缺乏自我掌控的生命既强壮又脆弱。① 《约拿书》中，上帝先让一棵蓖麻一夜之间长出，为约拿遮挡烈日，次日让虫子咬蓖麻至枯槁。借葫芦蔓朝生暮死的经历，上帝教导约拿反思生命的价值。赫斯顿正是用葫芦蔓来比喻约翰·皮尔逊，他就是一根长得枝繁叶茂却生命短暂的葫芦蔓。约翰凭一手精妙的木匠活计，天生的好口才，善于布道的才能，妻子露西的巧妙指导，成为一位颇有感召力的民间牧师和颇得人心的市长。但功成名就的约翰却逐渐走向了自我毁灭之路，致使约翰这根葫芦蔓枯萎死亡的虫子除了海蒂和哈里斯等人之外，还有约翰自己。约翰的致命弱点是他的自私，对婚姻的不忠诚。无法自控的放荡行为就如虫子的食蛀过程，逐渐将约翰从完美人生拽入悲剧的泥潭。约翰的情妇海蒂出于妒忌利用伏都教诅咒露西并致其不治而亡。公众形象受损和事业受挫的约翰时常陷入对露西的追忆中，海蒂再次想用伏都教"神迹"控制约翰的计谋却被识破，约翰出手殴打海蒂，身败名裂的约翰婚姻再次破裂，最终离开小镇。第三次婚姻中的约翰，在回乡旅程中还是没能抵制妓女奥拉的引诱，在无法控制肉欲的懊悔中，约翰神情恍惚地开车撞上火车，当场死亡。

通过引用葫芦蔓这一极具隐喻特征的典故，赫斯顿以"葫芦蔓"的成长、壮大、迅速毁灭过程为叙事框架，在叙事过程中完整地勾勒出露西、约翰和海蒂的形象和性格，达到对小说"灵与肉的冲突"逃跑成长等主题的启示。值得注意的是，通过对约翰在不同场合的布道和海蒂对伏都教巫术的施用进行大篇幅的细节描绘，赫斯顿实现了基督教文化与伏都教文化在文本中的共存，但有评论家认为"这拖延了故事情节发展，使小说节奏过慢"。② 不论怎样，小说中相互碰撞、融合和交流的两

---

① 梁工：《圣经典故辞典》，辽宁人民出版社1993年版，第351页。
② Lillie P. Howard, *Zora Nearl Husrton*, Boston: Twayne Publisher, 1980, p. 80.

第三章 书写"美国性":对美国主流文化与美国身份的认同

种异质文化,不仅构成了小说情节发展的必要元素,而且代表着两种文化在黑人民族内部的发展轨迹。小说中极有口才、给人启示的牧师约翰终究没能在圣经祷告词中实现自我拯救,全心信服于黑人民间伏都教的海蒂也是落得被抛弃的下场,以圣经为代表的基督教和以伏都教为代表的黑人原始宗教都未能帮助黑人扭转命运,这似乎也暗含着赫斯顿对宗教功能的思考。正如鲍尔斯在《赫斯顿作品中的宗教、男权和艺术》一文中所持的观点,"圣经作为解决当代非裔美国黑人问题的答案,赫斯顿对此观点是持质疑态度的"。[1]

小说《他们眼望上苍》中也多次出现过圣经中的典故。珍妮对第二任丈夫乔·斯塔克斯的压迫与控制忍无可忍,她选择在公众面前展开绝地反击。乔意识到"希伯来人第一个君王扫罗的女儿对大卫就是这样做的"[2]。《撒母耳记》中大卫完成扫罗的任务娶米甲为妻,夫妻恩爱。后来两人关系开始疏远,大卫将耶和华的约柜抬进城里时,米甲心里非常蔑视并出言讽刺。在《圣经典故辞典》中,"大卫和米甲的婚姻喻指夫妻关系的变化,妻子对丈夫的蔑视"。[3] 小说中,珍妮与乔的关系正如米甲与大卫故事的翻版。珍妮跟乔私奔时两人十分恩爱,成功后的乔与珍妮关系却趋于冷淡、冲突不断。珍妮终于在众人之中说出:"你腆着大肚子在这里目空一切,自吹自擂,可是除了你的大嗓门外你一文不值。哼!说我显老!你扯下裤子看看就知道到了更年期啦!"[4] 正如米甲对大卫的讽刺,珍妮这番话语十

---

[1] Peter Kerry Powers, "Gods of Physical Violence, Stopping at Nothing: Masculinity, Religion, and Art in the Work of Zora Nearl Hurston", *Religion and American Culture: A journal of Interpretation*, Vol. 12, Feb., 2002, p. 229.

[2] [美]佐拉·尼尔·赫斯顿:《他们眼望上苍》,王家湘译,北京十月文艺出版社2000年版,第86页。

[3] 梁工:《当代文学理论与圣经批评》,人民出版社2014年版,第102页。

[4] [美]佐拉·尼尔·赫斯顿:《他们眼望上苍》,王家湘译,北京十月文艺出版社2000年版,第85页。

足地表达出对乔的蔑视和讥讽。赫斯顿巧妙地引用这一典故，表现了父权制家庭中女性意识的觉醒必然导致女性的反抗。巧合的是，在此前对珍妮的驳斥中乔才说过："我万能的上帝，一个女人待在商店里都老到了玛士撒拉的年纪。"① 典故"玛士撒拉的年纪"同样出自圣经，玛士撒拉是亚当和夏娃的后裔，活到969岁，成为圣经中记录的最长寿之人。后人经常用此指代年岁极高的人，乔借此表达对珍妮的不屑、不满、审美疲劳和打击。可见赫斯顿对圣经典故已经熟悉到可以信手拈来，圣经文化在其小说中如影随形、随处可见，以圣经为代表的基督教文化已经成为黑人的集体无意识呈现在赫斯顿小说中。乔与珍妮的博弈中，赫斯顿对圣经典故的频繁引用，表达出女性对男性绝对权威的挑战、女性自我意识觉醒等超越时代的女性主义意识，传达了对父权专制、神圣权威的戏讽意图。

三 对圣经意象原型的化用

"我们可以想象的任何物体或动作都是意象"。② 圣经中意象颇多，每个意象都有丰富的象征意义，常见意象有伊甸园、水、山、光、牧羊人、数字七和十二等。赫斯顿的作品中也出现了大量的意象，很多意象和它们蕴含的意义都能在圣经中找到原型。身处20世纪30年代妇女运动风起云涌的美国多元文化社会，赫斯顿在小说《他们眼望上苍》中巧妙地化用圣经中"伊甸园"和"洪水"意象，探讨了新时代女性意识的觉醒，将作品主题延展到具有普世价值的性别政治层面，使小说成为20世纪美国女性文学的经典。

伊甸园是圣经最典型、最重要的意象原型之一。弗莱认为：

---

① ［美］佐拉·尼尔·赫斯顿：《他们眼望上苍》，王家湘译，北京十月文艺出版社2000年版，第84页。
② Leland Ryken and James C. Wilhoit, eds., *Dictionary of Biblical Imagery*, Michigan: Zondervan Publishing House, 1998, p. 1.

第三章 书写"美国性":对美国主流文化与美国身份的认同

"伊甸园是水丰树茂的绿洲意象……人和自然之间是一种理想化的关系……是人类能够认知但又不用经历人类变迁的一个居留地。"① 圣经创世故事中,伊甸园是上帝为人类打造的天堂乐园。但人类经不起诱惑偷吃禁果,被逐出乐园到人间经受洗礼,寻求救赎,以重返伊甸园。正如弗莱将伊甸园总结为"人已经失去并且还想复得的那个世界的意象"。② 在《他们眼望上苍》中,珍妮经历了伊甸园的美好、失去伊甸园、追寻伊甸园的丰富体验。童年生活是珍妮回忆中的伊甸园,"春天的佛罗里达,它呼唤她去到那儿凝视一个神秘的世界"③。这般人间春色一如上帝在东方的伊甸所立的园子,"她仰面朝天在满树的梨花下,她看见一只带着花粉的蜜蜂进入了一朵花的圣堂,成千的姊妹花萼躬身迎接这爱的拥抱"④。通过一树梨花,珍妮顿悟到蜜蜂对梨花的追求正如两性结合,性意识的启蒙激发了性遐想,好奇的珍妮在春天阳光下与约翰尼在梨树下情不自禁地接吻。祖母对珍妮的惩罚就是将她嫁给一个拥有60亩田产的老男人,珍妮被迫离开"伊甸园"。珍妮失去乐园,成为丈夫洛根的劳作和泄欲工具,开始接受新生活的洗礼。烦闷的婚姻生活激发了珍妮对不一样生活的渴望,乔的出现开启了珍妮的追寻乐园之旅。

圣经中另一个令人印象深刻的意象原型则是大洪水。《创世记》中上帝决定以一场大洪水来灭除所有不洁净的存在并惩戒犯罪的人类。洪水被赋予毁灭、清理、洗礼、选择、重修秩序

---

① [加]诺思洛普·弗莱:《伟大的代码——圣经与文学》,郝振益等译,北京大学出版社1998年版,第185页。
② [加]诺思洛普·弗莱:《伟大的代码——圣经与文学》,郝振益等译,北京大学出版社1998年版,第107页。
③ [美]佐拉·尼尔·赫斯顿:《他们眼望上苍》,王家湘译,北京十月文艺出版社2000年版,第12页。
④ [美]佐拉·尼尔·赫斯顿:《他们眼望上苍》,王家湘译,北京十月文艺出版社2000年版,第13页。

等象征意义。弗莱在《伟大的代码——圣经与文学》一书中也表达了类似观点:"洪水本身既可以从神愤怒和报复的意象意义上看成是恶魔意象,也可以看成是拯救意象,这取决于我们是从挪亚和他家人的观点来看,还是从所有别人的角度来看。"[①]在《他们眼望上苍》中,洪水不仅被赫斯顿作为小说情节发展的重要因素进行叙述,而且被赋予多重象征意义。当珍妮与甜点心在沼泽地享受甜蜜生活时,一场大洪水改变了一切。首先,洪水成为毁灭的象征。大量的庄园主和工人,不论男女、阶级、肤色都在洪水中失去了生命和土地。洪水成为甜点心死亡的间接因素,珍妮和甜点心的甜蜜生活也被摧毁。其次,洪水被赋予选择、洗礼的象征意义。一系列预警信号出现时,大量动物和印第安部落人群纷纷逃离大沼泽,但甜点心选择继续留下,珍妮选择陪同甜点心。洪水将珍妮置于危难中,珍妮被疯狗困住,甜点心选择挺身而出与疯狗搏斗。洪水后,甜点心被查出染上疯狗病,珍妮选择忍痛枪杀病发的甜点心,获得自救。洪水作为媒介,见证了珍妮和甜点心在人生关键时刻的选择,也考验和洗礼了两人的爱情。最后,洪水也成为新生的象征。在接受法庭审讯过程中,珍妮回顾洪水事件。在辩护过程中珍妮形成了对自我的全新认知,她意识到枪杀甜点心是拯救自我的必然选择。被判无罪的珍妮女性意识完全觉醒,她身穿工装重返黑人社区。

四 对圣经母题的再现

利兰·莱肯在《圣经文学导读》中专门探讨过圣经的主题。他总结出了寻求的主题、死而复活的主题、成长的主题等共12个主题。"寻求""成长"等主题渗透在圣经的方方面

[①] [加]诺思洛普·弗莱:《伟大的代码——圣经与文学》,郝振益等译,北京大学出版社1998年版,第191页。

第三章 书写"美国性":对美国主流文化与美国身份的认同

面,整部圣经就是人类失去伊甸园后重新寻求乐园的成长过程。"寻求"和"成长"在后世文学中被反复表现,已经成为文学中的重要母题。摩西、大卫、路得、以斯帖等人都踏上了离家的旅程,寻求上帝信仰、民族身份或个体幸福,在心理和身体上经受考验后获得成长。英雄摩西带领希伯来人苦苦追寻上帝所应许的"流着奶与蜜"的迦南之地,国王大卫穷尽一生追寻强大以色列国家的建立,普通女子路得对婆家不离不弃坚强寻求自己的幸福,宫廷王后以斯帖牢记自己的身份寻求对以色列民的保护,众多故事无不反复体现出圣经中的寻求和成长等主题。作为哈莱姆文艺复兴时期的黑人女性作家,赫斯顿的每一部长篇小说都体现出"寻求"和"成长"主题。同时,这些主题在作品中被置于20世纪美国现代社会背景之中,传达出赫斯顿对种族、阶级和性别等宏大问题的思考。

《他们眼望上苍》是珍妮追寻个体自我、寻求美好生活的成长故事。寻求和成长构成了因果关系,是理解珍妮在三次婚姻中不停地寻求主体意识成长的关键之点。第一次婚姻让珍妮领悟到"婚姻并不能造成爱情"[1],她困于屋内却满怀期待。至于期待什么?她也说不清楚。充满自信和心态乐观的乔迪适时出现,搅动了珍妮的心,她勇敢地选择私奔,来到全新的黑人城追寻自由。第二段婚姻中,乔迪强迫珍妮扎起头发,戴上头巾,不准加入店门口的聊天会。久经沉默和隐忍后,珍妮向乔迪的男性专制发起了反击,"她扯下头上的包头巾,让浓密的头发垂了下来"[2]。乔迪的死亡进一步推动了珍妮对自我的认识,珍妮成长为一个敢于公然挑战世俗的女人。服丧期间,她穿上

---

[1] [美]佐拉·尼尔·赫斯顿:《他们眼望上苍》,王家湘译,北京十月文艺出版社2000年版,第95页。
[2] [美]佐拉·尼尔·赫斯顿:《他们眼望上苍》,王家湘译,北京十月文艺出版社2000年版,第95页。

颜色艳丽的服装并辩驳道"世俗选择服丧的人穿黑或白,乔迪没有做出这个选择,所以我不是为他穿,而是为大家在穿孝"①。甜点心为珍妮带来了第三次婚姻,珍妮跟随甜点心到陌生的大沼泽地生活,"现在我打算按自己的方式生活了"②。甜点心爱珍妮,更重要的是给予珍妮选择的自由、言说的自由,甚至鼓励她参与到男性的活动世界。历经三次婚变,珍妮终于寻求到真正的自我,实现了女性意识的成长。

赫斯顿的每一部长篇小说几乎都包含着"寻求"和"成长"母题。《苏旺尼的六翼天使》中,寻求美国梦是男性人物吉姆的成长表征。吉姆是20世纪初期美国的自由工人,他寻求的美国梦主要是"自由择业梦""城市梦"和"财富梦"。吉姆生于南方落败的庄园贵族家庭,独自到苏旺尼打拼,靠当伐木监工维持生计。遇见阿维后,果断认定阿维是可以帮助自己实现梦想的理想伴侣。吉姆不顾周围人的好奇和不解,迅速和阿维结婚成家。第一个儿子出生后,吉姆带着家人迁居到陌生的桑福德,开始寻求城市梦。他在新居地几乎一无所有,但城市实现了他的自由择业梦。吉姆崇尚实干精神、善于观察、头脑灵活,他由临时采摘工变成果园工头,最后还成了老板。为实现城市梦,吉姆在大沼泽附近买了5亩地,盖上属于自己的房子。吉姆还通过私设地下酒厂等方式积累原始资本,购买船只组建捕虾船队,实现了财富梦。此外,吉姆提议女婿哈顿低价购买大沼泽地块进行房地产开发,这一商业计划也大获成功,女儿一家也跻身富豪行列。在种族问题上,吉姆对黑人和外籍人毫无刻板印象,吉姆对黑人帮工乔·克尔思(Joe Kelsey)一家的勤劳和忠诚高度认可,对从葡萄牙迁至美国生活的克瑞吉奥(Corregio)一家也给予信任和帮助。

---

① [美]佐拉·尼尔·赫斯顿:《他们眼望上苍》,王家湘译,北京十月文艺出版社2000年版,第122页。
② [美]佐拉·尼尔·赫斯顿:《他们眼望上苍》,王家湘译,北京十月文艺出版社2000年版,第123页。

吉姆先后邀约他们搬到自己的土地上居住,时常赠送孩子们礼物,经常与他们组织聚餐且欢快交谈。小说《苏旺尼的六翼天使》以吉姆寻求美国梦、成长为美国梦的代言者为第二条叙事主线,通过吉姆经济状况和社会地位的变化,从侧面反映了 20 世纪前期美国社会经济的发展和变化,以及部分人对种族融合的乐观态度。除了吉姆,《他们眼望上苍》中的乔迪也是一个与时俱进、总是面向未来的典型美国人,这都间接表达出赫斯顿对寻求美国梦的认可,对实现种族平等的期待,符合 20 世纪前半叶美国城市黑人的现实追求。

赫斯顿的 4 部长篇小说都表现出与圣经千丝万缕的联系。处于美国 20 世纪 20—40 年代的历史转型时期,赫斯顿的创作总是受到美国社会因素的直接影响。赫斯顿是接受了高等教育的女性知识分子,她有过从美国南方迁徙到北方的生活体验,她长期与美国主流社会接触和交往,基督教文化对她有着潜移默化的影响,这些使其大胆借鉴基督教经典圣经以顺应美国主流文化精神的尝试成为可能。在某种程度上,作品中随处可见的圣经元素和多元文化兼容并蓄的特色有助于提升美国主流大众阅读其作品时的亲切感,有利于白人对作品的接受和认可,对作品在美国文学中的经典化建构功不可没。

第四节　肯定美国身份认同

"新黑人对美国身份的认同是哈莱姆文艺复兴的显著特点之一"[①]。非裔美国人作为最早一批定居美国的种族,他们和白人一起在北美大陆打拼,共同创造了美国的物质和精神财富。视自己为美国人是非裔美国人从未动摇过的立场,杜波依斯就曾

---

① George Huchinson, *The Harlem Renaissance in Black and White*, Belknap Press: An Imprint of Harvard University Press, 1996, p. 1.

双重认同与融合:哈莱姆文艺复兴时期非裔女性小说研究

表达过黑人种族的这种共同心声,"我们想成为美国人,完整的美国人,拥有其他美国公民的全部权利"①。对于20世纪初期的非裔美国人而言,他们强调的不是有名无实的美国人身份,而是要切切实实地成为享有宪法规定的权利和义务的完整意义上的美国公民。尽管白人对他们有着严重歧视,但是他们坚信争取种族平等权的斗争必须在美国这块他们称为家园的土地上进行,斗争的目的是获得政治、经济和社会的平等权利,在保持种族尊严和个性的前提下融入美国主流社会,参与美国社会事务。这一时期的非裔女性作家不仅认同自己的美国身份,而且还非常强调黑人女性对整个种族争取"完整的美国人"权利的参与和贡献。

一 拒绝移民非洲:想做美国人

哈莱姆文艺复兴的运动领袖们曾对非裔美国人的出路有过各种设想与主张。杜波依斯坚决主张非裔美国人留在美国,为争取公平、美好的未来而奋斗。加维则认为黑人的过去和未来都在非洲,美国不可能为非裔黑人群体提供一个自立、自尊、自强的友好环境以促进他们政治、经济和文化的发展。作为黑人文明的诞生地和黑人的精神家园,只有返回非洲才能真正实现黑人的民族复兴,才能使黑人民众真正找到自己的民族文化,弄清自己的文化身份。作为泛非主义者的加维并不相信黑人能与白人实现真正的和谐共处,黑人在美国不可能获得政治平等的权利,唯有返回非洲当家做主才是黑人唯一的出路。然而这一主张并未得到大部分黑人的认可,从生活已久的美国"拔根"返回非洲的行为,从根本上说并不符合美国黑人的身份认同定位。在这一问题上,福塞特、拉

---

① W. E. B. Du Bois, "The Criteria of Negro Art", in David Levering Lewis ed., *W. E. B. Du Bois: A Reader*, New York: Henry Holt, 1995, pp. 509–515.

第三章 书写"美国性":对美国主流文化与美国身份的认同

森和赫斯顿等作家都是杜波依斯的坚定追随者,她们反对黑人通过返回非洲来获得真正的自由,毕竟对于大多数美国黑人来说,非洲只是他们的祖先生活过的地方,那是一种遥远的记忆,与他们在美国的现实生活相距甚远。福塞特宣称,"'美国'和白人决不能画等号;美国白人和美国黑人对'美国'有平等的主张(claim)"[1]。

20世纪20年代是黑白种族积极互动的时期,虽然作家们不可避免地会通过揭露种族不平等现象来表达对种族歧视的不满,但他们的写作目的绝不是为深化种族矛盾,而是为了缓解紧张的种族关系,以便黑人能更好地享受美国自由、民主的社会理想。福塞特小说中的黑人都坚定地认同自己的美国身份,拒绝移民非洲。《存在混乱》中的皮特就认为,"世界是我们的,也是他们的,我不想离开美国,这里是属于我的,是我的人民帮助建设了美国"[2]。皮特认为美国国家是黑人和白人共同参与建设的成果,他坚定认同自己的美国人身份。文本中的黑人女性也表达了类似的观点,"我们是美国人,我们是最早被带到这儿的定居者"[3]。乔安娜在一次演出结束后,在舞台上撕下道具,露出黑肤色真实面容并大声宣告:"我几乎不需要告诉你们,台下的观众们中没有一个人比我更是美国人,我的祖父为了美国独立而战斗,我的叔叔参加了南北战争,我的哥哥此刻正在'那里'。"[4] 她赢得了台下观众的热烈掌声。为了争取"完整的美国人"的权利,她们还表现出自强不息的奋斗精神,

---

[1] Jaime Harker, *America the Middlebrow: Women's Novels, Progressivism, and Middlebrow Authorship between the Wars*, Mass: University of Massachusettes Press, 2007, p. 66.

[2] Jessie Redmon Fauset, *There Is Confusion*, Boston: Northeastern University Press, 1989, p. 182.

[3] Jessie Redmon Fauset, *There Is Confusion*, Boston: Northeastern University Press, 1989, p. 197.

[4] Jessie Redmon Fauset, *There Is Confusion*, Boston: Northeastern University Press, 1989, p. 232.

强调种族平等权利的斗争需要每个黑人的参与,参与美国事务的机会也需要黑人主动创造。

在这一时期的黑人女性小说中,女性作家展示了黑人成为完整的美国人、拥有美国公民全部权利的可能性。她们强调种族的积极交流与合作会有助于种族间的相互理解,消除白人对黑人的刻板印象,帮助黑人自信地参与到美国社会事务中去,推动美国社会的整体进步。三位女性作家的小说中提供了一些种族和谐交流与合作的模式,尽管这些模式还未成为普遍社会现象,但是至少给予了坚决反对返回非洲的黑人继续在美国为美好前景奋斗的动力,有助于黑人对美国身份的肯定。小说《苏旺尼的六翼天使》中吉姆的事业成功离不开黑人乔·凯尔西的辅助,两人之间跨种族的商业合作创造出了一种共赢的局面。吉姆和乔关系融洽,吉姆十分信任这个黑人,"乔时刻都跟我站在一起,我对他的信任超过了我在这个世界上认识的其他任何人,而这一点乔也是明白的"[1]。吉姆对乔的信任源于对黑人乔品质和能力的肯定,吉姆初识乔是在伐木场,当时吉姆负责伐木巡查工作,乔是一个普通的伐木工人。乔生性乐观,干繁重体力活时都能随时唱起歌来,他还教会了吉姆如何利用削木机以提高伐木工作效率。后期吉姆到城市打拼,买下一块地盖上房子后,主动邀请乔一起来生活,两人合伙经营了一家非法制酒厂,借此完成了资本的积累。吉姆每一次商业投资之前都会征求乔的意见,甚至在孩子们的婚姻大事上都喜欢去跟他商讨。吉姆后来又投资购买虾船,转向以捕虾商业为主,但他的事业还是离不开乔的参与。乔的忠诚、勤劳、务实和对商业的判断能力都得到了吉姆的高度认可,两人的成功合作对于乔自信地做美国人及参与美国生活是一种有

---

[1] Zora Neale Hurston, "Seraph on the Suwanee", in Cheryl A. Wall ed., *Zora Neale Hurston: Novels and Stories* (The Library of America Series), New York: Literary Classics of the United States, Inc., 1995, p. 705.

第三章 书写"美国性":对美国主流文化与美国身份的认同

效的探索。

从黑人在美国生活的历史来看,黑人对美国身份的认同是不断强化的。虽然早期的黑人是受美国种植园主经济利益驱使被贩卖到美国的,但随着黑人获得人身自由,他们逐渐下定决心要把美国变成自己的永久居住地。尽管美国所倡导的崇高信条,诸如自由、人人平等、民主等与黑人的真实生活之间始终存在着一条鸿沟,但获得完整的美国公民身份仍是 20 世纪大多数黑人的愿望。对于他们来说,"美国公民身份不是由血统或文化加以注定的,而是依据出生地点或自由选择赋予的。美国公民身份是一种契约和成就"[①]。

二 强调相似性:难道我不是美国人吗?

不论是在黑人文学理论还是文学作品中,我们都看到黑人女性共同面临的一个问题:她们始终生活在仇恨和歧视之中,肤色或浅或深、无知或聪慧、有教养或者粗鄙的女性都无一幸免。歧视的原因仅仅因为她们是"有色人种"。哈莱姆文艺复兴时期的女性作家试图打破这种局面,她们的小说通过强调黑人与白人的相似性,以消除白人对黑人的歧视,为争取完全的美国公民权利提供事实依据。福塞特小说中黑人与白人的相似性主要是通过描写城市黑人精英家庭的传统和日常仪式来表现的,安吉拉、劳伦汀、梅丽莎、乔安娜等女性和白人一样非常重视家庭、教育、劳动和劳动成果。她在小说《楝树》的前言中这样写道:"我的小说是关乎黑人男女在工作、恋爱中间地带的魔力。在美国,有色人种和其他美国人没有太大的区别,只是与众不同而已。"[②] 但是评论家们却认为福塞特所表现的内容

[①] [美] 卢瑟·S. 利德基:《美国特性探索》,龙治芳等译,中国社会科学出版社 1991 年版,第 11 页。

[②] Jessie Redmon Fauset, *The Chinaberry Tree*, New York: G. K. Hall & Co., An Imprint of Simon & Schuster Macmillan, 1995, p. II.

仅限于自己所熟悉的阶层内,批评她属于一种"附庸风雅的现实主义风格"①。

拉森也同样秉持黑人女性与白人女性具有高度相似性的观点,这些相似性体现在女性对知识的渴望、吸收和再创造。小说《流沙》塑造了热爱读书的非裔女性黑尔加,在拉森看来,阅读不仅是一种放松和娱乐,它还是展示智力的一种方式。正如黑尔布朗(Heilbrun)所说:"我们只能通过复述读过、听过的故事来生活。也就是说,我们是通过文本来生活,故事塑造了我们所有人。"② 小说开篇处,黑尔加独自坐在宿舍里看书,"只有一个台灯,明亮封面的书,旁边是一条长长的书架,她选择打开了白色的页面"③。房间的书架和书籍为她提供了安宁和平静,将她从白天课堂的喧闹氛围中抽离出来。与其他财产或装饰品相比,书籍立即消除了读者关于黑尔加是一个盲目无知女性的刻板印象,她正从阅读中寻求精神的慰藉和满足。黑尔加喜欢看书,长长的书架表明了她拥有广泛阅读的习惯,书籍让她摆脱了总是处于分析自己处境的焦虑,并为她提供了另一种方式来描绘自己的生活。黑尔加选择阅读的那本"有明亮封面"的书籍是英国作家匹克托(Marmaduke Pickthall)的《渔夫,塞易德》(*Said the Fisherman*),虽然她选择这本书是"想要忘记,想要精神放松"④,但事实上这不是一本能轻松阅读的书。作者匹克托是英国的一位东方主义者和唯心主义者,这部小说以埃及为背景追溯了一个有灵性的人从1871—1882年的生活,其中有大量关于东方神秘主义的

---

① [美]伯纳德·W. 贝尔:《非洲裔美国黑人小说及其传统》,刘婕等译,四川人民出版社2002年版,第135页。

② Carolyn Heilbrun, *Feminist in a Tenured Position*, Charlottesville: University of Virginia Press, 2005, p. 59.

③ Nella Larson, "Quicksand", in Charles R. Larson ed., *The Complete Fiction of Nella Larson*, New York: Anchor Books, a Division of Random House, Inc., 2001, p. 35.

④ Nella Larson, "Quicksand", in Charles R. Larson ed., *The Complete Fiction of Nella Larson*, New York: Anchor Books, a Division of Random House, Inc., 2001, p. 35.

第三章 书写"美国性":对美国主流文化与美国身份的认同

内容。小说1903年在英国出版,西方读者对其中的文化差异既感到好奇、有趣,但同时也感到艰涩、难懂。直到1925年美国科诺夫出版社发行了该书的美国版,美国读者才有机会接触这部小说。这本从英国最近引进的新书进入黑尔加的阅读范围,不仅说明黑人女性跟白人女性一样紧跟时代步伐、乐于接触新知识,而且还强调了她超凡的智力。

拉森还展示了黑尔加对艺术的敏感性和感知力,证明黑人女性和白人女性具有相似的审美趣味。黑尔加精心布置她的房间,房内物件的摆设得到了详尽的描述,"一间米色的大房间十分精美,房间内有一些具有历史性的东西,陶瓷茶器,奢华的椅子,小桌子上艳丽的色彩,一个浅绿色的长椅,闪闪发光的黑缎垫,有光泽的东方地毯,古老的铜钟,日本版画,一些精美的雕塑品,缤纷而珍贵的小摆设,无尽的书架装满了书"[1]。像所有的白人女性一样,黑尔加将自己置身于稀有、昂贵的物品之中,这些物品折射出她的一种"内在的品质"[2]。作为一个瘦弱的22岁年轻姑娘,黑尔加对于自己的打扮也是与众不同的,"她穿着鲜艳的绿色和金色内衣,闪闪发光的锦缎,深深地埋在那张高大的高背椅子里。在那张黑色的挂毯衬托下,她的皮肤像黄色缎子润滑,脸部轮廓分明"[3]。黑尔加在服装和家具上对颜色的运用和搭配无不体现了她的鉴赏力和审美能力,她想要以此证明黑人女性与白人女性之间除了肤色的差异,她们的智力、审美品位并没有什么不一样。

《他们眼望上苍》作为一部书写黑人女性成长的小说,赫斯顿的着重点是强调黑人女性和白人女性一样重视女性意识觉

---

[1] Nella Larson, "Quicksand", in Charles R. Larson ed., *The Complete Fiction of Nella Larson*, New York: Anchor Books, a Division of Random House, Inc., 2001, p. 36.

[2] Nella Larson, "Quicksand", in Charles R. Larson ed., *The Complete Fiction of Nella Larson*, New York: Anchor Books, a Division of Random House, Inc., 2001, p. 36.

[3] Nella Larson, "Quicksand", in Charles R. Larson ed., *The Complete Fiction of Nella Larson*, New York: Anchor Books, a Division of Random House, Inc., 2001, p. 36.

醒的意义。珍妮从小就被祖母灌输男性父权制思想,"白人扔下担子给黑人男人,黑人男人又把担子给交了家里的女人,黑人女人在世界上是头骡子"①。对于黑人女性而言,她们面对的不仅是有种族歧视传统的美国社会,而且还受到黑人种族内部男性对女性的控制和压迫。但是珍妮不甘于受男性的控制,前后经历三次婚变寻求性别平等,伸张女性权利。在第一次婚姻中,洛根将珍妮视为泄欲和劳作的工具,珍妮通过与乔迪私奔来逃脱男性的压迫。在第二次婚姻中,来到黑人自治城的珍妮虽然物质生活条件得到改变,但是乔迪身上也有严重的父权制男性思想,他仍视珍妮为私人财产,禁止她参与走廊活动,剥夺她的言说权利,忍无可忍的珍妮最终选择了公开还击来挑战男性的话语权威。在第三次婚姻中,丈夫甜点心爱珍妮,也给予了她充分的言说自由,甚至鼓励她参与男性世界的社交活动,但是当其他男性频频向珍妮表达爱意时,甜点心却无故地将他的嫉妒不满投射在珍妮身上,甚至出手殴打珍妮以示警戒。珍妮意识到虽然她已经迈出了索求女性权利的步伐,但实现真正的性别平等还需长期的艰难斗争。珍妮从未停止过对女性权利的伸张,当甜点心被疯狗咬伤染上疯狗病时,为了捍卫自己的生命权利,珍妮勇敢地开枪杀死了他。被判无罪的珍妮进一步挑战男性对黑人女性的刻板印象,她穿着一身工装重回黑人社区,完全无视门廊外黑人们的种种困惑和异样眼神。

三 伸张女性权利:怎样成为美国人?

作为哈莱姆文艺复兴为数不多的老一辈有重要影响力的女性人物,福塞特从未忽视过对黑人女性权利的争取。她在《欧

---

① [美]佐拉·尼尔·赫斯顿:《他们眼望上苍》,王家湘译,北京十月文艺出版社 2000 年版,第 17 页。

第三章 书写"美国性":对美国主流文化与美国身份的认同

洲对泛非大会的看法》("What Europe Think of the Pan-African Congress")一文中特别谈到了美国黑人妇女的问题。福塞特介绍了黑人妇女在社会工作、职业和商业活动中的角色,强调妇女是美国所有争取解放运动的强大力量,她还要求非洲代表向美国有色人种妇女传递友谊和鼓励的信息。① 此后,福塞特有意加强了与美国黑人妇女活动家的联系,参加并报道了两年一度的全国有色人种妇女协会第十三届会议,她称赞这是"一个具有巨大可能性的伟大组织"。② 福塞特认为这个团体组织致力于提升黑人妇女的形象,为妇女提供娱乐活动,为黑人社区妇女提供社会服务。在当时几乎没有公共福利机构存在的情况下,该组织赞助或直接出资建造了孤儿院、社区中心和敬老院,为黑人女性资助高中和大学奖学金。她甚至坦言黑人妇女的真诚、决心和直率品质使女人比男人更加意识到保护、获取妇女权利的好处。

接受美国正规的学校教育是非裔女性伸张的权利之一。黑人在美国的教育大致经历了五个时期,杜波依斯在《黑人的灵魂》中将黑人的教育问题总结为"黑白种族双方解决'黑人问题'的万灵药方"③。这一时期的女性也越来越意识到教育的重要性,她们开始争取成为社会的精英人才,接受教育成为女性向社会上流阶层涌动的通道。教育的功能之一在于美化生活,在黑人种族从法律上获取人身自由后,如何通过教育手段美化黑白种族双方的生活是需要思考的问题。福塞特、拉森和赫斯顿的小说充分展现了教育对改善非裔女性生活的作用。福塞特秉持的理念就是所有父母都可以让孩子拥有更

---

① Jessie Redmon Fauset, "What Europe Think of the Pan-African Congress", *The Crisis*, Vol. 42, Dec., 1921, p. 66.
② Jessie Redmon Fauset, "The Thirteenth Biennial of the N. A. C. W", *The Crisis*, Vol. 52, Oct., 1922, p. 260.
③ 参见[美]威·艾·伯·杜波依斯《黑人的灵魂》,维群译,人民出版社1959年版,第77—94页。

大范围、更高质量的教育选择，从而增加她们在未来获得幸福的机会。福塞特小说中的女主人公虽然既没有受过大学教育也没有出生在一个显赫的家庭，但是这些女性通常以某种职业技能为基础，以社会服务或家务劳动来维持生计。小说《喜剧：美国风格》中的特瑞萨、简妮、菲比、艾伦等女性都在所居住的社区接受过基础教育，其中简妮还获得了读大学的机会，特瑞萨则前往巴黎进修。她们以拥有成功的职业为追求，提倡健全的道德价值体系，所有这些因素结合在一起，使她们成为有所成就的人，超过她们的父母所能提供的生活水平。连珍妮的老祖母都意识到了这点，"我要你在学校毕业，从更好的树丛里摘一颗更甜的浆果"①。拉森小说《流沙》中的黑尔加不仅接受过正规的大学教育，还被培养成为南方学校的教师。她辞职后前往哈莱姆社区结识了几位反种族主义黑人女性，她们的任务就是游走于美国城市，呼吁非裔女性通过接受教育获得职业技能以实现自我价值，并以此提升种族自豪感。小说《越界》中的艾琳正是在大学期间结识的黑人医生丈夫，结婚后艾琳随时思考着如何才能为孩子提供更好的教育资源，她甚至考虑将孩子送到欧洲去留学。另一位女性克莱尔冒充白人生活于白人富人社区，冒充白人帮助她实现了物质财富，但她的精神世界却时常空虚和孤独。童年在黑人社区的贫困经历时刻提醒着她教育对于女性获取真正幸福的重要性，她早早就把孩子送到欧洲去接受教育，希望女儿能有更好的未来。伸张女性接受教育权利带来的最直接好处就是为女性实现经济独立提供了根本保障，是她们改善经济条件、扭转白人偏见和提升社会地位的基础。

教育是黑人种族向上流动的关键，也是黑人女性实现自我

---

① Jessie Redmon Fauset, *Comedy: American Style*, Mineola, New York: Dover Publications, Inc., 2013, p. 15.

第三章　书写"美国性"：对美国主流文化与美国身份的认同

的基础保障。"新黑人女性最显著的特征之一是首次带着自我意识要求接受教育，以期有个更美好的将来"①。20世纪后黑人在巩固初等教育的基础上，极力发展黑人高等学校，并将黑人高等教育的办学目标定位成："它必须保持民众教育的水平，必须寻求改善黑人的社会地位的途径，必须协助解决种族接触和合作的各项问题。还有比这一切更重要的，它必须培养人。"② 所谓的"培养人"就是黑人必须发展成为具有高尚个性和独立人格的文化人，黑人力求认识自己和周围的世界，追求自我发展的自由，要自行决定爱憎，从事劳动，摆脱新旧习俗的束缚，获得尊重。从事教师职业是那一时期很多黑人女性争取独立的途径，福塞特本人的成长经历就证明了这一现实。她被抚养大并被培养成一名教师，因为在她的家庭看来教师职业是黑人妇女唯一的"安全"职业，它不仅能提供工作保障，而且还能够保护长期以来遭受到性剥削的黑人妇女群体免受这一伤害。

在家庭内部，非裔女性还会诉求能让她们施展个人才干的环境。在《存在混乱》中，乔安娜还是一个孩子的时候，她就对干家务活感到不屑一顾，"她很早就下定决心，作为一个女人，她绝不会干这样的工作"。③ 她不是轻视家务活本身，而是认为对于她这样追求更美丽、更优雅活动的人来说，时间放在家务上是一种浪费。乔安娜要求父母要尽其所能，帮助她发挥才能实现她的梦想，她对父亲说："无论我是什么，你，你的孩

---

① Smith-Rosenberg Carroll, "Discourses of Sexuality and Subjectivity: The New Woman, 1870–1936", in Martin Bauml Duberman, Martha Vicinus, and George Chauncey Jr., eds., *Hidden From History: Reclaiming the Gay and Lesbian Past*, New York: New American Library, 1989, p. 266.

② [美] 威·艾·伯·杜波依斯：《黑人的灵魂》，维群译，人民出版社1959年版，第85页。

③ Jessie Redmon Fauset, *There Is Confusion*, Boston: Northeastern University Press, 1989, p. 58.

子,什么都可能是。"① 后来,乔安娜如愿成了一名著名歌手。她试图表明不论黑人女性所出生的家庭环境如何,她们才干的施展都需要女性自己去争取,争取的第一步是在家庭内部寻求支持和认可。当然,随着乔安娜社会活动范围的扩大,她对这一问题的看法有所改变。当她被邀请加入一个高级制药厂的精英俱乐部时,她接触到了许多年轻的白人女性,她们在工作领域中的出色表现令乔安娜羡慕。"当她意识到这么多这样的女人这么早就超过她时,她感到羞愧。经过深思熟虑,她的答案是这些妇女并没有被迫忍受像她这样与肤色的长期、令人心碎的斗争"。② 乔安娜在与年轻优秀的白人女性进行对比时,突出了种族压迫对自己职业发展带来的阻碍。她意识到除了家庭支持外,女性获得成功的前提是要实现种族平等。

  坚持美国人身份强调的是成为完整的美国人和拥有美国公民的全部权利。对黑人女性自身来说,女性之间的友谊是她们争取成为"完整的美国人"的力量来源。《棟树》中,劳伦汀是一位白人上校和黑人女奴自由恋爱的私生女,父母私奔定居于新泽西的黑人社区,但是劳伦汀和母亲一直都受到排斥。虽然劳伦汀是一名优秀的服装设计师和制造商,但她几乎很少与黑人社区往来,她的内心深处感到格外孤独、寂寞。同一社区的米莉·伊斯梅向劳伦汀伸出了友谊之手,她几乎比劳伦汀年长整整15岁,可以说米莉夫人承担了母亲和姐姐的双重角色,为劳伦汀重新搭建起了与黑人社区的联系。她经常邀请劳伦汀到家做客,主动恳请她为自己设计服装,陪伴她外出郊游,介绍黑人精英人士给她认识,夸赞她的服装设计才能,还促成了年轻医生丹利向劳伦汀的求爱。在两个女人的交往中,米莉展

---

① Jessie Redmon Fauset, *There Is Confusion*, Boston: Northeastern University Press, 1989, p. 235.

② Jessie Redmon Fauset, *There Is Confusion*, Boston: Northeastern University Press, 1989, p. 234.

第三章 书写"美国性":对美国主流文化与美国身份的认同

示出丰富的生活经验,"她懂得生活。她经历过快乐、悲伤、失望、痛苦和满足"。① 米莉的友谊使劳伦汀精神焕发,她开始学习开车、打桥牌、练钢琴,甚至洗碗时都开心地唱起歌来。劳伦汀忍不住感叹:"这,这就是生活,就是人们想要的那样。"② 劳伦汀因黑人女性之间的友谊获得的满足与她之前的孤独和痛苦形成了鲜明对比,友谊使她恢复了对生活的希望。

这一时期的黑人女性意识到成为"完整的美国人"的理想在她们生活的时代暂时是无法实现的,它有待黑人后辈继续奋斗,黑人女性采取的策略是努力改善家庭经济状况和培养成功的黑人后裔。对于黑人培育优秀后裔的紧迫性问题,曾经有文章这样说过:"如果我们不想记住我们的出生,那么我们必须记住我们所处的国度;如果我们的种族人民在大街上、在公共场所继续粗俗、满口脏话,如果我们不能培育更高标准的文化、尊严和自尊的后代,我们很快就会被地球孤立和隔离。"③ 对于非裔女性来说,要培养成功的后代,必须要有能力去爱孩子、支持孩子和接纳孩子,为孩子传授智慧、灌输种族自豪感,并鼓励孩子早日独立自主。小说《喜剧:美国风格》中的戴维斯夫人年轻、温和、平易近人,她和丈夫经营着一家餐饮店,能够基本满足一家人的经济支出。她将宽敞的二楼客厅开放给孩子们,"你们可以随心所欲地制造出尽可能多的噪声,大笑,唱歌,嬉闹"④。她鼓励女儿玛瑞斯和伙伴们用不同的方式创造性地表达自己,"他们写故事、讲故事、编排舞蹈、表演原创戏

---

① Jessie Redmon Fauset, *The Chinaberry Tree*, New York: G. K. Hall & Co., An Imprint of Simon & Schuster Macmillan, 1995, p. 88.

② Jessie Redmon Fauset, *The Chinaberry Tree*, New York: G. K. Hall & Co., An Imprint of Simon & Schuster Macmillan, 1995, p. 100.

③ Ross Brown, *Afro-American World Almanac: What Do You Know about Your Race?* Chicago: Bedford Brown Edition, 1942, p. 6.

④ Jessie Redmon Fauset, *Comedy: American Style*, Mineola, New York: Dover Publications, Inc., 2013, p. 43.

剧，在他们想象中的剧院里唱歌"①。她时不时会给孩子们拿些三明治和甜点，面带微笑地叮嘱他们："玩得开心，孩子们……我希望你们都快乐。"② 戴维斯夫人的美德是无条件地爱孩子，她把孩子们的朋友留在家里，尊重他们，善待他们，鼓励他们勇敢地表达自己的观点。在她的关爱、鼓励下，她的4个孩子从小就对生活充满自信，长大后也都顺利地融入了城市生活，成为能迅速适应社会的人。

对于浸透着非洲文化的美国黑人来说，如何在文化冲突中坚定自己的美国公民身份并接受美国主流文化需要她们自己去摸索。非裔女性的力量一直被认为是争取种族权利不可或缺的部分，"我们的女性必须是合格的，因为她们是我们孩子的母亲，母亲是孩子的第一导师。孩子们从她们那里得到的第一印象往往是最持久的，也应该是最正确的"③。《存在混乱》中皮特的曾祖母贝尔·拜是一个在任何行业中都可能成为一个颠覆性人物的女性，她的丈夫约书亚是一个真正的农民，他相信优越阶级的存在，盲目服从任何命令。贝尔并不这样认为，她发现这个世界正在发生着巨大变化，她坚信哪怕是黑人，只要有勇气很多事情都是有可能做成的。在对儿子以赛亚的培养中，她营造支持孩子自由发展的家庭环境，她鼓励儿子与受过严格教育的少年交往，她很快意识到儿子在词汇、洞察力和思辨能力等方面的进步突飞猛进。当她的儿子以赛亚坚决拒绝在家族果园工作时，她第一个站出来支持儿子的决定。贝尔对儿子的

---

① Jessie Redmon Fauset, *Comedy: American Style*, Mineola, New York: Dover Publications, Inc., 2013, p. 43.
② Jessie Redmon Fauset, *Comedy: American Style*, Mineola, New York: Dover Publications, Inc., 2013, p. 43.
③ Martin Robison Delany, "The Condition, Elevation, Emigration and Destiny of the Colored People of the United States Politically Considered", in Paul Gilroy, *The Black Atlantic: Modernity and Double Consciousness*, Cambridge: Harvard University Press, 1993, p. 21.

第三章　书写"美国性"：对美国主流文化与美国身份的认同

悉心教育得到了回报，以赛亚的人生抱负得到实现，"在费城的有色人种生活中，没有人比他更受人爱戴和尊敬"。[①] 他创办了一所学校，投资房地产，在当地的商业机构中获得了丰厚的利润，并为非洲卫理公会撰写神学小册子。小说《存在混乱》中非裔女性的人生道路是艰难的却又充满身份认同的启示意味，她们展示了边缘性群体在美国土地上通过努力不断实现对美国身份认同的奋斗历程，正如她们自己所言，"我生在美国，我长在美国，我是土生土长的美国人"[②]。

小　结

在文学作品中，书写"美国性"主要指通过文学创作来审视美国的民族特性和美国人的独特个性，构建对美国国族的整体信仰和文化认同。优秀的美国文学应该推动整个美国社会的进步，20世纪20年代正是美国文学挣脱欧洲文学传统、寻求美国文学独立的重要发展时期，大力开发本土文学资源、书写美国生活的方方面面来展示美国文学的独特性是"美国性"的重要表现方式。一方面，以现代主义为代表的新文学呈现出欣欣向荣的发展态势，白人作家开始关注黑人文学的独特性；另一方面，非裔作家也跟随主流文学的发展潮流，以非裔美国人的视角和立场开始书写黑人的美国生活体验和历史。哈莱姆文艺复兴时期的非裔女性作家的创作从性别的视角主动书写了20世纪初期非裔女性的美国生活体验，表达了非裔女性对美国国家制度、美国主流文学的思考和态度，展示出了强烈的"美国性"，其主要表现为以下三个方面。

---

　① Jessie Redmon Fauset, *There Is Confusion*, Boston: Northeastern University Press, 1989, p. 28.
　② Jessie Redmon Fauset, *There Is Confusion*, Boston: Northeastern University Press, 1989, p. 43.

双重认同与融合:哈莱姆文艺复兴时期非裔女性小说研究

第一,书写"美国性"体现为对以"美国梦"为典型代表的美国主流文化的认同。何为美国主流文化或核心文化?它是"以央格鲁—新教文化为基础、以多种族和多文化为特色,来自不同文化背景的少数族裔必须接受现有的文化准则,才得以成为美国人"①。作为美国核心文化和文学母题,"美国梦"始终强调机会均等、个人奋斗和目标实现,当然其内涵和外延是随着美国文明的发展而不断在更新与丰富。哈莱姆文艺复兴时期的女性小说也相当重视对20世纪初期黑人女性的"美国梦"的书写,具体表现为这一时期黑人女性争取性别平等、种族平等、阶级平等的"平权梦",争取真正有尊严地融入城市的"城市梦",实现就业的"职业梦"和获取财富的"财富梦"。非裔女性的"美国梦"折射出女性渴求与20世纪工业化、城市化和现代化的美国社会发展总趋势保持同步,以全新的新黑人女性面貌有尊严地融入美国城市、真正成为美国城市一员的努力与诉求。

第二,书写"美国性"体现为对美国主流文学语言艺术创造方法的吸收和采纳。"哈莱姆文艺复兴是非裔美国小说向现代性过渡的重要转折点"②。非裔女性小说从创作风格、手法、叙事形式、与现实的关系等问题上吸收、借鉴了美国现代主义和批判现实主义文学的主张。以小说《他们眼望上苍》为例,赫斯顿一方面运用黑人方言土语创作,另一方面却大量运用自由间接引语的叙事话语模式、"内聚焦"和"零聚焦"相结合的叙事视角、线性和环形结构相结合的镶嵌型故事结构来展示珍妮女性意识逐步觉醒的历程。小说《越界》和《流沙》以内心独白和跳跃性自由联想的方式多次展现了混血女性在特殊场景

---

① 江宁康:《美国民族特性的文学想象与重建》,《外国文学研究》2007年第2期。
② 罗虹:《当代非裔美国新现实主义小说论》,中国社会科学出版社2014年版,第64页。

第三章 书写"美国性":对美国主流文化与美国身份的认同

中瞬间的复杂情绪,折射了女性混血儿在现代社会中的扭曲与异化。三位女性作家还大量运用象征手法,小说标题"流沙"和"葡萄干面包""楝树""约拿的葫芦蔓""苏旺尼的六翼天使"等就极具象征意蕴,小说中的"围裙""头巾""工装""骡子""梨树""非洲丛林"等意象也都含有女性性别权利与身份认同的象征意义。

第三,书写"美国性"体现为对以基督教为代表的主流宗教文化的认同。福塞特、拉森小说中处于城市中产阶级的黑人女性与白人宗教信仰相似,基督教信仰已经是她们生活的重要组成部分。《葡萄干面包》中的安吉拉、《楝树》中的劳伦汀、《喜剧:美国风格》中的特瑞萨等女性人物的周末常规活动就是去教堂参加礼拜,《流沙》中的黑尔加甚至在经历了芝加哥—纽约—丹麦的身份认同寻找之旅后选择了嫁给牧师。赫斯顿小说通过对圣经文学形象的借用及改造、对圣经典故的引用、对圣经意象原型的化用、对圣经母题的再现集中体现了非裔美国人对美国立国之本的基督教文化元典的接受,具体表现为对"摩西""六翼天使"等圣经文学形象的借用及改造,对"约拿的葫芦蔓""大卫与扫罗女儿的婚姻""玛士撒拉年纪"等圣经典故的借用,对"大洪水""伊甸园"等圣经意象原型的再现,对"寻求""成长"等圣经母题的再现。

书写"美国性"的目的是进一步肯定非裔美国人对美国身份的认同。哈莱姆文艺复兴时期围绕黑人的出路问题展开过激烈争论,这一时期女性小说明确地表达了反对返回非洲的立场。"世界是我们的,也是他们的,我不想离开美国,这是我的,是我的人民帮助造就了美国"[①]。非裔女性虽然坚守来自非洲的文化、精神之根,但是非洲对于她们是一种遥远记忆,与她们的

---

① Jessie Redmon Fauset, *There is Confusion*, Boston: Northeastern University Press, 1989, p. 182.

美国现实生活相去甚远。她们坚信美国是黑人和白人共同参与建设的成果，她们强调通过适应美国生活来改善自己的经济状况和提升种族自豪感。策略之一就是通过传授智慧，灌输种族自豪感和给予孩子自给自足的精神来培养成功的黑人后裔，以获取平等身份，最终实现种族、性别身份与美国身份相融合的和谐状态。

总之，书写"美国性"是"通过文字符号的编码达成促进文化构建、民族认同及国家想象等功能"[1]。这一时期，非裔女性开始逐渐适应美国城市生活，成长于城市中产阶级的非裔女性也尝试进军各行各业，全面参与美国社会事务，寻求她们的"美国梦"。哈莱姆文艺复兴的非裔女性作家们也是一批接受了高等教育的文化精英，她们对主流社会文化有着深刻的了解和思考，并从多角度展示了对主流文化与美国身份的认同性书写。借助女性和少数族裔的双重身份体验，非裔女性肯定了自己的美国人身份认同，表达出对以"美国梦"为典型代表的主流文化的认同，呈现了对美国理想未来的展望。她们的文学实践充实、丰富了非裔美国文学的"美国性"书写，使"美国性"认同在历史地构建和发展中呈现开放的态势。

---

[1] 江宁康：《美国民族特性的文学想象与重建》，《外国文学研究》2007年第2期。

第四章　书写"文明共性"：黑白种族文化的冲突与融合

"各种文化自组织系统发展到一定程度，必然会发生扩张和相互接触，会有文化输出与输入的现象发生"①。20世纪20年代，在多族裔共存的美国，随着美国现代化、城市化进程的推进，黑人和白人之间的交流达到了新高度，始终伴随着整个互动过程的是种族文化冲突下的文化融合。"文化融合"这个术语是由古巴学者费尔南多·奥尔蒂兹在1940年提出来的，他认为没有一种文化不是异质文化互动后的融合，文化融合是异质文化之间相互适应过程中出现的普遍现象。②事实上，文化融合不是一个新生现象，早在北美殖民地时期，黑白种族作为两种异质文化的融合就开始了，推动文化融合的因素有政治、经济、性别等。对于20世纪初期的非裔美国人来说，他们早已经在美国这片土地扎根发芽，从未中断过与美国主流社会白人及其他少数族裔人群的融合。正是通过与美国主流文化的交流，采用跨种族婚姻、商业合作、艺术交流和友谊等融合方式，强化了美国黑人的双重身份认同，也记录了黑人种族在美国的特殊历史发展轨迹，当然，它也有利于美国文化的多样性发展。

---

① 王晓朝：《文化互动转型论——新世纪文化研究前瞻》，《浙江社会科学》1999年第3期。
② [古巴]赫拉尔多·莫斯克拉：《无界之岛：艺术、文化与全球化》，孙越译，金城出版社2014年版，第172页。

双重认同与融合：哈莱姆文艺复兴时期非裔女性小说研究

文化之间的融合从来不是一个被动的现象，不论是占统治地位的美国主流文化，还是处于弱势的少数族裔文化，它们总是互相寄生、融合与并存。在黑白种族的交往、互动过程中，非裔美国人形成了既是黑人也是美国人的双重身份认同，他们总是根据自身的文化取向和现实需求来改造其所需要挪用、调整和适应的元素。同时，他们也感受到了两种文化之间是存在着明显差异的，文化的差异性导致文化冲突的事实性存在，这造成了他们的认同困惑与焦虑。后殖民批评中的文化杂糅理论倡导者霍米·巴巴也肯定文化融合的普遍性，但他进一步指出了文化融合中不得不面临的一个共通问题，即文化发展的不平衡和文化冲突会导致文化碰撞过程中融合的复杂性与不兼容性问题。也就是说，非裔美国人的双重身份和他们在美国的现实生存状况必然会导致黑白种族文化融合现象的出现，但是文化融合不等于毫无异议或无阻碍的融合，相反，文化融合往往体现的是文化互动中的某些特定形式的冲突，需要关注文化互动中的抵抗和认同。在文化融合的过程中，"历史、种族、阶级等因素导致了种族文化之间对比下的大幅度差别、不均，不可整合的不平均性形成了融合的阻力"[1]。正如威尔逊·哈里斯所总结的，"在所有异质文化相互吸收的过程中，总存在那么一个空缺（void）在阻碍着完整、和谐的融合，这个空缺也就是霍米·巴巴所谓的第三空间，在这个空间里文化之间遭遇差异、冲突"[2]。总体上看，文化冲突具有即时效应，融合是文化发展的主流方向。

既然文化冲突、文化共存与文化融合是黑白种族文化关系的常态，那么如何在冲突中寻找和谐的相处策略，最后实现文

---

[1] Homi K. Bhabha, "Of Mimicry and Man: The Ambivalence of Colonial Discourse", *October*, Vol. 28, 1984, p. 125 – 133.

[2] Wilson Harris, *Tradition, the Writer and Society*, London: New Beacon Press, 1973, p. 60.

第四章 书写"文明共性":黑白种族文化的冲突与融合

化身份认同成为必须思考的问题。莱斯特·皮尔逊强调了文化并存的重要性,"人类正处于一个不同文化必须学会在和平交往中共同生活的时代,相互学习,丰富彼此的生活。否则,将会出现误解、紧张、冲突和灾难"①。美国文化学者亨廷顿进一步指出:"文化的共存需要寻求大多数文明的共同点。"② 解决文化冲突的方案是在"共同性原则"基础上构建"文明的共性"③,即"各文明的人民应寻求和扩大与其他文明共有的价值观、制度和实践,这样的努力(指构建文明的共性)不仅有助于减少各文明的冲突,而且有助于加强单一的全球文明"④。从他们的观点可以看出,承认文化的差异性,接受文化的多样性,寻求文明共性,将有利于实现文化之间的和合共存,未来的文明可能是各种文化在艺术、哲学、宗教等方面相互融合后的混合体。

在哈莱姆文艺复兴时期非裔女性作家的小说中,女性作家描写了20世纪初期非裔美国女性在城市生活中的"落地生根"之难,展示了种族、性别、文化"他者"等因素层层叠加之后,非裔女性处于弱势边缘境遇中身份的"错位归属"或"无所归属"。难能可贵的是,她们挣脱了一味揭露歧视的藩篱,开始冷静地思考"他者"如何通过个体生命体验试图走出"割不断"与"融不下"的窘境。福塞特、拉森利用非裔女性混血儿这一特殊群体,探讨了黑白种族文化的冲突与融合对女性个体造成的身心困惑和创伤,以及她们在身份认同寻找过程中的焦

---

① Lester Pearson, *Democracy in World Politics*, Princeton: Princeton University Press, 1955, p. 83.
② [美]塞缪尔·亨廷顿:《文明的冲突与世界秩序的重建》,周琪、刘绯等译,新华出版社1998年版,第370页。
③ 此处的"文明"包括文化,关于"文明"与"文化"之间的关系辨析,参见于光胜《文明的融合与世界秩序研究》,中国社会科学出版社2015年版,第13—21页。
④ [美]塞缪尔·亨廷顿:《文明的冲突与世界秩序的重建》,周琪、刘绯等译,新华出版社1998年版,第371页。

虑、迷失、努力与挣扎。生活于全新的美国都市现实环境中，混血女性都曾遭遇了两种文化碰撞造成的障碍，混血女性在黑白种族之间寻求身份认同的经历，实际上展现的是混血女性作为特殊群体对两种身份双重认同与两种文化互融的摸索。

女性作家还呈现了消费主义时代都市女性将黑白种族文化高度融合的生活实践，体现出对融合成败的理解。非裔美妆文化作为一种极具性别特征的文化融合现象得到了女性作家的关注，福塞特和拉森敏锐地察觉到了美妆文化中蕴含的白人文化霸权意识，批判了非裔女性对主流社会美妆文化一味地模仿与追逐。20世纪20年代是主流社会中消费主义文化的兴盛期，中产阶级非裔女性开始追赶社会时尚，"美丽成为了一种道德，甚至是一种幸福的义务"[1]，美妆消费成为她们生活的重要组成部分。安吉拉、梅丽莎、劳伦汀、黑尔加、艾琳都是具有审美意识的女性，她们是美妆产业的消费者，但她们追逐的"以去黑或掩饰黑色为美"的美妆时尚文化与"以黑为美"的种族文化之间存在着明显的冲突，暗含着非裔女性对"黑人性"种族文化的认同危机。《越界》中的艾琳自视是坚定的黑人种族身份认同者，她日常的社交活动大多涉及宣传"以黑为美"的文化主张以提升种族自豪感。作为哈莱姆社区黑人医生的妻子，她每天在出门前花费大量的时间用于涂脂抹粉，并挑选服装首饰用于美化自己的外部形象，非裔女性借助美妆刻意掩饰自己的黑肤色也再次表明肤色偏见的确存在。作为一种文化融合现象，非裔女性的美妆时尚迎合了主流社会的审美标准，也为她们创造了更好的社会生存机遇。但是福塞特和拉森提出美妆文化应该以寻求皮肤健康、肤色有光泽为共同目标，而不是完全趋同于主流社会"以白为美"的视觉审美标准。她们批判非裔

---

[1] Elizabeth Wilson, *Adorned in Dreams: Fashion and Modernity*, Berkeley: University of California Press, 1985, p. III.

第四章 书写"文明共性":黑白种族文化的冲突与融合

女性漂白肤色和拉直头发的行为,表明文化融合是文化之间一种复杂的互动过程,寻找文化共性才能解决文化冲突并实现文化和合共存。

女性作家还通过女性的寻家之旅表明了非裔女性群体想要实现融合、找到身份归属感的决心。旅行成为20世纪初期非裔女性生活的一部分,她们在旅行中不断去寻"家",甚至跨越国界去寻找没有种族、性别和阶级歧视的家园。小说《葡萄干面包》《流沙》和《喜剧:美国风格》都记录了被边缘化女性在旅行中争取都市生存空间和身份建构的历程。安吉拉、黑尔加等女性穿梭于不同城市的旅行,折射出了非裔女性在实现自我定义和身份建构时的迷茫现状,但她们不断地旅行也表明了女性寻找融合出路和身份归属感的勇气。安吉拉、黑尔加的旅行都曾跨越国界,欧洲成为她们寻找身份归属感的实验场所,巴西被想象为黑白种族高度和谐的榜样。在某种程度上,非裔女性的跨域式寻"家"之旅暗示出她们无法在长期存在种族主义偏见的美国实现真正的平等,成为世界公民可能是非裔种族未来身份构建的选择之一,有助于实现文化之间的和合共存。

第一节 种族混合的"产物":对混血女性的特别关注

哈莱姆文艺复兴时期的非裔女性小说及时地书写了黑白两种文化在现代美国社会中的互动、冲突和融合。随着美国城市化、现代化进程的快速推进,大量涌入城市的非裔美国人加强了与主流社会白人的交流,文化之间的融合成为必然现象。但当种族、性别和其他社会问题纠缠在一起时,黑白种族文化之间的巨大差异对非裔女性的身份认同还是造成了巨大困惑与焦虑,使她们在融合历程中陷入自我身份认同的窘境当中,"割不断"与"融不下"的两难处境造成了城市非裔女性的困惑、焦虑和创伤。

非裔女性作家特别关注了作为种族混合"产物"的混血女性，以探究这一时期这一特殊群体的身份选择之难和认同困境。作为两个对立种族性接触的产物，混血儿被定义为"性和种族的他者"。这一时期的非裔女性作家突破了前辈作家们的悲剧混血儿写作传统，混血儿形象塑造并不以强调黑人种族的自豪感或种族身份认同回归为创作目的，她们笔下的20世纪初期混血女性成为更加完整、复杂和真实的女人。混血女性不论是维系黑人种族身份，还是冒充白人越界，或游离于黑白种族之间，都只是女性试图在两个种族互动过程中实现自我定义、缓和文化冲突采用的策略而已。

福塞特笔下的混血儿既不高尚也不长期受苦，坚信"生活比肤色更重要"，否定传统的浪漫爱情故事。她们是一群不断跨越种族障碍的人物，通过主动打破种族最后的性禁忌实现了异族通婚，她们的存在标志着性别和种族的紧密结合。拉森小说中的混血儿游走于黑白两个世界之间，她们的越界决定是一系列因素的综合结果。她们不断跨越种族障碍，试图越界进入白人世界寻找新的视野，努力实现自我定义，渴望消解黑白种族之间的文化冲突。《流沙》描写了混血儿黑尔加的身份认同困境，展现了受教育混血女性在现代美国社会想实现文化融合和自我定义却求而不能的悲剧。《越界》中的克莱尔、艾琳、格特鲁特等人展示了混血女性面对种族、性别歧视等问题时的焦虑与创伤，引发了对肤色障碍合理性的质疑。

一　混血儿文学传统与越界现象新书写

混血儿冒充白人在美国是一种普遍现象，这一现象自有混血儿出现以后就产生了。混血女性的命运总是悲惨的，因为她们面临着身份认同的窘境。对于白人主人来说，混血儿是一个女奴的孩子；对于白人女性而言，混血儿是她们丈夫滥交不忠

第四章 书写"文明共性":黑白种族文化的冲突与融合

诚的证据;对于混血儿母亲来说,她是一个连孩子抚养权都没有的人;对于黑人男性来说,混血儿代表着他们的无能。因此,不论从何种角度来看,混血儿都是一种异化的存在,文学作品中的混血儿也几乎都是悲剧型形象。

冒充白人现象与黑人种族所受压迫的程度是有直接关联的。有文字记载的混血儿现象起源于北美大陆殖民地初期,早期到达的契约工白人和黑人存在大规模的黑白种族性关系。随着种族意识形态的形成和种族等级制度的构建,白人契约工人数量减少,黑人奴隶数量急剧增加,各州陆续出台反族际混血法,一系列因素导致混血现象曾一度减少。奴隶制时期黑人没有人身自由,基本没有离开种植园的机会去冒充白人。重建时期因为黑人对种族前途比较乐观,冒充现象也还不是很多。重建结束后,随着种族歧视的进一步加剧,冒充现象开始变得普遍。冒充白人对于急于改变生存现状的混血儿有很大的吸引力,但是其付出的代价也是巨大的,主要表现在:冒充者需要完全割断自己过去生活中的所有关系,与自己熟悉的社会关系进行主动脱离,避开所有认识自己的人,具有社会学意义上的死亡和再生。冒充者通常还要承受巨大的心理压力,尽管外表强装平静,但是她们总是生活在一种焦虑和恐惧之中,唯恐生活中的任何意外导致目前生活的破产。《葡萄干面包》中的安吉拉在去火车站迎接自己的姐姐时因发现自己的白人男朋友也在场,便拒绝与姐姐相认以免暴露了自己的黑人种族身份。她们虽然生活在白人社会中,但是极度缺乏安全感,对白人社会充满不信任,甚至以委曲求全的姿态接受白人对黑人的歧视。

早在19世纪,白人文学中就出现了悲剧混血儿书写传统。美国著名作家库柏1826年出版的《最后的莫西干人》就塑造了科拉·蒙罗这一黑白混血儿形象。科拉的母亲是一位白人男性和女性黑奴所生的混血儿,来自下贱、被奴役的不幸阶层的混血儿母亲和白人父亲蒙罗上校结合后有了科拉,她还有一位同父异母的白人血统妹妹。科拉作为小说中最具有吸引力的人物之一,白人男子邓肯·海伍德为其美貌所倾倒而产生了爱慕之情,有了与科拉结婚的想法。但得知科拉的黑人血统之后,邓肯内心深处对科拉产生了一种似乎根植于本性之中的厌恶情绪。对于白人男性来说,科拉是一个既让人想亲近又令人反感的人,这种矛盾之中产生的张力使科拉的形象与白人妹妹形成了鲜明对比。尽管科拉具有吸引力,但库柏还是为科拉安排了死亡的结局,毕竟种族制度严格的美国社会还不能为科拉这样的混血儿提供有利的位置。19世纪后期还相继出现了《在混血城市逗留》《具有四分之一黑人血统的黑白混血儿》《报应》《白人奴隶》等女性混血儿题材小说,这些小说都清楚地表明了女性混血儿是乱伦的产物,她们遭受在奴隶市场上被拍卖的悲惨处境,生活中无法被任何一个种族认同,最终几乎都以死亡作为结局。

目前已知的第一部黑白女性混血题材的黑人小说要稍晚于白人混血儿文学,它是1853年出版的《克劳特尔:或总统的女儿》,描写了克劳特尔这个拥有八分之一黑人血统的女性混血儿的故事。她由白人高级官员父亲与黑人奴隶情妇所生,白人父亲本来有一个白人妻子,这段婚外情被发现后,克劳特尔的母亲作为奴隶被卖到新奥尔良。她本人在发现自己黑人血统的同时,被留下当奴隶受到了非人虐待,白人父亲因对女儿命运心有愧疚而精神失常,几经周折后她也被当作奴隶卖到了新奥尔良,此时母亲早已在与孩子分离的绝望中自杀。后来,她被一个法国白人救出带到了欧洲,并获得了人身自由,小说的最后她与黑人男性结婚了。小说的结尾明显是黑人作家对于混血女性获得幸福的美好想象和愿望,但它强调了黑人女性只有与同种族的男性结婚才能获得真正的幸福,似乎表明跨种族恋爱、婚姻走向不幸的必然性,混血儿与白人的婚姻注定会以失败告终。但不管怎样,故事中黑人女性混血儿遭遇到的母女分离、被白人女性仇视和报复、作为奴隶被随意买卖等一系列悲剧都

第四章 书写"文明共性":黑白种族文化的冲突与融合

是对现实的真实反映。在这类文学传统中,黑白混血女性从起初的白人身份变成了对她的黑色血统的再发现,发现的场景构成了她们生命中的一个个悲剧,所有不幸都源于此。

后来的黑人文学中,混血儿往往被描述为一个被高尚的意图所感动的主人公,为了民族的福祉准备好了面对任何形式的逆境,这个人物被提升为整个民族的殉道者。黑人作家弗兰西斯·哈珀1892年发表了《艾拉·勒罗伊,或阴影中消失》,它成为第一部以黑人女性混血儿为书写对象来揭露和抗议种族歧视的小说。[1] 艾拉的父亲是南方种植园主,他爱上了艾拉的母亲,坚持与她结婚还让她接受教育并给予她人身自由。这种行为导致她们一家人受到白人的孤立和侮辱,只有八分之一黑人血统的浅肤色艾拉和弟弟被送到北方白人学校读书。在父亲去世后,父亲的堂兄设计将艾拉姐弟骗回家抓了起来,一家人被谋划再次成为奴隶。在内战中获得人身自由的艾拉成为一名医院护士,有位白人医生爱上了她,艾拉不仅诚实地表明自己的真实种族身份,而且还出人意料地拒绝了白人医生的爱意。同时,她决定辞职去南方寻找自己的母亲和弟弟,一家人终于团聚。可是再次回到北方的艾拉却在重建时期种族歧视加剧的情况下找不到工作,最后她与混血医生男友、弟弟和黑人弟媳四人一起再次回到南方致力于反种族歧视的事业。艾拉一家人的遭遇揭露了种族歧视的普遍性和残酷性,艾拉拒绝冒充白人表明了她作为混血儿对黑人种族的强烈认同。同时,她的黑人种族认同身份给她带来了失去就业机会、遭遇偏见等一系列逆境,但她却做好了回到南方从事种族解放事业的准备。

20世纪20年代,新黑人女性作家们继承了混血儿题材传统,但她们笔下的混血儿开始挑战传统的悲剧混血女性形象,

---

[1] See Frances E. W. Harper, *Iola LeRoy*; or, *Shadows Uplifted* (Third Edition), Boston: James H. Earle Publisher, 2006, pp. 1–282.

成为更加完整、复杂和真实的人。福塞特的小说中，黑人女性混血儿安吉拉坚信生活比肤色重要，她果敢地卖掉家乡的房产，独自到纽约去追求自己的艺术梦想，成为充满理想、抱负的新黑人女性代表。在对艺术的执着追求历程中，她一度冒充白人以逃避白人对黑人艺术才能的歧视，但同班黑人女同学所遭受的种族歧视激发了安吉拉对种族身份的再思考，她选择主动公布自己的真实种族身份以示抗议。拉森笔下的女性混血不断颠覆着混血儿传统刻板形象，她们的悲剧在于无法自我定义，而不仅仅是种族主义的压迫、偏见、歧视。拉森小说中的混血女性以这样或那样的方式都"越界"了，进入白人社区确保了她们的社会性生存，却导致了心理上的自杀[1]。《流沙》和《越界》中的混血女性游走于黑白种族文化的两级之间，试图创造一种自我解放、自我实现的感觉，她们既抑制不了白人身份的诱惑，又渴望保持与非裔种族的联系。模糊的身份认同使她们形成了双重人格，在人际交往中呈现出矛盾的心理状态。对于越界的行为，混血女性认为只是"游戏"的一种玩法而已，正如小说中人物艾琳所言："越界是滑稽的。我们不赞美它，我们也不谴责它。我们既藐视它，我们也很羡慕它。我们出于本能地想要回避它，我们又本能地去保护它。"[2]

　　拉森小说展示了 20 世纪 20 年代女性混血儿全新"越界"模式和目标，拓宽了"越界"的概念外延。传统意义上的"越界"指的是混血儿为摆脱黑人种族身份歧视，利用肤色冒充白人进入白人社会生活，以获得白人所拥有的自由。越界的手段是隐瞒真实种族身份，越界的重要工具是女性混血儿的身体，

---

[1] Pamela E. Barnett, "My Picture of You Is, after all, the True Helga Crane: Portraiture and Identity in Nella Larsen's *Passing*", *Signs*, Vol. 20, No. 3, spring, 1995, p. 579.

[2] Nella Larson, "Passing", in Charles R. Larson ed., *The Complete Fiction of Nella Larson*, New York: Anchor Books, a Division of Random House, Inc., 2001, p. 216.

第四章　书写"文明共性"：黑白种族文化的冲突与融合

越界的目标是摆脱种族歧视和获得自由。拉森的小说《流沙》创造了一种新的越界模式，即跨越国界成为摆脱种族歧视和进入白人社会生活的新途径。混血女性黑尔加也渴望摆脱种族歧视，但她皮肤深黑无法利用肤色来冒充白人进入美国白人社会，黑尔加选择离开美国到哥本哈根的白人社会生活实现了越界。在全新的越界模式中，黑尔加的黑人种族身份得到维持，同时还摆脱了种族身份歧视。就越界的目标而言，不论是黑尔加跨越国界的越界新途径，还是克莱尔利用浅肤色冒充白人的传统手段，她们的目的都不仅仅是逃避种族歧视，而是获得女性自我定义的机会，她们都不愿意成为被隔离的非裔女性，她们试图加入一个白人世界探索自我定义的可能性。克莱尔对"东西"的欲望促使她越界，"我想要拥有东西（things），我知道自己外貌并不难看，我能越界"[1]。克莱尔利用自己拥有的唯一资产，也就是她的浅肤色和身体实现了越界。越界帮助克莱尔实现了物质欲望，摆脱了经济上的困境。但她还有更大的野心，她想要女性独立和个人幸福。她在不同场合公开承认，"我决心离开，成为一个人，而不是一个慈善机构或者一个问题，甚至是轻率的黑鬼的女儿"[2]。黑尔加尽管没有冒充白人的浅肤色，但她和克莱尔一样对物质财富极度渴望，她"一辈子都渴望和热爱拥有好东西"[3]。她对稳定和安全的渴望转化成了对物质事物的不断累积，消费是黑尔加生活中不可缺少的部分，她花光所有的收入，绝大部分的收入变成了房间内的衣服、书籍和家具。直到黑尔加前往丹麦，也没有放弃对体面物质生活的维系，她一方面憎恨姨母将自己作为商品展示获取经济利益，另一方

---

[1] Nella Larson, "Passing", in Charles R. Larson ed., *The Complete Fiction of Nella Larson*, New York: Anchor Books, a Division of Random House, Inc., 2001, p. 188.

[2] Nella Larson, "Passing", in Charles R. Larson ed., *The Complete Fiction of Nella Larson*, New York: Anchor Books, a Division of Random House, Inc., 2001, p. 189.

[3] Nella Larson, "Quicksand", in Charles R. Larson ed., *The Complete Fiction of Nella Larson*, New York: Anchor Books, a Division of Random House, Inc., 2001, p. 41.

面自己却穿上奇装异服给画家当模特以展示具有异国情调的身体，连画家都声称自己是出价最高的买家。

二 混血女性的身份困惑与身份选择

《流沙》以黑尔加在美国芝加哥、纽约哈莱姆、欧洲丹麦和回归美国的四次旅行为叙事线索，讲述了 20 世纪初期混血女性的身份困惑和寻求认同的艰难历程。杜波依斯称赞其为"继切斯内特之后，黑人的最佳作品"①，查尔斯直言《流沙》是一个受教育女性在当代社会寻求自我定位的无能的故事，② 也有学者认为《流沙》是对杜波依斯提出的"双重意识"理论的生动诠释。③ 在拉森小说的诸多女性形象中，黑尔加是一个从未冒充过白人的混血女性，她聪明、有理想、魅力十足但受到种族主义的严格限制，她展示出受过教育的非裔混血女性的身份困惑与选择之难。

黑尔加对自我的身份困惑源于自己的家庭背景。黑尔加出生在一个跨种族婚姻的家庭，爸爸是来自西印度群岛的黑人，母亲是来自丹麦的白人，父母跨越种族偏见恋爱，但并没有缔结正式的婚姻关系。父亲出走后母亲与白人再婚，这使得有着黑人外貌特征的黑尔加在白人家里感受不到任何家庭亲情的温暖或者种族的认同。黑人的外貌特征、血统和白人的家庭成长氛围将黑尔加彻底边缘化，被置于黑白两个世界边缘的黑尔加似乎既属于两个种族，又不属于任何一个种族。童年所属社区

---

① W. E. B. Du Bois, "The Browsing Reader", in Cary D. Wintz, ed., *The Critics and the Harlem Renaissance*, New York & London: Garland Publishing, Inc., 1996, p. 187.

② Nella Larson, "Quicksand", in Charles R. Larson ed., *The Complete Fiction of Nella Larson*, New York: Anchor Books, a Division of Random House, Inc., 2001, p. XIV.

③ 黄卫峰：《哈莱姆文艺复兴研究》，外语教学与研究出版社 2007 年版，第 228 页。

第四章 书写"文明共性":黑白种族文化的冲突与融合

的事务负责人不时提醒黑尔加,她的血统和非婚混血的身份,这对她的心理造成了巨大压力和羞愧感。黑尔加与其他混血儿一样,身上具有的两个特点:"无法确定的身体与实现转变的意志。"[①] 在白人社区的游离感促使肤色较黑的黑尔加选择去了解和融入黑人社区,不论黑尔加的生活时空如何变化,她都十分讨厌去讨论家庭背景和回忆童年往事。在与亚特兰大名人的儿子詹姆斯·瓦伊勒的恋情中,来自黑人名望家庭的男方父母也一直对黑尔加毫无好感,问题的症结在于他们认为黑尔加没有完整的家庭。黑尔加被迫压抑自己的言说欲望,扮演顺从的淑女形象,可还是没达到未婚夫的期待。"黑尔加的混血儿身份作为一种符号,对她身份构建起决定性作用,反复作用于意义的生成。"[②] 困惑中的黑尔加曾前往她的出生城市芝加哥向叔父家求助,却遭到婶婶的残忍拒绝。在婶婶看来,她的白人母亲和黑人男性婚前生子的行为是无法容忍的,黑尔加的非婚出生背景是形成黑人女性负面形象的因素之一,她不仅拒绝黑尔加进入她的家门,还故意欺辱她。而在此之后,海兹罗尔夫人将黑尔加带入了哈莱姆社交圈,并将她引介给了中产阶级富人遗孀安妮·格雷。在此之前,夫人还特意提醒她最好不要提及自己的白人血统,目的是更好地融入黑人圈子。那一刻,黑尔加才真正意识到不论是黑人还是白人都看重种族身份的纯粹性,她不得不面对在两个世界都无法完全融合的事实。

黑尔加成年后的经历不但没有助她找到身份归属感,反而进一步加剧了她的困惑感。"黑尔加始终都在寻找一个真正的自我和一个能满足性体验的空间,从她的叙事中看到她的挣

[①] Perry L. Carter, "The Penumbral Spaces of Nella Larson's *Passing*: Undecidable Bodies, Mobile Identities, and the Deconstruction of Racial Boundaries", *Gender, Place and Culture*, Vol. 13, No. 3, 2006, p. 235.

[②] Amelia Defalco, "Jungle Creatures and Dancing Apes: Modern Primitivism and Nella Larsen's *Quicksand*", *An Interdisciplinary Critical Journal*, No. 2, 2005, p. 20.

双重认同与融合：哈莱姆文艺复兴时期非裔女性小说研究

扎……她既不属于优雅的女士，也不是原始的丛林生物"[1]。与20世纪初期大量黑人女性接受高等教育类似，黑尔加也获得了接受教育的机会，成为南方一所黑人学校的教师，但黑人教师口口声声的种族提升计划和凡事以白人为标准的行为准则让黑尔加倍感压抑和讽刺。当得到机会后，黑尔加毫不犹豫起身前往哈莱姆。刚到那里的黑尔加感觉很快乐，"奇怪的转变经验……回家的魔力"[2]。对于初来乍到的她来说，哈莱姆是如此迷人和美好，给了她一种自由的感觉，让她有了找到身份归属的错觉。黑尔加相信哈莱姆可以提供一种完整的、自给自足的生活，她很满意、满足，对她来说有哈莱姆就够了，以至于她很少去城市的其他社区冒险。在这里，黑尔加自我感觉遇到了与她分享品位和想法的人。"他们老谋深算、玩世不恭的谈话，精心安排的聚会、他们得体的着装和漂亮的住所都符合黑尔加对时髦和享乐的渴望"[3]。但在一段时间之后，黑尔加也开始对哈莱姆的生活进行质疑和反思，她发现哈莱姆的生活"太狭窄、太不确定、太残酷"[4]。有些黑人的种族意识如此浅薄、虚伪，他们除了演讲外，从不给受苦的黑人群众真正的物质救助。他们宣称自己热爱黑人，把自己沉浸在种族问题中，浏览报刊后把所有不公正的种族歧视现象列成表格，但他们却处处模仿白人的价值观和生活方式，哪怕是最小的细节。他们甚至没有打心里喜欢美国黑人的歌舞和南方黑人的语言。黑尔加越来越清晰地意识到哈莱姆的很多新黑人对黑人文化传统并不真正

---

[1] Pamela E. Barnett, "My Picture of You Is, after All, the True Helga Crane: Portraiture and Identity in Nella Larsen's *Quicksand*", *Signs*, Vol. 20, No. 3, spring, 1995, p. 591.

[2] Nella Larson, "Quicksand", in Charles R. Larson ed., *The Complete Fiction of Nella Larson*, New York: Anchor Books, a Division of Random House, Inc., 2001, p. 74.

[3] Nella Larson, "Quicksand", in Charles R. Larson ed., *The Complete Fiction of Nella Larson*, New York: Anchor Books, a Division of Random House, Inc., 2001, p. 75.

[4] Nella Larson, "Quicksand", in Charles R. Larson ed., *The Complete Fiction of Nella Larson*, New York: Anchor Books, a Division of Random House, Inc., 2001, p. 77.

第四章 书写"文明共性":黑白种族文化的冲突与融合

了解,这让她大失所望,她想要找到身份归属感的努力再次失败。

身份困惑必然带来选择困境。整部小说中,黑尔加一直在思考她的"不同",白人母亲和黑人父亲对她造成的个人"缺陷"与困扰,使她踏上了一段似乎注定曲折的自我定义旅程。当然,更让她困扰的是无法接受和认同强加给她的关于黑人种族和女性的定义。她的"不同"恰恰体现在对这些既定定义的抗拒和排斥,但她也无法给出其他的新定义,正如卡比所说的:"拉森总在呈现黑尔加的外在举止与内心压抑之间的矛盾,但是从未考虑过给出解决方案。"[1] 或许,没有解决方案才是拉森对于这一问题提供的真实答案。在小说的开头,黑尔加在纳克索斯学校教书,那是一所南方黑人大学,在那里她是一个无法随波逐流,也无法在特立独行中获得快乐的局外人。这所学校自以为是、环境沉闷,既不能容忍创新,也不能包容个人主义。学校在口头上对学生的种族优越感和种族自豪感大加赞赏,但实际管理中却似乎决心要把学生身上的种族品质都消除掉。黑尔加在服装和家具方面更精致的品位使她在纳克索斯鹤立鸡群,导致其他人对她的印象与众不同。她明白,她与学校当局和势利的同事之间产生斗争是她个人努力定义自己的表征。经过反思,黑尔加意识到纳克索斯的种族内部问题比她想象的情况还要严重,所以她提出辞职。即使在她最清晰地表达出对黑人种族的忠诚时,她也感受到了与社区其他黑人之间的无形距离,一位肤色深黑的同事劝说她留下来,因为"我们需要一些装饰来照亮我们悲伤的生活"[2]。在这位女同事看来,深色皮肤暴露出的是黑人的负面形象,黑尔加这个深肤色的"漂亮"女性能

---

[1] Hazel V. Carby, *Reconstructing Womanhood: The Emergence of the Afro-American Woman Novelist*, New York: Oxford University Press, 1987, p. 174.

[2] Nella Larson, "Quicksand", in Charles R. Larson ed., *The Complete Fiction of Nella Larson*, New York: Anchor Books, a Division of Random House, Inc., 2001, p. 49.

扮演黑人社区具有装饰性的角色。

　　拉森还试图以母亲角色为切入点来探究女性混血儿的身份困惑与身份选择。拉森小说从未呈现理想化的婚姻和母亲角色，黑尔加呈现的是繁殖生育对于女性生活的限制和束缚，挑战了把母亲身份作为女性力量的传统，引发了对20世纪20年代混血女性母亲身份的再评价。对黑尔加来说，母亲角色和婚姻代表着对上流社会道德秩序的最终接受。她曾对此不屑一顾，主动取消了与黑人上流社会阶层的未婚夫的婚约，毅然辞去南方学校的教职并孤身前往芝加哥、哈莱姆、哥本哈根等地去寻找个人定义。黑尔加对传统生活方式的反对受到她母亲的影响，她的母亲将婚姻和家庭定义为"一种痛苦的必需品"①。黑尔加最初是拒绝做母亲的，通过回忆那个无法控制自己出生家庭的女奴形象，黑尔加拒绝自己生育的可能，她觉得无法保护自己未来的孩子免受种族主义的迫害。"她曾经多么愚蠢地以为自己可以在这个国度结婚生子，但每一个黑皮肤孩子一开始就因被包裹在皮肤上的颜色给致残了，她看到了，生下可怜的、无助的、没有反抗能力的黑人孩子是一种罪过，一种不可饶恕的暴行"②。在与前未婚夫詹姆斯的一次谈话中，她清楚表达了这样的信念："为什么还要给美国增加更多不受欢迎、饱受折磨的黑人呢？"③ 在某种程度上，她不愿意成为社会潜规则的接受者，这种潜规则游戏使占主导地位的种族主义社会永存，并使社会强加给她的关于母亲角色的刻

---

① Nella Larson, "Quicksand", in Charles R. Larson ed., *The Complete Fiction of Nella Larson*, New York: Anchor Books, a Division of Random House, Inc., 2001, p. 56.

② Nella Larson, "Quicksand", in Charles R. Larson ed., *The Complete Fiction of Nella Larson*, New York: Anchor Books, a Division of Random House, Inc., 2001, p. 104.

③ Nella Larson, "Quicksand", in Charles R. Larson ed., *The Complete Fiction of Nella Larson*, New York: Anchor Books, a Division of Random House, Inc., 2001, p. 108.

第四章　书写"文明共性"：黑白种族文化的冲突与融合

板印象永存。

但几经波折后，黑尔加还是回归美国黑人社区，向社区建立的种种准则妥协，并参与种族繁殖，她感叹道："这是一个获得稳定和永久幸福的机会，这是她需要的。"① 她最终还是"投降"结婚生子，嫁给了南方黑人社区的一位牧师。"它（指婚姻）给她带来了另一种东西，一种对她感官麻醉的满足感"②。这似乎是她接受新生活方式的主要动机，婚姻确保她的性需求是在社会准则认可的框架内，合乎社会规范以繁殖为目的的婚姻是对放荡女人形象的救赎。虽然黑尔加选择了参与自己种族的繁衍，但这并未给她带来个人幸福。黑尔加的领悟是做母亲意味着"走入死胡同，是一种终身监禁"③。黑尔加从拒绝生育到回归黑人社区参与种族生育的转变，表明她试图反抗传统的挣扎是失败的，这也就是小说标题"流沙"的隐喻。黑尔加被母亲角色问题所困，她越是挣扎就陷得越深。黑尔加成为母亲角色的牺牲品，"孩子们耗尽了她的精力，短短20个月就有三个孩子出生了"④。小说结尾预示了死亡将会成为黑尔加的命运，正如霍斯特勒所指出的："小说结尾的幽闭恐惧症与种族仇恨无关，而与作为生物监狱的性别有关。"⑤ 黑尔加将婚姻视为

---

① Nella Larson, "Quicksand", in Charles R. Larson ed., *The Complete Fiction of Nella Larson*, New York: Anchor Books, a Division of Random House, Inc., 2001, p. 144.

② Nella Larson, "Quicksand", in Charles R. Larson ed., *The Complete Fiction of Nella Larson*, New York: Anchor Books, a Division of Random House, Inc., 2001, p. 146.

③ Nella Larson, "Quicksand", in Charles R. Larson ed., *The Complete Fiction of Nella Larson*, New York: Anchor Books, a Division of Random House, Inc., 2001, p. 104.

④ Nella Larson, "Quicksand", in Charles R. Larson ed., *The Complete Fiction of Nella Larson*, New York: Anchor Books, a Division of Random House, Inc., 2001, p. 150.

⑤ Ann E. Hostetler, "The Aesthetics of Race and Gender in Nella larson's *Quicksand*", *PMLA*, Vol. 105, No. 1, 1990, p. 37.

性焦虑的解决方案,带来的是怀孕、生育和母亲角色对她身体和精神的摧残。从黑尔加身上,我们看到生育、婚姻对于非裔美国女性来说是名副其实的"流沙",母亲角色是奴役黑人女性的微妙手段。黑尔加质疑了婚姻和生育是女性获得稳定的根基,她曾尝试过对这一传统进行反抗,甚至认为它是不道德的。

事实上是种族两分法造成了混血儿不可避免的身份困惑和选择困境。对于黑尔加来说,即便她知道自己既不是外来的,也不是原始的;既不是"野蛮的",也不是"淑女的",但种族主义是无法逃避的,哪怕女性回归黑人种族社区或是接受了高等教育,都只能带来暂时的慰藉。黑尔加既反对白人对黑人的刻板印象,也拒绝接受黑人种族对女性的既定定义,她揭露了强加在非裔女性身上的性别和种族限制,混血女性不可能同时拥有身体和精神的双重自由。生活在丹麦白人社会中的黑尔加是孤独的、痛苦的,她无法接受白人把她视为异域情调的代表。生活在黑人社区中的黑尔加也是压抑的,她厌倦了种族内部中产阶级黑人的虚伪、势利。黑尔加曾自问:"为什么不能有两个生命,或者她为什么不能在一个地方满足?"[①] 她几乎提倡一种介于两者之间的"中间"空间,或者一种可以同时包含两者的混合类别,她对女性混血儿身份的寻找历程某种程度上恢复了黑人女性是"复杂的人"的形象。黑尔加在两个种族之间游离,每一次旅行都成为徒劳的挣扎,不断加深的身份困惑是她悲剧的根本原因。

三 混血儿后遗症:焦虑与创伤

拉森的另一部小说《越界》主要描写了浅肤色混血女性的种族身份选择和生活模态,探讨了混血女性群体夹杂在黑

[①] Nella Larson, "Quicksand", in Charles R. Larson ed., *The Complete Fiction of Nella Larson*, New York: Anchor Books, a Division of Random House, Inc., 2001, p. 93.

第四章 书写"文明共性":黑白种族文化的冲突与融合

白种族之间遭受的精神磨难和心灵创伤,展示了融合的艰难和复杂性。拉森用了一个高度戏剧化的场景,表明了混血女性具有的多重身份,探讨在多重身份之间不停地转换对她们造成的焦虑与创伤。在这个典型场景中,克莱尔、艾琳和格特鲁特是在同一黑人社区成长的三位混血女性,不同的种族身份选择导致了三人成年后截然不同的生活现状。一次偶然的机会,三位多年未联系的女性在克莱尔家聚会聊天,途中克莱尔的白人丈夫回家加入对话中,他的言论表现出强烈的种族主义倾向,三位混血女性的不同反应表明了种族主义影响下黑白种族之间的绝对对立和几乎无法调和的冲突,她们的心理状态暗示出混血女性想要融入美国主流社会时所经历的心理挣扎。

三位混血儿都面临着身份认同窘境,她们的生活并没有想象中的那么幸福,不论她们选择哪种种族身份,也没有一个人同时实现了身体自由、精神自由和财富自由,每个人心理都有某种焦虑感或缺失感。不同的种族身份选择造成了三位混血女性完全不同的生活轨迹。艾琳和克莱尔在芝加哥的茶餐厅偶然相遇,在克莱尔一再邀请甚至恳请之下,艾琳同意去克莱尔家拜访。同时在场的另外一位女性是她们儿时的共同朋友,三个生于黑人社区的浅肤色混血女性如今的种族身份选择各有不同。艾琳选择了和黑人医生结婚,定居于哈莱姆社区,生了两个儿子,其中一个儿子肤色很黑,但她并不觉得这是什么问题。艾琳对自己的生活评价是"我已经拥有一切我想要的,除了,或许,要再多点钱就更好了"[1]。格特鲁特嫁给了普通工人阶级白人,她和丈夫早在读书期间就认识,丈夫的家人和亲密朋友几乎都知道她的混血血统,从严格意义上说,她不能算是冒充白

---

[1] Nella Larson, "Passing", in Charles R. Larson ed., *The Complete Fiction of Nella Larson*, New York: Anchor Books, a Division of Random House, Inc., 2001, p. 190.

双重认同与融合:哈莱姆文艺复兴时期非裔女性小说研究

人,至少不是主动冒充。她以白人身份和丈夫在芝加哥白人社区从事屠宰行业,她的白人丈夫并未觉得种族是他们婚姻中的一个大问题。格特鲁特跟随丈夫一起打拼维系生计,她的容貌发生了巨大改变,"她已经变得又宽又胖,脸衰老了,一头黑色卷发也不见了。过短的纱裙露出一双粗壮的腿,穿着一双鲜红色的长袜。一双手也是胖乎乎的,指甲修剪得也不太整齐"①。可以想象她生活的艰辛不易。克莱尔是聚会的主人,她通过冒充白人嫁给了富有白人,丈夫杰克·贝尔卢是个国际银行代理人,也是一个极端种族主义者。她的穿着打扮、一颦一笑间散发着迷人气质,房子所在的街区,房子内部的精心布置,喝茶中对细节的考究都透露出她在经济上的富裕。

焦虑是三位混血女性身份认同窘境的直接后果。对于克莱尔来说,人生最大的威胁和恐惧就是种族身份被揭穿。"越界与其说是身份的改变,还不如说是一种背井离乡的生活,越界之人从嵌有自己精神寄托的地方被置换"②。她对客人们坦承自己的焦虑,因为害怕会生出一个黑肤色孩子,她在女儿出生前的整整九个月中差点死于恐惧。虽然没有儿子,但是她再也不敢冒险要孩子了。格特鲁特对克莱尔的恐惧表示感同身受,她生了双胞胎儿子,但她和克莱尔一样对怀孕有巨大的抵触和恐惧心理,"我也一样,哪怕是还想要女孩,我也不会要了。它(黑肤色)好像能跳过几代人,然后又会跳出来。为什么?其实他(丈夫)并不关心孩子出生会是什么颜色,只要我不去想它。但是,当然,没有人想要一个黑肤色孩子。"③她的语气很严肃,想当然地认为她的听众都会同意她的观点。始终待在

---

① Nella Larson, "Passing", in Charles R. Larson ed., *The Complete Fiction of Nella Larson*, New York: Anchor Books, a Division of Random House, Inc., 2001, p. 196.

② Adele Alexander, *Homelands and Waterways: The American Journey of the Bond Family, 1846 – 1926*, New York: Pantheon Books, 1999, p. 521.

③ Nella Larson, "Passing", in Charles R. Larson ed., *The Complete Fiction of Nella Larson*, New York: Anchor Books, a Division of Random House, Inc., 2001, p. 197.

第四章 书写"文明共性":黑白种族文化的冲突与融合

黑人社区的艾琳根本无法理解她们对后代孩子肤色担忧的痛苦和恐惧,她没有逃避,没有恐惧,没有担忧,也没有自我对种族问题的仇恨,她甚至有些骄傲地说:"我的一个孩子是黑肤色的。"① 格特鲁特对此格外意外,睁大眼睛连说话都开始结巴。克莱尔则略带嘲讽地说:"我的确认为我们有色人种在某些事情上太愚蠢了。毕竟,对艾琳和其他数百万人来说,这件事并不重要。甚至对于格特鲁特来说也不可怕。只有像我这样的逃兵才会害怕大自然的怪胎。正如我爸爸曾经说过的,一切都必须付出代价。"② 通过对孩子肤色的探讨,可以看出格特鲁特和克莱尔作为白人社会成员对黑肤色是抗拒和排斥的,她们对生育权利的放弃恰好说明了白人社会对黑肤色的强烈歧视和偏见。与格特鲁特内化了"黑肤色低人一等"的社会偏见不同,克莱尔不经意间说出的"我们有色人种"透露出种族身份的多重性,进一步证明了她对黑肤色的恐惧只是为了维系冒充白人才得到的各种特权,而种族偏见的现实让她不敢公开承认自己的种族认同。对于艾琳来说,身处两位越界女性之中,她有些莫名的生气,因为她的地位受到了挑战,她沦为了白人家庭的陪客,她有种寡不敌众的自我防御和怨恨感觉。当艾琳逐渐冷静下来后,孤独感又随之而来。她的孤独感来自她与两位混血同胞之间种族认同和生活模式的巨大差异。"小说此处暗示了艾琳对种族身份认同的模糊性,种族身份此时对她是种负担"③。她羡慕克莱尔所拥有的物质财富,也羡慕格特鲁特平淡却和谐的夫妻关系。对于格特鲁特来

---

① Nella Larson, "Passing", in Charles R. Larson ed., *The Complete Fiction of Nella Larson*, New York: Anchor Books, a Division of Random House, Inc., 2001, p. 198.

② Nella Larson, "Passing", in Charles R. Larson ed., *The Complete Fiction of Nella Larson*, New York: Anchor Books, a Division of Random House, Inc., 2001, p. 198.

③ Perry L. Carter, "The Penumbral Spaces of Nella Larson's *Passing*: Undecidable Bodies, Mobile Identities, and the Deconstruction of Racial Boundaries", *Gender, Place and Culture*, Vol. 13, No. 3, 2006, p. 236.

说，她的焦虑来自生存压力，她在两位旧友面前试图找回一些自信，她主动告诉大家："我们现在已经搬到马兰洲大街，市场是我丈夫弗雷德的，不是他父亲的了，他的名字和他父亲的一样。"① 她特意强调肉类市场已经搬到了更好的街区，而且所有权是自己的丈夫，这不过是想在两位老朋友面前努力寻找一丝自信而已。

越界是需要付出代价的。"越界既是字面意义上的运动，也是一种象征性的运动，跨域有形的物理空间和无形的社会空间"②。越界是一种迁移，包括情感、物质和文化景观。克莱尔的代价是必须忍受种族主义丈夫杰克对黑人的侮辱，还不得不假装认同他的言论。就在三位女性聊天时，杰克回家加入聊天中。杰克将眼前三位肤色白皙的女性默认为白人，从这个角度看三位女性正在杰克家里"冒充白人"。外貌平凡的杰克进门后的第一句话却一点不平凡，"你好，尼格"③。两位女客人顿时万分惊讶，尼格（nig）的意思为"黑鬼"，怎么可能会有丈夫直呼妻子为尼格呢？格特鲁特惊讶得身体本能地往后靠了靠，"眼睛偷偷地瞄着艾琳，嘴唇夹在牙缝里"④，艾琳痛苦地沉默着。不论三位女性在现实生活中是否选择越界，但是还从来没有受到过如此公然的无礼侮辱，尤其是一个丈夫在妻子的朋友面前表现得如此赤裸裸的侮辱和无礼。这是多么具有讽刺性的画面，杰克的一个玩笑实际上是一个被刻意隐藏的事实。克莱尔作为主动冒充者，已经习惯了去处理这种局面，她把丈夫和

---

① Nella Larson, "Passing", in Charles R. Larson ed., *The Complete Fiction of Nella Larson*, New York: Anchor Books, a Division of Random House, Inc., 2001, p. 197.

② Elaine Ginsberg, *Passing and the Fiction of Identity*, Durham: Duke University Press, 1996, p. 2.

③ Nella Larson, "Passing", in Charles R. Larson ed., *The Complete Fiction of Nella Larson*, New York: Anchor Books, a Division of Random House, Inc., 2001, p. 200.

④ Nella Larson, "Passing", in Charles R. Larson ed., *The Complete Fiction of Nella Larson*, New York: Anchor Books, a Division of Random House, Inc., 2001, p. 200.

第四章 书写"文明共性":黑白种族文化的冲突与融合

朋友们进行了例行介绍,问道:"你们听见杰克怎么叫我了吗?"① 随后让丈夫自己回答了这个问题,杰克说:"你看,就是这个,我们刚结婚的时候,她肤色白皙得像百合花,但是我知道她的肤色越来越暗了。我告诉她如果她不当心去注重保养的话,有天醒来会发现自己变成黑鬼了。"② 各种耐人寻味的笑声成为代价的表征。杰克解释完之后哈哈大笑起来,克莱尔铃儿般的响亮笑声也加入进来。格特鲁特又一次不安地挪动身体后也加上了自己尖锐的笑声。只有艾琳嘴唇紧闭着坐在那里,突然叫了一句"好极了"③,然后开始笑了起来,"她就那样笑啊笑啊,笑个不停,笑到眼泪顺着脸颊流了下来。她的腰开始疼,她的喉咙哽咽,但她的笑还是没有停下来"④。直到她突然瞥见克莱尔的脸,才突然意识到需要安静地享受这个无价的玩笑,她立刻停止了笑声。

不仅冒充者需要付出代价,而且冒充行为的制造者和默认者都会受到伤害。对于旁观者来说,笑容、玩笑话和笑声都表明这是一场和谐的茶会。克莱尔把茶递给丈夫,半开玩笑地说:"天啊,杰克,这么多年了,如果你发现我有百分之一二的血缘,那又有什么区别呢?"⑤ 杰克果断地说:"不,尼格。这样的事不会发生在我身上的。我知道你不是黑鬼,所以没关系。在我看来,你可以随便变黑变胖,因为我知道你不是黑鬼。我是有明确底线的。我的家里没有黑鬼。从未有过,将

---

① Nella Larson, "Passing", in Charles R. Larson ed., *The Complete Fiction of Nella Larson*, New York: Anchor Books, a Division of Random House, Inc., 2001, p. 200.
② Nella Larson, "Passing", in Charles R. Larson ed., *The Complete Fiction of Nella Larson*, New York: Anchor Books, a Division of Random House, Inc., 2001, p. 201.
③ Nella Larson, "Passing", in Charles R. Larson ed., *The Complete Fiction of Nella Larson*, New York: Anchor Books, a Division of Random House, Inc., 2001, p. 201.
④ Nella Larson, "Passing", in Charles R. Larson ed., *The Complete Fiction of Nella Larson*, New York: Anchor Books, a Division of Random House, Inc., 2001, p. 201.
⑤ Nella Larson, "Passing", in Charles R. Larson ed., *The Complete Fiction of Nella Larson*, New York: Anchor Books, a Division of Random House, Inc., 2001, p. 202.

来也不会有。"① 艾琳的嘴唇几乎无法控制地颤抖着，她竭力控制想要再笑一笑的灾难性愿望。她终于成功忍住了，没有笑出声来，白人有时候在黑人眼里不过是一个被嘲笑的对象。她假借从茶几上的烟盒里面拿烟来抑制自己想笑的冲动，随后幽默地问道："贝尔卢先生，你讨厌黑人？"② 杰克声明他不是讨厌而是恨黑人，自己的妻子甚至比他更恨黑人，不论出于爱或钱，他的妻子连一个黑鬼女佣都不会雇用，黑鬼让他们浑身起鸡皮疙瘩。艾琳继续问杰克是否认识黑人，杰克说："感谢上帝，没有！永远不要期待。但在报纸上读过，黑鬼总是抢劫杀人，甚至更糟。"③ 艾琳有一种想要对旁边的杰克咆哮的欲望，"你就正坐在三个黑鬼周围，一起喝茶"④。短暂沉默之后，这种冲动总算过去了。克莱尔又开始打圆场，话题总算离开了对黑人种族的讨论。

这场高度戏剧化的场景清晰地表明了种族问题给每个人造成的创伤。艾琳是一名黑人种族身份认同者，她对自己拥有黑人丈夫和黑肤色孩子的生活表示满意。在得知杰克对黑人种族的仇恨之后，尽管她的内心感到强烈的愤怒和不满，但她却没有足够的自信戳穿杰克的无知，不得不忍受种族歧视言论的侮辱。"越界之人不仅离开了自己的祖源地，而且被封闭在白人空间，还必须对白人霸权保持沉默"⑤。她唯一能做的是用一种杰克无法理解的笑声来嘲笑他，嘲笑他作为黑人仇恨者，对于拥

---

① Nella Larson, "Passing", in Charles R. Larson ed., *The Complete Fiction of Nella Larson*, New York: Anchor Books, a Division of Random House, Inc., 2001, p. 202.

② Nella Larson, "Passing", in Charles R. Larson ed., *The Complete Fiction of Nella Larson*, New York: Anchor Books, a Division of Random House, Inc., 2001, p. 202.

③ Nella Larson, "Passing", in Charles R. Larson ed., *The Complete Fiction of Nella Larson*, New York: Anchor Books, a Division of Random House, Inc., 2001, p. 203.

④ Nella Larson, "Passing", in Charles R. Larson ed., *The Complete Fiction of Nella Larson*, New York: Anchor Books, a Division of Random House, Inc., 2001, p. 203.

⑤ Radhika Mohanram, *Black Body: Women, Colonialism, and Space*, Minneapolis: University of Minnesota Press, 1999, p. 8.

第四章　书写"文明共性"：黑白种族文化的冲突与融合

有一个黑人妻子的事实却浑然不知，此刻还正和一群黑人妇女在一起喝茶聊天。克莱尔作为一个矛盾体，她很清楚自己需要付出代价并正在承受着代价带来的伤害。她对黑人种族并不排斥，但是现实的生活却迫使她做出了另外的选择，她只能游离于黑白种族之间。在一个种族主义的家庭内部生活，她已经习惯用笑声来伪装自己，但是她眼神中的"奇怪"和"遥远"，[①]透露出她内心的挣扎和痛苦。当她遇见艾琳后，一再恳请她再和自己相见，她渴望和自己的种族再次取得联系。

总之，拉森从一开始就背离了战前悲剧黑白混血儿的写作传统，她的混血儿主角完全不符合废奴主义者的理想，具有反传统的创作意图。黑尔加、克莱尔并未遵循浪漫主义的黑人身份认同路线，她们都自愿决定放弃自己的社区，"越界"进入白人世界寻找新的视野，这与哈莱姆文艺复兴时期大部分非裔作家以混血儿题材强调黑人种族自豪感的创作目的具有巨大差异。拉森还有意去颠覆外部社会强加给混血女性的各种刻板印象，努力展现混血女性的自我定义，表明游离于黑白种族之间的混血女性的身份选择之难和认同困境。作为种族混合的"产物"，混血女性冒充白人的越界行为，看似是顺应主流社会的文化以获取更好生存机遇的妥协，实则是对笼罩在混血女性心理的种族主义无形牢笼的反抗。她笔下的混血女性，不论是维系黑人种族身份，还是冒充白人越界，都只是女性试图缓解两个种族在互动过程中的文化冲突的摸索。

第二节　融合的成与败：主流社会视觉审美与非裔美妆文化

都市生活构成了美国哈莱姆文艺复兴时期非裔女性小说的

[①] Nella Larson, "Passing", in Charles R. Larson ed., *The Complete Fiction of Nella Larson*, New York: Anchor Books, a Division of Random House, Inc., 2001, p. 202.

"风景线",其中极具女性性别特征的美妆消费、美妆仪式展现了黑白文化在都市空间的互动与融合,美妆书写蕴含着哈莱姆文艺复兴时期女性小说致力于塑造新黑人女性形象的创作动机。主流社会的大众消费文化和非裔女性塑造城市化新形象的美妆需求一起推动了非裔美妆文化的产生,广告则为它的迅猛发展起到了重要宣传作用。非裔美妆文化带来的影响主要包括两方面:一方面,非裔女性迎合消费主义文化盛行的时代潮流,开启了主动参与时尚文化的生产之路,美妆呈现的身体意识与身体美学符合主流社会期待,为她们提供了更好的就业、社交、婚姻等生存机遇;另一方面,非裔社区流行的美妆文化明显呈现出"以白为美"的白人审美标准,形成了与"以黑为美"的黑人种族审美标准之间的冲突,造成了非裔女性的"黑人性"认同危机。福塞特和拉森敏锐地察觉到了非裔美妆文化作为一种典型的文化融合现象,出现了过度趋同于白人审美标准的危险。她们创作的《流沙》《葡萄干面包》等小说剖析了美妆文化融合中的白人文化霸权意识,批判了非裔女性对主流社会美妆文化一味地模仿与追逐,提出成功的美妆文化融合绝不能是对主流文化"以白为美"审美的简单模仿与绝对趋同,而是应该寻找文化共性,比如强调美妆产品的护理功能以增加肤色的光泽和保证皮肤的健康,从而实现文化之间的和合共存。

到了20世纪20年代,大众消费成为美国社会经济的显著特征之一,"全民充分就业,社会财富大幅度增加,生活水平稳步提升……鼓励生活享受"。[1] 在消费大众化的市场经济体制中,任何人都可以成为商品的消费者。美国社会消费观的重塑对城市非裔女性的生活方式也造成了巨大影响。哈莱姆文艺复兴时期的大量非裔女性小说聚焦于这一时期都市非裔女性生活书写,其中蓬

---

[1] William A. Link and Arthur Stanley Link, *American Epoch: A History of the United States Since 1900*, Volume 1: War, Reform, and Society 1900–1945, New York: Knopf; Distributed by Random House, 1987, p. 14.

第四章 书写"文明共性":黑白种族文化的冲突与融合

勃发展的女性美妆生产、美妆消费和美妆文化也得到了关注。福塞特的《葡萄干面包》《梾树》和拉森的《流沙》《越界》等小说都塑造了具有爱美意识的都市女性形象,处于中产阶级的非裔女性花费大量时间用于购物消费和美妆仪式,主流社会的大众消费文化与非裔女性塑造新黑人形象的需求在 20 世纪 20 年代的都市空间合流生产出独特的非裔美妆文化。美妆构建了哈莱姆文艺复兴时期非裔女性的身体意识与身体美学,也满足了她们在都市生存空间改变刻板印象、创造更好生存机遇的需要。但非裔女性的涂脂抹粉总是在某种复杂、矛盾心态下进行的,由美妆广告宣传、打造的美妆文化对城市非裔女性的审美观产生了深刻影响,以"漂白"为目标的主流美妆审美直接影响了非裔女性对"美"的理解。福塞特、拉森等作家敏锐地察觉到了城市非裔社区盛行的美妆文化中暗含着白人文化霸权意识,对非裔女性的族裔文化认同造成了强烈冲击。

一 消费主义与非裔美妆文化生产

"20 世纪 20 年代开始,美国社会进入消费时代,开始了由产业经济到消费经济的历史转型"[1]。1919—1929 年的十年是美国经济飞速发展的时期,美国经济得到持续发展和繁荣,它使美国人民的收入和财富达到了历史上前所未有的水平,1929 年美国国民总收入达到了 828 亿美元。经济决定消费,城市中产阶级非裔女性家庭收入的增加大大提升了她们的物质消费能力。这一时期的城市中产阶级非裔女性不仅有知识能力去了解主流文化时尚,还有了经济实力去追求服装、美容方面的时髦,并通过改造外形实现对美的追求和表达自己的审美取向。在这样的背景下,美妆逐渐成为非裔女性日常消费的一部分,非裔美

---

[1] 黄卫峰:《哈莱姆文艺复兴研究》,外语教学与研究出版社 2007 年版,第 20 页。

妆行业在消费时代发展为一个超级产业。"美妆确认了城市非裔女性已经彻底脱离奴隶制的压迫并开始脱离贫穷"。[1] 一些精明的非裔女性敏锐察觉到了中产阶级非裔女性对美妆产品的需求和兴趣,利用对非裔女性肤色特征的了解参与到美妆行业,其中最成功的例子非沃克夫人所创建的美妆商业帝国莫属。短短五年,洗衣工沃克女士依靠一款用于改善黑人发质的护发产品成为第一位通过创业成为百万富豪的非裔女性。为了更好地满足城市非裔女性对美妆的消费需求,她开设工厂不断研发适用于头部、脸部的新美妆产品,创办美容知识与从业技能培训学校以提升城市非裔女性的消费意愿和消费体验。整个20世纪20年代,作为史无前例被大规模制造和消费的商品,非裔美妆产业年产值超过亿万美元,化妆品消费时尚也由城市非裔女性向南方乡镇女性传播并风行,非裔美妆文化应运而生。

作为与美国主流文化紧密互动的产物,非裔美妆文化是哈莱姆文艺复兴时期非裔女性追求种族全方面平等在身体美学上的实践。非裔女性通过美妆消费、美妆仪式提升对城市生活的感知,促进与主流社会文化的融合,形塑新的自我身体意识与身体美学,因为"自我本质上是特定情境中与他物相关联的共生性自我"。[2] 作为美国"现代化"城市公民,城市非裔女性对亮色美妆的追求不是一个轻浮的无聊行为。福塞特和拉森小说通过描绘热爱红色的非裔女性群体肖像,实现了非裔美妆视觉时尚与主流文化因素的结合,很好地契合了哈莱姆文艺复兴致力于"塑造新黑人形象的创作目标"。[3] 红色作为一种意象在两

---

[1] Susannah Walker, *Style and Status: Selling Beauty to African American Women, 1920–1975*, Lexington: The University Press of Kentucky, 2007, p. 2.

[2] [美]理查德·舒斯特曼:《身体意识与身体美学》,程相占译,商务印书馆2011年版,第34页。

[3] Nathan Irvin Huggins, *Harlem Renaissance*, Oxford: Oxford University Press, Inc., 2007, p. 57.

第四章 书写"文明共性":黑白种族文化的冲突与融合

位作家的小说中不断出现,红色服饰、红色口红在文本中多次多处出现。作为大众消费商品,它们成为所有消费者的自由选择,以红色为典型代表的亮色美妆已是非裔女性和白人女性共同接受的视觉时尚。在《流沙》中,当黑尔加穿着一件紧身红裙走进一间临街教堂时,她被贴上了"红色的女人""耶洗别"① 的标签。《越界》中艾琳每次出门之前必定会涂上红色的口红,甚至与丈夫在卧室争吵后都不忘补妆让唇部再次呈现为红色。《楝树》中年轻的梅丽莎在楝树底下想象着要在未来丈夫的公寓里挂上红色的窗帘。《葡萄干面包》中,安吉拉第一次与白人情人约会时就穿着烈焰般的红裙。纽约艺术联盟学院被取消奖学金的非裔学生也是穿着火红的裙子接受种族主义记者的采访。对非裔女性而言,她们突破了非裔传统的灰色系视觉色谱,以全新的身体意识融入美国城市生活,开启了主动参与美妆时尚的文化生产之路。借由红色口红、红色裙子塑造的非裔女性身体(soma),它不仅是存在于物质空间的躯体(body),还是存在于自身感知、行动和反思的社会空间中有意图的"形""体""身"的集合。② 红色不再是主流社会白人女性的专属特权,也表达了非裔女性对种族平等的争取。

广告为非裔美妆产业的迅猛发展起到了重要的宣传作用。"新黑人运动时代,不论非裔精英分子,还是普通工人或穷人,都不可避免地与美妆广告发生了联系"。③ 20 世纪 20 年代,不

---

① Nella Larson, "Quicksand", in Charles R. Larson ed., *The Complete Fiction of Nella Larson*, New York: Anchor Books, a Division of Random House, Inc., 2001, p. 141.

② 舒斯特曼的身体意识与身体美学研究吸收、采纳了中国传统哲学对身体概念的理解,即身体是"形""体""身"的集合,不是单纯的肉体躯干。参见[美]理查德·舒斯特曼《身体意识与身体美学》,程相占译,商务印书馆2011年版,第7—15页。

③ Jacqueline Moore, *Leading the Race: The Transformation of the Black Elite Class in the Nation's Capital, 1880 – 1920*, Charlottesville: University Press of Virginia, 1999, p. 78.

论是在白人女性杂志里还是非裔美国人的报纸上,美妆产品广告随处可见,发质改善剂、美白霜等产品销量不断攀升,美妆行业利润进一步增加,美妆沙龙店遍布哈莱姆社区的大街小巷。在广告的助推下,"美妆开始占据新黑人运动时代重新想象、重新定义非裔女性的中心位置"。[1] 美妆既是非裔女性的一种自我审美需求和消费行为,也是她们打造现代新黑人女性形象的途径。"美丽已经成为了一种道德,甚至一种优生、一种义务"。[2]《流沙》中的黑尔加是一位自觉追逐主流视觉文化时尚的非裔女性,她喜爱逛街购买好材质、剪裁精致的昂贵衣服和设计独特的饰品,每天都花费大量时间用于装扮事宜。在她看来,教师的职业身份使她实现了经济相对独立和收入保障,她愿意花费更多的支出用于改善肤色、发质。美妆不仅能改造她的外部形象,还是她所具有的消费能力的象征。黑尔加坚信美妆有助于扭转白人对非裔女性不修边幅的原始刻板印象。的确,"新黑人运动的核心之一就是重新塑造个人和种族集体形象"。[3] 沃克(Madam C. J. Walker)、马龙(Annie Turnbo Malone)等非裔美妆巨头通过为黑人报刊提供经济支持的方式换取广告版面来促销产品,并营造出美妆有助于哈莱姆文艺复兴时代塑造都市新女性形象的非裔美妆文化氛围。哈莱姆文艺复兴的喉舌刊物《危机》常年拿出大量版面用于刊登美妆广告。广告首先是强调了美妆产品的物理功效,它能有效地改善非裔女性的肤质、唇色和发质。其次,非裔女性被鼓励参与从事美妆行业。美妆广告采取将美妆产业与 20 世纪 20 年代哈莱姆文艺复兴致力于

---

[1] Lori Ginzberg, *Women and the Work of Benevolence: Morality, Politics, and Class in the Nineteenth Century United States*, New Haven: Yale University Press, 1990, p. 56.

[2] Elizabeth Wilson, *Adorned in Dreams: Fashion and Modernity*, Berkeley: University of California Press, 1985, p. III.

[3] Treva B. Lindsey, "Black No More: Skin Bleaching and the Emergency of New Negro Womanhood Beauty Culture", *The Journal of Pan African Studies*, Vol. 4, No. 4, 2011, p. 97.

第四章 书写"文明共性"：黑白种族文化的冲突与融合

种族提升的运动宗旨进行紧密结合的策略，强调美妆产业将有助于非裔女性实现就业和财富梦想，经济条件的改善将是美妆行业对黑人种族运动的贡献之一。最后，广告提供了非裔女性从事美妆行业的正规途径。美妆巨头不仅销售美妆产品，还开办美妆职业技能培训学校将从事美妆行业合法化、职业化。沃克美妆甚至对美妆产业做出如下总结："近25年来，我们唯一的事业就是专注于进一步治疗头皮和改善肤色、发质，并帮助妇女取得成功机会。成千上万的妇女在我们的帮助下实现经济独立，自己挣钱买房、养育子女，我们可以为非裔女性做得更多。"[1]

二 美妆时尚与非裔女性的都市生存机遇

20世纪20年代，福塞特、拉森等非裔女性代表作家积极参与哈莱姆文艺复兴运动，以文学创作的方式书写了城市中产阶级非裔女性的生活。《楝树》《葡萄干面包》《流沙》和《越界》等小说关注了都市非裔女性对美妆时尚的追逐，美妆消费、美妆仪式成为塑造城市非裔女性新形象和展现女性生活状态的新视角。20世纪之后，大量非裔女性在迁移浪潮中搬迁到北部城市生活，她们主动融合黑白种族文化以适应都市化、现代化的城市生存需要，其中最典型的是她们利用美妆创造更多更好的都市生存机遇，主要表现在就业、社交和婚姻等方面。通过美妆，非裔女性也回应了哈莱姆文艺复兴呼吁的种族形象提升问题，塑造了现代都市新黑人女性形象。

首先，美妆使得非裔女性更加符合社会礼仪规范，为她们顺利参与社会事务、实现就业提供了便利。20世纪20年代，非裔女性已经基本适应了北部城市生活，在女权主义运动、非

---

[1] Quoted from Ingrid Banks, *Hair Matters: Beauty, Power and Black Women's Consciousness*, New York: New York University Press, 2010, p. 85.

裔种族运动等一系列社会改革潮流的影响下，她们开始积极寻求就业机会或参与社会事务来实现自我表达。"美妆文化，作为竞争理想（competing ideals）的场所，关乎新黑人女性审美"。[①]为此，在与白人女性共处的城市公共空间内，非裔女性更加注重自身的外部形象，以符合职业女性的社会礼仪规范。白人职业女性流行齐膝裙装、涂上口红和直发时，非裔女性会很快加入时尚风潮之中。身体是非裔女性感知世界的重要中介，形成了与主流社会融合的模式。福塞特的小说就很好地展现了非裔职业女性对美妆时尚的重视，表现出哈莱姆文艺复兴时期文艺创作强调融入主流美国社会的文化认同倾向。[②] 小说《楝树》的主人公劳伦汀是一位成功的非裔女性创业者，从事女式高级礼服的设计和制作，她的顾客几乎全是富有的白人女性。发型、化妆品、服装和护肤细节在整部小说中得到了持续关注。当她进入表妹梅丽莎的卧室闲逛时，仔细检查了她的化妆品。

> 梅丽莎有面霜、洁肤膏、化妆棉，所有的东西都是为了她华丽的青春。（桌上有）雪花膏、美白面霜、几盒子的眼影粉、睫毛刷、睫毛钳、眉笔、指甲油、好几盒粉底。劳伦汀打开了一个抽屉，看到一些奇怪造型的梳子和卷发器。梅丽莎的头发原本是卷的，甚至卷得很厉害，但从来没有人怀疑过她的直发。她的表姐微笑着关上抽屉，嘟囔着说真是个好孩子。[③]

[①] Treva B. Lindsey, "Black No More: Skin Bleaching and the Emergency of New Negro Womanhood Beauty Culture", *The Journal of Pan African Studies*, Vol. 4, No. 4, 2011, p. 98.

[②] See Julius Bailey and Scott Rosenberg, "Reading Twentieth Century Urban Cultural Movements through Popular Periodcals: A Case Study of the Harlem Renaissance and South Africa's Sophiatown", *Safundi: The Journal of South African and American Studies*, Vol. 17, No. 1, 2016, pp. 63 – 86.

[③] Jessie Redmon Fauset, *The Chinaberry Tree*, New York: G. K. Hall & Co., An Imprint of Simon & Schuster Macmillan, 1995, p. 127.

第四章 书写"文明共性":黑白种族文化的冲突与融合

作为大众消费商品,梅丽莎梳妆台上的美妆产品类型已经相当齐全,劳伦汀面对梅丽莎化妆品表现出的"微笑"和作出的"好孩子"评价表明非裔女性在城市生存空间中已经主动地适时调整了个人生活模式和文化观念,职业女性正在极力主动迎合美国现代化城市的审美规范。作为形塑非裔职业女性的一部分内容,美妆是不可或缺的组成部分。劳伦汀认为各种化妆品、直发器等美妆消费产品是成为体面"好孩子"的表征,它们能帮助非裔女性更加得体地出现在各类社会场合,有利于非裔职业女性的事业发展。

其次,美妆满足了城市非裔女性提升个人吸引力的需要,增强了她们融入主流社会白人社交圈的自信心。福塞特、拉森小说创造了具有审美意识的女主人公,生活于20世纪20年代美国城市的黑尔加、艾琳、安吉拉、劳伦汀等中产阶级非裔女性花费大量时间用于商品消费,她们的发型、口红色号和服装款式都得到了详细的描写。大众消费、美妆与非裔女性日常生活紧密关联。"身体是所有感知的媒介"。[①] 受美妆广告影响,大量城市非裔女性被置于身体容貌存在欠缺的压力之下,需从消费市场购买补救办法。非裔女性的身体意识被导向为:如何把身体容貌修饰得符合固定的社会标准,又如何按照这些模式把身体修饰得更加引人注目。通过书写安吉拉一家人的周末活动,小说《葡萄干面包》展现了非裔女性如何借助美妆使容貌符合主流审美文化,以增加她们参与主流社会社交圈的吸引力。受到狂热的消费主义驱使,安吉拉的浅肤色母亲超级喜欢购物,尤其是热衷于在费城白人商业区去购物。周六,她总是带着浅肤色的安吉拉到茶厅跟一群穿着流行裙子的白人女性一起喝茶,

---

① [德]埃德蒙德·胡塞尔:《现象学的观念:胡塞尔文集》第2卷,倪梁康译,人民出版社2007年版,第57页。

再去沃纳梅克美妆店逛一圈,这会给她带来一种狂喜的满足感和儿童般的快乐。"新黑人文化是一种模式,它与所处时代文化背景相融合"。① 安吉拉显然也受到了母亲这种消费行为的影响,她认为周末就是要用于放松,她宁愿享受"厕所内精致打扮"② 的时光,也不愿意去教堂。"为了去参观一个画廊,她正在寻找一件合适的新连衣裙……愉快地响应着时尚打扮的号召,穿上她所喜爱的优雅而精致的衣服,沉浸于良好生活的气息"③。在小说《越界》中,美妆是艾琳日常生活的重要组成部分,她喜欢在卧室的梳妆台上摆弄瓶子、照镜子、梳头、在脸上抹粉等。化妆品通过改变一些物理特征,如改变肤色、唇色和发质来重新塑造身体视觉,使艾琳实现了比服装更为直接的肤色、气质转变,美妆仪式增强了艾琳对自我的肯定。这样,衣着体面、仪容光鲜的非裔女性艾琳在公共空间与白人女性之间的界限变得难以捉摸和分辨,美妆有效地帮助艾琳完成了中产阶级都市女性形象的自我构建,她得以自信地组织有黑人和白人共同参加的各种文化聚会。

最后,美妆对于混血女性还有着特殊意义。美妆产品通过进一步修饰或美化面部肤色、发质等,为浅肤色混血儿冒充白人提供了额外保障,实现了混血女性逃避种族歧视,甚至与白人结婚的梦想。混血女性的身体意识与身体美学观是她们与都市直接、积极接触和体验后形成的。作为一个浅肤色混血儿,成年后的安吉拉完全继承了母亲热爱美妆的兴趣和审美倾向,依靠美妆来保持体面的外表成为她生活的日常,华丽服装和精致妆容总能有效地掩盖她的真实种族身份。美妆帮助安吉拉实

---

① Harold Bloom, *Bloom's Period Studies*: *The Harlem Renaissance*, New York: Chelsea House Publishers, a Subsidiary of Haights Cross Communications, 2004, p. 161.

② Jessie Redmon Fauset, *Harlem Renaissance*: *Five Novels of the 1920s* (The Library of America Series), New York: Literary Classics of the United States, Inc., 2011, p. 467.

③ Jessie Redmon Fauset, *Harlem Renaissance*: *Five Novels of the 1920s* (The Library of America Series), New York: Literary Classics of the United States, Inc., 2011, p. 468.

第四章 书写"文明共性":黑白种族文化的冲突与融合

现了自我改善并使她充分享受生活。当她孤身从费城前往纽约追逐艺术梦想时,她毫不犹豫地选择了冒充白人以逃避可能面临的种族歧视。当白人罗杰与安吉拉约会时,他仔细观察了她,"她的脸色没有多少血色,她的皮肤洁白好看,头发又长又厚,小脑袋仿佛被一束光包围着,唇膏颜色不是特别红,穿着火红色丝绸裙子,戴着一串漂亮的人工珍珠项链和两条沉甸甸的银手镯"[1]。安吉拉的美妆打扮完全符合白人男性对中产阶级女性的期待,罗杰觉得安吉拉的美妆产生了火焰般效果,她的服装光芒耀眼,她的外表让人看着兴奋。在美妆的修饰下,罗杰不仅没有识破她的混血身份,而且主动向她表白了爱意。在罗杰的陪伴下,冒充白人的安吉拉成功地融入主流社会中,她结交了众多白人朋友,甚至一度得到艺术学校提供的出国机会、兼职工作等。小说《越界》在对克莱尔与艾琳失联多年后偶遇的叙事中详细描述了嫁给白人富商后的克莱尔外部形象。"进来的女士穿着有水仙花、长寿花和红风信子图案的绿色薄丝绸裙。眼眸深邃,几乎是黑色。嘴唇鲜红、宽大,感觉有一朵深红色花朵盛开在象牙白皮肤上"[2]。美妆大大提升了克莱尔的外部形象和气质,她的着装和炎热夏日完美匹配。在艾琳眼中,克莱尔就是一个"高贵白人"[3]妇女。美妆几近完美地模糊了混血儿克莱尔与白人之间的肤色界限,就连儿时伙伴艾琳都没能在第一时间认出她。克莱尔实现了与白人富商结婚的理想,她不再是"一个问题、一个慈善对象"[4],她的社会身份也从非裔社

---

[1] Jessie Redmon Fauset, *The Chinaberry Tree*, New York: G. K. Hall & Co., An Imprint of Simon & Schuster Macmillan, 1995, p. 511.

[2] Nella Larson, "Passing", in Charles R. Larson ed., *The Complete Fiction of Nella Larson*, New York: Anchor Books, a Division of Random House, Inc., 2001, p. 177.

[3] Nella Larson, "Passing", in Charles R. Larson ed., *The Complete Fiction of Nella Larson*, New York: Anchor Books, a Division of Random House, Inc., 2001, p. 178.

[4] Nella Larson, "Passing", in Charles R. Larson ed., *The Complete Fiction of Nella Larson*, New York: Anchor Books, a Division of Random House, Inc., 2001, p. 189.

区的穷苦女变成了白人富人社区的贝娄太太，满足了她"想要拥有东西"①的欲望。

三 非裔美妆文化与"黑人性"认同危机

美妆作为一种典型的视觉文化，蕴含着意识形态与身份认同。美妆视觉文化很大程度上受到社会文化的制约，它突出了社会如何看和看什么的问题。正如视觉理论家米歇尔所言："图像是视觉、机器、制度、话语、身体和隐喻之间复杂的互动"。② 20 世纪 20 年代在黑白种族共处的都市空间，美妆呈现的意识形态与主流社会的大众市场消费、视觉文化等因素相关，造成了非裔女性审美观的改变。福塞特和拉森作品中的城市非裔女性利用美妆产品系统地、反复地改变外部特征如头发质地、面部肤色和服装颜色等，表明 20 世纪 20 年代的城市非裔社区形成了依靠美妆产品"漂白"肤色、拉直头发等改善外部形象的美妆文化现象。但是，非裔女性追逐的"以白为美"的时尚和非裔种族"以黑为美"的传统审美是相互冲突的，潜存着她们对以"黑人性"为总体特征的族裔文化认同危机。

非裔美妆文化对非裔女性审美观带来了深刻变化，直接影响了她们对"美"的理解。从蓄奴制开始，鲜有人去关注非裔女性的审美需求、审美情趣，她们的审美观长期处于"失语"状态。直到 19 世纪末 20 世纪初大批非裔女性北迁到城市，她们的美妆消费剧增，她们的审美才随之受到重视。保罗·K. 爱德华曾从经济学视角对消费主义时代非裔美国人的消费行为和

---

① Nella Larson, "Passing", in Charles R. Larson ed., *The Complete Fiction of Nella Larson*, New York: Anchor Books, a Division of Random House, Inc., 2001, p. 192.

② W. J. T. Mitchell, *Picture Theory: Essays on Verbal and Visual Representation*, Chicago: University of Chicago Press, 1994, p. 16.

第四章 书写"文明共性":黑白种族文化的冲突与融合

种族形象之间的关系进行了研究,[①] 其中一个研究实验是要求受访者从 15 幅有非裔美国人图像的广告中选出两张最能代表种族形象的图片。实验的结果是当时绝大多数人都选择了弗雷德帕马博士生产的皮肤美白霜和沃克夫人的面部粉底两个广告中的非裔美国人图片。由此可以看出,非裔美国人的审美观及对新黑人形象的视觉想象在这个实验中得到明确表达:在非裔种族内部,新黑人种族形象正如那两幅图中的非裔女性一样,她们与内战之前衣服颜色灰暗、肤色黝黑、头发鬈曲蓬乱的"旧黑人"形象完全不一样。她们借助化妆品或精美服饰进行美化、修饰外部形象,广告中化过妆的非裔女性是"美"的象征。《流沙》中黑尔加在南方学校的经历很好地展示了非裔社区审美观的变化。黑尔加入职南方学校初期,非裔社区还未充分重视美妆的潜在价值,她因紧跟主流时尚穿着讲究时髦、妆容精致而在社区内部显得审美"独特"[②]。很快,主流社会的美妆风尚也在南方城市非裔社区普及,非裔女性普遍意识到了美妆能修正肤色,是实现和白人一样"美丽"的有效方式。几年之后,当黑尔加准备辞职离开南方时,利用美妆改变外部形象、提升个人吸引力的策略已经在非裔社区内部普及,就连一向保守的女同事也穿上了一身颜色亮丽的红裙并拉直了卷发。受主流消费文化、视觉审美文化影响,非裔社区开始强调化妆是重要的,美妆产品不仅能美化女性外部形象,而且能减少非裔女性可能面临的被白人讽刺、贬低和恶搞的风险。正如《葡萄干面包》中安吉拉所言,"我也喜欢一流的环境,身旁有穿着考究、服装奢华的女

[①] 关于 20 世纪 20 年代非裔美国人的消费行为和种族形象之间的关系研究参见 Paul K. Edward, *The Southern Urban Negro as a Consumer*, New York: Prentice-Hall Press, 1932, pp. 1–103.

[②] Nella Larson, "Quicksand", in Charles R. Larson ed., *The Complete Fiction of Nella Larson*, New York: Anchor Books, a Divivson of Random House, Inc., 2001, p. 48.

伴，谁也说不准，谁也不会想到我和母亲竟来自一条小小的蛋白石街，没有人会想到我们的种族身份"①。

不得不承认，20世纪20年代非裔社区流行的美妆文化展示的是"以白为美"审美观，暗含着白人的文化霸权意识。19世纪，大部分非裔女性还停留在南部乡村依靠农业经济生活，消费能力十分有限。美妆产品的生产和消费主要以白人女性为主，美妆文化主要展示的是白人的审美品位。在主流权力话语下，依靠农业经济生活的非裔女性是不需要审美的。一旦美妆出现在非裔女性身上，她们的化妆行为和服饰颜色就会被主流文化"性"化或异化，化妆和身着亮色服饰的非裔女性通常与放浪妓女有着紧密联系。因此，非裔女性通常是以黑色、灰色的服装出现在公共空间以显示自己的"纯洁性"。20世纪之后，非裔女性美妆产业迅猛发展，激活了非裔女性爱"美"的本能和求"美"的现实需求，几乎所有的美妆产品广告文案中都会提到："连白人都花费巨资来美化自己。"② 言下之意，非裔女性更应该表现得像个现代消费者，更需要投入金钱来美化外表。美妆文化中衡量美丑的标准也是十分明确的，"美"意味着拥有白皙的肤色和清爽垂直的头发，这种基于种族歧视的白人美妆文化审美意识形态被植入非裔审美文化中。美白霜和头发拉直器等美妆产品往往用两个女性头像对比进行营销，一个是使用产品之前的黑肤色、卷发女性，一个是使用产品后的白肤色、直发女性。美妆产品通过宣传"白人"特征进一步推广了主流社会美妆文化"以白为美"的审美标准。作为一种独特的文化现象，20世纪20年代大部分的美妆产品广告都极力鼓励黑人女性要看起来更像白人或者混血儿。"直到新黑人运动时期，浅肤色和

---

① Jessie Redmon Fauset, *Harlem Renaissance: Five Novels of the 1920s* (The Library of America Series), p. 469.

② Lois W. Banner, *American Beauty*, New York: Alfred A. Knopf, 1983, p. 16.

第四章 书写"文明共性":黑白种族文化的冲突与融合

'好'发质都是新黑人精英分子的标志"。[1] 白人文化霸权意识对非裔女性审美造成了不良后果。由于白人排斥不同于他们身体(soma)的其他身体,主流审美维度变得单一。在一个由多种族组成的国家中,其他身体丰富的审美多样性被遮蔽。在小说《越界》中,虽然艾琳在公众场合坚持认同自己的黑人种族身份,但她却时时处处追随着白人的价值观和审美标准,总是企图依靠外部美化使自己看起来更美、更像白人女性或更像黑人精英分子。在她看来,公共空间外部形象的美丽至少需要肤白唇红,所以她每天出门前都需要花大量时间进行梳妆打扮,"照着镜子,盘好乌黑头发,在橄榄色的脸上抹一层粉,涂口红和挑服装"[2],一系列美妆仪式后她才能从容自信地外出。甚至在私人空间,艾琳也不曾放弃借助美妆的装饰来展示"美"。在某种程度上,艾琳对主流美妆文化审美的过度内化是具有潜在危险的。福柯认为,"身体是自我知识和自我转化的特殊而根本场所,自我加工并不仅仅是通过美化外貌,使外表合乎时尚,而是通过转化性的经验来美化人的内在自我感(包括人的态度、特征和气质)"。[3] 艾琳的困境在于她借助美妆"加工"身体、美化外貌,却丢失了内在自我感的获得。为了掩盖或改变与丈夫之间的紧张关系,夫妻争吵中的艾琳都不忘涂抹口红,"丰满嘴唇在短暂沉默之后露出了鲜红的拱形"[4]。

福塞特和拉森对非裔女性一味模仿白人的美妆文化进行了

---

[1] Ayana D. Byrd and Lori L. Tharps, *Hair Story: Untangling the Roots of Black Hair in America*, New York: St. Martin's Press, 2001, p. 21.

[2] Nella Larson, "Passing", in Charles R. Larson ed., *The Complete Fiction of Nella Larson*, New York: Anchor Books, a Division of Random House, Inc., 2001, p. 214.

[3] 转引自[美]理查德·舒斯特曼《身体意识与身体美学》,程相占译,商务印书馆2011年版,第21页。

[4] Nella Larson, "Passing", in Charles R. Larson ed., *The Complete Fiction of Nella Larson*, p. 249.

双重认同与融合：哈莱姆文艺复兴时期非裔女性小说研究

尖锐的批评，过度趋同于主流审美标准造成了她们对"黑人性"的认同危机。身体是身份认同的根本维度。非裔女性通过可视可见的具体妆容来塑造个人身体或种族形象，这种图像或形象不仅是个体生活喜好的呈现，也蕴含着意识形态价值取向，甚至是族群观看世界的集体意识。福塞特、拉森敏锐地察觉到了迅猛发展的非裔美妆文化进一步强化了白人的审美标准，非常不利于非裔种族文化自豪感和自信心的提升。拉森的小说《流沙》特别批评了非裔女性的发型矫直行为，拉直头发作为一种符号展现了非裔女性对白人审美的一味模仿，被视为城市非裔女性对种族提升信仰的误读和自我异化。"反思性的身体意识是强化个体力量、自由的发展和自我理解的方式"。[①] 拉直头发的女同事让黑尔加保持沉默，"第一百次思考是什么形式的虚荣诱导了像玛格丽特这样的聪明女孩子去做了发型矫直，原本很好的、充满活力生机的卷发完全适合她光滑的深色皮肤和令人愉快的圆形身材，现在却变成了一个死气沉沉、油腻、丑陋的大众发型"[②]。黑尔加认为一味地模仿白人是一种堕落和自我贬低，是非裔女性对种族身份认同不够自信的表现，有损黑人学校提升种族形象的伟大目标。类似的情况还出现在黑尔加第一次与海斯罗尔太太见面时，海斯罗尔太太是一位宣称要终生致力于种族事业的女性，但她却被描述成为"丰满的柠檬色女人，有着难看的直头发和脏兮兮的指甲"[③]。直发再次被用来反讽那些所谓的支持种族提升的人，也预示着她们对种族问题的有限理解和伪善关心。正如布洛福斯在文章《不是肤色，是性格》中所谈的，"如果新黑人女性能够把花费在美妆的一半时

[①] [美] 理查德·舒斯特曼：《身体意识与身体美学》，程相占译，商务印书馆 2011 年版，第 23 页。

[②] Nella Larson, "Quicksand", in Charles R. Larson ed., *The Complete Fiction of Nella Larson*, p. 21.

[③] Nella Larson, "Quicksand", in Charles R. Larson ed., *The Complete Fiction of Nella Larson*, p. 35.

第四章 书写"文明共性":黑白种族文化的冲突与融合

间用于提升能力,整个种族就会向前进步"。① 借助美妆,极具现代女性意识的黑尔加开始重新审视自己的族裔身份认同。当身处异国他乡哥本哈根时,姨妈一家鼓励她穿着低领、款式怪异的礼服,脸颊上涂上一层厚厚的胭脂,连背上都撒上散粉隆重地出席为她举办的第一次社交活动,"在这里,是一种好奇心,一种噱头,人们都来观看她"②。美妆凸显了黑尔加黑肤色的与众不同,强调了黑尔加在欧洲白人社区的原始异国情调。尽管这次视觉表演成功地让黑尔加获得了梦寐以求的中心存在感,但黑尔加非但没有感到满足反而是脸颊滚烫地难为情,她突然意识到"我就是个名副其实的野蛮人"③。在这次美妆经历中,黑尔加意识到了白人对她的关注正是源于对非裔女性原始性的本质主义偏见,这种偏见并没有因为非裔女性所处的社会条件和历史环境的改变而得到改变。对此黑尔加觉得受到了羞辱,她渴望在欧洲实现真正自我定义的梦想再次破灭,最终选择离开丹麦回到美国。

只有将非裔美妆文化置于 20 世纪 20 年代美国社会的文化、经济、政治、历史语境之中,才能更好地理解它的生产机制及其对非裔女性族裔身份认同的特殊象征意义。长期以来,福塞特和拉森都因关注美妆仪式细节而承受着写作过度琐碎的批评或误读,甚至有评论认为作家们陷入了中产阶级价值观和白人审美标准的圈套之中。④ 但细读文本不难发现,非裔美妆文化绝不是对白人审美理想的简单模仿与复制,它的生产与主流社

---

① Maxine Leeds Craig, *Ain't I a Beauty Queen? Balck Women, Beauty, and the Politics of Race*, New York: Oxford University Press, 2002, p. 58.

② Nella Larson, "Quicksand", in Charles R. Larson ed., *The Complete Fiction of Nella Larson*, New York: Anchor Books, a Division of Random House, Inc., 2001, p. 68.

③ Nella Larson, "Quicksand", in Charles R. Larson ed., *The Complete Fiction of Nella Larson*, New York: Anchor Books, a Division of Random House, Inc., 2001, p. 69.

④ Cheryl A. Wall, *Women of the Harlem Renaissance*, Bloomington: Indiana University Press, 1995, p. 57.

会文化、非裔种族文化发展需求等紧密关联。作为一种大众消费商品，美妆成为所有消费者的自由选择。非裔女性借助美妆呈现新的身体意识与身体美学观，提升个人外部形象，为渴望实现就业、经济改善或参与社会事务的都市非裔女性带来了更好的生存机遇，也顺应了塑造新黑人女性形象的需求。同时，美妆具有推动反思身体意识的功能。福塞特和拉森敏锐地察觉到了美妆文化中蕴含的白人文化霸权意识，意识到了非裔美妆文化存在过度趋同白人审美标准的危险。她们创作的《流沙》《葡萄干面包》等小说批判了非裔女性对主流社会美妆文化一味地模仿与追逐，提出"以白为美"的美妆文化造成了非裔女性的族裔文化认同危机。

第三节　融合出路：超越国族

　　文化融合过程是引发文化冲突的直接土壤，也是解决文化冲突的手段。在20世纪20年代的美国，非裔美国人在双重身份认同的基础上，不断摸索黑白种族文化有效融合的策略。两种异质文化之间的差异与冲突的事实性存在，也促使他们开始思考文化融合的出路。黑白种族文化之间的关系不只是对抗、冲突，而是共存、对话与融合，两种文化的和合共存保证了文化之间的复杂性与多元性。双重认同基础上的黑白文化冲突与文化融合是非裔文化发展过程中的两个方面，它们既对立又统一。与美国主流文化的交流与融合过程，记录了黑人种族在美国的特殊历史发展轨迹，也促进了美国多元文化的发展。一方面，由文化交流、传播引发的文化冲突和对抗是一种普遍现象。具有双重身份的非裔美国人感受到黑白文化之间的冲突是不可避免的，因为具有不同特质和内核的两种文化的接触、碰撞必然会产生矛盾或对峙，加大了他们确立身份、文化认同的难度。另一方面，双重认同基础上的文化冲突与融合反映的是"事物内部互相对立的方面之间又斗

第四章　书写"文明共性"：黑白种族文化的冲突与融合

争又同一的关系"①，也就是说，黑人种族文化和白人主流文化之间既互相冲突，又有相互贯通、依存、不可分割的联系，有效的文化融合将有助于解决非裔美国人的身份困惑，构建对"家园"的归属感，实现文化之间的和合共存。

得益于现代科技的飞速发展，越来越便利的交通工具扩大了美国黑人旅行的地理空间。20 世纪 20 年代，新黑人女性作家在美国、欧洲各国等地进行了广泛的旅行，旅行拓宽了她们的视野并加深了她们对文化融合与身份认同问题的思考。女性作家通过再现非裔女性旅行中的出发与回归情节，表现出非裔女性在不同旅行途中的人生境遇，对文化融合的实践，对身份认同的获取。身份认同的最终确立将帮助女性旅行者获得精神上的新生，有助于她们构建"家园"。当黑人女性在社区内无法实现自我定义时，会主动选择离开，旅行到一个异域环境或社区。再次经历身份认同或家园建构的挫折或失败后，她们又会重新回归到黑人种族的社区。在跨域式寻"家"之旅和异域想象中，美国黑人开始形成世界主义情怀，出现成为世界公民的想法雏形。

一　跨域旅行与自我定义

哈莱姆文艺复兴时期，美国黑人对美国以外的地方有着浓厚兴趣和丰富想象，这一时期的女性作家们打破地理边界四处旅行，她们从在非洲和欧洲各地的旅行经历中获得了很多创作灵感。这一时期的非裔女性小说具有明显的旅行叙事情节和结构，使得其在叙事范式和主题方面与美国主流文学的旅行叙事传统具有同构性，正如评论家所言："美国黑人的旅行叙事与奴隶叙事一样，都蕴含着解放自我、重构身份。"② 女性作家们小

---

① 转引自陈平《多元文化的冲突与融合》，《东北师大学报》（哲学社会科学版）2004 年第 1 期。

② Afred Bendixen and Judith Hamera, eds., *The Cambridge Companion to American Travel Writing*, Cambridge: Cambridge University Press, 2009, p. 187.

说中的主要人物都有着丰富的旅行经历，比如《存在混乱》中的女性乔安娜投身欧洲战场，《葡萄干面包》中安吉拉圆梦巴黎，《喜剧：美国风格》中奥利维亚多次出国旅行，她的女儿特瑞萨嫁给法国男性并定居法国，《栋树》中梅丽萨的母亲离开美国开始环球旅行，《流沙》中黑尔加前往哥本哈根探亲，等等。作为一种全新的生活方式，旅行为"重新解读女性的个体和公共身份"[1] 提供了可能性。20 世纪初期中产阶级的黑人女性们大大拓展了自己的生活疆域，美国之外的欧洲不再是遥不可及的想象，黑人女性们通过旅行勇敢地寻找自我定义和身份认同。

　　旅行是非裔女性拓宽阅历和视野的手段。跨域旅行经历不仅加深了福塞特对于异域的重新认识，也促使她在小说创作中经常借助旅行来推动故事发展，实现女性人物的自我定义。她小说中女性人物的旅行足迹不止于美国本土，还跨越国界进入了欧洲、南美洲等世界各地，被置于旅途之中的女性开启了追求自我定义的旅程。1914 年福塞特曾到法国索邦大学（Sorbonne）参加课程学习，她以自己在巴黎的经历创作了短篇小说《影子追逐》。成为《危机》杂志的编辑后，福塞特获得了更多的旅行机会。1921 年福塞特跟随杜波依斯参加了第二届泛非大会，这次大会在欧洲三个首都举行，分别是伦敦、布鲁塞尔和巴黎，福塞特在一些报道性文章中表达了对这些城市的好感。1924 年福塞特乘船前往法国，随后发表了《重访亚罗》。福塞特认为现实和想象是不一致的，巴黎让她觉得自己比在美国时更美国了，她不是美国黑人，而仅仅是美国人。她写道："我喜欢巴黎，因为在这里我发现了一些东西，关乎融合，好像在我自己的国家丢失的奇怪东西……我喜欢和一群让我自己忘记掉

---

[1] Marylyn C. Wesley, *Secret Journeys: The Trope of Women's Travel in American Literature*, Albany: State University of New York Press, 1998, p. 142.

第四章　书写"文明共性"：黑白种族文化的冲突与融合

'我不能干这个那个'的人在一起。"① 这一次的巴黎之行让福塞特十分满意，欧洲提供了一些她在美国无法接受的可能性，"我尝到了一些真正的国际大都市的滋味，那种生活是我在美国纽约都不曾遇到的"②。当欧洲、非洲对于很多新黑人知识分子还只是一种异域想象时，福塞特进一步扩大了自己的旅行路线。1925 年她亲临了非洲大陆，后来在《危机》杂志发表了文章《黑色的阿尔及利亚，一片白色》，表达自己的所见所闻。这一地区的城市坐落在延绵起伏的山坡之间，一座座山呈现为一片白色，城市中穿梭的当地居民是一张张棕黑色相间的面孔。当她在某个街道角落迷路时，她感到恐惧却抑制住了"跑步的冲动"，但一位法国女人警告她离开住处是十分危险的。作为所有黑人的精神家园，福塞特通过对一系列场景的描述，很快就意识到自己局外人的身份。当她进行小说创作时，她将自己的旅行经历移植到了梅丽莎的母亲、特瑞萨的母亲等人物身上，她们对异域有着无限想象和美好期待，当得到机会时都勇敢地踏上了旅途，旅行的目的不是单纯的旅游休闲，而是获取关于异域的知识以逃避现实生活中的种族、性别歧视。

拉森在哈莱姆文艺复兴鼎盛时期出版的两部小说成功地帮助她获得了跨国旅行的机会，旅行经历激发了她以旅行为背景来探讨文化冲突与融合的写作兴趣。她的小说《越界》《流沙》都描写了 20 世纪初期女性的活动轨迹，小说呈现出通过旅行寻找自我定义和文化融合的主题。拉森本人在求学和职业培训阶段有过在众多城市旅行的经历，她曾先后多次游历过芝加哥、田纳西州、丹麦哥本哈根、纽约、阿拉巴马等地方。与丈夫搬入哈莱姆社区后，她结交了大量有过海外旅行经历的黑人和白人朋友，这

---

① Jessie Redmon Fauset, "Paris Tribune", in Shari Benstock, *Women of the Left Bank: Paris, 1900 – 1940*, Austin: University of Texas Press, 1986, p. 13.

② Jessie Redmon Fauset, "Letter to Mr. and Mrs. Arthur Spingarn", 10 Feb., 1925, Arthur B. Spingarn Papers /MSRC.

双重认同与融合：哈莱姆文艺复兴时期非裔女性小说研究

大大丰富了她对异国的想象和欧洲历史人文知识的了解。1930年，拉森成为第一位获得古根海姆创意写作奖学金的黑人，并获得基金会资助到西班牙和法国旅行。这一次的跨国旅行持续了将近两年的时间，拉森计划通过欧洲考察完成一部关于"欧洲和美国对黑人的智力和身体自由的不同影响"的专著，但是这一计划最终未能按时完成。1933年，拉森再次回到纽约哈莱姆社区，但她逐渐地减少，甚至几乎不再参加哈莱姆社区的文艺活动。1937年，她声称要坐船去南美，彻底消失在公众面前。不难发现，拉森的两部小说中的大量情节与她本人的旅行经历相关，旅行经历为拉森小说提供了基本素材，她大学期间曾经到哥本哈根的短暂旅行经历被直接作为小说《流沙》中黑尔加的其中一段旅行经历，黑尔加像拉森本人一样再次回归哈莱姆，黑尔加的旅行经历证明了女性不仅能在美国本土旅行，她们还能到异域他乡旅行，以便寻求自我定义和身份认同。

旅行经历帮助赫斯顿以文学创作的方式，书写了黑人民俗文化与美国主流文化之间的交流和碰撞，展现了她对种族文化高度自信的文化立场。作为一名人类学专业学生，田野调查的学业需要使她有过多次的旅行经历。1925年，赫斯顿首次来到纽约寻找机会，幸运地进入巴纳德学院师从人类学家博厄斯。从这一时期开始，赫斯顿一直行走在路上，她先后得到资助前往南方佛罗里达州、路易斯安那州搜集民俗材料。长期的旅行中，她搜集、整理和汇编了大量关于黑人民俗的材料，对黑人民俗的田野调查改变了赫斯顿的文化观，她开始大力宣传黑人文化的生命力，她认为黑人民间故事表明黑人具有丰富的想象力和创造力。后期，她又得到机会前往牙买加、海地、洪都拉斯等地进行民俗文化考察与研究，世界各地的黑人文化成为赫斯顿研究的对象，她对黑人的世界观、宗教观和自然观等都有了深入的思考和了解。她认为这些是黑人群体的共同精神财富，是黑人作家们创作的灵感来源。在她的大量小说创作中，她把

第四章 书写"文明共性":黑白种族文化的冲突与融合

民俗材料应用到写作中,让小说中具有大量的民俗文化元素,增加了文本的魅力,也成为赫斯顿小说的主要特征之一。小说《约拿的葫芦蔓》《他们眼望上苍》《苏旺尼的六翼天使》都记录了南方黑人的迁移浪潮,"赫斯顿的小说中出现了大量的迁移模式,既有 20 世纪早期黑人小说中常见的从南至北模式,也有与之完全不同的,比如在南方各个城市与乡村循环的迁移模式"①。她小说中女性人物在旅行中经历的地理空间变化是推动故事情节发展的重要手段,女性借助旅行达成的个人成长则是小说的基本主题。

旅行不仅能"对抗遗忘",还能帮助认知"现在",是联系过去和现在的纽带,指向未来。非裔女性在旅程中对未知的一种追求和寻找是意义重大的,除了地理空间的旅行,非裔女性的寻求更大程度上是精神旅行,是对自我定义的寻找与获取。在父亲离家出走后,黑尔加的原生家庭就不复存在了,母亲与白人男性再婚建构了新家,新家里唯一的深肤色孩子黑尔加始终没有找到家的归属感和有效融合两种文化的途径。她主动离开白人社区,回归到黑人社区接受教育并成为南方著名黑人学校的教师。这一次的回归式旅行并没有帮助黑尔加成功地融入黑人社区文化,她的与众不同使她被排斥在黑人文化系统之外。黑尔加离开学校,再次独自一人外出旅行,前往出生城市芝加哥寻求白人舅舅的帮助,白人舅妈对她的侮辱,使她再次深刻感受到了来自种族肤色的歧视。自尊心极强的黑尔加只得再次出走,前往纽约的哈莱姆,她渴望在哈莱姆实现自我,表达自我,她有一种"奇怪的体验……那种回家的神奇感觉"②。黑尔

---

① Helen Yitah, "Rethinking the African American Great Migration Narrative: Reading Zora Neale Hurston's *Jonah's Gourd Vine*", *Southern Quarterly*, Vol. 49, No. 3, 2012, p. 14.

② Nella Larson, "Quicksand", in Charles R. Larson ed., *The Complete Fiction of Nella Larson*, New York: Anchor Books, a Division of Random House, Inc., 2001, p. 74.

双重认同与融合：哈莱姆文艺复兴时期非裔女性小说研究

加在哈莱姆有一种自由的感觉，一种被接受的感觉，她相信哈莱姆会提供一种完整的、自给自足的生活。黑尔加在哈莱姆寄宿于一位白人朋友的家里，但她很快又发现哈莱姆新黑人无法诚实面对自己的种族提升理想和生活中模仿白人价值观的矛盾，显然哈莱姆的旅行让黑尔加陷入更大的困惑之中，她仍然没有寻找到真正属于自己的"家"。她再次旅行到丹麦，丹麦的旅行经历使黑尔加意识到自己对于欧洲白人只是一种异国情调，她不可能在异质文化中真正实现自我定义。她拒绝奥尔森的表白，并回归美国继续寻找身份认同。黑尔加的旅行并未帮她实现自我定义，但她的旅行经历揭露了白人和黑人的虚伪性，哪怕是黑人中的精英分子也不过是动嘴喊着提升种族形象的口号，却对自己种族的文化丝毫没有深刻了解。

总之，这一时期非裔女性小说中的非裔女性跨域旅行都体现出女性对实现自我定义、文化融合的渴望，对美国种族、性别偏见的批判和反抗。这一时期的非裔女性主动离开熟悉的社区，以旅行的方式进入一个完成陌生的跨国新环境，对新地理空间的探索本身就是一种超越自我的胜利。在新的地理空间，非裔女性面对的社会背景被重新设置，女性可以重新构建自己的身份认同。黑尔加虽然命运悲惨，但在多次的旅行中她都明确拒绝黑人男性和白人种族对于非裔女性的既往定义，在某种程度上她是具有抗争意识的，也是勇敢的。黑尔加在芝加哥、纽约、哥本哈根之间的多次旅行都与主流社会的白人有过交往和互动，她在很大程度上修正了白人对非裔女性的刻板印象，恢复了非裔女性形象的真实性、完整性和复杂性。尽管她终究没有摆脱种族、性别的束缚，但她在多次旅行中不断尝试寻找自我，试图构建不一样的、丰富的人生体验。

二 寻"家"之旅与融合之难

在拉森、福塞特和赫斯顿的作品中，旅行是 20 世纪初期

第四章 书写"文明共性":黑白种族文化的冲突与融合

中产阶级美国非裔女性的一种生活方式。非裔女性通过不同地理空间的旅行来寻求没有种族、性别歧视和黑白种族文化和合共存的家园。家园既是地理空间,也是社会空间。对家园的想象、寻找和建构一直存在于非裔美国女性小说写作历史之中,家园建构是黑人融入美国历史建构的策略,具体表现为记忆中的非洲家园和现实中的美国家园建构。女性小说中对于现实家园的构建主要体现为房子、社区和国家三个层次。这一时期的非裔女性小说以女性的旅行经历为线索展现了她们对于理想家园的期待与想象,以及黑白种族文化和合共存对于女性实现家园归属感的价值。对于非裔美国女性作家而言,旅行书写中的家园寻找与家园建构将记忆、文化、性别和群体四个维度关联起来,是树立黑人群体身份归属感和延续现实关怀的传统。

家园意识的演变和家园建构的现实需求具有明显的时空属性,从乡村到都市是美国黑人家园建构的历史走向。"旅行为女性提供了一种异于日常生活体现的可能性"。[①] 蓄奴时期的女性小说家园建构的空间主要是南方乡村,女性作家采用奴隶叙事来抗议和再现女性遭受的多重歧视和身心创伤,逃离南方种植园和获得人身自由是女性的家园建构想象。从19世纪中后期开始,旅行成为可能,城市空间成为女性小说家园建构的新场域,女性的家园建构意识在黑人获得人身自由后得到进一步的觉醒和强化。20世纪20年代以来,便利的交通工具和得到改善的经济状况使得旅行成为非裔女性生活的重要组成部分,女性小说开始在旅行书写中寻求文化记忆的再现,完成种族历史的再书写,抵抗白人话语中心的都市非正义空间,争取被边缘化族群的都市生存空间。

[①] Marilyn C. Wesley, *Secret Journeys: The Trope of Women's Travel in American Literature*, New York: State University of New York Press, 1998, p. VIII.

双重认同与融合：哈莱姆文艺复兴时期非裔女性小说研究

对于少数族裔群体来说，对美国的家园想象、到达美国后对故乡的家园回忆，以及在美国的家园建构与旅行紧密关联。作为一个由多族裔族群组成的国家，旅行是美国形成多族裔特征的基础。"迁徙在非裔美国人历史上一直是一个持久的主题"[1]。福塞特的《乡愁》通过书写在美国生活的四位少数族裔的身份认同，探究了旅行与"家"的主题。作品的开篇第一个故事描写了她与杂货店老板的一次对话，她问老板住在哪里，杂货店老板的身份认同显示在"嘴巴上"，他抒情地回答说自己住在海边的岛屿上。这位希腊人的思乡之情是显而易见的，尽管他在美国这个多族裔的国家拥有了物质化的"家"——杂货铺，但他回答中的"家"停留于对希腊家园的记忆中。第二个故事中，一位意大利裔美国人讲述了他在第一次世界大战期间为减轻孤独而战的日子，他一边工作一边攒钱回家，战争期间的随军旅行给他带来的只有孤独，完全没有战争胜利的成就感和维护家园的使命感。第三个故事中，12岁的犹太女孩非常担心信奉犹太复国主义的父亲，因为父亲总是渴望在他从未见过的耶路撒冷安家，这种虔诚的信仰会压倒他对当下美国一家人的忠诚，她担心父亲总有一天会抛弃美国的家园。第四个故事讲刚从法国回来的黑人学生，他渴望回到自己的家，认为家不一定是一个人一辈子都居住的地方，家应该是精神、灵魂都被认可和接受的地方。但是对于美国黑人而言，没有一个地方可以称为家。对于青年黑人留学生而言，旅行到法国和回归美国都没有让他真正找到"家"的归属感，展现了融合之难。

寻"家"旅程记录了女性在美国历史进程中的身份构建和空间配置经验，展现了黑白种族实现文化和合共存理想的艰难性。寻"家"之旅具有获取身份认同的功能，小说《葡萄干面

---

[1] 胡锦山：《20世纪美国黑人城市史》，厦门大学出版社2015年版，第1页。

第四章 书写"文明共性":黑白种族文化的冲突与融合

包》阐释了旅行中出发与回归的主题,旅途中主人公始终在寻求一个接纳自己种族、性别身份的"家园",这个过程充满了曲折与失败。安吉拉在费城出生,小说开篇描述了安吉拉生活的奥普欧街道是"狭窄、平淡和不吸引人的"①,没有神秘感和诱惑力,小街道两旁排列着朴实无华的小房子,住着一群朴实无华的黑人普通群众。对于从小致力于成为画家的安吉拉来说,小街道的"家"不是她的归属,她决心去寻找"通往宽阔大道的路径,宽敞明亮的房子,精致细节的物品"②。父母的先后离世为她离开费城外出旅行提供了理由,她卖掉费城的"家"换取前往纽约所需的经费,独自一人到纽约冒充白人继续学习艺术专业。到达纽约曼哈顿后,安吉拉很快就被梦想中的街道所折服,第五大道在她眼里是一条"峡谷"③,十四街是"宽阔的河流"④,她感觉自己就像处于浪尖的一朵浪花,都市新生活给她带来巨大兴奋和满足,她渴望"这种兴奋感永不消退、永不中断、永不枯竭"⑤。正如基督徒朝圣一样,安吉拉寻找"明亮之家"的遭遇表明,"宽阔的道路往往是通向毁灭的,而唯有狭窄的道路是通向生命的"⑥。安吉拉很快在纽约租了一间房子来构建自己的新"家",在"房子"代表的私人空间内,她还和一位家产丰厚的白人男性建立了恋爱关系。纽约大都市的气

---

① Jessie Redmon Fauset, *Harlem Renaissance*: *Five Novels of the 1920s* (The Library of America Series), New York: Literary Classics of the United States, Inc., 2011, p. 437.
② Jessie Redmon Fauset, *Harlem Renaissance*: *Five Novels of the 1920s* (The Library of America Series), New York: Literary Classics of the United States, Inc., 2011, p. 438.
③ Jessie Redmon Fauset, *Harlem Renaissance*: *Five Novels of the 1920s* (The Library of America Series), New York: Literary Classics of the United States, Inc., 2011, p. 487.
④ Jessie Redmon Fauset, *Harlem Renaissance*: *Five Novels of the 1920s* (The Library of America Series), New York: Literary Classics of the United States, Inc., 2011, p. 487.
⑤ Jessie Redmon Fauset, *Harlem Renaissance*: *Five Novels of the 1920s* (The Library of America Series), New York: Literary Classics of the United States, Inc., 2011, p. 487.
⑥ 《圣经》(《马太福音》8:13-14)(中英对照),中文和合本新国际版,中国基督教三自爱国运动委员会、中国基督教协会2007年版。

息、理想的画家梦想、依靠白人男友融入白人上流社会和暂时不用担忧的经济状况让安吉拉有一种寻找到理想之家的美好感觉。一系列的事件之后,安吉拉都市寻家之旅以她结束与白人男性的情侣关系和搬出纽约寓所告终,她试图通过冒充白人、与白人男性婚恋的方式实现文化融合的尝试是失败的。最后,她与旅行来到哈莱姆生活的姐姐重归于好,她旅行至家乡熟悉的街道,参观了她的旧所,"它就像一座小岛,矗立在波涛汹涌的绿色海洋中,抵御着任何可能的困难"①。旅行中的家园寻找历程再现了非裔女性在美国遭受的创伤,揭露了女性遭遇的屈辱历史。同时,回归式旅行中新家园的建构又对创伤进行愈合。小说结尾处,安吉拉重新拥抱自己的姐姐,回归黑人社区,对"家"的寻求和回归体现出安吉拉对种族文化和性政治等问题认识的转变。在遵守黑人社会习俗的"家"里,黑人群体的文化记忆将会得到继承和展演,新家园的建构颠覆、解构了"白人至上"的历史意识形态,安吉拉的寻"家"之旅暗含着福塞特对黑白种族文化融合复杂性的思考。

旅行对黑人女性的人生具有架构作用。通过对旅行寻"家"经历的书写,女性作家们折射出了 20 世纪初期新黑人女性在塑造自我形象和文化融合实践中的迷茫现状,表达了对种族文化关系问题的思考。从本质上说,拉森的小说《流沙》追问了一个问题,"冒充白人的非裔女性还能重返归家吗"②?克莱尔的死亡暗示了否定性的答案。克莱尔的寻家与黑尔加具有明显的差异。从小出生和成长于黑人社区的克莱尔,渴望逃脱黑人社区的贫困经济状态,主动逃离并进入了白人社区。伴随着她第一次离开黑人

---

① Jessie Redmon Fauset, *Harlem Renaissance*: *Five Novels of the 1920s* (The Library of America Series), New York: Literary Classics of the United States, Inc., 2011, p. 673.

② Perry L. Carter, "The Penumbral Spaces of Nella Larson's *Passing*: Undecidable Bodies, Mobile Identities, and the Deconstruction of Racial Boundaries", *Gender, Place and Culture*, Vol. 13, No. 3, 2006, p. 240.

第四章　书写"文明共性":黑白种族文化的冲突与融合

社区的旅行,克莱尔完成了种族身份转变,她冒充白人并依靠白人的特权扭转了自己的经济状况,在白人社区构建了一个"家"。在"家"内的私人空间里,话语权由白人丈夫掌控,克莱尔是为丈夫服务的从属角色。在"家"外的社会公共空间,克莱尔是一位享有种族特权的白人贵妇。克莱尔在着装和个人打扮方面与黑人社区时期大相径庭,连童年的伙伴艾琳在芝加哥的茶餐厅与她相遇时,艾琳也完全没有认出她来,在她看来克莱尔是一位有着迷人魅力和自信的白人贵妇。从小说零散的信息中可以得知,克莱尔跟随着丈夫到欧洲和美国其他城市有过多次旅行,她告诉艾琳自己的足迹到达过战时的法国、战后的德国、令人兴奋的英国,她甚至亲临过法国设计师作品首秀,但克莱尔寻找"家园"归属感和安全感的欲望并未得到满足。她渴望重新与黑人社区建立联系,前提是得隐瞒白人丈夫,因为她的物质财富和白人特权都得依靠白人丈夫提供。克莱尔有机会到哈莱姆旅行,她对"精神之家"的心理需求促使她以潜伏的方式回归到黑人社区,以艾琳家庭为代表的黑人社区让克莱尔得到了精神满足,克莱尔在黑人社区中获得了巨大快乐。对快乐的留恋促使她冒着巨大风险一次次参加黑人聚会,在丈夫破门而入的一次聚会中,克莱尔选择从窗口跳楼死亡。克莱尔作为女性群体的缩影,她的旅行不仅呈现了混血女性跨越肤色界限的社会现象,她的死亡也彰显出种族文化融合之难。

非裔女性的旅行总是从逃离社区的束缚开始,旅程中的非裔女性不断寻求自我定义和建构"家园",她们寻"家"之旅的最终指向都是实现黑白两种种族文化的和合共存。拉森的作品中,非裔女性混血儿的旅行并没有帮助她们实现寻找家园或回归家园的愿望,种族主义导致黑白种族文化之间的冲突被无限放大,她们并未找到两种文化和合共存的融合策略。在福塞特的作品中,当黑白种族冲突导致融合出现阻力时,她强调了家庭的亲情或道德力量,一个有独特黑人种族文化氛围的现实家园,有利于非裔女性达成对自我的定义、身份认同和精神家园的归属感。不论两种文化之间的融合是成功的还是失败的，她们的旅程都体现出女性对美国社会存在的种族、性别和阶级歧视的揭露和反抗。正是由于旅行中的不同遭遇，揭露出了非裔女性在精神或现实生活中的种种困境，展示了她们对两种文化进行融合的探索，这种努力对黑人种族实现美国"家园"建构意义重大。

三 异域想象与世界主义情怀

"异域作为一个想象空间或以故事背景或以隐喻的形式广泛存在于文学作品中，具有文本意义和意识形态内涵"[1]。为摆脱美国社会的种族文化冲突，20世纪初期的非裔美国人把目光转向了遥远的异域。这一时期的非裔女性小说中也出现了对欧洲、南美洲等异域的想象书写，异域被用于化解美国因种族主义无法处理的种族矛盾。巴西作为一个异域国度，不仅起到了与美国种族主义形成天壤之别的对比效果，而且提供了一个能实现种族融合的理想场所。对巴西的异域想象，既反映出美国本土文化融合的复杂性，也暗含着美国黑人对文化融合出路的思索。福塞特和拉森对拉丁美洲，尤其是巴西产生过持续性的关注和兴趣，表明女性作家们也正在寻找替代美国种族政治的方案，成为世界公民是美国黑人未来具有可能性的身份选择。"哈莱姆文艺复兴助产士福塞特的小说开启了美国黑人文学对于跨民族问题的讨论"[2]，这是20世纪70年代福塞特重新引起关注后的新研究角度。的确，细读福塞特的文本，不难发现小说中的主要人物都开始具有世界主义理想，她们在异域想象中充满寻找"文化共性"以实现文化和合共存的期待。

---

[1] 杜平：《维多利亚时代小说中的异域书写》，《西华师范大学学报》（哲学社会科学版）2017年第6期。

[2] Valerie Popp, "Where Confusion Is: Transnationalism in the Fiction of Jessie Redmon Fauset", *African American Review*, Vol. 43, No. 1, 2009, p. 132.

第四章　书写"文明共性"：黑白种族文化的冲突与融合

巴西在哈莱姆文艺复兴时期对美国黑人有独特意义，为美国的种族融合提供了未来榜样的力量。这个前葡萄牙的殖民地把自己定义为大熔炉国家，引发了美国黑人对文化融合的共同想象。从某种程度上说，20世纪初期的美国黑人和拉丁美洲国家之间形成了一段漫长却常被忽视的潜在"合作"历史。福塞特是最早开始关注巴西的作家之一，她认为巴西是美国黑人的"世外桃源"。在担任《危机》杂志文学编辑期间，她就刊发了几篇关于巴西的介绍性文章，所有文字材料都表明巴西的种族问题与美国的种族问题有着巨大的差异。巴西有大量的黑人和混血儿族群，但是现代巴西却不强调特定种族的先天优劣性，种族问题不是巴西的主要社会问题，物质财富才是社会阶层的分类标准。那里不存在肤色界限，种族融合在巴西并没有失败。拉丁美洲作为美国黑人的避难所，最早出现在19世纪中期，黑人运动的早期领导者曾提出过将南美洲作为美国黑人的理想之地，并罗列出了移民拉丁美洲相较于返回非洲的优势，诸如移民拉丁美洲将使美国南方的黑人在跨国空间内塑造一个自由的自我，同时美国人和黑人的双重身份认同也得到维系，而不必放弃美国人的身份。但是黑人一旦回到非洲，便意味着心理上要彻底抛弃美国精神。福塞特本人也撰写过文章《巴西的解放者》，她的这篇文章明确地把一名巴西的废奴主义者置于伟大黑人领袖的行列之中，她还开创性地将这位伟大的巴西黑人融入了美国黑人的文学传统，这一策略有效地将黑人的边界向南推进了很远，显示出一种世界主义情怀。

福塞特的小说塑造了"世界公民"形象的雏形。她的作品除了塑造众多旅行或移居欧洲的非裔女性人物外，还对拉丁美洲，尤其是巴西有过持续性的兴趣，文本中创造了诸多相关的形象和情节，展示了美国黑人成为世界公民的多种可能形式。《存在混乱》中乔安娜的伙伴们就曾一度猜测她有着南美的血统，汤姆·梅森则提到南美是一个逃离种族歧视的

双重认同与融合：哈莱姆文艺复兴时期非裔女性小说研究

希望之地。《葡萄干面包》中的安东尼·克罗斯有着南美血统，巴西裔美国人安东尼与安吉拉在巴黎再次相遇，并在巴黎组建了一个跨国跨族群的家庭，他们的婚姻模式提供了一种跨越种族、国族边界的全球公民形式。在《存在混乱》中，汤姆·梅森和皮特·拜之间的对话涉及了美国黑人对移居国外的想象。皮特不满并批评白人的傲慢，汤姆的回应不是如何扭转或改变美国白人的傲慢，而是转向了移民。汤姆说："你关心他们干什么？我唯一感兴趣的就是从白人那里得到我想要的。当我赚够了钱，如果我不能随心所欲地在这里消费，安妮和我就可以收拾东西去南美或者法国。我听说那里的人对有色人种很好。"[1] 汤姆考虑完成资本积累后移民，暗示出消费时代美国的种族问题继续干扰着美国黑人将赚来的钱转化为花出去的钱的自由。移民南美或法国意味着跨国空间里阶级比种族更为重要，这有助于恢复"生产"与"消费"之间被种族问题人为切断的联系。

无独有偶，拉森也将巴西描述为缓解种族压力和文化冲突的理想之地。小说《越界》中艾琳的黑人丈夫布莱恩是一名医生，但他厌倦了美国的种族主义和烦琐的职业生涯，他抱怨道："我很忙，忙得就像一只捉跳蚤的猫……我讨厌我的病人，我讨厌他们愚蠢又爱瞎管事的家属，我讨厌他们又臭又脏的病房，我讨厌在黑暗的走廊里爬肮脏的台阶。"[2] 布莱恩对美国种族问题的态度与妻子艾琳截然相反，他并不认为美国能在短时期内解决种族冲突，黑人也不能在短时期融入主流社会文化，因为他认为黑人改善经济状态的步伐实在太慢。他在多年前就提议过举家移居巴西，因为只有巴西才能助他走出困境，那里多族

---

[1] Jessie Redmon Fauset, *There Is Confusion*, Boston: Northeastern University Press, 1989, p. 182.

[2] Nella Larson, "Passing", in Charles R. Larson ed., *The Complete Fiction of Nella Larson*, New York: Anchor Books, a Division of Random House, Inc., 2001, p. 217.

第四章 书写"文明共性":黑白种族文化的冲突与融合

裔和谐共存的文化空间是修复创伤的灵丹妙药。表面上看,布莱恩一家留在美国生活衣食无忧,他在纽约的职业也相当成功,但是布莱恩对职业和美国国家的厌恶之情与日俱增,移民巴西是他逃离美国的理想策略。因艾琳反对,布莱恩没有再提移民巴西的想法,但艾琳知道布莱恩心里从未打消过这个想法,"尽管他没有提到,但它(巴西)住在他的心里,它吓到了她,激怒了她"[1]。小说中的布莱恩已经具备世界主义情怀,虽然他没能实现移民巴西的梦想,但巴西这个遥远的异域已然是美国黑人消除种族冲突的理想场所。

拉丁美洲在福塞特、拉森小说中具有多重功能。布莱恩、汤姆对移民南美的异域想象源自美国黑人对南美,尤其是巴西种族历史的兴趣,巴西被描述为一个黑人中产阶级理想的新家园。《危机》杂志曾在1915年就发表了《巴西一瞥》,作者从文化地理的视角对巴西的地理、种族和文化的形成进行分析,表明巴西不仅是一个种族和文化高度融合的社会,而且巴西对美国政治"漠不关心",在外交政治上既不亲近美国也不反对美国。作者鼓励黑人移民巴西,"对于有远大抱负和机智的人,美国是一个种族歧视无所不在的国家,如果渴望在更为公平的地区大展身手,他们应该把目光投向巴西。但是对于一个没有技能或资本的人,巴西是没有多少诱感的。但如果他有'资本',或者一个职业人士想要一个不受限制且受欢迎的环境,巴西就会提供很多诱惑"[2]。1918年另一篇文章《巴西来信》,再现了《巴西一瞥》中的很多主题。1926年《纽约时报》的书评栏目也发表了对著作《巴西征服》的评论,文章也是着重强调了巴西文化的混杂性。在美国黑人对巴西的异域想象中,巴西

---

[1] Nella Larson, "Passing", in Charles R. Larson ed., *The Complete Fiction of Nella Larson*, New York: Anchor Books, a Division of Random House, Inc., 2001, p. 217.

[2] Valerie Popp, "Where Confusion Is: Transnationalism in the Fiction of Jessie Redmon Fauset", *African American Review*, Vol. 43, No. 1, 2009, p. 133.

注重捍卫种族混血的地位,特别反对对种族混血的偏见。巴西的需求是金钱而不是肤色,巴西的种族观念与社会阶层和物质财富相关,而不是与肤色、种族相联系。就连曾经担任美国总统的西奥多·罗斯福都公开表达过巴西与美国种族问题的差异性,罗斯福也承认巴西人是一个"种族民主"(racial democracy)的国家,他发出的感叹是:"巴西人和美国人之间的根本差别就是对黑人的态度……所有巴西人不论种族都可以因才干和能力得到合适的职位。"①

女性作家通过书写非裔美国人对以巴西为代表的南美洲的异域想象,展示了对黑白种族文化融合出路的思考,以及她们对文化和合共存的理想社会的期盼。这一时期非裔女性小说开始塑造具有世界主义情怀的人物形象,对异域的想象表达出美国黑人跨越国界实现文化融合的可能性。福塞特、拉森等女性作家虽从未造访过巴西,但她们对巴西的异域想象蕴含着渴望实现世界主义的理想,这正是构建"世界公民"的基石。在这一时期的女性小说中,巴西和美国被描述为两个拥有截然不同种族文化关系的世界:一个是美国黑人所处的种族冲突无处不在的美国;另一个是黑白种族实现了高度和谐共存的巴西。在非裔美国人看来,巴西绝不是一个完全被虚构出来的虚幻空间,而是实现了种族平等、文化融合的真实社会空间。对巴西的异域想象充分展示了20世纪初期美国复杂的社会形态,表明了黑白种族之间文化冲突的事实性存在,再现了主流社会白人对黑人的偏见。为了实现身份认同构建,巴西被非裔美国人共同想象为一个可供认同的理想坐标,是黑白种族文化实现和合共存的希望之乡。

小 结

作为文化调整的方式,文化融合是黑白种族在文化交流过

---

① 参见 https://www.zhihu.com/question/53478211, 2018-11-05。

第四章 书写"文明共性":黑白种族文化的冲突与融合

程中,黑人以种族文化传统为基础,根据自身的发展需求,经过接触、撞击、吸纳、筛选、消化主流社会文化,对两种文化进行调适与整合以促进自身发展的过程。这一时期的非裔女性小说及时地书写了两种文化在现代美国社会中的互动、冲突和融合。一方面,小说中既是黑人也是美国人的非裔女性感受到了20世纪美国城市中种族文化冲突、种族矛盾依然存在的现实。另一方面,她们越来越清晰地意识到黑白种族文化在美国现代化进程中必然进行高度融合的趋势,她们设法实现双重身份在美国现实生活中的和合共存,使她们既能坚守非裔文化传统以强化种族文化自豪感,又吸收美国主流文化以满足现实生活之需。福塞特、拉森和赫斯顿的小说也透露出对黑白种族文化冲突、融合的强烈表达兴趣,具体表现为以下三方面:

首先,女性作家的"越界小说"探索了两种文化对女性身份建构的限制及可能性。作为种族交流的"产物",混血女性代表着黑白种族的交流事实。但她们笔下的20世纪初期混血女性突破了前辈作家们的悲剧混血儿写作传统,这些混血女性成为更加完整、复杂和真实的人,混血儿形象的塑造也并不以强调黑人种族的自豪感或种族身份认同回归为创作目的。福塞特笔下的混血儿否定了传统的浪漫爱情故事,坚信"生活比肤色更重要",她们通过接受教育、获取职业来实现现代独立个体的身份建构。拉森小说中混血儿的越界决定是一系列因素的综合结果,她们不断跨越种族障碍,努力消解两种文化之间的冲突,以实现自我定义。《流沙》描写了混血儿黑尔加的身份构建困境,展现了受教育混血女性无力在现代美国社会寻求两种文化和合共存的悲剧。《越界》通过艾琳和克莱尔展示了混血女性面对种族、性别歧视等问题时的焦虑与创伤,突破了传统混血儿小说的主题,同时也引发了关于种族肤色障碍的质疑。

其次,女性作家都关注了消费主义时代都市女性对黑白种族文化高度融合的体验。20世纪20年代是主流文化中消费主义文化的兴盛期，中产阶级非裔女性开始追赶社会时尚，美妆消费成为她们生活的重要组成部分。安吉拉、梅丽莎、劳伦汀、黑尔加、艾琳都是具有爱美意识的女性人物，她们都是美妆产业的消费者，主流社会的大众消费文化与非裔女性塑造新黑人形象的需求在 20 年代的都市空间合流生产出独特的非裔美妆文化。美妆构建了哈莱姆文艺复兴时期非裔女性的身体意识与身体美学，也满足了她们在都市生存空间改变刻板印象、创造更好生存机遇的需要。由美妆广告宣传、打造的美妆文化对城市非裔女性的审美观产生了深刻影响，以"漂白"为目标的主流美妆审美直接影响非裔女性对"美"的理解。一方面，非裔女性的美妆时尚迎合了主流社会的审美标准，表明了 20 年代消费主义文化和主流社会的审美意识对非裔女性的吸引和刺激，她们的美妆消费行为也暗示出非裔女性渴望实现与主流视觉审美的融合；另一方面，非裔女性借助美妆刻意掩饰自己的黑肤色，她们完全向白人趋同的美妆行为，表明肤色偏见的存在事实。经过美妆制造出来的"漂白之美"所反映出的审美标准具有很强的"人为性"，它本身就是白人制造肤色歧视的证据。作为非裔女性的文化融合实践，福塞特、拉森等作家敏锐地察觉到城市非裔社区盛行的美妆文化中暗含着白人文化霸权意识，非裔女性涂脂抹粉、拉直头发等美妆行为体现出主流社会"以白为美"的美妆文化与"以黑为美"的种族文化之间的潜在冲突，对非裔女性的族裔文化认同造成了强烈冲击。女性作家们批判了这种过度趋同于白人审美的文化融合模式，表明这种融合并未达成两种文化的和合共存。

最后，女性作家都关注了女性的寻家之旅，表达了非裔女性群体对融合出路的探索与身份归属感的主动建构。旅行成为 20 世纪初期非裔女性生活的一部分，她们在旅行中不断去寻"家"，甚至跨越国界去寻找没有种族、性别、阶级歧视的家园。小说《葡萄干面包》《流沙》和《喜剧：美国风格》都记

第四章 书写"文明共性":黑白种族文化的冲突与融合

录了边缘性女性在旅行中争取都市生存空间,试图消解黑白种族文化冲突和身份建构的历程。安吉拉、黑尔加等女性穿梭于不同城市的旅行,折射出了非裔女性在实现自我定义和身份建构时的迷茫现状,但她们的不断旅行也说明了女性寻找身份归属感的勇气和决心。安吉拉、黑尔加的旅行都曾跨越国界,欧洲成为她们寻找身份归属感的实验场所,巴西被认为是黑白种族高度地、和谐地融合的榜样。在某种程度上,非裔女性的跨国旅行与异域想象,为黑人种族提供了构建世界公民身份的雏形。

结　　语

　　无论在何种层次上，非裔女性小说的追求都是为了解决现代美国黑人的心理和社会困境。哈莱姆文艺复兴时期的作家们有着共同的奋斗目标，即实现黑人种族在政治、经济上的平等自由。结合黑人种族在美国百年的生活斗争史，20世纪初期的新黑人女性作家开始意识到自己既是美国人又是黑人的双重身份，重新审视异质文化冲突与融合问题，形成了双重认同与融合的创作主题、创作倾向及文化取向。一方面，以福塞特、拉森和赫斯顿为代表的非裔女性作家受哈莱姆文艺复兴和同时代非裔男性作家的影响，她们的创作坚持书写"黑人性"，以反对种族歧视、提升种族自豪感和树立种族文化自信心为使命。在她们的小说中，非裔女性作为非裔文化传统的传承人，她们大力弘扬非裔民间习俗，展演非裔语言艺术，坚守来自非洲的原始宗教信仰，维系着非裔群体交往的文化纽带，捍卫了族裔身份认同。另一方面，非裔女性作家运用现代叙事艺术、心理描写和象征手法等主流文学语言艺术手法，记录了非裔女性在现代化、城市化和工业化美国的生活经历，展现了中产阶级城市非裔女性对平权梦、城市梦、职业梦和财富梦的追求。这一时期的非裔女性积极参与美国社会事务，拒绝移民非洲，强调与白人女性的相似性，伸张女性权利，表达了对美国主流文化和美国身份的认同。此外，非裔女性作家还探讨了黑白种族之间的文化冲突与融合问题，展现了非裔女性融合两种异质文化

结　语

以缓解文化冲突和实现文化和合共存的努力。女性作家特别关注作为种族混合"产物"的非裔女性混血儿，书写了文化冲突对她们造成的身份困惑，以及她们游离于两个种族之间"割不断""融不下"的认同困境。极具女性性别特征的非裔美妆文化是非裔女性对两种文化进行融合的实践，表现了融合的艰难和复杂性。非裔女性的跨域式寻家之旅不仅丰富了女性的视野，而且加强了非裔女性对种族文化融合出路的思考与摸索。

哈莱姆文艺复兴时期的非裔女性小说是非裔女性文学史的里程碑，标志着非裔女性文学向现代性的转折。莫里森曾这样说过："因为是个女人，写作更有价值。对我而言，女人对某些事情有着特别的见识，这源于女人观察世界的方式和女人的想象力……而男人——被某种方式培养的男人——对此则难以企及。"[1] 从哈莱姆文艺复兴时期开始，女性作家们总是有意识地选取非裔女性为书写对象，从女性独特的角度去描写女性经验，反映处于社会重大变革时期女性的处境，表现女性的生活状态和精神世界。这一时期的非裔女性小说在选材、主题、人物形象、叙事形式等方面呈现出的鲜明特点都在其后非裔女性小说中得到了继承与发展。"传统并不是天生的，它是构建的"[2]。可以说，哈莱姆文艺复兴时期的非裔女性小说构建了现代非裔女性小说写作传统，为现当代非裔美国女性文学的繁荣奠定了基础，其主要表现为以下三个方面：

第一，这一时期的非裔女性小说构建了非裔女性文学的创作主题传统。基于非裔种族立场和女性性别视角，哈莱姆文艺复兴时期的女性作家开始审视非裔女性与白人种族、与男性、与美国、与世界的关系。这一时期的小说通过描写20世纪初期女性的美国生活体验，展示了非裔女性在城市化进程中对待性

---

[1] Nellie Y. Mckay ed., *Critical Essays on Tomi Morrison*, Boston: G. K. Hall, 1988, p. 54.
[2] 周春：《美国黑人文学批评研究》，上海人民出版社2016年版，第397页。

别、种族、阶级、性、婚姻、教育、文化传统等问题的新态度。小说中的非裔女性形象也早已不是传统文学中的"保姆""妓女",而是"真实、复杂、完整"的新黑人女性,她们的女性意识开始觉醒,具有力量与尊严,渴望成为言说主体,寻求自我定义,主动追梦,努力构建"家园",重视女性成长的价值。女性作家们开始抨击性别歧视,揭露非裔女性所遭受的种族、性别和阶级等多重压迫,表达她们渴望平等和自我定义的心声,展现她们追求双重身份认同与黑白种族文化融合的历程。总体而言,这一时期的小说中出现了"反对歧视""美国梦""双重认同与融合""母女关系""姐妹情谊""女性意识觉醒"等主题,这些主题在后期非裔女性小说《我知道笼中鸟为何歌唱》《莫德·玛莎》《紫色》《宠儿》《最蓝的眼睛》等中得到了继承与深化,形成了现代非裔美国女性文学的主题传统。

  第二,这一时期的非裔女性小说构建了非裔女性文学重视非裔民间文化的写作传统。在呼吁提升种族自豪感的时代背景下,哈莱姆文艺复兴时期的女性小说格外注重挖掘非裔民间文化元素,对非裔民间文化的多层面书写证明了非裔文化传统的独特性和生命力。大力弘扬非裔民间文化的创作倾向不仅显示出非裔文化与美国主流文化的巨大差异,而且展现了女性作家对非裔民间文化的自信。这种珍视民间文化价值的立场,在其后的非裔女性作家艾丽斯·沃克、格洛丽亚·内勒、玛雅·安吉洛和托妮·莫里森的小说中得到了继承和进一步发展。她们也注重从非裔民间文化中汲取养料,采用黑人方言土语为创作语言,歌颂非裔文化传统的巨大价值,进一步表明了"黑人性"是非裔美国文学的灵魂。同时,她们避免了赫斯顿在文学创作中对民俗材料稍显粗糙、生硬的处理方式,更加注重民俗与文学创作之间的"无缝"对接,增强了作品的文学审美性。

  第三,这一时期的非裔女性小说构建了非裔女性文学谱

结　语

系，使得非裔女性作品之间具有明显的互文性。每一个时期的女性作家创作总是既继承又突破先辈们的文学创作，20世纪之前的非裔女性通常以奴隶身份通过讲故事的形式来撰写自己的奴隶经历，抒发她们的情感和对自由的渴求。哈莱姆文艺复兴时期的女性小说创作在保留了自传性小说风格的同时，超越了传统的奴隶叙事，不再停留于控诉美国黑人作为奴隶遭受的种族歧视，也不再满足于推翻黑人是劣等种族的论调。非裔女性作家大量借鉴、吸收美国主流文学创作技巧，集中书写了20世纪初期非裔女性的生活体验、复杂的内心感受和女性意识的觉醒过程，很好地展示了非裔女性文学的政治性和审美性。其后的非裔女性作家玛雅·安吉洛、格温多琳·布鲁克斯和洛伦·凯莉等人的小说也继承了女性写作的自传性传统，同时利用主流文学的语言艺术创造方法实现了虚实结合，使得作品在继承前辈创作风格的基础上，实现了新的形式突破。

贝尔·胡克斯说："我们在生活的边缘，我们发展了一种看待现实的特殊方式。我们的生存依赖于公众持续意识到边缘和中心的分离，这种意识支持着我们努力超越贫困和绝望，加强我们的自我意识和团结。"[1] 哈莱姆文艺复兴时期的非裔女性小说既描写了少数族裔在美国社会仍受到诸多歧视的真实生存状态，也提出了消除种族歧视和促进种族融合的一些可能性方案。她们提出种族、性别平等的争取离不开女性自身的努力，强调与美国主流文化进行交流、互动和融合对女性成长的价值。非裔女性可以通过提高受教育程度、实现就业和取得财富等途径扭转刻板印象，充分参与美国社会生活，最终实现"美国梦"。同时，她们也敏锐地觉察到城市非裔女性与主流文化融合中出

---

[1] ［美］贝尔·胡克斯：《女权主义理论：从边缘到中心》，晓征、平林译，江苏人民出版社2001年版，第5页。

现的身份认同困惑及潜在的"黑人性"认同危机，呼吁少数族裔维护种族文化个性，强调弘扬非裔文化传统的重要性，以捍卫族裔身份和维系种族文化认同。总之，非裔女性小说中暗含的多元文化平等并存精神对反对种族歧视、解决种族文化冲突和构建美国多元文化具有现实意义。

参考文献

一　作家作品类

［美］佐拉·尼尔·赫斯顿：《他们眼望上苍》，王家湘译，北京十月文艺出版社2000年版。

Jessie Redmon Fauset, "New Literature of the Negro", *The Crisis*, June, 1920.

Jessie Redmon Fauset, "Impressions of the Second Pan-African Congress", *The Crisis*, Nov., 1921.

Jessie Redmon Fauset, "What Europe Think of the Pan-African Congress", *The Crisis*, Dec., 1921.

Jessie Redmon Fauset, "Oriflamme", *The Crisis*, Jan., 1922.

Jessie Redmon Fauset, "The Thirteenth Biennial of the N. A. C. W", *The Crisis*, Oct., 1922.

Jessie Redmon Fauset, *There Is Confusion*, Boston: Northeastern University Press, 1989.

Jessie Redmon Fauset, *The Chinaberry Tree*, New York: G. K. Hall & Co., An Imprint of Simon & Schuster Macmillan, 1995.

Jessie Redmon Fauset, *Harlem Renaissance: Five Novels of the 1920s* (The Library of America Series), New York: Literary Classics of the United States, Inc., 2011.

Jessie Redmon Fauset, *Comedy: American Style*, Mineola, New York:

Dover Publications, Inc. , 2013.

Zora Neale Hurston, *Their Eyes Were Watching God*, London: Virago Press, 1986.

Zora Neale Hurston, "Jonah's Gourd Vine", in Cheryl A. Wall ed. , *Zora Neale Hurston: Novels and Stories* (The Library of America Series), New York: Literary Classics of the United States, Inc. , 1995.

Zora Neale Hurston, "Moses, Man of the Mountain", in Cheryl A. Wall ed. , *Zora Neale Hurston: Novels and Stories* (The Library of America Series), New York: Literary Classics of the United States, Inc. , 1995.

Zora Neale Hurston, "Mules and Men", in Cheryl A. Wall ed. , *Zora Neale Hurston: Folklore, Memoirs, and Other Writings* (The Library of America Series), New York: Literary Classics of the United States, Inc. , 1995.

Zora Neale Hurston, "Selected Articles", in Cheryl A. Wall ed. , *Zora Neale Hurston: Folklore, Memoirs, and Other Writings* (The Library of America Series), New York: Literary Classics of the United States, Inc. , 1995.

Zora Neale Hurston, "Selected Stories", in Cheryl A. Wall ed. , *Zora Neale Hurston: Novels and Stories* (The Library of America Series), New York: Literary Classics of the United States, Inc. , 1995.

Zora Neale Hurston, "Seraph on the Suwanee", in Cheryl A. Wall ed. , *Zora Neale Hurston: Novels and Stories* (The Library of America Series), New York: Literary Classics of the United States, Inc. , 1995.

Zora Neale Hurston, *Dust on the Road: An Autobiography* (Harper Perennial Modern Classics), Reissue: Harper Perennial, 2006.

Zora Neale Hurston, *Tell My Horse: Voodoo and Life in Haiti and Ja-*

maica, Reissue: Harper Collins Press, 2009.

Nella Larson, "Correspondence", *Opportunity*, IV, Sep., 1926.

Nella Larson, "Passing", in Charles R. Larson ed., *The Complete Fiction of Nella Larson*, New York: Anchor Books, a Division of Random House, Inc., 2001.

Nella Larson, "Quicksand", in Charles R. Larson ed., *The Complete Fiction of Nella Larson*, New York: Anchor Books, a Division of Random House, Inc., 2001.

二　研究著作类

艾周昌:《非洲黑人文明》,中国社会科学出版社1999年版。

程锡麟:《赫斯顿研究》,上海外语教育出版社2005年版。

《辞海》,上海辞书出版社1999年版。

胡晓军、傅琴芳等:《灵魂之声:女性与心理视域融合下的赫斯顿研究》,四川大学出版社2014年版。

胡笑瑛:《传统中的传统:赫斯顿长篇小说研究》,吉林大学出版社2012年版。

胡笑瑛:《非裔美国黑人女性文学传统研究》,中国社会科学出版社2017年版。

胡亚敏:《叙事学》,华中师范大学出版社2004年版。

黄卫峰:《哈莱姆文艺复兴研究》,外语教学与研究出版社2007年版。

黄卫峰:《美国黑白混血现象研究》,苏州大学出版社2014年版。

嵇敏:《美国黑人女权主义视域下的女性书写》,科学出版社2011年版。

江春兰:《赫斯顿、安吉洛和凯莉自传的新突破》,厦门大学出版社2015年版。

江宁康:《美国当代文学与美利坚民族认同》,南京大学出版社2008年版。

焦小婷：《非裔美国作家自传研究》，科学出版社2017年版。

解英兰：《美国黑人文化》，中国妇女出版社2003年版。

金莉：《20世纪美国女性小说研究》，北京大学出版社2010年版。

梁工：《圣经典故辞典》，辽宁人民出版社1993年版。

梁工：《当代文学理论与圣经批评》，人民出版社2014年版。

卢晓辉：《现代性与民间文学》，社会科学文献出版社2004年版。

罗虹：《从边缘走向中心：非洲裔美国黑人文化》，中国社会科学出版社2013年版。

罗虹：《当代非裔美国新现实主义小说论》，中国社会科学出版社2014年版。

宁骚：《非洲黑人文化》，浙江人民出版社1993年版。

庞好农：《非裔美国文学史（1619—2010）》，中央编译出版社2013年版。

申丹：《西方叙事学：经典与后经典》，北京大学出版社2011年版。

《圣经》（中英对照），中文和合本新国际版，中国基督教三自爱国运动委员会、中国基督教协会2007年版。

唐红梅：《种族、性别与身份认同——美国黑人女作家艾丽丝·沃克、托妮·莫里森小说创作研究》，民族出版社2006年版。

唐红梅：《自我赋权之路——20世纪美国黑人女作家小说创作研究》，华中师范大学出版社2012年版。

王恩铭：《美国黑人领袖及其政治思想研究》，上海外语研究出版社2008年版。

王家湘：《20世纪美国黑人小说史》，译林出版社2006年版。

王淑芹：《美国黑人女性主义文学批评研究》，山东大学出版社2014年版。

王元陆：《赫斯顿在种族和性属问题上的矛盾性研究》，外语教学与研究出版社2010年版。

翁德修：《美国黑人女性文学》，吉林大学出版社2000年版。

参考文献

吴新云：《身份的疆界：当代美国黑人女权主义思想透视》，中国社会科学出版社2007年版。

徐葆耕：《文学：心灵的历史》，清华大学出版社2002年版。

闫广林、徐侗：《幽默理论关键词研究》，学林出版社2010年版。

杨仁敬：《新历史主义与美国少数族裔小说》，上海外语教育出版社2013年版。

杨中举：《黑色之书：莫里森小说创作与黑人文化传统》，中央文献出版社2007年版。

张德文：《哈莱姆文艺复兴的越界小说研究》，吉林大学出版社2014年版。

张立新：《视觉、言语幽默的情感认知互动模式——多模态幽默的功能认知研究》，东南大学出版社2012年版。

张玉红：《赫斯顿民俗小说研究》，科学出版社2015年版。

张玉红：《佐拉·尼尔·赫斯顿小说中的民俗文化研究》，河南大学出版社2010年版。

张中载主编：《二十世纪西方文论选读》，外语教学与研究出版社2002年版。

赵一凡主编：《西方文论关键词》，外语教学与研究出版社2006年版。

钟敬文：《民俗学概论》，上海文艺出版社2009年版。

周春：《美国黑人女性主义批评研究》，四川大学出版社2007年版。

周春：《美国黑人文学批评研究》，上海人民出版社2016年版。

朱刚：《二十世纪西方文论》，北京大学出版社2006年版。

朱光潜：《西方美学史》，人民文学出版社2002年版。

朱立元：《当代西方文艺理论》，华东师范大学出版社2014年版。

［德］扬·阿斯曼：《文化记忆：早期高级文化中的文字、回忆和政治身份》，金寿福译，北京大学出版社2016年版。

［美］爱默生：《不朽的声音》，张世飞等译，当代世界出版社

2002年版。

[美] 萨克文·伯科维奇主编：《剑桥美国文学史》第6卷，张宏杰等译，中央编译出版社2009年版。

[美] 伯纳德·W. 贝尔：《非洲裔美国黑人小说及其传统》，刘婕等译，四川人民出版社2000年版。

[美] 威·艾·伯·杜波依斯：《黑人的灵魂》，维群译，人民文学出版社1959年版。

[加] 诺思洛普·弗莱：《伟大的代码——圣经与文学》，郝振益等译，北京大学出版社1998年版。

[奥] 弗洛伊德：《精神分析引论》，高觉敷译，商务印书馆2015年版。

[美] 富兰克林：《美国黑人史》，张冰姿译，商务印书馆1988年版。

[美] 小亨利·路易斯·盖茨：《意指的猴子：一个非裔美国文学批评理论》，王元陆译，北京大学出版社2011年版。

[美] 塞缪尔·亨廷顿：《我们是谁？美国国家特性面临的挑战》，程克雄译，新华出版社2005年版。

[美] 贝尔·胡克斯：《女权主义理论：从边缘到中心》，晓征、平林译，江苏人民出版社2001年版。

[德] 埃德蒙德·胡塞尔：《现象学的观念：胡塞尔文集》第2卷，倪梁康译，人民出版社2007年版。

[美] 戴安娜·拉维奇编：《美国读本：感动过一个国家的文字》，林本椿等译，生活·读书·新知三联书店1995年版。

[美] 迈克尔·莱恩：《文学作品的多重解读》，赵炎秋译，北京大学出版社2006年版。

[美] 文森特·里奇：《20世纪20年代至80年代的美国文学批评》，王顺珠译，北京大学出版社2013年版。

[美] 卢瑟·S. 利德基：《美国特性探索》，龙治芳等译，中国社会科学出版社1991年版。

参考文献

［法］荣格：《潜意识与心灵成长》，张月译，上海三联书店 2014 年版。

［美］理查德·舒斯特曼：《身体意识与身体美学》，程相占译，商务印书馆 2011 年版。

［英］弗吉尼亚·伍尔夫：《一间自己的房间》，贾辉丰译，商务印书馆 2012 年版。

［美］伊莱恩·肖瓦尔特：《她们自己的文学》，韩敏中译，浙江大学出版社 2012 年版。

Lena Ahlin, *The New Negro in the Old World: Culture and Performance in James Weldon Johnson, Jessie Fauset, and Nella Larson*, Stockholm: Press of Lund University, 2006.

Adele Alexander, *Homelands and Waterways: The American Journey of the Bond Family, 1846–1926*, New York: Pantheon Books, 1999.

Michael Awkward ed., *New Essays on Their Eyes Were Watching God*, New York: Cambridge University Press, 1990.

Houston A. Baker Jr., *Black Literature in America*, New York: McGraw-Hill, Inc., 1971.

Houston A. Baker Jr., *Modernism and the Harlem Renaissance*, Chicago: University of Chicago Press, 1987.

Houston A. Baker Jr., *Singers of Daybreak: Studies in Black American Literature*, Washington: Howard Univeisity Press, 1983.

Houston A. Baker Jr. and Patricia Redmond, eds., *Afro-American Literary Study in the 1990s*, Chicago: University of Chicago Press, 1989.

Barbara A. Baker, *The Blues Aesthetic and the Making of American Identity in the Literature of the South* (Modern American Literature New Approaches Series), New York: Peter Lang Publishing, Inc., 2003.

Mikhail Bakhtin, *Rabelais and His World*, trans. Helene Iswolsky, Bloomington: Indiana University Press, 1984.

Ingrid Banks, *Hair Matters: Beauty, Power and Black Women's Consciousness*, New York University Press, 2010.

Lois W. Banner, *American Beauty*, New York: Alfred A. Knopf, 1983.

Nina Baym, *The Norton Anthology of American Literature* (Second Edition), Ontario: W. W. Norton & Company, Inc., 1995.

Bernard W. Bell, *The Afro-American Novel and Its Tradition*, Amherst, Massachusetts: Massachusetts University Press, 1987.

Bernard W. Bell, *The Contemporary African American Novel: Its Folk Roots and Modern Literary Branches*, Amherst & Boston: University of Massachusettes Press, 2004.

Steven Belluscio, *To Be Suddenly White, Literary Realism and Racial Passing*, Columbia and London: University of Missouri Press, 2006.

Afred Bendixen and Judith Hamera, eds., *The Cambridge Companion to American Travel Writing*, New York: Cambridge University Press, 2009.

Shari Benstock ed., *Feminist Issues in Literary Scholarship*, Bloomington & Indianapolis: Indiana University Press, 1987.

Harold Bloom ed., *Bloom's Period Studies: The Harlem Renaissance*, Philadelphia: Chelsea House Publishers, a subsidiary of Haights Cross Communications, 2004.

Harold Bloom ed., *Modern Critical Interpretations: Zora Neale Hurston's Their Eyes Were Watching God*, New York & Philadelphia: Chelsea House Publishers, 1987.

Harold Bloom ed., *Modern Critical Views: Zora Neale Hurston*, New Haven: Chelsea House Publishers, 1986.

Robert A. Bone, *Down Home: A History of Afro-American Short Fiction From Its Beginnings to the End of the Harlem Renaissance*, New York: Putnam, 1975.

Robert A. Bone, *The Negro Novels in America*, New Haven: Yale Uni-

参考文献

versity Press, 1958.

Valerie Boyd, *Wrapped in Rainbows: The Life of Zora Neale Hurston*, London: Virago Press, 2003.

Ross Brown, *Afro-American World Almanac: What Do You Know about Your Race*, Chicago: Bedford Brown Edition, 1942.

Emily Miller Budick, *Blacks and Jews in Literary Conversation*, Cambridge: Cambridge University Press, 1998.

Ayana D. Byrd and Lori L. Tharps, *Hair Story: Untangling the Roots of Black Hair in America*, New York: St. Martin's Press, 2001.

Licia Morrow Calloway, *Black Family (Dys) Function in Novels By Jessie Fauset, Nella Larsen and Fannie Hurst*, New York: Peter Lang Publishing, Inc. , 2003.

Kaite G. Cannon, *Black Womanist Ethics*, Atlant, Georgia: Scholar Press, 1988.

Hazel V. Carby, *Reconstructing Womanhood: The Emergence of the Afro-American Woman Novelist*, New York: Oxford Univeristy Press, 1987.

Heilbrun Carolyn, *Feminist in a Tenured Position*, Charlottesville: University of Virginia Press, 2005.

Barbara Christian, *Black Feminist Criticism: Perspectives on Black Women Novelist*, New York: Pergamon Press, 1985.

Barbara Christian, *Black Women Novelists: The development of a Tradition*, Westport, Conn: Greenwood Press, 1980.

Shawn Anthony Christian, *The Harlem Renaissance and the Idea of a New Negro Reader*, Amherst: University of Massachusetts Press, 2016.

Maxine Leeds Craig, *Ain't I a Beauty Queen? Balck Women, Beauty, and the Politics of Race*, New York: Oxford University Press, 2002.

Gloria L. Cronin ed. , *Critical Essays on Zora Neale Hurston*, New York: G. K. Hall & Co. , 1998.

Walter C. Daniel, *Images of the Preacher in Afro-American Literature*, Washington: UP of America, 1981.

Carole Boyce Davies, *Black Women, Writing and Identity: Migrations of the Subject*, London and New York: Routledge, 1994.

Cynthia Davis and Verner D. Mitchel, eds., *Zora Neale Hurston: An Annotated Bibliography of Works and Criticism*, Lanham: The Scarecrow Press, Inc., 2013.

Thadious M. Davis, *Nella Larson's Harlem Aesthetic*, Baton Rouge and London: Louisiana State University Press, 1994.

Thadious M. Davis, *Nella Larson: Novelist of the Harlem Renaissance, A Woman's Life Unveiled*, Baton Rouge and London: Louisiana State University. 1994.

Carl Degler, *Slavery and Genesis of American Race Prejudice*, Cambridge: University of Cambridge, 1959.

Richard Dorson, *American Negro Folktales*, Greenwich Conn: Fawcett Premier Books, 1967.

W. E. B. Dubois, *The Souls of Black Folk*, New York: The Blue Heron Press, 1953.

Leigh Anne Duck, *The Nation's Region: Southern Modernism, Segregation, and U. S. Nationalism*, Athens and London: The University of Georgia Press, 2006.

Paul K. Edward, *The Southern Urban Negro as a Consumer*, Prentice-Hall Press, 1932.

Susan J. Ferguson, *Race, Gender, Sexuality, and Social Class: Dimensions of Inequality and Identity*, Los Angeles: SAGE Publications, Inc., 2016.

Cranny Anne Francis, *Feminist Fiction: Feminist Uses of Generic Fiction*, Cambridge: Polity Press, 1990.

Sigmund Freud, *Jokes and Their Relation to the Unconscious*, New

参考文献

York: Facets Multimedia Incorporated, 2002.

Mar Gallego, *Passing Novels in the Harlem Renaissance: Identity Politics and Textual Strategies*, London: Transaction Publishers, 2003.

Henry Louis Gates Jr., *The Signifying Monkey: A Theory of Afro-American Literary Criticism*, New York: Oxford University Press, 1988.

Henry Louis Gates Jr., *Figures in Black*, New York: Oxford University Press, 1987.

Henry Louis Gates Jr. and K. A. Appiah, eds., *Zora Neale Hurston: Critical Perspectives Past and Present*, New York: Amistad Press, Inc., 1993.

Henry Louis Gates Jr. ed., *Black Literature and Literary Theory*, New York and London: Methuem, Inc., 1984.

Fabre Genevieve and O'Meally Robert, eds., *History and Memory in African-American Culture*, New York: Oxford University Press, 1994.

Elaine Ginsberg, *Passing and the Fiction of Identity*, Durham: Duke University Press, 1996.

Lori Ginzberg, *Women and the Work of Benevolence: Morality, Politics, and Class in the Nineteenth Century United States*, New Haven: Yale University Press, 1990.

David R. Goldfield, *Black, White, and Southern: Race Relations and Southern Culture*, Baton and Rouge: Louisiana State University Press, 1990.

Christina Gombar, *Great Women Writers: 1900 – 1950*, New York: Facts on File, Inc., 1996.

Nathan Grant, *Masculinist Impulses: Toomer, Hurston, Black Writing, and Modernity*, Columbia, Missouri: Missouri University Press, 2004.

Stefan Halper & Jonathan Clarke, *American Alone: The Neo-Conservatives and the Global Order*, New York: Cambridge University Press,

2004.

Jaime Harker, *America the Middlebrow: Women's Novels, Progressivism, and Middlebrow Authorship between the Wars*, Massachusettes: University of Massachusettes Press, 2007.

Robert Hemenway, *Zora Neale Hurston: a Literary Biography*, Urbana and Chicago: University of Illinois Press, 1978.

Emily M. Hinnov, *Encountering Choran Community: Literary Modernism, Visual Culture, and Political Aesthetics in the Interwar Years*, Selinsgrove: Susquehanna University Press, 2009.

Gloria Graves Holmes, *Zora Neale Hurston's Divided Vision: The Influence of Afro-Christianity and the Blues*, Stony Brook: State University of New York, 1994.

Lillie P. Howard ed., *Alice Walker and Zora Neale Hurston: The Common Bond*, Westport, Connecticut: Greenwood Press, 1993.

Lillie P. Howard, *Zora Neale Hurston*, Boston: Twayne Publishers, a Division of G. K. Hall & Co., 1980.

Kelly King Howes, *Harlem Renaissance*, U. X. L: an imprint of the Gale Group, 2001.

Nathan Irvin Huggins, *Harlem Renaissance*, New York: Oxford University Press, 1971.

Langston Hughs, *The Big Sea: An Autobiography* (American Century Series), New York: Hill and Wang, 1993.

Langston Hughs, *The New Negro Artist and the Racial Mountain*, *Black Expression*, New York: Weybright Talley, 1970.

Akasha Hull, *All the Women Are White, All the Blacks Are Men, But Some of Us Are Brave, Black Women's Studies*, New York: The Feminist Press, 1982.

George Hutchinson, *In Search of Nella Larson: A Biography of the Color Line*, London: The Belknap Press of Harvard University Press,

参考文献

2006.

George Hutchinson, *The Harlem Renaissance in Black and White*, Belknap Press: An Imprint of Harvard University Press, 1997.

Sharon L. Jones, *Rereading the Harlem Renaissance: Race, Class, and Gender in the Fiction of Jessie Fauset, Zora Neale Hurston, and Dorothy West*, Westport, Connecticut: Greenwood Press, 2002.

Carla Kaplan ed., *Zora Neale Hurston: A Life in Letters*, New York: Doubleday, 2002.

Carla Kaplan, *The Erotics of Talk: Women's Writing and Feminist Paradigms*, New York: Oxford University Press, 1996.

Ayana L. Karanja, *Zora Neale Hurston: The Breath of her voice*, New York: Peter Lang Publishing, Inc., 1999.

Samira Kawash, *Dislocating the Color Line: Identity, Hybridity, and Singularity in African-American Narrative*, California: Stanford University Press, 1997.

Christopher Lane, *The Psychoanalysis of Race*, New York: Columbia University Press, 1998.

Bracks Lean and Jessie Craney Smith, *Black Woman of the Harlem Renaissance Era*, Lanham: Rowman & Littlefield, 2014.

Sieglinde Lemke, *The Vernacular Matters of American Literature*, New York: Palgrave Macmillan, 2009.

David Levering Lewis, *When Harlem Was in Vogue*, Oxford: Oxford University Press, 1989.

Anna Lillios, *Crossing the Creek: The Literary Friendship of Zora Neale Hurston and Marjorie Kinnan Rawlings*, Florida: University Press of Florida, 2010.

William A. Link and Arthur Stanley Link, *American Epoch: A History of the United States Since 1900, Volume 1: War, Reform, and Society 1900 - 1945*, New York: Knopf: Distributed by Random

House, c1987.

Alain Locke ed. , *The New Negro* (1925), New York: Macmillan Publishing Company, 1968.

Tommy L. Lott ed. , *A Companion to African-American Philosophy*, Oxford: Blackwell Publishing, 2006.

John Lowe, *Jump at the Sun: Zora Neale Hurston's Cosmic Comedy*, Urbana: University of Illinois Press, 1994.

Carole Marks and Edkins Diana, *The Power of Pride*, New York: Crown Publisgers, Inc. , 1999.

Favor J. Martin, *Authentic Blackness: The Folk in the New Negro Renaissance*, Durham & London: Duke University Press, 1999.

Deborah E. McDowell, *"The Changing Same": Black Women's Literature, Criticism, and Theory*, Bloomington and Indianapolis: Indiana University Press, 1995.

Nellie Y. Mckay ed. , *Critical Essays on Tomi Morrison*, Boston: Hall, 1988.

Jacquelyn Y. Mclendon, *The Politics of Color in the Fiction of Jessie Fauset and Nella Larson*, Charlottesville: University press of Virginia, 1995.

Susan Edwards Meisenhelder, *Hitting a Straight Lick with a Crooked Stick: Race and Gender in the Work of Zora Neale Hurston*, Tuscaloosa and London: The University of Alabama Press, 1999.

Diana Miles, *Women, Violence, & Testimony in the Works of Zora Neale Hurston*, New York: Peter Lang Publishing, Inc. , 2003.

W. J. T. Mitchell, *Picture Theory*, Chicago: University of Chicago Press, 1994.

Radhika Mohanram, *Black Body: Women, Colonialism, and Space*, Minneapolis: University of Minnesota Press, 1999.

Jacqueline Moore, *Leading the Race: The Transformation of the Black*

参考文献

Elite Class in the Nation's Capital, 1880 – 1920, Charlottesville: University Press of Virginia, 1999.

Virginia Lynn Moylan, *Zora Neale Hurston's Final Decade*, Florida: University Press of Florida, 2011.

Adele S. Newson, *Zora Neale Hurston, a Reference Book*, Boston: G. K. Hall Co. , 1987.

Yolanda Williams Page ed. , *Icons of African American Literature: The Black World*, Santa Barbara: Greenwood Icon, an Imprint of ABC-Clio, LLC, 2011.

Tiffany Ruby Patterson, *Zora Neale Hurston and a History of Southern Life*, Philadelphia: Temple University Press, 2005.

Edward M. Pavlic, *Crossroads Modernism: Descent and Emergence in African-American Literary Culture*, London: University of Minnesota Press, 2002.

Deborah G. Plant, *The Inside Light: New Critical Essays on Zora Neale Hurston*, Santa Barbaba, California: Praeger an Imprint of ABC-Clio, LLC, 2010.

Deborah G. Plant, *Zora Neale Hurston: A Biography of the Spirit*, Lanham: Rowman & Littlefield Publishers, Inc. , 2007.

Deborah G. Plant, *Zora Neale Hurston's Dust Tracks on a Road: Black Autobiography in a Different Voice*, Lincoln: University of Nebraska, 1988.

Len Platt ed. , *Modernism and Race*, Cambridge: Cambridge University Press, 2011.

Portia Boulware Ranson, *Black Love and the Harlem Renaissance: The Novels of Nella Larson, Jessie Fauset, and Zora Neale Hurston*, Lewiston, NY: Edwin Mellen, 2005.

Beatrice Horn Royster, *The Ironic Vision of Four Black Women Novelists: A Study of the Novels of Jessie Fauset, Nella Larson, Zora Neale*

Hurston, and Ann Petry, Ann Arbor, Michigan: UMI, 1976.

Leland Ryken and James C. Wilhoit, eds., *Dictionary of Biblical Imagery*, Michigan: Zondervan Publishing House, 1998.

Sarah Sceats, *Food, Consumption & the Body in Contemporary Women's Fiction*, Cambridge: Cambridge Univeristy Press, 2000.

Leopold Sedar Senghor, *La Negritude est un Humanisme*, Paris: Jean-Michel Place, 1978.

Cherene Sherrard-Johnson, *Portraits of the New Negro: Visual and Literary Culture in the Harlem Renaissance*, New Jersey: Rutgers University Press, 2007.

James Smethurst, *The African American Roots of Modernism from Reconstruction to the Harlem Renaissance*, Chapel Hill: The University of North Carolina Press, 2011.

Maria T. Smith, *African Religious Influences on Three Women Novelists: The Aesthetics of "Vodun"*, Lewiston: The Edwin Mellen Press, 2007.

Carolyn W. Sylvander, *Jessie Redmon Fauset, Black American Writer*, Troy, NY: Whitson, 1981.

Darwin T. Turner and Barbara Dodds Stanford, *Theory and Practice in the Teaching of Literature by Afro-Americans*, Urbana: Urbana National Council of Teachers of English, 1971.

Alice Walker, *In Search of Our Mothers' Gardens*, San Diego, New York, London: Harcourt Brace Jovanovich, Publishers, 1984.

Susannah Walker, *Style and Status: Selling Beauty to African American Women, 1920–1975*, Lexington: The University Press of Kentucky, 2007.

Cheryl A. Wall, *Women of the Harlem Renaissance*, Bloomington: Indiana University Press, 1995.

Marylyn C. Wesley, *Secret Journeys: The Trope of Women's Travel in Amer-*

ican Literature, Albany: State University of New York Press, 1998.

Elizabeth J. West, *African Spirituality in Black Women's Fiction: Threaded Visions of Memory, Community, Nature and Being*, Lanham, Md.: Lexington Books, 2011.

Genevieve M. West, *Zora Neale Hurston and American Literary Culture*, Florida: University Press of Florida, 2005.

Gayraud S. Wilmore, *Black Religion and Black radicalism: In Interpretation of the Religious history of African Americans*, Michigan: Orbis Books, 1998.

Elizabeth Wilson, *Adorned in Dreams: Fashion and Modernity*, Berkeley: University of California Press, 1985.

Cary D. Wintz, *Black Culture and the Harlem Renaissance*, Houston, Texas: Rice University Press, 1988.

Melanie J. Wright, *Moses in America: The Cultural Uses of Biblical Narrative*, New York: Oxford University Press, 2003.

三 研究论文类

1. 期刊论文

陈广兴:《〈他们眼望上苍〉的民间狂欢节因素探讨》,《外国文学研究》2005 年第 4 期。

陈融:《论黑人性》,《江西师范大学学报》1986 年第 4 期。

陈莹莹:《〈镀金硬币〉的〈圣经〉角度解读》,《扬州大学学报》(人文社会科学版) 2011 年第 1 期。

陈莹莹:《佐拉·尼尔·赫斯顿的〈摩西,山之人〉中的"混杂"现象》,《苏州大学学报》(哲学社会科学版) 2012 年第 6 期。

程锡麟:《〈他们的眼睛望着上帝〉的叙事策略》,《外国文学评论》2001 年第 2 期。

程锡麟:《谈〈他们的眼睛望着上帝〉的女性主义意识》,《四川大学学报》（哲学社会科学版）2003 年第 4 期。

程锡麟：《一部大胆创新的作品——评赫斯顿的〈摩西，山之人〉》，《国外文学》2004 年第 3 期。

单子坚：《哈莱姆文艺复兴文学概述》，《外国文学研究》1992 年第 3 期。

丁礼明：《爱丽丝·沃克〈紫色〉中的"黑人性"文化现象解读》，《井冈山学院学报》2007 年第 1 期。

董鼎山：《美国黑人女作家的双重桎梏》，《读书》1986 年第 3 期。

董鼎山：《美国黑人作家的出版近况》，《读书》1981 年第 11 期。

杜业艳：《呼唤与应答——〈他们眼望上苍〉与〈紫颜色〉的叙事策略》，《当代外国文学》2011 年第 2 期。

方小莉：《面具下的叙述：美国黑人女性小说作者型叙述声音的权威》，《四川师范大学学报》（社会科学版）2015 年第 3 期。

高楷娟：《从生态女性主义角度看〈他们眼望上苍〉中珍妮的婚姻观》，《西安外国语大学学报》2015 年第 1 期。

高颖娜：《乔伊斯·卡罗尔·欧茨与她的"美国性"建构》，《文学与文化》2013 年第 4 期。

高云翔：《美国"黑人文艺复兴"大事记》，《吉林大学社会科学学报》1986 年第 4 期。

胡笑瑛：《〈他们眼望上苍〉中的埃及神话原型》，《宁夏师范学院学报》2014 年第 4 期。

胡笑瑛：《〈他们眼望上苍〉中的珍妮和伏都教女神俄苏里》，《宁夏师范学院学报》2012 年第 4 期。

稽敏：《佐拉·尼尔·赫斯顿之谜——兼论〈他们眼望上苍〉中的黑人女性形象的重构》，《四川师范大学学报》（社会科学版）2006 年第 3 期。

江宁康：《美国民族特性的文学想象与重建》，《外国文学研究》2007 年第 2 期。

参考文献

焦小婷：《越界的困惑——内拉·拉森〈越界〉中的反讽意蕴阐释》，《西安外国语大学学报》2012年第4期。

焦小婷：《赫斯顿的困顿——也评〈他们眼望上苍〉中的女性形象》，《外国语文》2014年第4期。

李娜：《黑人文学民俗中的黑人文化身份回顾与重构》，《山东社会科学》2015年第2期。

李权文：《论〈他们眼望上苍〉的叙事话语建构》，《求索》2012年第6期。

刘珍兰：《〈他们眼望上苍〉中的双重女性话语》，《兰州学刊》2010年第4期。

刘珍兰：《赫斯顿的生态女性主义哲学观》，《求索》2011年第8期。

罗良功：《论兰斯顿·休斯的幽默》，《外国文学研究》2005年第4期。

沈建青：《寻找母亲花园的女作家——几位美国少数民族女作家与"母—女"话题》，《外国文学》1997年第1期。

施咸荣：《美国黑人的三次文艺复兴》，《美国研究》1988年第4期。

史鹏路：《从普利策小说奖看"美国性"的建构与发展》，《外国文学动态研究》2016年第3期。

田俊武：《回归之路：莫里森小说中的旅行叙事》，《当代外国文学》2016年第10期。

王家湘：《对哈莱姆文艺复兴的认识与反思》，《外国文学动态》1999年第1期。

王家湘：《在查理德·赖特的阴影下——三四十年代的两位美国黑人女作家佐拉·尼尔·赫斯顿和安·佩特里》，《外国文学》1989年第1期。

王晓路：《差异的表述：黑人美学与贝克的批评理论》，《国外文学》2002年第2期。

王元陆：《赫斯顿与门廊口语传统——兼论赫斯顿的文化立场》，《外国文学》2009年第1期。

文培红：《作为有色人种的我有什么感觉——评佐拉·尼尔·赫斯顿的种族哲学及其命运》，《西南民族大学学报》（人文社会科学版）2004年第1期。

翁德修：《美国黑人女性文学回顾》，《外国文学动态》1997年第2期。

翁德修：《寻找被遗忘的卓拉——评卓拉·尼尔·赫斯顿和她的小说》，《吉林大学社会科学学报》1999年第6期。

吴家鑫：《美国著名黑人女作家娜拉·霍斯顿》，《中央民族学院学报》1987年第2期。

吴琳：《论〈流沙〉中海尔嘉·克兰的身份迷失与伦理选择》，《外国文学研究》2016年第6期。

杨道云：《赫斯顿长篇小说中的女性形象研究》，《河南社会科学》2012年第9期。

杨东霞：《〈他们眼望上苍〉：后殖民主义视角下的身份问题》，《重庆第二师范学院学报》2015年第6期。

杨金才：《书写美国黑人女性的赫斯顿》，《外国文学研究》2002年第2期。

袁霁：《佐拉·尼尔·赫斯顿被遗忘的背后——兼谈赫斯顿的创作观》，《吉林大学社会科学学报》2001年第2期。

曾梅：《黑人文学的民族性和黑人民族文学的世界性》，《莱阳农学院学报》（社会科学版）2000年第2期。

曾艳钰：《美国黑人文学中女性形象的嬗变》，《福建外语》1999年第2期。

张德文：《哈莱姆文艺复兴时期新黑人女性形象的身份诉求与建构》，《社会科学战线》2016年第4期。

张珊珊：《多视角写作手法与赫斯顿小说主题》，《东北师大学报》2001年第3期。

参考文献

张玉红:《赫斯顿小说中的文化相对主义思想探析》,《河南师范大学学报》(哲学社会科学版) 2009 年第 4 期。

赵纪萍:《一部黑人女性主义小说的经典——从女性主义的角度解读赫斯顿的〈他们眼望上苍〉》,《河南大学学报》(社会科学版) 2007 年第 6 期。

赵娟:《论〈他们仰望上苍〉的语言风格》,《西南民族大学学报》(人文社会科学版) 2008 年第 1 期。

朱青菊:《论赫斯顿〈他们仰望上苍〉的审美追求》,《河南师范大学学报》(哲学社会科学版) 2012 年第 6 期。

Abby A. Johnson, "Literary Midwife: Jessie Fauset and the Harlem Renaissance", *Phylon*, Vol. 39, No. 2, 1978.

Julius Bailey and Scott Rosenberg, "Reading Twentieth Century Urban Cultural Movements through Popular Periodcals: A Case Study of the Harlem Renaissance and South Africa's Sophiatown", *The Journal of South African and American Studies*, Vol. 17, No. 1, 2016.

Pamela E. Barnett, "My Picture of You Is, after all, the True Helga Crane: Portraiture and Identity in Nella Larsen's *Passing*", *Signs*, Vol. 20, No. 3, 1995.

Tina Barr, "'Queen of the Niggerati' and the Nile: The Isis-Osiris Myth in Zora Neale Hurston's *Their Eyes Were Watching God*", *Journal of Modern Literature*, XXV 3/4, 2002.

W. E. B. Du Bois, "Two Novels", *The Crisis*, 35 June, 1928.

Herschell Brickell, "Review of *Jonah's Gourd Vine*", *North American Review*, No. 1, 1934.

Kaye D. Campbell, "The Chinaberry Tree & Selected Writings by Jessie Fauset", *MELUS*, No. 1, 1998.

Perry L. Carter, "The Penumbral Spaces of Nella Larson's *Passing*: Undecidable Bodies, Mobile Identities, and the Deconstruction of Racial Boundaries", *Gender, Place and Culture*, Vol. 13, No. 3,

2006.

Gary Ciuba, "The Worm Against the Word: The Hermeneutical Challenge in Hurston's *Jonah's Gourd Vine*", *African American Review*, Vol. 34, No. 1, 2000.

Deborah Clarke, " 'The porch couldn't talk for looking': Voice and Vision in *Their Eyes Were Watching God*", *African American Review*, Vol. 35, No. 4, 2001.

Amelia Defalco, "Jungle Creatures and Dancing Apes: Modern Primitivism and Nella Larsen's *Quicksand*", *An Interdisciplinary Critical Journal*, Vol. 38, No. 2, 2005.

Leonard Diepeveen, "Folktales in the Harlem Renaissance", *American Literature*, Vol. 58, No. 1, 1986.

Ann Ducille, "Blues Notes on Black Sexuality: Sex and the Texts of Jessie Fauset and Nella Larsen", *Journal of the History of Sexuality*, Vol. 3, No. 1, Jan., 1993.

Daylanne K. English, "Somebody Else's Foremother: David Haynes and Zora Neale Hurston", *African American Review*, Vol. 33, No. 2, 1999.

Joseph J. Fenney, "Greek Tragic Patterns in a Black Novel: Jessie Fauset's *The Chinaberry Tree*", *CLA Journal*, Vol. 18, 1974.

Mary Helen, "Mystery Woman of the Harlem Renaissance", *MS*, Vol. 29, No. 12, Dec., 1980.

Frank Horne, "Our Book Shelf", *Opportunity*, No. IV, 1926.

Ann E. Hostetler, "The Aesthetics of Race and Gender in Nella larson's *Quicksand*", *PMLA*, Vol. 105, No. 1, 1990.

Braydon Jackson, "A Mullato Girl", *New York Times Book Review*, No. 8, April, 1928.

Maria V. Johnson, " 'The World in a Jug and the Stopper in [Her] Hand': *Their Eyes* as Blues Performance", *African American Re-*

view, Vol. 32, No. 3, 1998.

Ann Joyce, "Nella Larson's *Passing*: A Reflection of the American Dream", *The Western Journal of Black Studies*, Vol. 7, No. 2, 1983.

John Laudun, "Reading Hurston Writing", *African American Review*, Vol. 38, No. 1, 2004.

Treva B. Lindsey, "Black NO More: Skin Bleaching and the Emergency of New Negro Womanhood Beauty Culture", *The Journal of Pan African Studies*, Vol. 4, No. 4, 2011.

John Little, "Nella Larson's *Passing*: Irony and the Critics", *African American Literature Review*, Vol. 26, No. 1, 1992.

Mabel Mary, "Nella Larson's *Passing*: a Study of Irony", *CLA Journal*, Vol. 18, No. 2, 1974.

Todd McGowan, "Liberation and Domination: *Their Eyes Were Watching God* and the Evolution of Capitalism", *MELUS*, Vol. 24, No. 1, 1999.

Nina Miller, "Femininity, Publicity, and the Class Division of Cultural Labor: Jessie Redmon Fauset's *There Is Confusion*", *African American Review*, Vol. 30, No. 2, 1996.

Kimberly Monda, "Self-Delusion and Self-Sacrifice in Nella Larson's *Quicksand*", *African American Review*, Vol. 31, No. 1, 1997.

Valerie Popp, "*Where Confusion Is*: Transnationalism in the Fiction of Jessie Redmon Fauset", *African American Review*, Vol. 43, No. 1, 2009.

Peter Kerry Powers, "Gods of Physical Violence, Stopping at Nothing: Masculinity, Religion, and Art in the Work of Zora Nearl Hurston", *Religion and American Culture: A Journal of Interpretation*, Vol. 12, No. 2, 2002.

Priscilla Ramsey, "Freeze the Day: A Feminist Reading of Nella Larson's *Quicksand* and *Passing*", *Afro-Americans in New York Life and History*, Vol. 9, No. 1, 1985.

Mary Jane Schenck, "Jessie Fauset: The Politics of Fulfillment vs. the Lost Generation", *South Atlantic Review*, Vol. 66, No. 1, 2001.

Patricia R. Schroeder, "Rootwork: Arthur Flowers, Zora Neale Hurston, and the 'Literary Hoodoo' Tradition", *African American Review*, Vol. 36, No. 2, 2002.

Marion Starkey, "Jessie Fauset", *Southern Workman*, No. 5, 1932.

Nell Sullivan, "Nella Larson's *Passing* and the Fading Subject", *African American Review*, Vol. 32, No. 3, 1998.

Claudia Tate, "Desire and Death in *Quicksand*, by Nella Larson", *American Literary History*, Vol. 7, No. 2, 1995.

Claudia Tate, "Nella Larson's *Pssing*: a Problem of Interpretation", *Black American Literature Forum*, No. 6, 1980.

Claudia Tate, "Allegories of Black Female Desire; or, Rereading 19th Century Sentimental Narratives of Black Female Authority", *American Literary History*, No. 7, 1995.

Anthony Wilson, "The Music of God, Man, and Beast: Spirituality and Modernity in *Jonah's Gourd Vine*", *Southern Literary Journal*, Vol. 41, No. 4, 2003.

Richard Wright, "Between Laughter and Tears", *New Masses*, No. 5, Oct., 1937.

Helen Yitah, "Rethinking the African American Great Migration Narrative: Reading Zora Neale Hurston's *Jonah's Gourd Vine*", *Southern Quarterly*, Vol. 49, No. 3, 2012.

2. 学位论文

Traci B. Abbott, The Fictive Flapper: A way of Reading Race and Female Desire in the Novels of Larson, Hurst, Hurston, and Cather, Ph. D. dissertation, College Park: University of Maryland, 2004.

Kimberly Denise Blockett, Traveling Home Girls: Movement and Subjectivity in the Texts of Zilpha Elaw, Nella Larson and Zora Neale Hurston, Ph. D. dissertation, Madison: University of Wisconsin, 2002.

Renee E. Chase, A Shade Too Unreserved: Destabilizing Sexuality and Gender Constructs of the New Negro Identity in Harlem Renaissance Literature, Ph. D. dissertation, Denver: University of Denver, 2012.

Lynda Marion Hill, Social Rituals and the Verbal Art of Zora Neale Hurston, Ph. D. dissertation, New York: New York University, 1993.

Jeanne Phenix Laurel, Double Veil: Cross-racial Characterization in Six American Women's Novels, 1909 – 1948, Ph. D. dissertation, Bloomington: Indiana University, 1990.

Georgia Lee Macdade, From Hopeful to Hopeless: A Study of the Novels of Jessie Redmon Fauset, Ph. D. dissertation, University of Washington, 1987.

Deborah E. McDowell, Women on Women: The Black Woman Writer of the Harlem Renaissance, Ph. D. dissertation, Purdue University, 1979.

Jacquelyn Y. Mclendon, The Myth of the Mulatto Psyche: A Study of the Works of Jessie Fauset and Nella Larson, Ph. D. dissertation, Case Western Reserve University, 1986.

3. 网络资源

James Truslow Adams, The Epic of America, https://openlibrary.org/books/OL6763688M/The_epic_of_America, 2018 – 12 – 02.

Alan Locke, "Legacy of the Ancestral Arts", http://029c28c.netsolhost.com/blkren/bios/lockea.html, 2018 – 10 – 21.

Franklin Delano Roosevelt, "Americanism", https://iowaculture. gov/sites/default/files/history-education-pss-war-americanism-transcription. pdf, 2019-09-03.

"The American Tradition of Multiculturalism", https://www.washingtonpost. com/news/volokh-conspiracy/wp/2015/01/27/the-american-tradition-of-multiculturalism/, 2019-08-08.

后　记

　　这本以博士论文为基础的专著即将出版，心里难免有些激动，也勾起了我对读博的点滴回忆。读博四年，既体验过迎接新生命的美好，也经历过无眠漫长黑夜的煎熬。也正是这段丰富的人生旅程，让我学会了更好地认识自我、感悟生命和理解世界的五彩缤纷。

　　回顾整个学习经历，心里满是感恩。首先要感谢我的恩师杨建教授，她勇敢地将我收入门下，圆了我的华师梦。说恩师勇敢一点不夸张，考博期间恰逢恩师外出访学，导致她没能在我正式入学之前亲自进行现场面聊考察。在为数不多的电邮沟通中，尽管我如实坦承了自己平淡无奇的教育背景和乏善可陈的工作经历，但是恩师非但没有丝毫嫌弃，反而接纳了平凡愚钝的我。有幸成为恩师的开门弟子，实属人生之大幸。和恩师相处的四年里，她一丝不苟、勤恳、踏实、博学、深耕、细致、严谨的治学态度，坚持终身学习的求知精神，时刻激励着我，影响着我。在她的身上，我真正感受到了"学高为师，德高为范"的品格，让我铭记于心，这种财富将伴随我今后教书育人的人生路。在博士论文工作上，恩师不仅给予了我选题的完全自由和绝对宽容，而且在后期每一个环节都进行了悉心指导。我记得初入华师时，导师就催促我要尽早确定选题，也曾建议我考虑经典作家作品，但同时导师也一再强调兴趣最重要，鼓励我选自己喜欢的领域。

双重认同与融合：哈莱姆文艺复兴时期非裔女性小说研究

她说研究就如同恋爱，找个喜欢的对象才会满心欢喜。在诸多的可能性对象中，经过慎重考虑，我选择了自己此前一直关注的非裔美国女性文学为研究对象。尽管这并非恩师最熟悉的研究领域，但是我的选择还是得到了恩师的肯定和支持。此后，从文献收集整理，大框架的搭建，到每一级标题的敲定，再到每一句话的文字表述，她都事无巨细、花费大量的时间逐字逐句地审阅，给出了详尽的指导意见。可以说，没有恩师的指导，我的博士论文是无法顺利完成的，那今天这本专著的出版也就无从谈起了。

有幸与华师结缘是幸福的，感恩文学院比较文学与世界文学专业的老师们给予我的指导。在飘香的桂子山校园，我真正见识了大师的博学和风采，在聂珍钊教授、苏晖教授、胡亚敏教授、孙文宪教授、黄晖教授、李俄宪教授、池水涌教授等老师的课堂中，他们对诸多文学理论和文学现象的解读听得我如痴如醉，老师们独到的学术视角、广博的知识和缜密的逻辑思维让我受益匪浅。回到单位从事教学的时候，每当和学生、同事讨论外国文学作品作家时，眼前都还能浮现出老师们当时谈论这些作家作品时神采飞扬的模样。在我论文开题和预答辩的时候，老师们总能一针见血地指出论文存在的问题，还为我提出了诸多有建设性的修改意见。《外国文学研究》编辑部的徐莉老师、刘兮颖老师、王树福老师和杜娟老师，她们也对我提供了诸多的帮助和指导。正是在学院众多老师们的鼓励、帮助、关心和指导下，我才得以最终完成论文写作。

华师四年，我不仅遇到了良师，还收获了难得的、真实的、宝贵的友谊。每次要从家返校时，一想到校园内有一群志同道合的伙伴们在等着我，心里就感觉很温暖、很踏实。我要特别感谢同一年入学的刘敏华、李顺亮、王静华和曾思齐，难忘每一门课程的结伴前行、统一行动，难忘无数次课后在一楼大厅走廊内的讨论、交流和分享。我不在校的时候，他们总是主动、

后　记

热心地替我打理各种杂务，提供无私的帮助。确认过眼神，他们不仅是和我站在同一战壕的战友，也是我一辈子的朋友。感谢王娜、范冬梅、刘茜茜、邱晶、黎世珍、王金柱、杨青、王楠、何楠、王盛熙等同门师弟师妹们，在我论文写作遇到难题焦虑时，她们总会抽出时间听我倾诉，和我一起讨论，并提出可贵的建议，在她们身上我时时都能感受到温暖和关爱。人生路上能遇到他们，我是幸运的，也是幸福的，拥有这些，我该知足了。

我还要感谢我的家人，一路走来他们就是我的精神支柱。大字不识的母亲总是以培养了一名博士女儿而自豪，当时为助我早日完成学业，她舍离了相守一辈子的老父亲，离开生活了一辈子的老家，来到陌生的城市昆明，每天24小时全程负责照顾我年幼的孩子。尽管很累，但她从未有过半句怨言。丈夫工作很是繁忙，但从不叫苦喊累，总是默默地自我消化人到中年的各种压力，尽力把最好的状态带给老人和孩子。每每看到我为学业愁眉苦脸的时候，他总会对我投以鼓励的眼神，劝诫我要咬牙克服、攻坚克难。如今已读幼儿园的女儿，活泼可爱，给家里带来了无限的欢乐。她的懂事有时完全超出我的预期，很多个夜晚，在我挑灯夜读的时候，她会主动替我关上房门，还不忘说一句："妈妈学习，我不要打扰她。"对日益年迈的父母、内向朴实的丈夫、可爱懂事的女儿，除了感恩，我更多的是愧疚。今日专著得以出版，也算是对他们最大的安慰吧。

最后，我还要感谢云南师范大学外国语学院的领导、同事和朋友们，感谢他们对我的支持、理解、鼓励、帮助和照顾。特别感谢郝桂莲教授和国学经典学习小组的伙伴们，让我多识前言往行，力争蓄德养正。感谢云南师范大学图书馆提供的学术小间，让我得以拥有一间"自己的房间"，欢快地畅游在知识的海洋，敲打出书稿的每一个字符。

一路走来，虽艰辛却无悔，所有的遇见都是最好的安排。抬头望向窗外，又是一年春暖花开之际，昆城三月无处不飞花，真想约上三五好友去踏青，尽情追逐春天的踪迹，享受百花齐放、姹紫嫣红、各美其美、和合共美的春色。与美相伴的日子，总是令人欢畅的！

谢 梅

2021 年 3 月 5 日